도구라 마구라 2

ド
グ
ラ
・
マ
グ
ラ

유메노 규사쿠 장편소설

마이너스 옮김

도구라 마구라 2

유메노 규사쿠 장편소설

마이너스 옮김

ドグラ・マグラ

목차

제1회 발작

참고문헌 1. 쿠레 이치로의 담화   7
참고문헌 2. 쿠레 이치로 이모, 야요코의 담화   22
참고문헌 3. 마쓰무라 마쓰코 여사의 담화   24

제2회 발작

참고문헌 1. 도쿠라 센고로의 담화   50
참고문헌 2. 세이타이산 뇨게쓰지 연기   64
참고문헌 3. 노미야마 호린 씨 담화   78
참고문헌 4. 쿠레 야요코의 담화 개요   83

옮긴이의 말   280

일러두기

1. 본문 속 각주는 옮긴이의 주입니다.
2. 인명·지명·독음 등은 외래어표기법을 따르되 설명이 필요한 경우 주석 처리하였습니다.

심리 유전론 부록

쿠레 이치로의 발작 전말

——W씨의 수기에 의함——

제1회 발작

참고문헌 1. 쿠레 이치로의 담화

청취 일시: 다이쇼 13년 4월 2일 오후 0시 30분경. 해당 인물 모친이자 아래 여숙의 주인인 피해자 치요코(36세)의 사망 7일째 불교 제사를 마친 직후——

청취 장소: 후쿠오카현 구라테군 노가타정 히요시정 20번지 2, 쓰쿠시 여숙의 2층 8조, 쿠레 이치로의 자습실 겸 침실에서——

동석자: 쿠레 이치로(18세) 피해자 치요코의 친자, 이모 야요코(37세) 후쿠오카현 사와라군 메이노하마정 1586번지 거주, 농업——본인(W씨)——이상 세 명——

——감사합니다. 선생님께서 그때 "어떤 꿈을 꾸고 있었지?"라고 물어 주시기 전까지는, 저는 도저히 그 꿈을 기억해 낼 수 없었습니다. 선생님(W씨) 덕분에 저는 친부모를 죽인 사람이 되지 않고 끝났습니다.

——어머니를 죽인 사람이 제가 아니라는 것을 사람들이 알게 되면, 저는 이

제 그것으로 충분합니다. 더는 아무 말도 할 것이 없습니다. 하지만 그 범인을 찾는 데 도움이 된다면, 무엇이든 물어보십시오. 아주 옛날 일은 어머니께서 말씀하지 않고 돌아가셨기 때문에 제가 커서 이후의 일밖에는 모릅니다만, 이야기해서 나쁠 것은 없다고 생각합니다.

── 저는 메이지 40년(1907년) 말에 도쿄 근처 고마자와 마을에서 태어났다고 합니다. 아버지에 대해서는 아무것도 모릅니다. (엮: 원문에는 '쿠레 이치로의 출생지는 사실과 다른 의심이 있다. 하지만 연구상 별다른 지장이 없으므로 여기서는 정정하지 않는다'고 주석이 달려 있음.)

── 어머니는 태어날 때부터 이모와 단둘이 메이노하마에 살고 계셨다고 합니다만, 열일곱 살 때 그림과 자수를 배우겠다고 이모 집을 나갔다고 합니다. 그 후 제 아버지를 찾아 도쿄로 가서 여러 곳을 헤매던 중에 제가 태어났다고 합니다. "남자란 훌륭하면 훌륭할수록 거짓말을 한다"고 어머니는 자주 말씀하셨습니다만, 아마 아버지를 원망하며 그렇게 말씀하셨을 것입니다(얼굴을 붉힘). 하지만 아버지에 대해 물으면 어머니는 금방이라도 울 것 같은 얼굴이 되셨기 때문에, 커서는 별로 묻지 않았습니다.

── 하지만 어머니께서 필사적으로 아버지의 행방을 찾고 계셨다는 것을 저도 잘 알고 있었습니다. 제가 네 살이나 다섯 살쯤이었던 것 같습니다. 어머니와 함께 도쿄의 어느 큰 역에서 기차를 타고 오랫동안 가다가, 이번에는 마차를 타고 논밭과 산 사이의 넓은 길을 한없이 한없이 갔던 적이 있습니다. 한 번 잠들었다가 눈을 떴는데도 아직 마차를 타고 있었던 것을 기억하고 있습니다. 그리고 저녁에 캄캄해진 후에 어떤 마을의 여관에 도착했습니다. 그리고 나서 어머니는 저를 업고 매일 여러 집을 찾아다니셨던 것 같은데, 어느 쪽을 봐도 산뿐이어서 매일 돌아가자고 울다가 꾸중을 들었던 것 같습니다. 그리고 나서

다시 마차와 기차를 타고 도쿄로 돌아온 후, 산속에서 마부가 불던 것과 똑같은 소리가 나는 나팔을 사 주셨던 것을 기억하고 있습니다.

──그러고 나서 한참 후에, 이것이 어머니께서 아버지의 고향에 찾아가신 것임을 깨달았습니다. 그래서 "그때 기차를 탔던 역이 어디였어?"라고 물었더니 어머니는 또 눈물을 흘리시며 "그런 것을 물어봤자 아무 소용없다. 엄마는 그때까지 세 번이나 그곳에 갔지만, 지금은 완전히 포기했으니 너도 포기해라. 네가 대학을 졸업할 때까지 엄마가 무사히 살아 있다면, 네 아버지에 대해 전부 이야기해 주겠다"고 말씀하셨기 때문에, 그 후로는 더 이상 묻지 않았습니다. 이제 그때 보았던 산의 모양이나 마을의 모습 같은 것도 희미해져서, 단지 덜컹거리는 마차의 나팔 소리만 귓가에 남아 있을 뿐입니다. 하지만 그 후 여러 지도를 사 와서 그때 탔던 기차와 마차가 달린 시간을 재어 조사해 보니, 아무래도 지바현이나 도치기현의 산속인 것이 틀림없다고 생각합니다. 네, 선로 근처에 바다는 보이지 않았던 것 같습니다. 하지만 기차 창문의 반대편만 보고 있었을지도 모르니, 정확히는 모르겠습니다.

──도쿄에서 살던 곳 말입니까. 여러 곳에 있었던 것 같습니다. 제가 기억하는 것만 해도 고마자와, 가나스기, 고우메, 산본기 순으로 이사했고, 마지막으로 살았던 아자부의 고가이초에서 이쪽으로 왔습니다. 언제나 2층이나 창고 안, 별채 같은 곳을 두 사람이 빌려 살았는데, 거기서 어머니는 온갖 자수 공예품을 만드셨습니다. 몇 개 완성되면 저를 업고 니혼바시 덴마초의 오미야(엮: 일본의 특정 상호나 가게 이름)라는 집으로 가져갔습니다. 그러면 그 집의 곱게 화장한 아주머니가 틀림없이 제게 과자를 주셨습니다. 지금도 그 집과 아주머니 얼굴이 기억납니다.

──어머니께서 그때 만드셨던 공예품의 종류 말입니까? 글쎄요, 그건 분

명히 기억나지 않습니다만, 신사의 휘장이나 반깃(옆: 깃발의 일종), 보자기, 기모노의 옷자락 무늬, 하오리(옆: 기모노 위에 덧입는 겉옷)의 자수 문양 등 여러 가지가 있었던 것 같습니다. 그것을 어떻게 꿰매셨는지, 얼마에 팔렸는지는 그때는 아직 어려서 하나도 몰랐습니다만, 단 하나, 지금도 분명히 기억하는 것은 도쿄에서 이쪽으로 올 때 어머니께서 오미야 아주머니께 드린 작은 보자기에 놓인 무늬입니다. 그것은 아주 얇아서 건너편이 비치는 비단에 여러 가지 색과 모양의 국화꽃을 가득 수놓은 아주 예쁜 것이었습니다. 매일 손가락 한마디만큼씩밖에 만들지 못했지만, 그것이 완성되자 가져가서 제 손으로 아주머니께 드렸습니다. 그러자 아주머니는 깜짝 놀라 큰 소리로 집안 사람들을 불렀는데, 모두 눈을 동그랗게 뜨고 감탄하며 바라보았습니다. 나중에 들으니 그것은 진짜 '누이쓰부시(옆: 자수를 놓을 때 실이 완전히 감춰지도록 하는 일본의 전통 기법)'라고 해서, 지금은 아무도 만드는 법을 모르는 옛 자수였다고 합니다. 그러고 나서 그 아주머니의 남편이 어머니께 돈을 주신 것 같았지만, 어머니는 절하고 돌려드리고 과자만 받아 오셨습니다. 어머니와 아주머니가 언제까지나 문 앞에 서서 울고 계셔서 저는 난감했습니다.

——도쿄에서 이쪽으로 온 이유는 어머니께서 점을 치셨기 때문이라고 합니다. "마미아나의 선생님은 잘 맞춘다"고 말씀하신 것을 보면 아마 그 선생님께서 하신 말씀일 것입니다. "너희 모자는 도쿄에 있으면 계속 불운할 것이다. 틀림없이 무언가에 저주를 받았으니 그 액운을 떨치기 위해서는 고향으로 돌아가는 것이 좋다. 올해는 서쪽으로 여행하는 것이 좋다고 이렇게 역(옆: 사주나 점을 보는 책)의 표면에 나와 있다. 너는 삼벽목성(三碧木星)이니 스가와라 미치자네(옆: 일본의 학자)나 이치카와 사단지(옆: 일본의 가부키 배우) 같은 사람들과 같은 별자리다. 서른넷부터 마흔까지가 가장 재난이 많은 중요한 시기다. 네가 찾는 사람

은 칠적금성(七赤金星)으로 삼벽목성과는 상극이니 빨리 포기하지 않으면 큰일이 난다. 서로의 소지품끼리도 가까이 두면 상처를 입히려 할 정도이니, 상극 중에서도 가장 무서운 상극이다. 잊어버려도 상대의 유품 같은 것을 가까이 두어서는 안 된다. 그리고 마흔을 넘으면 평탄한 운이 오고, 마흔다섯을 넘으면 남다른 좋은 운이 열릴 것이다"라고 말씀하셨다고 합니다. 그래서 제가 여덟 살 때 이쪽으로 왔다고 하는데, "정말 그 말 그대로다. 나는 덴진님(역: 스가와라 미치자네를 신격화한 신)이나 그런 분들과 같은 별자리이니 문학이나 예술을 좋아하는 것이겠지"라고 어머니는 숙생(역: 한 집에 거주하며 공부하거나 기술을 배우는 학생)들에게 몇 번이고 이야기하며 웃으셨기 때문에 저는 그 말을 완전히 외워 버렸습니다. 하지만 칠적금성 이야기는 저에게만 하셨다고 하며, 누구에게도 말해서는 안 된다고 입단속을 시키셨습니다.

——어머니는 이곳으로 오시자마자 이 집을 빌려 학원을 여셨습니다. 학생은 항상 스무 명 정도였는데, 밤낮으로 두 조를 나눠 아래쪽 여덟 조 방에서 가르치셨습니다. 어머니는 매우 좋은 집안의 아가씨들이 온다고 기뻐하셨지만, 성미가 급해서 학생들을 자주 꾸짖었습니다. 또 불량배나 불량 소년들이 학생들을 괴롭히거나 어머니를 협박해 돈을 뜯어내려 했습니다만, 그럴 때도 어머니는 혼자서 꾸짖어 쫓아냈습니다. 그래서 이 집에 들어온 남자는 집주인 할아버지와 중학교 시절 제 담임이었던 가마치 선생, 그리고 전등 수리공 정도밖에 없습니다. 그 외에는 어머니께 온 편지도 없고, 이쪽에서 보낸 기색도 없습니다. 그렇게 친했던 오미야(역: 일본의 특정 상호나 가게 이름) 아주머니에게도 편지를 하지 않으셨던 듯, 무엇이든 자신의 거처를 남에게 알리는 것을 두려워하셨던 것 같습니다. 그 이유는 저에게도 말씀하지 않으셨지만, 아마 마미아나의 점쟁이 선생님이 한 말씀을 너무 진지하게 받아들여 누군가 자신을 노린다고 생각

하신 것이 아닐까 합니다. 어머니는 미신을 믿는 분은 아니었지만, 마미아나의 선생님만은 진지하게 믿고 계셨으니까요.

——하지만 저는 솔직히 말해서 이곳 노가타(옮: 후쿠오카현에 위치한 탄광 도시)를 좋아하지 않았습니다. 도쿄에서 이리로 오는 도중에 몸이 좋지 않았던 탓인지 기차 멀미를 심하게 했는데, 그 석탄 연기 냄새가 아주 싫어졌습니다. 그런데 이곳에 오니 온통 탄광뿐이라 아침부터 저녁까지 그런 냄새만 났기 때문이라고 생각합니다. 하지만 어머니께서 모처럼 좋은 곳이라며 기뻐하셨기에 어쩔 수 없이 참고 있었습니다. 그러다 보니 차츰 익숙해져서 기차 멀미는 하지 않게 되었지만, 공기가 나쁜 것과 석탄 냄새만은 진심으로 싫었습니다. 그리고 나서 학교에 들어가니 학생들의 말투가 제각각이고 거칠어서 알아듣기 어려워 곤란했습니다. 일본 전역에서 모여든 사람들의 아이들이 있었으니까요…….

——게다가 저는 어릴 때부터 여러 곳을 이사 다닌 탓인지 친구가 적습니다. 이곳에 와서도 학교 친구는 별로 사귀지 못했지만, 그러는 동안 중학교 4학년이 되자마자 필사적으로 노력하여 후쿠오카의 로쿠폰마쓰 고등학교에 들어갔습니다. 그곳은 공기가 매우 깨끗하고 전망이 멋져서 기쁘고 또 기뻐서 견딜 수가 없었습니다. 네. 그렇게 빨리 시험을 본 것은 노가타가 싫었기 때문이기도 하지만, 솔직히 말해서 빨리 대학을 졸업하고 싶었습니다. 그리고 어머니와 약속했던 아버지의 이야기를 되도록 빨리 듣고 싶은 마음에 견딜 수가 없었습니다. 어머니께는 그런 말은 하지 않았지만……. 중학교에 들어갈 때도 그랬습니다. 왜인지는 모르겠지만요. 그리고 겨우 문과 2학년이 된 참입니다(얼굴을 붉히며 눈물을 글썽임).

——하지만 이상하게도 어머니는 제가 시험에 합격해도 별로 기뻐하는 기색이 없으셨습니다. 이것은 오래전부터 그랬는데, 어머니는 제가 공부를 해서

성적이 좋아지는 것은 아무렇지도 않게 생각하셨지만, 성적이 게시되거나 제 이름이 신문이나 잡지에 실리는 것은 진심으로 싫어하셨던 것 같습니다. 저도 그런 것은 좋아하지 않았기 때문에, 학교 규칙상 성적표를 게시해야 할 때는 어머니께서 일부러 저를 데리고 "되도록 구석진 눈에 띄지 않는 곳에 붙여 주세요"라고 선생님께 부탁하러 가신 적도 있을 정도입니다. 선생님께서는 "참으로 겸손하신 분이다"라며 어머니를 칭찬하셨지만, 어머니는 겸손은커녕 진심으로 싫어하셨던 것 같습니다. 고등학교에 들어갈 때도 제 이름이 후쿠오카 신문에 실리는 것을 몹시 걱정하시는 것 같아서, 제가 "그렇다면 도호쿠나 어딘가 먼 곳의 이름 없는 사립 전문학교 같은 곳에 시험을 보고, 그곳으로 저와 함께 이사 가면 어떻겠습니까. 그러면 후쿠오카 신문에는 실리지 않을지도 모릅니다"라고 말씀드렸습니다. 그러자 잠시 생각하시더니 "너는 꼭 대학에 들어가야 하고, 이만큼의 학원생을 버리는 것도 아깝다"고 하시며 마침내 후쿠오카에서 시험을 보기로 결정하셨습니다. 하지만 그런데도 "후쿠오카에는 불량한 소년 소녀가 많으니 함부로 기숙사에서 나오지 마라"거나 "도중에 모르는 사람이 말을 걸어도 함부로 대꾸하지 마라"고 말씀하셨습니다. 지금 생각해 보면 역시 그 마미아나의 선생님께서 하신 말씀이 적중했던 것이고, 어머니는 무언가 남에게 쫓기는 듯한 기억이 있었기에 자신들의 거처를 되도록 숨기려 여러모로 신경을 쓰셨던 것이라고 생각합니다.

——학교에 있는 동안은 기숙사에 들어갔지만, 토요일 저녁부터 일요일까지는 틀림없이 노가타로 돌아왔습니다. 휴가 동안에도 계속 집에 있으면서 매일 아침 조금 일찍 일어나 어머니를 돕거나 했습니다만, 그 대신 밤에는 9시나 10시쯤에 잠자리에 들었습니다. 어머니는 꽤 기가 센 분이셔서, 인적이 드문 노가타에 살면서 제가 없을 때는 혼자서 이 방에서 주무셨습니다만, "아침

에는 8시 반쯤부터 슬슬 학생들이 오고, 밤에는 11시쯤까지 쉴 틈이 없으니 조금도 외롭지 않다. 공부가 바쁠 때는 억지로 돌아오지 않아도 된다"고 자주 말씀하셨습니다.

——바로 얼마 전에도 별다른 일은 없었습니다. 단지 작년 여름이었던가, 어머니께서 자수 재료 포장지로 쓰인 미국 신문을 가지고 와서 "이 사람은 누구냐"고 물으셨습니다. 그곳의 기사를 읽어 보니 론 채니라는 활동사진 배우가 분장한 피에로라는 것을 알게 되자, 어머니는 시시하다는 듯이 "흥, 그래"라고 말씀하시고는 내려가셨습니다. 그때 저는 제 아버지가 저런 얼굴을 한 사람으로 외국에 있는 것이라고 생각했기 때문에, 그 사진은 세세한 부분까지 잘 기억하고 있습니다. 언뜻 보면 커다란 누에 같은 얼굴이었기에, 저는 살짝 아래층으로 내려가 6조(역: 다다미 6장 크기의 방, 약 3평) 방에 놓인 어머니의 경대 앞에 가서 제 얼굴을 들여다보았지만, 조금도 닮지 않았습니다(얼굴을 붉힘).

——그날 밤도 별다른 일은 없었습니다. 저는 평소처럼 9시쯤에 잠들었지만, 어머니께서 주무신 것은 몇 시쯤이었는지 기억나지 않습니다. 평소대로라면 11시쯤에 주무셨을 겁니다.

——그리고 나서, 이것은 경찰에서는 말하지 않았지만, 그날 밤 저는 한밤중에 잠에서 깼습니다. 이런 일은 지금까지 거의 없었기 때문에, 괜히 말했다가 의심받으면 곤란하다고 생각해서……. 뭔지는 모르겠지만, 쿵 하고 큰 소리가 난 것 같아서 문득 눈을 떴습니다. 하지만 캄캄해서 알 수 없었기에, 잠들기 전에 머리맡에 가까이 두었던 이 전등을 켜고, 읽다 만 책 아래에 있는 손목시계를 보니 1시 5분이 지나 있었습니다. 그리고 나서 소변을 보러 가려고 일어나려다가, 이쪽을 향해 새근새근 잠들어 있는 어머니의 얼굴을 무심코 보았습니다. 입을 조금 벌리고, 뺨은 새빨갛고, 이마는 도자기처럼 새하얗게 투명해서,

이상할 만큼 젊어 보였습니다. 마치 집에 오는 나이 많은 학생 정도로밖에 보이지 않았습니다. 그러고 나서 아래층으로 내려가 용변을 보고, 6조와 8조 방의 전등을 켜 보았지만, 아무 이상도 없었습니다. 아까 쿵 하고 울린 것은 무엇이었을까 하고 생각해 보았지만, 혹시 제 착각일지도 모른다고 생각했기 때문에 다시 2층으로 올라와 어머니의 얼굴을 보니, 이제는 저쪽을 향해 이불에 파묻혀 있고, 빗으로 묶은 머리만 보였습니다. 저는 그러고 나서 바로 전등을 끄고 잠들었지만, 어머니의 얼굴은 그 후로 보지 못했습니다.

——그러고 나서 경찰서에서 선생님(W씨)께 말씀드린 것처럼 이상한 꿈만 꾸었습니다. 저는 꿈 같은 것은 좀처럼 꾸지 않는데, 그날 밤은 정말로 이상했습니다. 아니요, 사람을 죽이는 듯한 꿈은 꾸지 않았던 것 같습니다만, 기차가 선로를 벗어나 끙끙거리며 저를 쫓아오거나, 거대한 검은 소가 보라색의 길고 긴 혀를 내밀고 획획 저를 노려보거나, 푸르고 푸른 하늘 한가운데에서 태양이 새까만 매연을 펑펑 뿜어내며 뒹굴거나, 후지산 정상이 둘로 갈라져 새빨간 피가 홍수처럼 흘러나와 저를 향해 큰 파도처럼 덮쳐왔습니다. 너무나 무섭고 무서워서 견딜 수가 없었지만, 왜인지 다리가 움직이지 않아서 아무리 도망치려 해도 도망칠 수가 없었습니다. 그러는 동안 집주인 양계장에서 닭 우는 소리가 두세 번 들린 것 같았지만, 그런데도 그런 무서운 꿈이 계속해서 뚜렷하게 보이므로 도저히 깨어날 수가 없었습니다. 그래서 필사적으로 괴로워하며 발버둥 치고 있자, 마침내 겨우 눈을 뜰 수 있었습니다.

——그때는 이미 이 창문의 창살이 밝아져 있었기에, 저는 안심하고 일어나려 하자 머리가 갑자기 욱신욱신 아팠습니다. 그와 함께 입안에서 이상한 냄새가 나는 것 같고 속이 메슥거렸기 때문에, 이것은 틀림없이 병에 걸렸다고 생각하고 다시 잠들었습니다. 그때는 잠깐만 눈을 붙일 생각이었지만, 이번에는

꿈도 꾸지 않고 땀을 흠뻑 흘리며 깊이 잠들었던 것 같았습니다.

──그러는 동안, 누구인지는 모르겠지만 갑자기 저를 끌어 일으켜 오른손을 단단히 잡고 어딘가로 데려가려는 자가 있었습니다. 저는 잠결에 역시 꿈을 꾸고 있는 것인가 생각하고, 뿌리치고 도망치려 하자, 또 한 명 누군가 와서 제 왼손을 잡고 쿵쿵 사다리 쪽으로 끌고 갔습니다. 그때 겨우 정신을 차리고 돌아보니, 양복 입은 사람과 사브르를 찬 순경이 어머니의 머리맡에 웅크리고 앉아 무언가 조사하고 있는 듯했습니다.

──그것을 보자 저는 틀림없이 어머니께서 콜레라 같은 병에 걸리신 것이 틀림없다, 그리고 나도 같은 병에 걸렸으니 이렇게 몸 상태가 이상한 것이라고 반쯤 꿈결처럼 생각하며 두 남자에게 이끌려 갔습니다. 하지만 그때의 괴로움은 아직도 잊을 수 없습니다. 왠지 온몸이 녹는 듯이 나른하고 뼈가 모두 빠져나갈 것 같았으며, 계단을 한 칸 내려갈 때마다 눈앞이 캄캄해지고 머릿속이 물이라도 찬 것처럼 흔들리며 아팠습니다. 그것을 멈춰 서서 참으려 하자, 아래에서 갑자기 한 손을 잡아당겼기 때문에, 저는 거의 굴러가듯 계단을 내려갔습니다. 그 도중에 문득 얼굴을 들자, 사다리를 마주한 머리 위 난간에서 어머니의 색 바랜 시고키(엮: 기모노를 입을 때 허리에 두르는 장식용 띠)가 고리 모양으로 매달려 있는 것이 눈에 들어왔습니다.

──하지만 그때는 그것이 왜 그렇게 되어 있는지 생각할 힘도 없었고, 그러는 동안 또 옆에 붙은 남자에게 심하게 떠밀려 눈이 어지러워질 것 같았으므로, 그대로 부엌으로 와서 어머니께서 평소에 신으시던 붉은 끈의 나막신을 신고 옆길로 나갔습니다. 그때 혹시 어머니는 이미 돌아가신 것이 아닐까 생각했기 때문에, 핫 하고 멈춰 서서 주위를 둘러보니, 양손을 잡고 있는 남자는 얼굴만 잘 아는 노가타 경찰서의 형사와 순경이었습니다. 그들은 무서운 얼굴로

저를 노려보며 계속 양손을 잡아당겼기 때문에, 아무것도 물을 수 없었습니다.

──거리는 눈부실 정도로 해가 비치고 있었지만, 집 앞에는 많은 사람들이 모여 있었고, 제가 나가자 일제히 이쪽을 보았습니다. 가까이 있던 사람들은 도망치거나 했지만, 저는 그런 사람들의 노랗게 빛나는 얼굴을 보자 또 눈이 어지러워 쓰러질 것 같았습니다. 그와 함께 머릿속이 윙 하고 아파져 토할 것 같았으므로, 이마를 누르려 했지만 양손이 잡혀 있어 아무것도 할 수 없었습니다. 그때 어머니는 병이 아니라 살해당하셨고, 그 의심이 제게 쏠리고 있는 것이라고 생각했기 때문에, 그대로 온순하게 끌려갔습니다.

──저는 그때 틀림없이 머리가 어떻게 되었던 것 같습니다. 조금도 슬프지도 무섭지도 않았습니다. 하지만 온몸이 땀투성이였고, 등과 허리 주위가 흠뻑 젖은 하얀 유카타(역: 일본의 전통 평상복) 잠옷 한 장만 입고 있었기에, 견딜 수 없을 만큼 오싹했습니다. 그 위에 머리 위에서 내리쬐는 태양 빛이 이상하게 노랗고 숨 막히는 듯한 느낌이 들어 정신을 잃을 뻔하거나, 입안이 비릿해서 토할 것 같거나 했습니다. 그래서 때때로 눈을 뜨고 반짝이는 땅을 보며 침을 뱉으며 걸었습니다. 그랬더니 역시 의사에게 가는 것이 아니라 경찰서 쪽으로 꺾어 들어갔으므로, 갑자기 가슴이 두근거렸지만, 경찰서 입구의 계단을 오르자 또 완전히 진정되었습니다. 그리고 왠지 제 자신의 이야기를 쓴 탐정 소설을 읽고 있는 듯한, 꿈꾸는 듯한 기분이 되어 더러운 마룻바닥을 바라보고 있자, 갑자기 등 뒤에서 큰 소리가 들렸습니다. 깜짝 놀라 돌아보니, 그것은 저를 데려온 형사가 외치는 소리로, 뒤따라온 많은 사람들이 경찰서 안으로 들어오려는 것을 꾸짖고 있었습니다. 그중에는 아는 얼굴도 있었던 것 같지만, 누구였는지는 분명히 기억나지 않습니다.

──저는 그러고 나서 안쪽의 좁은 방에서 나무 벤치에 앉혀져 순경 부장이

나 형사에게 여러 가지를 질문받았습니다. 하지만 머리가 깨질 듯이 아파서 어떤 대답을 했는지 완전히 잊어버렸습니다. "거짓말이지, 거짓말이지"라고 몇 번이고 들었기에 "거짓말이 아닙니다, 거짓말이 아닙니다"라고 맞섰던 것만은 기억하고 있습니다만.

──그러자 이내 이 노가타 마을에서 모르는 사람이 없는 '악어 경부'라는 별명을 가진 다니 경부가 들어와 갑자기 "네 어머니는 살해당했다"고 말했습니다. 그때 저는 갑자기 가슴이 벅차올라 아무리 참아도 소리 내어 울지 않을 수 없을 것 같은 기분이 들었지만, 필사적으로 참고 눈물을 닦고 있었습니다. 그러자 잠시 침묵하던 다니 경부는 "네가 모를 리 없다"고 말하며 제 앞에 있는 더러운 나무 책상 위에 무언가를 던졌습니다. 그것은 어머니께서 항상 침대 위에 두고 주무시던 평상복의 허리띠로, 보라색 끈에 쇠로 된 장식이 달려 있었습니다. 아무래도 꽤 오래된 것으로, 어머니께서 고향을 떠날 때부터 매고 계셨다고 합니다. 하지만 그것이 어찌 된 것인지 잘 알 수 없었기 때문에 고개를 숙이고 있자, "너는 이걸로 어머니를 목 졸라 죽였지"라고 다니 경부가 천둥 같은 목소리로 외쳤습니다. 너무 심한 말에 저는 욱하여 나도 모르게 일어서서 다니 경부를 노려보았지만, 그때 또 머리가 깨질 듯이 아프고 토할 것 같았으므로, 책상 위에 양손을 짚고 몸을 부들부들 떨며 참고 있었습니다. 하지만 분하고 분해서 눈물이 뚝뚝 떨어지는 것을 도저히 멈출 수가 없었습니다.

──다니 경부는 그러고 나서 또 여러 가지 말을 하며 저를 책망했습니다. 이 경부는 이 근처 탄광의 악당들이 모두 '귀신'이나 '악어'라고 부르며 두려워한다고 합니다만, 저는 아무렇지도 않았기에 잠자코 듣고 있었습니다. 그의 말에 따르면, 오늘 아침 8시 반쯤, 평소처럼 학원생 두세 명이 공부하러 왔는데, 여느 때와 달리 안팎의 문이 닫혀 있는 것을 보고 뒷집 주인에게 알렸다고

합니다. 그래서 주인 할아버지가 부엌문 틈으로 큰 소리로 불러 보았지만 아무런 기척이 없었습니다. 그러는 동안 부엌 쪽으로 내려오는 계단 입구에 하얀 발 두 개가 매달려 있는 것이 희미하게 보였기에, 할아버지는 새파랗게 질려 경찰서로 달려왔습니다. 그러고 나서 경찰관들이 가 보니, 부엌문의 버팀목이 떨어져 있는 것이 가장 먼저 발견되었습니다. 이어서 2층으로 올라가려 하자, 어머니가 잠옷 한 장만 입은 채 계단 위 난간에 가는 띠를 묶고 거기에 목을 매달아 손발을 늘어뜨리고 있는 것이 발견되었습니다. 그런데 너는 그런 것은 아랑곳없이 침대에서 몸이 반쯤 흘러내린 채 대자로 뻗어 쿨쿨 자고 있었다는 겁니다. 하지만 어머니의 시체를 조사해 보니, 목 주위의 상처 자국은 그 가는 띠와 일치하지 않고 침대도 어지럽혀져 있으므로, 분명 교살한 후에 목을 매단 것처럼 꾸민 것임에 틀림없다고 했습니다. 또 집 안에는 아무것도 도난당한 흔적이 없는 듯하고 밖에서 사람이 들어온 기색도 없으니, 너 외에는 의심스러운 자가 없다는 것이었습니다.

——그리고 아직 더 있었습니다. 네 어머니는 침대 속에서 목이 졸릴 때 꽤나 괴로워한 듯, 그 목 졸린 상처 자국이 이중 삼중으로 되어 있을 정도이니, 옆에서 자고 있던 네가 눈을 뜨지 않을 리가 없다는 겁니다. 첫째, 너는 평소와 달리 세 시간 이상 더 늦잠을 잤는데, 그건 무슨 까닭인가. 목 졸라 죽여 놓고 속이려 잠든 척하다 그만 늦잠을 잔 것이 아닌가. 너에게는 달리 좋아하는 여자가 있는 것이 아닌가. 아니면 학원생 중에 네가 좋아하는 아가씨가 있어서 그 일로 어머니와 다툰 것이 아닌가. 어머니에게 돈을 졸랐던 것이 아닌가. 매달 용돈은 얼마를 받고 있는가. 대체 저분은 네 진짜 어머니가 맞는가. 정부(情婦)를 어머니로 꾸며 놓고 있었던 것이 아닌가. 전부 자백해라, 라며 터무니없는 말들을 여러 가지 꺼내는 것이었습니다. 하지만 저는 그런 말을 듣는 동안

머리가 마비된 듯하여, '그렇다면 인간이라는 것은 자기 자신도 모르는 사이에 사람을 죽이는 일이 정말로 있는 것일까. 나는 꿈결에 어머니를 죽이고 잊어버리고 있는 것이 아닐까' 하고 멍하니 생각하며 고개를 숙이고 있자, "그렇다면 여기서 생각해라"라며 저를 유치장에 넣었습니다.

──그러고 나서 그날과 그날 밤, 꼬박 하루는 아무것도 먹지 않고 잠들었다 깨었다가를 반복했습니다. 다음 날 아침밥도 머리가 아파서 그대로 두었지만, 너무 배가 고파져서 점심을 먹으니 매우 맛있었고 머리 아픈 것이 완전히 나았습니다. 그러고 나서 저녁이 되자 제 어머니와 똑같이 생긴 분이 면회하러 와서 깜짝 놀랐지만, 알고 보니 이모님이셨는데, 저는 태어나서 처음 뵙는 셈이었습니다. 그때 이모님도 선생님(W씨)과 같은 말을 했습니다. "무슨 꿈을 꾸고 있었니?"라고요. 하지만 그때는 도저히 떠올릴 수 없었기 때문에 아무것도 모른다고 대답했습니다. 마취제를 맡았을 거라는 생각은 전혀 못 했기 때문에…….

──다음 날이 되자 선생님(W씨)께서 오셨고, 중학교에 있을 때 제 담임이셨던 가마치 선생님도 만나러 와 주셨습니다. 그 이튿날에는 재판소에서도 사람이 와서 친절하게 여러 가지를 묻거나 하여 왠지 용서받을 것 같았습니다. 저는 어머니께서 어떻게 되셨는지 뵙고 싶어 견딜 수가 없었지만, 그저께 돌아와 보니 어머니의 유해는 이미 화장되어 있어서 허망했습니다. 저희 집에는 사진이 한 장도 없어서 어머니의 얼굴은 이제 볼 수 없습니다. 하지만 내일은 이모님께서 저를 메이노하마(역: 후쿠오카시에 위치한 해변 지명)의 집으로 데려가 주신다고 하고, 모요코라는 사촌도 있다고 하니, 그렇게 외롭지는 않을 것이라고 생각합니다.

──제가 가장 좋아하는 것은 어학이지만, 그중에서도 가장 재미있는 것

은 외국의 소설을 읽는 것으로, 특히 포와 스티븐슨과 호손을 좋아합니다. 모두 낡았다고들 하지만, 이제 대학에 들어가면 정신병을 연구해 볼까도 생각하고 있을 정도입니다. 사실은 문과에 들어가 여러 나라의 언어를 연구해서 어머니와 함께 아버지의 행방을 찾으러 가고 싶었지만, 아버지에 관해서는 어머니께서 아주 조금밖에 말씀하지 않고 돌아가셨기 때문에 실망하고 있습니다. 그 외에 현재로서는 어떤 사람이 되겠다고 생각하고 있지는 않습니다. 국어나 한문도 싫어하지는 않지만, 중학교를 졸업한 후에는 일부러 공부하려고는 생각하지 않았습니다. 그다음으로 좋아하는 것은 역사와 박물학이고, 시시하다고 생각했던 것은 지리와 물리와 수학이었습니다. 가장 못하는 것은 창가(唱歌)이지만, 그래도 듣는 것은 아주 좋아합니다. 좋은 서양 음악의 레코드를 들으면 명화를 보고 있는 듯한 기분이 됩니다. 민요 같은 것도 어머니께서 기분이 좋으시면 자주 학원생들과 함께 부르셨기 때문에 좋다고 생각하며 듣고 있었습니다.

——저는 지금까지 병에 걸린 적은 한 번도 없습니다. 어머니도 누워 계신 적은 없는 것 같습니다.

——저는 이제부터 경찰서에 찾아와 주신 가마치 선생님께 인사를 드리러 갑니다.

참고문헌 2. 쿠레 이치로 이모, 야요코의 담화
같은 장소, 같은 시각에 쿠레 이치로가 외출한 후——

——정말로 모든 것이 꿈만 같습니다. 이치로는 제 여동생의 아이임에 틀림없습니다. 눈, 코, 입이 어머니를 빼닮았고, 목소리까지도 저희 아버지와 똑같습니다.

——아주 오래전 일은 모르겠습니다만, 저희 집은 대대로 메이노하마에서 농사를 지었습니다. 저희 자매는 어머니를 일찍 여의었고, 아버지도 제가 열아홉 살 때 정월에 돌아가셨기 때문에, 집안의 혈통은 저와 이 여동생(위패를 돌아보며)인 치요코, 둘뿐이 되었습니다. 그래서 그해 연말에 제가 지금은 돌아가신 남편 겐키치를 맞이하자마자, 여동생은 "도쿄로 가서 그림과 자수 공부를 하고 평생 독신으로 살 테니 상관하지 마라"는 편지를 남기고 집을 나갔습니다. 그것은 메이지 40년 정월 무렵의 일이었습니다. 그 후 후쿠오카에서 여동생을 보았다고 말하는 사람도 있었지만, 확실한 사실은 알 수 없습니다. 아마도 그림과 자수를 워낙 좋아했기 때문이었을 것이라고 생각합니다. 이치로가 말한 것처럼 남달리 고집이 센 아이였고, 열일곱 살에 현립 여학교를 수석으로 졸업할 정도였습니다. 무엇을 시작하면 끝까지 몰두하는 성격이라 밤새 잠도 자지 않고 소설을 읽거나 그림을 그리는 일이 잦았습니다. 특히 자수는 초등학교 때부터 즐겨 했는데, 저녁이 어두워져도 툇마루에 나와 절의 미닫이 그림을 도화지에 베껴 그린 뒤 무명실 조각으로 꿰매곤 했습니다. 그래서 제가 시집을 간 뒤에는 본격적으로 그 공부를 하러 간 것이라고 생각합니다. 지금 돌이켜보면, 그때가 이승에서의 마지막 이별이었습니다. 물론 논밭에서 힘든 일을 싫어했기 때문에 집에 두는 경우가 많았지만, 저희 집은 대문 앞이 곧

시가지였고 드나드는 이도 많았으므로, 특별히 이상한 일을 꾸며 나간 것이라고는 생각되지 않습니다.

──그 후 여동생의 소식은 메이지 40년 연말, 도쿄 근처 고마자와 마을에서 이치로라는 사내아이가 태어났다는 마을 사무소의 통보가 전부였습니다. 그때도 곧바로 경찰에 의뢰해 수소문했지만, 신고된 주소의 집은 이미 오래전부터 셋집이었다고 했습니다. 혹시나 하는 마음에 제가 보낸 편지마저 반송되어 돌아왔으므로 크게 실망했습니다. 이치로가 초등학교에 입학했을 무렵의 호적 서류 같은 것은 어떻게 처리되었는지 알 수 없고, 결국 소식은 완전히 끊겼습니다. 그리고 제가 스물세 살이던 해 정월, 남편과 이혼하자마자 지금 함께 살고 있는 딸 모요코를 낳았으므로, 그 후로는 딸과 둘이서 지내고 있었습니다.

──이번 사건을 신문에서 접했을 때는 마치 꿈을 꾸는 듯한 마음으로 달려왔습니다. 여러 차례 조사를 받았지만, 방금 말씀드린 것처럼 대답해 두었습니다.

──처음 이치로를 보았을 때는 저도 모르게 눈물이 쏟아졌습니다. 그때 꿈 이야기를 물었던 것은, 저희 집에 있던 젊은이가 읽던 활동사진 이야기 속에 몽유병 이야기가 실려 있었기 때문입니다. 서양에서 전해진 일이라 저희는 잘 알 수 없었지만, 몽유병에 걸려 저지른 일이라면 죄가 되지 않는다고 하여, 그 젊은이가 "그렇다면 앞으로 몽유병 흉내를 내며 나쁜 짓을 할까" 하고 웃던 일이 떠올라 혹시나 하는 마음으로 물어본 것이었습니다. 여자의 처지에 주제넘은 말이라는 생각도 들었지만, 오직 돕고 싶은 마음뿐이었습니다(얼굴을 붉힘). 다행히도 이치로가 본래 결백한 몸임이 드러났을 뿐 아니라, 여동생에게도 오랫동안 부정한 일이 없었다는 사실이 유해 조사를 통해 밝혀졌으니, 그

것이 그나마 제 마음의 위안이 됩니다. 그러므로 저는 여기서 정성껏 법사를 마치고, 신세를 진 여러분께도 세상 사람들과 같은 예를 갖추어 인사드린 뒤 떠나고자 합니다.

──어제 도쿄의 오미야 주인으로부터 부의금과 함께 이러한 편지(생략)를 받았습니다. 편지에는 "궁내성 관리로부터 의복 수선을 부탁받아 여동생의 행방을 찾고 있던 차에 경찰이 와서 처음 알게 되어 깜짝 놀랐다"고 적혀 있었습니다. 다만 편지의 내용을 보면, 여동생이 여러 가지 신상 이야기를 들려주었던 그 부인은 이미 돌아가신 것으로 보입니다. 여동생도 조금만 더 살았더라면 좋은 일을 만났을지도 모르지만, 무슨 원한 때문인지 알 수 없으나, 이런 잔혹한 일을 저지른 자를 만약 잡을 수 있다면 여덟 조각으로 찢어 버리고 싶은 마음입니다(눈물을 흘림).

──저희 집은 현재로서는 먼 친척밖에 없으므로, 지금 친척이라고는 딸과 저, 단둘뿐입니다. 이치로는 이제 제 아들로 삼아, 제 힘껏 훌륭한 사람으로 키우고 싶습니다. 다만, 아버지 없는 자식과 위패를 둔 자식을 의지하며 살아가야 할 것을 생각하면 마음이 무겁습니다(흐느낌).

참고문헌 3. 마쓰무라 마쓰코 여사의 담화
(후쿠오카시 외곽 미즈자야, 스이시 여숙 주인)
같은 해 같은 달 4일   겐요 신보사 조간 스크랩 발췌 재록

──그 자수를 잘하는 아가씨가 이 스이시 여숙에 다녔던 것은 벌써 20년 전 러일전쟁 무렵의 일로, 제가 30대 때였으니 자세한 것은 모르겠네요. 네, 다녔던 것은 확실해요. 그때가 열일곱이나 열여덟 살쯤이었을까요. 좀처럼 눈

에 띄지 않는 모습이었지만, 작고 단정한 미인이었고, 이름은 니지노 미기와 씨라고 했어요. 아니요, 틀림없어요. 드문 이름이라 잘 기억하고 있어요. 또 지금 말씀하신 '누이쓰부시' 같은 자수를 할 수 있는 사람은 니지노 씨 외에는 본 적이 없어요.

　──니지노 씨의 작품은 제게 하나도 남아 있지 않습니다. 그때는 아직 그런 사치스러운 것의 가치를 몰랐기 때문에, 지금 생각하면 아쉬운 일이었지요. 단 한 번, 두 달 정도 공들여 만든 5촌 사방 남짓한 작은 보자기를 제 학원 전시회에 낸 적이 있었는데, 20엔이라는 가격표가 붙어 있어 팔리지 않고 그대로 남았던 기억이 있습니다. 지금 있었다면 대단한 것이 되었을 텐데 말입니다. 저도 그때 배워 두었더라면 좋았을 텐데 하고 종종 생각합니다. 니지노 씨는 솜씨가 뛰어났을 뿐 아니라, 오노 가도 씨의 글씨를 본보기보다 훨씬 더 예쁘게 썼기 때문에, 제 제자들의 자수에 쓸 글씨를 자주 부탁하곤 했습니다. 그림도 꽤 잘 그려서, 제가 가지고 있던 밑그림 중 좋은 것들은 대부분 그녀가 베껴 갔습니다. 하지만 반 년 남짓 다니던 끝에 어느 날 갑자기 모습을 감추어 버렸습니다. 네…… 그때 임신한 기색은 없었느냐고요? 아니요, 워낙 왜소한 체구였기 때문에 만약 그랬다면 바로 알아차렸을 것입니다. 그 잘생긴 남자가 니지노 씨를 버리고 도망쳤다고요? 오, 그렇습니까. 참…….

　──그때 살던 집이 어디냐고요? 글쎄요, 제가 그것을 알았더라면 좋았을 텐데요. 그 시절 학생들은 지금쯤 모두 마흔 가까운 할머니가 되었을 테니, 알 길이 없습니다. 헤헤헤헤헤. 자, 그 남자가 니지노 씨를 죽였을지도 모른다고요? 오오, 무서운 일이군요! 저런 미인을, 참 아깝게도……. 그러고 보니 하나 떠오르는 것이 있습니다. 아무에게도 말씀하시면 곤란합니다만, 니지노 씨는 소문난 '남자 킬러'였습니다. 대학생들 중에서도 실연당한 이가 두세 명 있었다고

해요. 물론 어디까지나 소문일 뿐이지만요. 게다가 그때도 그녀의 집이 어디인지 아는 사람이 없었습니다. 동쪽에서 오기도 하고, 서쪽에서 오기도 하고, 돌아갈 때도 마찬가지여서, 진짜 집을 아는 사람이 아무도 없었지요. 제 학원에서는 품행이 나쁜 사람은 절대 받지 않았지만, 그렇다고 해서 어디가 문제라고 그녀를 그만두게 한 적은 한 번도 없었습니다. 워낙 씩씩했고 솜씨도 뛰어났기 때문입니다. 아니요, 사진 같은 것도 남아 있지 않습니다. 하지만, 설령 원한이 있었다 해도 벌써 너무 오래된 일이지요. 호호.

──네? 그것이 저 유명한 미궁 사건의 쿠레 씨라고요? 어머나, 어쩌면 좋죠. 도대체 어떻게 해서 니지노 씨가 쿠레 씨라는 것을 알아내신 건가요? 네, 도쿄의 주머니 가게 아주머니에게 신상 이야기를 들었다고요. 단지 남자의 이름만 모른다고……. 그렇군요. 제발 이 일은 부디 비밀로 해 주시길 바랍니다.

▲ 부기

쿠레 이치로의 제1회 발작에 관한 사건 기록의 요점은 앞서 제시한 세 항목의 단편에 모두 포함되어 있으므로, 여기에서는 상세한 설명을 생략한다. 다만 참고문헌 3인 '마쓰무라 여사의 단편'은 내가 말하는 '쿠레 이치로의 제1회 발작'과 직접적인 관련은 없어, 본래라면 참고 자료로서 불필요한 범주에 속한다. 그럼에도 불구하고 이 기록을 작성한 W씨의 주장을 존중하는 의미에서, 또한 사건에 대한 사법 당국의 탐사 방침과 당시 각 신문 기사가 암묵적으로 W씨의 견해에 영향을 받고 있었다는 점을 보여주는 증거로서, 이곳에 함께 게재하기로 한다.

이에 관한 W씨의 의견 요약

나(W씨)는 처음 이 사건의 보도를 신문에서 접하자마자, 드물게 나타나는 몽유병의 좋은 사례가 아닐까 생각하여 현지로 출장을 갔다. 사건이 일어난 노가타 지방은 본래 지쿠호 탄전의 중심지로, 일본 굴지의 살인 사건이 빈발한 지역이었다. 그만큼 경찰의 수색 방침도 단순하고 거칠어, 사건 현장의 증거는 발생 다음 날에는 이미 완전히 교란·훼손되어 충분한 조사가 어려운 상태였다. 그러나 그럼에도 불구하고 현장의 상황, 앞서 제시한 각 항목의 진술, 경찰 관계자의 기억, 이웃의 소문 등을 종합한 결과, 이 사건의 특징으로서 다음과 같은 점을 확인할 수 있었다.

(갑) 범행 현장인 여관 안에서는 쿠레 이치로 모자와 투숙객에 관한 사적(事跡), 그리고 부엌문 유일의 잠금장치였던 지름 약 1촌, 길이 4척 1촌 가량의 대나무 버팀목이 원인 불명으로 마룻바닥에 떨어져 있던 것 외에는 범인의 지문이나 발자국 등 일체의 흔적이 발견되지 않았다. 흔적을 일부러 지운 것인지 여부도 불명확하다. 이 버팀목은 문을 밖에서 강하게 밀면 손가락을 넣어 쉽게 빼낼 수 있는 위치에 있었던 것으로 추정된다. 또한 문 가장자리, 버팀목과 맞닿는 부분은 마모 방지와 견고함 확보를 위해 새로 아연판으로 덮여 있었는데, 이것이 오히려 약간의 힘만으로도 버팀목이 떨어지는 원인이 되었던 듯하다.

(을) 피해자 치요코는 사건 당일 새벽 2시에서 3시 사이, 등 뒤에서 비단 허리띠로 교살당하였다. 침구를 걷어차고 다다미 위를 구르며 발버둥 친 흔적 등 격렬한 저항의 흔적을 남긴 채 숨졌는데, 이후 시신은 계단으로 옮겨져 난간에 가는 끈으로 매달려 계단 입구를 향하도록 놓임으로써 마치 스스로 목을 맨

듯 위장되었다. 특히 교살의 흔적이 이중, 삼중으로 남아 있었던 사실은 당시에도 쉽게 확인할 수 있었을 것으로 보이는데, 그럼에도 불구하고 다시 목맴으로 가장한 점은 단순한 은폐책으로 보이지 않는다. 오히려 다른 지문 등을 말끔히 없앤 정황과 종합할 때, 이는 범인에 대한 추적을 혼란스럽게 만들려는 교묘한 수단으로 볼 수 있다. 또한 피해자의 손에는 아무 흔적도 남아 있지 않아, 혹시 가벼운 마취를 당한 것은 아니었는지 의심된다. 범행에 사용된 허리띠 역시 사건 직후 여러 경찰관의 손을 거쳤으므로, 범인을 특정할 만한 증거는 이미 사라진 상태였다.

(병) 쿠레 이치로 역시 마취를 당한 정황이, 그의 진술에 나타난 여러 예후적 징후로 미루어 추정된다.

(정) 시체는 사후 약 40시간이 지난 뒤, 여관 뒷마당에서 후나키 의학사 입회하에 나(W씨)가 직접 해부하였다. 그 결과 최근의 성교 흔적은 없었으며, 자궁에는 과거 임신의 흔적만 남아 있음을 확인할 수 있었다.

이상의 사실에 비추어 보건대, 범인과 그 목적을 단정하기는 극히 어렵다. 그러나 범인은 상당한 학식을 지녔고, 마취제 사용에 익숙하며, 사려 깊은 성격을 지닌 동시에 완력은 크지 않은 자였다고 추측된다. 또한 그는 범행이 쿠레 이치로에게 불리하게 작용하는 것을 바라지 않았던 자로 보인다. (중략) 당시 수사는 이러한 추정에 따라 쿠레 이치로를 석방했으나, 곧 그 방침을 포기하고 단순한 추측에 의한 수색으로 방향을 바꾸었고, 결국 아무런 성과도 얻지 못한 채 사건은 소위 미궁 속에 빠지고 말았다. (하략)

이에 관한 정신과학적 관찰

이 사건은 저자(마사키) 자신이 직접 조사한 것이 아니므로, 전문적인 정신과학적 고찰과 설명에는 다소 불편을 느끼는 바이다. 그러나 W씨가 독특한 법의학적 관점에서 조사·기록한 사건의 여러 특징을 살펴볼 때, 이 사건의 진상은 현대의 소위 과학 지식과 그에 따른 상식의 발달 범위 안에서는 도저히 판단하거나 설명할 수 없는 '심리 유전의 발작'에 있다고 보아야 한다. 이는 의심의 여지가 없는 사실이며, 필자가 말하는 '범인 없는 범죄'의 가장 뚜렷한 실례라 할 수 있다. 다시 말해, W씨의 최초 직감이 적중하고 있었음을 모든 정황이 가리키고 있다는 점을 일일이 지적하고 명시할 수 있다.

또한 W씨가 사건 이후에도 이 점에 관한 의문을 끝내 버리지 않고, 앞서 제시한 바와 같은 귀중한 담화를 성실히 기록한 준비성과 주도면밀함은 경의를 표하지 않을 수 없는 부분이다. 결국 앞서 언급한 W씨의 관찰과 세 항목의 담화를 통해, 이 사건의 진상을 규명해야 할 주요 관찰 요점을 다음과 같이 열거할 수 있다.

【1】 쿠레 이치로의 성격과 성생활

쿠레 이치로는 사건 당시 만 16세 4개월의 소년이었다. 그는 모성애가 깊은 가정에서 성장했다. 평소 젊은 여성들과 교류할 기회가 많아 영민하고 발육이 좋았던 다른 소년들처럼, 이미 충분히 성적으로 성숙해 있었지만, 어머니의 순수한 사랑과 타고난 총명함으로 마음이 맑아져 그것을 육체적으로 표출할 심리적 결함은 없었다. 아직 순수한 동정을 지키고 있었던 것이다.

이성의 창가를 엿들었다는 고백을 하며 얼굴을 붉혔던 모습은, 이런 성향을 가진 소년들의 특징으로 볼 수 있다. 대화 내내 드러나는 순진한 솔직함과,

자신이 범인으로 몰릴 명백한 이유가 있음에도 두려워하지 않는 태도 등을 통해, 그의 마음에 작은 어둠조차 없는 맑고 순수한 삶을 살아왔음을 알 수 있다. 이처럼 나이와 성생활에 대한 추정은 이 사건의 정신과학적 분석에 있어 매우 중요한 판단의 근거가 되므로, 특히 서두에 실어 주의를 환기하는 바이다.

【2】 몽유 상태를 유발시킨 암시

쿠레 이치로가 사건 발생 당일 밤, 오전 1시경에 깨어 어머니의 잠든 얼굴을 보았을 때 "이상한 아름다움"을 느꼈다고 고백한 사실은 앞서 제시한 관찰의 타당성을 뒷받침한다. 동시에 이는 그날 밤 발생한 쿠레 이치로의 '심리 유전적 발작', 곧 몽유 상태의 성질이 어떠했는지를 설명해 주는 증거로 볼 수 있다.

즉, 한밤중의 각성이 성적 충동의 고조와 밀접한 관계를 가진다는 점에 비추어 보면, 당시 쿠레 이치로의 정신 상태는 일종의 위기의 절정에 도달해 있었음을 알 수 있다. 그러나 그는 잠시 아래층으로 내려가 용변을 보고 다시 2층으로 올라오는 과정에서 그 위기가 현저히 완화되었을 것이다. 또한 자극의 대상이었던 어머니 치요코가 등을 돌리고 있는 모습을 본 순간, 적잖은 환멸을 느껴 평소의 이성으로 되돌아가 잠자리에 든 것으로 짐작할 수 있다.

그러나 이렇게 일시적으로 억눌린 성적 충동은, 쿠레 이치로가 깊은 잠에 빠지자 무의식 속에 잠재해 있던 강렬한 심리적 유전을 자극하여 몽유유행 상태를 불러일으켰다(뒤에 서술할 제2회 발작 항목 참조). 그 결과 그는 결국 이러한 참혹한 행위를 저지르게 되었음을, 이후 서술할 각 항의 논거를 통해 차례로 이해할 수 있을 것이다.

【3】 쿠레 이치로의 제1회 각성과 몽중유행과의 관계

쿠레 이치로는 사건 당일 밤, 평소와 달리 한밤중에 깨어났는데, 이는 그에게 거의 없었던 특이한 경험이었다고 진술했다. 그러나 이러한 각성은 이후 수면 중 발생한 몽유유행 상태를 예고하는 하나의 징후였다고도 볼 수 있다. 다만 이 이유를 검토하기에 앞서 반드시 고려해야 할 점이 있다. 바로 부엌문의 버팀목이 떨어진 소리가 그의 첫 번째 각성의 원인이 되었다고 생각되는 부분이다. 쿠레 이치로 본인 역시 그렇게 믿고 있었으나, 이는 수면 중의 감각 작용과 각성 후의 지각 작용을 동일시한 데서 비롯된 오해이며, 성급한 판단이라 하지 않을 수 없다.

수면 중 어떤 소리를 듣고 즉시 깨어났다고 믿는 경우라도, 깨어난 뒤 정확히 살펴보면 이미 몇 분에서 길게는 한두 시간의 시간이 흐른 뒤인 경우가 적지 않다. 가장 극단적인 예는 흔히 말하는 '늦잠꾸러기'의 경우에서 찾아볼 수 있다. 반복해서 불러도 대답만 하고 다시 잠들어 결국 해가 중천에 뜰 때까지 일어나지 못하면서, 오히려 "오늘은 한 번 부름에 바로 깼다"고 주장하는 일이 드물지 않다. 이 사례만으로도 수면 중에 들은 소리와 실제 각성 사이의 시간 착오가 얼마나 심각한지를 충분히 입증할 수 있다. 더 나아가 꿈속에서 분명히 소리를 들었다고 생각했지만, 실제로는 아무 일도 없었던 경우도 매우 흔하다.

따라서 버팀목이 떨어진 소리와 쿠레 이치로의 각성 사이에 필연적인 인과관계를 두는 것은 추리의 과정에서 극히 위험하다. 오히려 두 현상을 무관한 것으로 간주하고 사건을 관찰하는 편이 더 합리적이고 자연스럽다. 하물며 이 소리를 그의 각성 후의 불가사의한 기분과 억지로 결부시켜, 외부에서 누군가 침입해 마취제를 주입하고 흉행을 저질렀다고 속단하는 것은 더욱 모험적이며 불합리한 추측이라 평가할 수 있다.

끝으로, 버팀목이 떨어진 것으로 오인된 꿈속의 소리의 정체에 대해서는 별도의 연구 자료를 가지고 있다. 그러나 이는 광범위한 사례와 정밀한 심리학적 설명을 필요로 하므로 여기서는 생략하고, 단지 '꿈속에서 실제로 존재하지 않는 소리를 듣는 경우' 중 수면 자체를 깨뜨릴 정도로 뚜렷하게 나타나는 두세 가지 사례만을 참고로 제시하는 데 그친다.

(a) 꿈속에서 진행되던 환상이 갑자기 막다른 골목에 부딪힐 경우가 있다. 예를 들어, 어떤 감정(희로애락 등)이 급속히 고조되어 극점에 달하면서, 동시에 폭발, 산란, 낙하 등의 환영이 나타나는 순간이다.

(b) 꿈의 진행이 갑자기 무한한 깊이를 가진 공허에 빠지는 경우도 있다. 예를 들어 세상의 끝에서 발을 헛디디거나, 칠흑 같은 골짜기에 추락하는 순간이 이에 해당한다.

(c) 꿈속에서 진행 중인 두 가지 심리 현상이 갑자기 교차하거나 충돌할 때가 있다. 예를 들어, 두려워하던 대상에게 비밀스러운 행동이 발각되는 순간이나, 충돌이 우려되던 기선이나 자동차가 급격히 진로를 바꾸어 눈앞에서 충돌하는 순간 등이 이에 해당한다.

(d) 꿈속에서 진행 중인 사상이 전혀 예상치 못한 정반대의 심리 대상으로 급변할 때도 있다. 예를 들어, 친구가 흉악한 존재로 변하거나, 동반자가 갑자기 무서운 인물로 바뀌거나, 쾌적한 실내나 즐거운 화원의 꽃 등이 공포스러운 대상물로 변하는 순간이다.

이러한 사례를 통해 관찰할 때, 꿈속에서 느껴지는 비실제적인 소리는 다른 것이 아님을 알 수 있다. 즉 꿈의 진행 중 갑작스러운 공포, 경악, 환희 등 심경의 급변과 각성 시에 큰 소리에 맞은 심리적 충격이 혼합되어, 착각으로 하나의 소리로 느껴지게 된 것이다.

나아가 이러한 사례에 비추어 보면, 쿠레 이치로의 제1회 각성은 직전 그의 성적 충동이 극도로 고조된 상태에서 꿈의 진행과, 양심적 충동을 상징하는 환상이 불가항력적으로 교차·충돌하며 나타난 공포적 심리 상태에서 비롯된 음향적 착각일 가능성이 있다. 이 가정을 전제로 할 때, 그가 어머니의 잠든 얼굴을 보고 이상한 아름다움을 느꼈다는 사실은 자연스러운 심리적 반응이며, 특히 춘기에 있는 젊은 동정에게 흔히 나타나는 순수하고 솔직한 내적 경험으로 이해할 수 있다. 동시에 이후 숙면 중 동일한 성적 충동에 의해 몽중유행 상태가 발생할 가능성 또한 깊이 뒷받침될 수 있다.

또한 버팀목이 떨어진 사실은, 쿠레 이치로가 몽중유행 상태에서 무의식적으로 행한 범죄 은폐 수단일 가능성도 있다. 몽중유행 상태에서 흉행이나 부정 행위를 수행하는 경우, 이러한 은폐적 행동을 함께 행하는 사례가 매우 드물지 않다는 점에서 이를 자연스럽게 이해할 수 있다. 게다가 이 사례에서처럼, 이러한 행동이 늘 천박하게 웃음을 자아낼 만한 수단으로 나타난다는 점도 이러한 의문을 부자연스럽지 않게 한다. 더불어, 혹시 누군가가 외부에서 들어오려다 실수로 버팀목을 떨어뜨리고, 그 상황을 엿보던 중 쿠레 이치로가 내려오는 것을 보고 도망쳤을 가능성도 배제할 수 없다. 그러나 이러한 점에 관해서는 조사가 충분히 이루어지지 않은 것으로 보이므로, 잠시 의문으로 남겨 둔다.

【4】 몽중유행 상태 발작 초기의 행동. 교살.

이 사건의 근본적인 설명이 될 흉행의 목적은 오늘날까지도 막연하여 추리의 범위 밖에 있다고 할 수 있다. 동시에, "쓰쿠시 여숙 내에는 쿠레 이치로 모자와 여숙생에 관한 사적 이외의 것은 인정하지 않는다"는 W씨의 조사 기록 여러 항목을 함께 고려하면, 이 사건의 진상이 쿠레 이치로의 어머니에 대한 몽중유행 발작이라는 사실을 가장 간단하고 합리적으로 수긍할 수 있다. 또한 그 외의 범인에 관한 추정은, 제3자를 가상하여 시도한 데서 생긴 일종의 착각임을 충분히 설명할 수 있다.

즉, 쿠레 이치로는 앞서 언급한 성적 충동을 심리에 품은 채 숙면을 취했고, 이에 의해 자극된 심리 유전의 발작 때문에 몽중유행 상태가 되었다. 그 의식 속에서 나타난 몽환(내용은 당시 불명)에 따라, 눈에 띈 피해자의 허리띠를 집어 들어 몽환의 대상인 여성(실제로는 어머니)에 대한 흉행을 저질렀다. 또한 이후, 학술적으로도 진귀하다고 평가할 수 있는 기이한 몽중유행 상태를 이어간 뒤 잠자리에 든 것으로 추측된다.

이 흉행은 쿠레 이치로의 뇌 작용, 즉 의식적 정신 활동이 숙면 중에는 휴지 상태에 있는 동안에도, 온몸의 세포 간 반사적 교감 작용이 뇌를 대신하여(주로 교감신경과 미주신경과 연결된 내장 기관이 역할을 수행하며, 근육·결합 조직·지방·혈액 등도 참가하여 사후의 이상한 피로 상태를 나타낸다. 졸저『정신병리학』참조), 오관과 직접 연결되어 보고·듣고·판단하며 실행된 것이다. 따라서 각성 후 유아적 의식에는 거의 기억이 남지 않고, 이를 혼동하여 모든 행동을 의식적 판단만으로 가능하다고 착각하게 되었으며, 앞서 언급한 가상의 범인을 추정하는 등의 오류가 발생한 것이다. 현대 과학 지식의 발달 정도에서는 이는 어쩔 수 없는 귀결이라 할 수 있다.

덧붙여, 이 사건을 통해 연구되어야 할 쿠레 이치로의 몽중유행 상태 중, 제2회 발작(후단 참조)에 의해 연출되어야 할 사건 핵심인 심리 유전의 내용과 직접적으로 연결된 발작은 이 교살 행위 한 가지에 불과하다. 이후의 몽중유행은 오히려 탈선적 성격을 띠었으나, 이러한 탈선적 몽중유행 자체도 학계에서 진귀한 사례로 평가될 만하며, 정신과학적 연구 가치가 매우 높다. 또한 근접한 참고 사례를 찾아보기 어려우므로, 다소 탈선이 포함되었더라도 본 사건에 기술함으로써, 쿠레 이치로의 몽중유행 발작에 의해 사건의 진상이 일관되게 설명될 수 있음을 명백히 하고자 하는 것이다.

【5】 교살에 이은 제2단계의 몽중유행. 시체 희롱.

피해자가 바닥 위에서 뒹굴며 고통스러워한 흔적과 교살의 흔적이 뚜렷함에도 불구하고, 이를 다시 교살로 위장한 것은 언뜻 보기에는 천박한 범죄 은폐 행위처럼 보인다. 그러나 실제로는 그렇지 않다. 이러한 관찰에서 가상의 제3자의 지력이 평범하지 않음을 의심한 것은 일면 이유 있는 판단처럼 보이지만, 이는 지나치게 깊이 파고든 부자연스러운 관찰이라는 점에서 신중히 받아들일 필요가 있다. 위의 사고는 또한 우연히 몽중유행 상태 특유의 기괴한 행동이 그날 밤 그곳에서 실제로 이루어졌음을 시사하며, 저자가 언급한 시체 희롱 역시 그날 밤 쿠레 이치로에 의해 연기되었다고 보아 조금의 부자연스러움도 느끼지 않는다. 오히려 위 사상에 대한 설명은 간단하고 적절하며, 의심할 여지가 없다고 판단된다.

다만, 몽중유행 상태에서 나타난 시체 희롱 현상에 관해서는, 예로부터 명확한 기록 근거가 거의 존재하지 않는다. 이러한 초유물과학적인 현상에 대해 깊은 흥미를 가진 일부 라틴 인종 사이에 전해진 기록이나, 동양 여러 민족 사이에 남아 있는 전설 정도에서만 산견될 뿐이다. 또한 그 기록들 역시 실견기에 기반한 것이 아니라, 특이한 두뇌를 가진 승려나 의사 등이 타인에게서 듣거나 탐문하여 기록한 수필 수준에 지나지 않는다. 이러한 자료의 대부분은 시체를 사용하여 사람을 위협하거나, 죽은 자를 움직여 보거나, 시신을 가장하여 악행을 저지르는 등 미신적·상징적 사건을 기술한 것이며, 장기의 획득, 매장품 약탈, 시간적 착오 등으로 인해 진상을 명확히 포착하기 어렵다.

그럼에도 불구하고, 시체 희롱의 현상이 역사적으로 존재했다는 사실은 의심할 여지가 없다. 중국, 인도, 일본 등지에서 시신, 시귀, 화차 등으로 전해지는 요괴 이야기를 검토하면, 이와 유사한 몽유 행위, 즉 시체 희롱이 잘못 전해진 사례가 존재했음을 자연과학과 정신과학의 관점에서 추론할 수 있다.

이러한 사실의 상세한 내용에 대해서는 다른 날 '요괴편'이라는 한 편에서 별도로 연구·논증할 예정이며, 현재는 재료 정리 단계에 속하지만 그 일부를 요약하면 다음과 같다.

원래 시신, 시귀, 화차 등으로 불리는 요괴 현상은 여우, 고양이류, 또는 까마귀, 부엉이 등 괴조류 요수의 소행이라고 믿어지는 경향이 있다. 그러나 실제로는 그렇지 않다. 전설 기록을 통해 시체 희롱의 상황을 살펴보면, 관 속이나 바닥 위에 조용히 누워 있던 시체가 갑자기 일어나 허공을 달린다는 식으로 묘사되어 있다. 이어서 망자가 눈을 감고 머리카락과 양손을 힘없이 늘어뜨린 채, 물구나무서기, 공중제비, 비스듬히 선 채 정지, 걷기, 통나무 구르기, 자벌레 걸음, 공중 매달리기, 거꾸로 매달리기, 송곳 돌리기, 분마와시 회전, 뒤로 젖히기, 부처 쓰러지기, 뒤로 넘어가기, 뛰어오르기, 떨어지기 등 마치 누군가 손으로 조종하는 듯한 온갖 기발한 동작과 운동을 수행하는 것으로 기록되어 있다.

그러나 이러한 형상을 냉정하게 관찰하면, 이는 실제로 순진한 어린이가 인형이나 생물체, 또는 인상과 유사한 물체를 가지고 온갖 잔인한 자세와 동작을 연기하며 즐기는 모습과 매우 유사하다. 특히 어린이는 이러한 놀이를 할 때 스스로 손을 움직이고 있다는 사실을 거의 잊고 있어, 마치 인형이 자기 의지를 직감하고 원하는 대로 움직이는 것처럼 착각하며 일종의 잔인성을 충족시키는 심리를 보여준다. 이러한 심리는 일상생활 곳곳에서도 관찰할 수 있다.

더 나아가, 이러한 생물체 또는 의생물체를 희롱하는 심리는 인류 조상이 야만적 몽매 시대에 사냥감이나 적을 정복·포획하거나 쓰러뜨릴 때의 만족과 승리감에 의해 발현되었던 행동이 변형 유전되어 나타난 것이라고 볼 수 있다. 예를 들어, 적수의 머리를 던지며 환희했던 사례가 역사적으로 존재하며, 이러한 의생물체 희롱의 습성은 주로 남자아이에게 나타나기 쉬운 사실도 주목할 만하다(졸저 『심리 유전 본론』 중 변형 유전 부 참조).

따라서 이러한 심리 유전이 시체 희롱과 같은 몽중유행을 유발할 수 있다는 점은 충분히 설득력이 있으며, 의심의 여지가 없다고 할 수 있다.

다음으로 위의 고찰을 사실과 대조하여 구체적으로 설명하면, 우선 임종을 앞둔 병자를 마지막까지 돌보았거나 시체를 처리한 사람이, 수면 후 특히 간호 등으로 인한 심신의 피로와 일종의 안심으로 평소보다 깊은 숙면에 빠졌을 경우, 그 시체로부터 받은 강한 암시에 의해 잔인성을 띤 몽유 심리가 유발되어 미장이나 기장의 시체를 꺼내 희롱했다고 가정하면, 자신이 직접 손을 댄 사실을 거의 기억하지 못하는 것은 자연스러운 일이다.

또는 반쯤 몽롱한 상태에서 의식했다고 해도, 어린아이의 인형 놀이와 마찬가지로 자신이 손을 댄 것이 아니라 시체 그 자체의 행위라고 착각하며, 이를 일종의 악몽으로 여기고 시체를 희롱하여 어딘가에 유기하거나 관에 넣고 돌아와 잠자리에 든 뒤, 다음 날 아침 시체의 위치나 상태 변화를 발견하고 크게 놀라 요괴의 소행이라고 해석했을 가능성도 충분히 있다. 이러한 전설이나 구

전 설화의 거의 전부가, 시체 근처에 있던 가난한 집 사람의 경험 또는 시체와 가까이 있던 한 명의 인간을 소재로 전해지고 있음을 감안하면, 요괴의 주인공이 시체나 다른 짐승 귀신이 아니라, 옆에서 잠든 자의 몽중유행에 의한 것임을 짐작할 수 있다.

또한, 현재까지 전해지는 다수의 밤샘 습관은 이러한 요괴 현상을 방지하는 데 효과적이라는 사실이, 예로부터 많은 사람들의 경험을 통해 자연스럽게 확인되어 왔음을 오늘날 입증할 수 있다. 예컨대 죽은 자의 머리맡에 칼을 두는 습관은, 칼의 빛이나 형상의 위협적 자극이 몽유병자의 환각을 깨는 데 효과적이었기 때문에 생긴 습관일 가능성이 있다.

이와 같이 관찰할 때, 시체 희롱이라는 몽중유행 상태의 존재는 의심할 여지가 없다. 특히 밤샘 습관과 화장이 일반화되기 이전에는, 시체 근처에 있는 사람에 의해 상당수의 몽중유행 상태가 실제로 발생했을 것임이 자명하다.

다음으로, 위 연구 고찰을 이번 사건과 대조해 보면, 그날 밤 쿠레 이치로의 여성 교살 후의 몽중유행 증상은 거의 위와 동일한 범주에 속한다고 볼 수 있다. 그러나 여기에 변태적 성욕을 포함한 몽중유행이 나타난 흔적이 분명히 있는 점은 특히 주목할 만하다. 즉 쿠레 이치로는 자기 혈통에 전해지는 독특하고 고유한 변태 성욕적 '심리 유전'에 의해, 먼저 몽환 속 대상인 이성을 교살하여 제1단계의 만족을 얻고, 그 후 시체가 남긴 암시에 의해 앞서 언급한 일반적인 몽유 상태, 즉 시체 희롱으로 이어진 것으로 추정된다.

시체가 심하게 몸부림치고 뒹굴었던 흔적은 희롱 과정과 혼동되었을 가능성이 있으며, 피해자의 고통 일부만이 실제 사건과 관련되었을지도 모른다. 동시에 이 시체 희롱이 변태적 성욕적 쾌락을 추구하는 특수한 심리적 성격을 포함하고 있었음을 짐작할 수 있다. 이는 희롱이 끝없이 이어지고, 궁극적으로 변태 성욕 중 최고 단계(후단 참조)에 도달했다는 사실로 확인된다.

【6】 시체 희롱에 이은 제3단계의 몽중유행.

자기 학살의 환각과 자기의 시체 환시.

'자기 학살의 환각' 및 '자기의 시체 환시'라고 일컬어지는 변태적 심리는, 몽중유행이 아닌 일반 상황에서도 특이 중의 특이 사례에 속할 만큼 드문 현상이다. 따라서 이러한 변태적 심리에 이르게 된 심리적 경과를 일일이 서술하는 것은 쉽지 않다. 그러나 당장의 참고를 위해 요약하면 다음과 같다.

본래 성욕이나 연애는 자기 이외의 이성에게 향하는 심리를 가리킨다. 이를 본원으로 거슬러 올라가 고찰하면, 어떠한 극단적 연애나 성욕의 발로라 하더라도, 결국 자신의 살아 있는 영육을 존중하고 애석히 여기는 본능적, 주의적, 혹은 이기적 심리의 표현일 뿐이다. 그런데 이러한 성욕이나 연애가 체질, 성격, 환경 등의 영향을 받아 항상 만족하지 못하거나, 만족 방법을 모르거나, 혹은 만족 자체를 깨닫지 못하는 경우(성욕 노쇠의 경우도 유사하지만 여기서는 생략)에는, 욕구가 극도로 고조되고 첨예화하며 통렬하게 심화된다. 결과적으로 평범한 수단으로는 만족을 얻지 못하고, 궁극적으로 변태 성욕의 경계로 탈선하며, 결국 자기 자신에게까지 심리적 집착과 애정을 향하게 되는 것은 필연적 귀결이다.

적극적인 측면에서 이를 예시하면, 만족할 줄 모르는 이성에 대한 애무욕이 극도로 고조되면, 평범한 성교의 만족에 싫증을 느끼고, 이성을 학대하거나 학살하는 쾌감(사디즘)이나 시체 애호(네크로필리아)로 나아간다. 이어 이성의 육체 엿보기, 이성의 형상에 대한 애호(피그말리오니즘), 이성의 부속물

찬미(페티시즘) 등으로 발전하며, 점차 이성으로부터 직접 받는 자극에서 멀어지고 심각미 있는 쾌감을 추구하게 된다. 나아가 이러한 엽기적 심각미 추구가 끝나지 않으면, 궁극적으로 인간 본래의 자기 애석 본능에 따라 자기 연착에 빠지게 된다.

반대로 소극적인 측면에서 보면, 피애적 만족을 얻지 못하는 원망이 초자연적으로 고조될 경우, 피학대 욕구(마조히즘)로 발전하고, 이성의 배설물에 대한 애호(코프로라그니), 이성으로부터의 모멸, 냉시, 조소, 혐오의 감수욕(엑시비셔니즘 등)으로 이어지며, 궁극적으로 앞서 언급한 자기 연착의 상태로 귀결된다.

즉 나르시시즘, 곧 자기 연착은 이러한 적극적·소극적 양면의 변태적 연애가 교차하며 하나로 귀결되는 현상의 발현이라 할 수 있다.

게다가 '자기 연착'이라고 명명한 심리 속에는, 적극적·소극적 양극단의 변태적 성향이 모두 합쳐져 나타난다. 즉 자기 자신에 대한 극도의 애무나 분식적 행위는 점차 자기 학대, 자기 일부 노출, 엿보기 등의 변태적 취미로 이어진다. 이 과정에서 자기 경시, 냉대, 조소, 혐오, 자기 공포 등의 심리를 느끼게 되고, 나아가 자기 학살의 쾌감이나 자기 시체 환시의 쾌미감에 탐닉하게 된다.

이러한 심리적 실례는 매우 광범위하고 다단하며, 또한 보편성을 지니고 있다. 옛날의 할복, 의사, 분사 등의 사례, 혹은 일반 자살자의 유서에서 나타나는 꿈과 같은 '자기 찬미'나 감미로운 눈물을 수반한 '자기 도취' 심리의 이면에도 이러한 변태적 요소를 확인할 수 있다. 특히 실연으로 인한 자살자 중에서도, 이러한 변태적 욕구를 통해 마지막이자 최고의 만족을 얻지 않은 사람은 거의 없다고 단언할 수 있다.

이 외에도, 이러한 변태적 심리가 발현되는 특수한 사례는 매우 다양하다.

자기 이름이나 초상의 파괴, 거울면의 이유 없는 손상, 모의전이나 연극에서의 부상자·사망자 역할 수행, 각종 예술 작품에서 자기와 유사한 인물의 잔인한 묘사, 유서 없는 자살, 타인이나 공중 앞에서의 자살, 자기 또는 환경을 미화·분식한 자살, 동반 자살, 자살 클럽 참여 등 그 양상과 발현은 거의 상상하기 어려울 정도로 다양하다.

더 나아가, 인간 생활의 일상 곳곳에서도, 본래의 자기 애착심과 자연적 관계를 유지하며 이러한 변태 심리가 은연중에 반영되고 있다. 따라서 이를 일일이 열거하는 것은 불가능하다. 여기서는 다만, 이러한 극단적 변태 심리가 학문적 연구 가치가 높고 비상한 것임에도, 실제 사례는 결코 희귀하지 않으며, 중간적 변태 성욕보다 오히려 보편적 경향을 지닌다는 점을 강조한다. 즉 상당한 자성력을 가진 사람들은 언제든 자기 심리 생활 곳곳에서 이러한 변태 심리를 발견할 수 있다는 사실을 증명하는 데 그친다.

이상의 서술에 따라 사건의 특징을 연구·고찰하면, 쿠레 이치로는 몽중유행의 제1단계인 교살 행위 전후에 피해자의 풍모가 자기와 흡사하다는 점을 인식했을 가능성이 높다. 동시에, 몽중유행의 본원인 심각하고 통렬한 성욕 충동이 그 몽유 행동에 의해 해제되지 않았기 때문에, 만족을 얻지 못한 채 시체를 계속 희롱하면서도 몇 차례나 그 시체의 풍모가 자기와 유사함을 인식했을 것으로 추정된다. 그 결과, 자연스럽게 자기 학살의 착각과 환각에 몰입하여 시체를 자기에게 비유하고, 수회에 걸쳐 교살 행위를 반복한 것으로 보는 것은 결코 부자연스러운 추측이 아니다.

이처럼 마지막에는 자기의 시체 환시 몽유로 이어져, 피해자의 시체를 자기에게 비유하여 계단 위 난간에 매달고, 마주 보는 계단 부근에서 관찰하며 환희를 느꼈을 가능성이 크다. 이를 종합하면, 피해자가 이중·삼중으로 교살된

후 교살에 비유된 것 등 본 사건의 주요 특징은 지극히 자연스럽고 명백하게 설명될 수 있다. 그러나 사건 검안 조사에서는 이러한 점이 충분히 고려되지 않았고, 평범한 일반 범죄와 동일시된 결과 지문, 발자국 등의 사적이 대체로 간과되었다. 따라서 몽중유행 특유의 기괴한 행동 세부에 관해 추측할 수 없는 부분이 있는 것은 어쩔 수 없는 유감이라고 할 수 있다.

덧붙여, 쿠레 이치로 몽중유행 발작을 여기까지 유도한 성욕 충동의 최고조 상태는 자기의 시체 환시를 통해 종국적으로 해제된 것으로 추정된다. 그 후의 행동은 이 몽중유행의 여파로 볼 수 있으며, 필자가 언급한 '비틀거리는 상태'에 해당한다. 그러나 이 상태에서 행해진 몽유 행동 중에도 본 사건의 표면적 특징을 설명하는 중요한 요소가 포함되어 있을 가능성이 있으므로, 이에 대해서는 별도로 기술한다.

【7】 쿠레 이치로의 악몽, 구취, 그 외 나타난 몽중유행증의 특징

쿠레 이치로가 악몽을 꾸었고, 각성 후 두통, 현기증, 오한, 구취, 구역질 등을 느꼈다는 사실을 근거로 마취제 사용을 의심하는 시각도 일면 이해할 수 있다. 그러나 정신과학적 견지에서 관찰하면, 이는 현대 과학 지식의 범위에서는 불가피한 착오로 평가할 수 있다. 결국 이러한 현상은 꿈과 몽중유행의 본질에서 비롯된 것으로, 단순히 상식적 판단만으로는 저급하고 천박한 결론에 이르게 된다. 아래 두 단락에서 자세히 설명하겠지만, 위의 여러 현상은 마취제 사용이 아니라, 오히려 몽유병 발현에 따른 병발 증상으로서 나타난 특징임을 명백히 인정할 수 있다.

(가) 구취와 로쿠로쿠비 괴담

쿠레 이치로가 각성 후 느꼈다는 두통, 구역질, 피로 등은 앞서 언급한 바와 같이 모두 몽유병의 특징으로 나타날 수 있는 병발 증상이다. 그중 특히 흥미로운 관찰 자료는 입안에서 불쾌한 냄새를 느꼈다는 본인의 진술이다. 이러한 몽유병자의 구취 현상은, 후일 '요괴론'에서 상세히 논할 예정이지만, 여기서 일부를 간략히 제시하면 다음과 같다.

일반적으로 몽유병자가 발작을 수행하는 동안에는, 그 본원적 내적 충동에 이끌려 피로를 거의 자각하지 않고, 보통 사람의 상상을 초월한 정력과 인내력을 유지하는 사례가 적지 않다. 그러나 발작의 최고조 시점이나 발작의 주요 단계를 지나고 나면, 정신적 이완과 함께 심한 피로와 갈증을 느끼는 것은 생리상 당연한 귀결이다. (고통과 신음, 가벼운 몽중유행을 동반한 악몽 등에서의 각성 후에도 마찬가지이다.)

이러한 점을 근거로, 사건과 비교 연구할 만한 절호의 참고 자료로 일본에서 전해지는 로쿠로쿠비 혹은 누케쿠비라 칭하는 괴담을 들 수 있다. 로쿠로쿠비 괴담과 그림은 인간의 꿈이나 몽중유행 심리를 상징하는 것으로, 여기서 다시 장황히 설명할 필요는 없다.

동시에, 로쿠로쿠비가 기름, 하수구 등의 불결한 물을 핥는 습벽을 가진다는 점 때문에, 다음 날 아침 입안에 악취를 느끼는 현상이 설명된다. 언뜻 보기에는 황당무계한 헛소리처럼 보이지만, 결코 그렇지 않다. 괴담에서 단지 목만 탈출하여 꿈틀거리며 무언가를 핥는 것으로 추정한 것은, 꿈이나 몽중유행의 본질을 알지 못한 상태에서 억지로 붙인 상상에 불과하다. 실제로는 본인이 몽중유행 중 생리적 욕구에 따라 어떤 액체를 갈망하고 찾아다니며, 입에 댄 결과일 뿐이다.

게다가 위에서 말한 욕구는 반드시 발작의 최고조를 지난 후에 나타나는 것으로, 단지 심한 갈증의 자극에 의해 겨우 몽중유행을 계속하고 있는 상태일 가능성이 높다. 따라서 의식은 현저히 흐려지고, 수색이나 탐구 능력 또한 크게 저하되어 있을 것이다. 이 때문에 해당 액체가 정확히 무엇인지 묻지 않고, 단지 물과 비슷하거나 액체임을 인정한 것만으로 즉시 삼키는 것은 충분히 있을 수 있는 일이다.

몽중유행 중에 기름이나 하수구의 오수 같은 것을 입에 대고도 자신이 알지 못하며, 다음 날 아침 이상한 구취를 느끼거나 삼킨 것의 불소화로 두통과 구역질을 호소하여 가족에게 의심을 받는 상황, 불단이나 등잔의 기름이 감소한 사실과 상상이 결부되어 해당 본인의 목만이 탈출한 것처럼 의심받는 일은, 인식이 미개했던 옛날에는 충분히 자연스러운 현상으로 생각된다.

또한 로쿠로쿠비, 즉 몽중유행의 주인공은 평소 모든 본능적 자아적 심리의 발동을 억압하거나, 억압되기 쉬운 묘령의 미인과 인간 조상 또는 스테고케팔리아를 상징하는 세 눈의 하등 동물 중 한 종류로 대표된다. 여기에 긴 혀를 내밀어 액체를 핥는 동물적 행동이 결부되어 있는 점은, 심리 유전학에서 동물 심리의 유전 발로 연구에 중요한 참고 자료가 되지만, 여기서는 번거로움을 피하기 위해 상세히 설명하지 않는다.

이상의 서술에 따르면, 쿠레 이치로의 각성 후 구취는 흡입이나 주사로 인한 마취약의 영향, 혹은 약제의 구강 점막 재분비에 의한 것이 아니다. 오히려 그날 밤 입에 댄 액체(예: 향수, 화장수, 클리닝용 휘발유 등)의 증거로 보는 것이 자연스럽다. 또한 다른 병적 현상의 대부분 역시 해당 액체와 관련된 것으로 이해하는 것이 타당하다.

다만, 이 점에 대한 제반 조사가 전혀 이루어지지 않은 것은 어쩔 수 없는 일이지만, 천추의 유감이라 할 수 있다.

(나) 악몽

또한 쿠레 이치로가 사건 당일 밤 1시 5분 전후에 깨어난 뒤 다시 잠들면서 연속해서 꾸었다고 믿는 악몽은, 실제로는 제2회 각성 이전의 짧은 시간 동안 꾼 꿈이 기억에 남은 것에 불과하며, 일반적인 꿈과 마찬가지로 몽중유행의 내용과는 직접적인 관련이 없다. 오히려 몽중유행 중 입에 댄 어떤 물질의 영향일 가능성이 높다는 점은, 전 단락의 설명으로 충분히 확인할 수 있다.

【8】 몽중유행이 행해진 시간, 그 외

위에서 언급한 이유에 비추어 이 사건을 고찰하면, 쿠레 이치로의 그날 밤 발작은 제1회와 제2회 각성 사이에 일어난 것으로 추정할 수 있다. 피해자의 절명 시간이 2시에서 3시 사이라면, 쿠레 이치로는 제2차 취침 후 30분 내지 1시간 이내에 몽중유행 상태가 일어날 수 있는 가장 깊은 숙면에 빠졌음을 짐작할 수 있다. 또한 제2회의 새벽 각성은 평소 각성 시 나타나는 습관적 잠재의식의 발로로 볼 수 있으며, 그 후의 수면에서는 쿠레 이치로가 몽중유행의 여파 또는 몽중유행 중 삼킨 물질에 의해 유발된 악몽으로부터 벗어나, 진정한 숙면과 휴양 상태에 들어갔음을 그 발현 현상으로도 추정할 수 있다.

【9】 몽중유행에 관한 각성 후의 자각 및 이중인격에 관한 고찰

다음으로, 쿠레 이치로가 각성 후 경찰에서 어머니 살해 혐의로 심문을 받았을 때, 망연자실하면서도 "그렇다면 내가 죽여 놓고 잊어버린 것이 아닐까"라는 지극히 가벼운 의문을 느꼈다고 고백한 사실은, 언뜻 보기에는 그가 자기 몽중유행의 일부를 기억하고 있는 중대한 증거처럼 보일 수 있다. 제4항에 약술한 바와 같이, 그날 밤의 몽중유행 사실은 그의 유의식적 기억에는 존재하지 않았을 가능성이 높지만, 뇌 이외의 세포가 만든 무의식적 기억—예를 들어 당시의 극심한 피로감 등—이 경부 심문의 암시력에 의해 의식 속으로 떠오른 것은 아닐까 추정할 수 있다.

그러나 다른 한편으로, 기질이 순진하고 양심이 맑으며 소설류를 애호하는 쿠레 이치로가 이러한 국면에 처한 결과, 두뇌 특유의 착각을 일으켰을 가능성도 배제할 수 없다. 따라서 이러한 의문은 쿠레 이치로의 몽중유행 존재를 정확히 입증하는 근거가 될 수 없으며, 다만 보충적 참고 자료로서 제시될 수 있을 뿐이다.

또한 위와 같은 서술을 통해, 예로부터 몽중유행병자가 일종의 이중인격을 가진 것처럼 생각되어 온 이유도 이해할 수 있다. 즉 조상 대대로 유전된 방대한 기억과, 혈통 속 각 인종·가계·개성 등의 무수한 성향이 결합된 인간 성격의 일부가 각성 중에 분리되어 나타나는 것이 소위 이중인격이며, 마찬가지로 수면 중 발현되는 것이 몽중유행증이다. 이러한 몽유병자의 소질은 유전성을 띠므로, 몽중유행 중 행한 범죄에 대한 책임을 몽유병자 본인에게 묻는 경우는 드물고, 이를 유전시킨 조상 및 당시 사회가 그 책임을 져야 할 경우가 많다는 점을, 이 사건의 법률적 고찰을 위한 참고로 부기한다.

【10】 쿠레 가문의 혈통에 관한 수수께끼

서두에 제시한 네 항목의 담화 중, 위에 발췌한 것 외에도 쿠레 이치로의 심리에 이러한 몽중유행을 발작하게 하는 유전적 요인이 존재함을 암시하는 부분이 적지 않다. 구체적으로 다음과 같다.

=쿠레 이치로의 담화 중=

해당 인물의 모친 치요코는 여성으로서는 드물게 명석한 두뇌를 가졌고, 기가 센 성격의 소유자라는 점이 설명되어 있다. 또한 평소에는 미신을 믿지 않는다는 취지를 밝히면서도, 모녀 두 사람의 숙명이나 운명에 관해서는 지극히 평범하고 어리석은 미신을 극도로 고집하는 모습을 보인다. 이를 통해 동(東) 가의 딸의 심리에 불가항력적인 우울과 불안이 끊임없이 존재하고 있는 것이 아닐까 추측할 수 있다.

= 동(마사키 박사) =

마미아나의 선생이라 불리는 점쟁이가 "너희들은 누군가에게 저주받고 있다"고 말한 것은, 점쟁이가 동(東) 가의 딸과의 대화 속에서 드러난 어떤 사실을 추측해 한 발언일 가능성이 의심된다.

= 야요코의 담화 중 =

노가타 경찰서 유치장에서 처음 쿠레 이치로를 면회했을 때 "너는 무슨 꿈을 꾸고 있었니?"라고 물은 것은, 야요코가 "일찍이 몽유병에 관한 이야기를 들었기 때문"이라고 변명했지만, 농가의 주부로서 교양 외에 고등한 학식을 갖추지 못했을 터인 야요코가 이러한 초상식적으로 고등한 정신과학적 현상이 가능할 것을 생각하고, 이를 실제 사건의 진상에 적용해 꿰뚫어 보려 한 것은 참으로 놀라운 사실이다. 설령 야요코가 혜민하고 과감한 판단력을 가진 자라고 해도, 여전히 다소 부자연스럽다는 인상을 지울 수 없다. 다만, 그녀가 평소 이러한 문제를 염두에 두고 있었고, 관련 풍설이나 설명에 예리한 주의를 기울이고 있었다면, 이러한 질문은 결코 부자연스럽지 않다.

= 동 =

동 부인은 메이노하마의 친가와 가까운 친척이 적다는 점을 흘렸지만, 시골 부잣집에는 종종 혈연적으로 고립된 가계가 있다. 이러한 고립은 대부분 그 가문이나 혈통에 얽힌 전통적 악명이나 특정 유전적 소질 때문이며, 이로 인해 주변 사람들이 인척 관계를 맺는 것을 꺼리는 경우가 많다. 쿠레 가문 역시 이와 같은 성향을 지닌 가문일 가능성이 있다.

　=동=
　여동생 치요코가 가출한 원인은 자수와 회화 수련을 위한 것이라는 변명과 달리, 다른 의미도 포함되어 있는 듯하다. 즉 치요코는 언니와 함께 있으면 결혼이 불가능할 것을 예감하고, 쿠레 가문의 혈통을 잇기 위해 언니와 묵계 하에 가출했을 가능성이 있으며, 이 때문에 언니의 행방 수색이 다소 소극적이었을 수도 있다. 또한 자매 모두 여성으로서는 드물게 기가 센 성격을 지닌 점으로 미루어, 이러한 묵계가 성립할 가능성도 충분히 상상할 수 있다.

　=마쓰무라 마쓰코 여사의 담화 중=
　"치요코가 유명한 남자 킬러라는 소문"과 앞서 언급한 의문을 종합하면, 이러한 상황을 짊어지고 가출한 동(東) 가의 딸의 후속 행동을 어느 정도 짐작할 수 있다.

　이상의 각 항목을 통해, 메이노하마의 쿠레 가문에는 전통적이면서도 지극히 공포스러운 어떤 요소가 존재하며, 동 가문의 마지막 혈통인 야요코와 치요코 자매는 이를 잘 알고 있었던 것으로 추측할 수 있다. 따라서 이 사건의 초기 단계부터 이미 이러한 사실이 충분히 암시되어 있었다고 볼 수 있다.

【11】 남은 문제는 이 사건에서 쿠레 이치로의 몽중유행 발작이 **"어떤 종류의 심리 유전과 어떤 정도의 발로에 의해 이루어진 것인가"**이다.

즉, 제1회 발작은 그 몽중유행을 직접적으로 유발한 암시가 '한 여성의 잠든 얼굴의 아름다움'이라는 단순한 것에 지나지 않았고, 또한 그 자극이 이성적 매력이 가장 약한 어머니로부터 주어진 것이었기 때문에, 쿠레 가문 고유의 경이로운 심리 유전에 대한 암시의 정도 또한 매우 얕았던 것으로 추정된다. 따라서 그 몽중유행의 내용 역시 동 가문 고유의 심리 유전과 일치하는 것은 오직 '교살' 한 가지에 불과하다. 그 외에는 시체 및 용모의 암시에서 비롯된 탈선적인 몽중유행으로 옮겨가, 그 이상의 심리 유전 내용은 나타나지 않았던 것으로 생각할 수 있다.

그리고 앞서 언급한 여러 근본적인 의문들에 대한 해결과 설명은, 이 노가타 사건 발생 후 약 2년 만에 나타난 제2회 발작에서 드러난 여러 사정을 통해 철저하게 밝힐 수 있다.

제2회 발작

참고문헌 1. 도쿠라 센고로의 담화

청취 일시: 다이쇼 15년 4월 26일 (메이노하마 신부 살인 사건 발생 당일) 오후 1시경

청취 장소: 후쿠오카현 사와라군 메이노하마정 2427번지, 해당 인물 자택

동석자: 도쿠라 센고로(쿠레 야요코 집 상시 고용 농부, 당시 55세), 쿠레 야요코 집에 함께 있었던 여자 고용인, 나(W씨)

——네, 정말이지, 이런 무서운 일은 없었습니다. 그때 사다리 꼭대기에서 떨어져 다친 허리가 아직도 아파서, 소변을 보러 갈 때조차 기어 다닐 정도였으니, 하마터면 목숨을 잃을 뻔했습니다. 하지만 오늘 아침부터 가지의 검은 재를 술에 타서 마시고, 보시는 바와 같이 붕어를 으깨 붙이는 묘약을 사용하고 있으니, 덕분에 통증이 꽤 가라앉은 것 같습니다.

——쿠레 님 댁은 천 섬 남짓한 쌀을 거두는, 이 근방에서도 손꼽히는 이름난 대농입니다. 양잠에서 양계에 이르기까지, 과부인 야요코 님이 혼자 주판을 튕기시니 재산은 계속 불어납니다. 몇십만인지, 몇백만인지 정확히는 모르지만, 대단한 일입니다. 학교도 직접 지으시고, 절도 조상님이 지으신 절도 있으며, 후계자인 젊은 주인 쿠레 이치로는 큰 행운아였는데, 생각지도 못한 일이 생겨 안타깝습니다.

——젊은 주인님은 온순하고 말수가 적은 분이셨습니다. 노가타에서 이쪽으로 오신 뒤로는 안채에서 공부만 하셨던 것 같고, 고용인이나 이웃에게도 거들먹거리지 않으셨습니다. 덕분에 평판이 매우 좋았습니다. 지금까지는 쿠레 댁에 과부인 야요코 님과 열일곱 살 된 딸 모요코 님뿐이라 집 안이 다소 음침

했지만, 재작년 봄부터 젊은 주인님이 오시자 집안이 밝아지고, 저희도 일할 맛이 나는 듯했습니다.

――올해 봄에는 젊은 주인님께서 후쿠오카의 고등학교를 수석으로 졸업하고, 후쿠오카 대학에도 수석으로 입학하셨습니다. 이를 축하하며 젊은 주인과 모요코 님의 결혼식도 겸해, 쿠레 댁은 들뜬 분위기였습니다.

――그런데 마침 어제(4월 25일) 일이 있었습니다. 후쿠오카 이나바초 기념관에서 고등학교 학생들의 영어 연설회가 있었는데, 젊은 주인님께서는 졸업생 대표로 첫 연설을 맡으셨습니다. 고등학교 교복을 입고 가시려던 젊은 주인님을 야요코 님이 말리고, 대학교 학생의 새 옷을 입히려 했습니다. 젊은 주인은 쓴웃음을 지으며 절대로 입지 않겠다고 했지만, 야요코 님이 억지로 입히고 배웅하며 기쁜 듯 눈물을 닦던 모습이 지금도 눈에 선합니다. 아마 그때가 젊은 주인님의 대학 교복 착용의 마지막이었을 것입니다.

――그리고 오늘은 방금 말씀드린 대로 젊은 주인님과 모요코 님의 경사스러운 날이었기에, 저희도 그저께부터 숙박하며 도와드리고 있었습니다. 모요코 님도 다카시마다로 머리를 묶고, 풀색 후리소데에 붉은 띠를 두르고 일하고 있었습니다. 용모는 조상의 무쓰미 님의 그림에는 미치지 못한다는 소문이 있었지만, 성품이 온화하여 "용모 천 냥, 성품 천 냥, 나머지 천 냥은 사위 나름"이라고 자장가처럼 노래를 부르곤 했습니다.

――젊은 주인님은 스무 살이지만 분별력과 몸가짐이 서른 가까운 성인도 따라올 수 없을 정도로 씩씩하고, 특히 남자다움과 품행이 뛰어나 하카타에서도 보기 드문 부부라는 소문이 있었습니다. 결혼 준비에도 돈을 아끼지 않아, 사위 쪽으로 들어갈 별채를 새로 지었고, 옷도 후쿠오카 제일의 포목점에서 맞추고, 요리사 역시 우오키치라는 후쿠오카 최고급 출장 요리사가 들어와 소란

을 피우고 있었으니, 과부인 야요코 님의 기세가 대단했습니다.

——그런데 어제 연설회에서 젊은 주인님의 역할은 아주 잠깐이었고, 아무리 늦어도 2시까지는 틀림없이 돌아오실 것이라 말씀하셨습니다. 그러나 이런저런 일이 이어지는 동안 3시가 지나도록 돌아오시는 모습은 보이지 않았습니다. 평소 젊은 주인은 시간을 잘 지키는 성품이셨기에, 저는 잠시 노인 역할로 의심을 품었지만, 모두들 "아마 연설이 늦어졌겠지"라며 특별히 신경 쓰지 않았습니다.

하지만 이런 일은 한 번도 없었고, 마침 그때가 바로 그 순간이었으므로 저도 걱정하지 않을 수 없었습니다. 다만 바쁜 일에 정신이 팔려 있는 동안 날씨가 변덕을 부려, 하늘이 온통 흐려지고 긴 봄날이 갑자기 저녁처럼 어두워졌습니다. 그러자 어머니인 야요코 님께서 젖은 손을 닦으며 저를 그늘로 불러, "스무 살이나 되었으니 틀림없겠지만, 아직 돌아오지 않은 모양이니, 저기까지 가서 보고 와 주지 않겠나"라고 부탁하셨습니다. 저도 마침 그렇게 생각하고 있던 참이어서, 찜통 수선을 마치고 담배 한 대를 피운 뒤 짚신을 신고 나선 것이 대략 4시경이었습니다.

경편 철도로 니시진마치까지 가서, 이마가와 다리 전차 종점 근처에서 끓여 파는 가게를 하는 제 동생 집에 들러 "우리 젊은 주인을 보지 못했나"라고 물으니, 동생 부부가 말했습니다. "오… 그 젊은 주인이라면 지금으로부터 두 시간 정도 전에 여기서 지나갔습니다. 처음으로 대학 교복을 입으셨기 때문에 두 사람이 밖으로 나와 잠시 배웅하고 있었지요. 정말 좋은 사위감입니다."

——젊은 주인은 평소 궤도 연기 냄새를 싫어하셔서, 고등학교 시절에도 운동 삼아 매일 메이노하마의 논밭을 따라 걸으셨습니다. 그러나 이마가와 다리에서 메이노하마까지는 1리 정도에 불과하므로, 2시간이나 걸릴 리는 없다고

걱정하며 돌아오기 시작한 것이 4시 반경이었습니다. 국도를 따라 궤도를 지나 메이노하마로 향하는 길목에는 해안 쪽 산기슭에 채석장이 있습니다. 채석장에서 캐는 돌은 '메이노하마 돌'이라 부르며 검고 부드러운 돌입니다. 후쿠오카 쪽에서 오시든, 이쪽에서 후쿠오카로 가시든, 반드시 지나야 하는 곳입니다.

그 채석장의 돌이 병풍처럼 서 있는, 서쪽 햇살을 받아 붉게 물든 그늘 속에서, 네모난 모자를 쓴 양복 차림의 모습이 언뜻 움직이는 듯했습니다. 저는 시력이 좋지 않았지만, 가까이 다가가 보니 예상대로 젊은 주인님이었습니다. 그는 높은 바위 그늘에 앉아 긴 두루마리 같은 것을 보고 있었습니다.

저는 바위 위를 따라 살짝 머리를 내밀고 엿보았습니다. 그것은 두루마리의 중간쯤으로 보였지만, 이상하게도 단지 하얀 종이뿐이었고 아무것도 쓰여 있지 않은 것처럼 보였습니다. 그러나 젊은 주인의 눈에는 무언가 보였던 듯, 그는 하얀 종이를 한마음으로 바라보고 있었습니다.

——저는 쿠레 댁에 재앙을 부른다는 두루마리 그림이 있다는 소문을 예전부터 들어왔습니다. 하지만 그것은 오래전 일로, 지금 세상에 존재할 리 없다고 생각했고, 있어도 단지 이야기일 것이라 믿고 있었습니다. 설마 그 두루마리가 바로 그것일 줄은 꿈에도 생각하지 못했습니다. 눈이 나쁘다는 핑계로 젊은 주인에게 눈치채이지 않도록 얼굴을 가까이 대어 보았지만, 하얀 종이는 결국 하얀 종이일 뿐이었고, 아무리 눈을 비벼도 무언가 쓰여 있는 모습은 보이지 않았습니다.

——저는 이상해서 도저히 견딜 수 없었습니다. 젊은 주인이 무엇을 보고 계신지 물어보려고 바위 모퉁이를 내려와, 일부러 멀리 돌아 젊은 주인 앞에 나타나 얼굴을 마주쳤습니다. 젊은 주인은 제가 다가온 것을 눈치채지 못한 듯,

반쯤 열린 두루마리를 양손에 든 채 서쪽의 붉게 물든 하늘을 바라보며 멍하니 생각에 잠겨 있는 듯했습니다.

그래서 제가 헛기침을 하고 "여보쇼, 젊은 주인" 하고 말을 걸자, 젊은 주인은 깜짝 놀란 듯 제 얼굴을 뚫어지게 바라보며 "오, 센고로인가. 어째서 여기에 왔나"라고 하며 처음으로 알아차린 듯 웃으셨습니다. 이어 두루마리를 말아 끈으로 묶어 외투 아래 양복 주머니에 넣으셨습니다.

저는 그때 젊은 주인이 무언가 중요한 생각을 하고 계신 줄만 알았기 때문에, 아무 생각 없이 야요코 님이 걱정하고 계시다는 말을 전하며 "대체 그것은 무슨 두루마리입니까?"라고 물었습니다.

그러자 젊은 주인은 세부리 산 쪽을 돌아보며 잠시 생각에 잠겼다가, 갑자기 제 얼굴과 두루마리를 번갈아 보며 "이것 말인가. 이것은 내가 이제부터 완성해야 할 두루마리로, 완성되면 천자님께 바쳐야 할 소중한 물건이다. 누구에게도 보여 줄 수 없다"라고 말하며 주머니에 넣으셨습니다.

저는 더욱 이해할 수 없었지만, "그 안에는 무엇이 쓰여 있습니까…?"라고 묻자, 젊은 주인은 얼굴을 약간 붉히며 쓴웃음을 지으며 말했습니다. "곧 알게 될 것이다. 매우 재미있는 이야기와 무서운 그림이 그려져 있다. 우리 식을 올리기 전에 꼭 확인해야 한다고 그 사람이 말했다. 이제 곧 알게 될 것이다…."

왠지 모르게 묘한 기분이 들었지만, 젊은 주인의 태도가 평소와 달리 멍하니 있는 것을 깨닫고, 다시 한번 조심스럽게 "그런 것을 누가 주었습니까?"라고 물었습니다. 젊은 주인은 제 얼굴을 뚫어지게 응시하다가, 이윽고 정신을 차린 듯 눈을 크게 뜨고 두세 번 깜빡였습니다.

그리고 잠시 눈물을 글썽이며 더듬거리듯 말씀하셨습니다. "이것을 내게 준 사람 말인가. 그것은 돌아가신 어머니의 지인으로, 어머니로부터 비밀리에 맡긴 두루마리를 돌려주러 온 것이다. 그 사람은 틀림없이 다시 나를 만나러 올 것이다. 이름은 그때 말해 주겠다고 하고 사라졌지만, 나는 그 사람이 누구인지 알고 있다. 하지만 아직 아무것도 말할 수 없다. 너도 이 일을 남에게 말해서는 안 된다. 알겠나? 자, 가자."

젊은 주인은 말씀하시면서 갑자기 안절부절못하며 바위 위를 뛰어다니며 길거리로 나와 제 앞을 걸으셨습니다. 발걸음이 평소와 달리 빠르고, 마치 무언가에 홀린 듯 보였습니다. 지금 생각하면, 그때부터 이미 약간 이상한 징조가 있었던 것 같습니다.

——집에 도착하자 젊은 주인은 야요코 님께 "지금, 늦었습니다"라고 말씀하셨습니다. 야요코 님이 "센고로를 만났느냐?"라고 묻자, 젊은 주인은 "네. 채석장에서 만났습니다. 지금 저기 돌아와 있습니다"라고 말하며, 뒤에서 들어온 저를 가리키고는 휙 별채 쪽으로 가셨습니다. 야요코 님은 안심한 듯 저에게는 별다른 질문 없이 "수고했다"고만 말씀하셨습니다. 이어 옆에서 마룻바닥에 큰 그릇을 닦고 있던 모요코 님에게 눈짓으로 지시하자, 모요코 님은 부끄러운 듯 일어서 주전자를 들고 젊은 주인의 뒤를 따라 별채 쪽으로 갔습니다.

——그리고 또 하나, 나중에 사정을 알게 된 일이지만, 해가 지기 전 잠깐 묘한 광경이 있었습니다. 저는 뒤뜰 치자나무 그늘에 돗자리를 깔고 파이프를 물며, 아까 찜통 수선 남은 것을 꿰매고 있었습니다. 치자나무 가지 너머로 별채 방 안이 정면으로 보였기 때문에, 보는 둥 마는 둥 주시하고 있자니, 젊은 주인은 별채 책상 앞에서 옷을 갈아입고, 모요코 님이 따라 준 차를 마시며 무언가 타이르는 듯한 모습이었습니다. 유리 덧문 안이라 목소리는 들리지 않았지만, 얼굴빛이 평소보다 창백하고 눈썹이 씰룩거리는 모습은 마치 꾸짖는 듯 보이기도 했습니다. 그러나 자세히 보니 실제로는 그렇지 않았습니다.

모요코 님은 그 앞에서 양복을 개며 얼굴을 붉히고 웃으며 "아니, 아니"라고 머리를 옆으로 흔드는 듯 보였습니다. 참으로 이상한 광경이었습니다.

──이를 본 젊은 주인은 더욱 창백해진 얼굴로 모요코 님에게 다가가, 창고 쪽 세 개의 나란히 선 구조물을 가리키며 한 손을 모요코 님의 어깨에 얹고 두세 번 흔들었습니다. 아까부터 붉어지고 몸을 움츠리고 있던 모요코 님은 겨우 얼굴을 들어 창고 쪽을 바라보았으나, 기쁜 것인지 슬픈 것인지 알 수 없는 표정으로 머리를 살짝 세로로 흔들더니, 목덜미까지 붉어진 채 푹 고개를 숙였습니다. 마치 신파 연극의 한 장면을 보는 듯한 모습이었습니다.

──젊은 주인은 모요코 님의 어깨에 손을 얹은 채 허리를 굽히고 유리 덧문 너머로 주위를 살피는 듯했지만, 이윽고 처마 끝 저녁 하늘을 올려다보며 생각난 듯 웃음을 지었습니다. 하얀 이를 드러낸 채 히죽 웃고, 붉은 혀를 내밀어 낼름거리는 듯했는데, 그 웃는 얼굴이 창백하고 묘하게 기분 나빴던 것은 저도 모르게 섬뜩하게 느껴졌습니다. 네…… 하지만 설마 이것이 이후 사건의 전조라고는 꿈에도 생각하지 못했습니다. 단지, 학문이 있는 사람은 저런 기묘한 행동을 하는 것인가… 하고 생각하며 바쁜 일에 정신이 팔려 잊고 있었던 것 같습니다. 네……

──그리고 어젯밤, 집안 사람들이 모두 잠든 오전 2시경의 일이었습니다. 신부인 모요코 님과 어머니인 야요코 님은 본채 안방에서 잠드셨고, 신랑인 젊은 주인과, 친척 대신 시중 역할을 맡은 저는 별채에 잠자리를 마련하고 잠들었습니다. 물론 저는 젊은 주인보다 훨씬 늦게, 12시가 넘어 목욕을 마치고 별채 문단속을 한 뒤, 젊은 주인의 다음 방인 다실에 잠자리를 마련하고 잠들었지만, 노인의 습관으로 오늘 아침 아직 어두울 때 눈이 떠졌습니다. 화장실에 가려고 두 방향의 유리 덧문의 희미한 빛을 의지해 젊은 주인 방 앞 툇마루까

지 오자, 새 장지문 한 장이 열려 있고, 그 앞 유리 덧문도 한 장 열려 있었습니다. 방 안을 들여다보니 침대 안에 젊은 주인의 모습은 보이지 않았습니다. 잠깐 가슴이 두근거렸지만, 밖은 가랑비가 내리고 있었기에, 새 부엌 입구에서 나막신을 가져와 징검다리를 따라 본채 쪽으로 갔습니다. 안방 문갑이 한 장 열려 있고, 그 앞에는 모래가 묻은 나막신 자국이 희미하게 보였습니다. 잠깐 생각했지만, 이내 과감하게 나막신을 벗고 발소리를 죽이며 복도를 따라 안방 유리 장지를 들여다보니, 어두운 전등 아래 야요코 님은 한 손을 내던지고 잠들어 있었고, 그 옆 모요코 님의 침대는 텅 비어 있었습니다. 이불은 발치에 접혀 있고, 붉은 베개만 침대 한가운데 놓여 있었습니다.

　——그때 저는 겨우 해질녘에 본 장면을 떠올리며 '아, 그런 것이었구나. 그렇다면 크게 걱정할 필요는 없겠네' 하고 가슴을 쓸어내렸습니다. 그러나 곧 생각해 보니, 젊은 주인이 하시는 일치고는 뭔가 이상하다는 느낌이 들어, 또 다시 가슴이 두근거리기 시작했습니다. 역시 벌레가 알린 것일까요. 어쨌든 제 실수로 일이 되어서는 안 된다고 생각해, '모두가 일어나기 전에' 야요코 님을 깨웠습니다. 제가 모요코 님의 침대를 가리키며 상황을 설명하자, 눈을 비비고 있던 야요코 님은 갑자기 얼굴빛이 변하며, "요즘 이치로가 무언가 두루마리 같은 것을 가지고 있는 것을 보지 않았나"라고 묻고, 침대 위에 딱 고쳐 앉았습니다. 저는 그때까지 아무것도 눈치채지 못했기에 "네… 어제 채석장에서 만났을 때, 하얀 종이뿐인 긴 두루마리를 읽고 계셨던 것 같습니다"라고 대답했습니다. 하지만 그때의 야요코 님 얼굴빛이 변한 것은 지금도 잊을 수 없습니다. "또 나왔나——" 하고 갈라진 목소리로 말하며 입술을 꽉 깨물고 양손을 쥐고 부들부들 떨면서 잠깐 정신을 잃은 듯했습니다. 저는 무슨 일인지 모른 채 간담이 서늘해져 엉덩방아를 찧은 채 보고 있었고, 이윽고 야요코 님은 정

신을 차린 듯 눈물을 흘린 것을 소매로 닦고, 울고 웃는 듯한 얼굴로 "아니, 아니. 내 착각일지도 모른다. 네 착각일지도 모른다. 어쨌든 어디에 있는지 찾아보아라"라고 말씀하며 일어섰습니다. 평소와 다름없는 모습으로 앞장서 툇마루에서 내려갔지만, 사실 꽤 당황하신 듯, 맨발로 현관 쪽으로 가시는 뒤를 제가 나막신을 신고 따라갔습니다.

——가랑비는 이미 그친 듯했지만, 별채 앞, 여기서 보이는 오른쪽 세 번째 창고 앞에 이르렀을 때, 창고 북쪽 구리 덧문이 열린 것을 알아차렸습니다. 앞서 가는 야요코 님에게 손가락으로 가리키자, 그녀도 고개를 끄덕이고 창문 앞으로 갔습니다. 나중에 생각해 보니, 이 세 번째 창고는 보리 수확기 전까지는 빈 창고로, 농기구가 던져져 있어 드나드는 사람이 많았기 때문에, 젊은이가 섣불리 창문을 열어 두는 일이 종종 있었습니다. 이때도 그랬을 수 있어 특별히 이상할 것은 없었겠지만, 낮의 일을 떠올린 탓인지 저도 모르게 멈춰 섰습니다. 야요코 님은 창문 아래에 사다리를 세우고, 저에게 올라가 보라고 손짓했습니다. 얼굴 표정은 평범하지 않았습니다. 창문을 올려다보자 반짝이는 불빛이 비치는 것처럼 보였습니다.

——저는 굉장한 겁쟁이였기에 좋은 기분은 아니었지만, 야요코 님의 표정을 보고 어쩔 수 없이 나막신을 벗고 엉덩이를 걷어 올린 뒤 사다리를 올랐습니다. 창문 가장자리에 양손을 얹고 안을 살며시 엿보는 동안, 다리 힘이 빠져 사다리에서 내려갈 수 없게 되었고, 양손의 힘마저 빠져 쿵 하고 굴러 떨어지면서 허리를 심하게 다쳐 일어서지도, 도망치지도 못하게 되었습니다.

——네. 그때 창문 안에서 본 광경은 평생 잊으려 해도 잊을 수 없습니다. 말씀드리자면, 창고 2층 한구석에 쌓여 있던 빈 가마니 위에, 마룻바닥 한가운데 네모난 침대 같은 것이 만들어져 있었습니다. 그 위에는 모요코 님의 화려

한 잠옷과 붉은 유모지가 가득 펼쳐 덮여 있었습니다. 그 위에, 다카시마다(옆: 일본의 전통적인 가발(니혼가미) 중 하나로, 주로 결혼식이나 공식적인 자리에서 신부나 기혼 여성들이 하던 우아하고 화려한 머리)머리 모양으로 묶인 모요코 님의 시체가 발가벗겨진 채 눕혀져 있었고, 그 앞에는 본채 방에 있던 오래된 경상이 놓여 있었습니다. 왼쪽에는 불단 위 청동 촛대가 있고, 100모메 양초 한 자루가 켜져 있었으며, 오른쪽에는 학교 도구인 물감이나 붓 같은 것이 늘어서 있었던 듯하지만, 세세한 것은 잘 기억나지 않습니다.

그리고 그 한가운데, 젊은 주인님 앞에는 어제 채석장에서 본 두루마리가 얌전히 길게 펼쳐져 있었습니다. 네, 틀림없습니다. 분명히 어제 본 두루마리로, 끝의 금란 무늬와 축의 색까지 기억이 있습니다. 아무것도 쓰여 있지 않은 새하얀 종이뿐이었던 것 같습니다. 젊은 주인님은 그 두루마리 앞에 등을 돌리고 똑바로 앉아, 흰 가스리 잠옷을 단정하게 입고 계셨습니다. 제가 엿보자, 왜인지 눈치채셨는지, 조용히 이쪽을 돌아보며 빙그레 웃으시고는 "보지 마라"는 듯 손을 좌우로 흔드셨습니다. 물론 이렇게 말씀드리지만, 모두 나중에 떠올린 기억입니다. 그때 저는 전기에 감전된 듯 굳어버려, 어떤 목소리를 냈는지조차 기억할 수 없었습니다.

——야요코 님은 그때 저를 안아 일으키며 무언가를 물으신 듯했지만, 제가 대답했는지 아닌지는 잘 기억나지 않습니다. 창고 창문을 가리키며 무언가 말씀하신 것 같기도 합니다. 그러자 야요코 님은 무언가 납득한 듯, 쓰러진 사다리를 다시 세우고 직접 올라가셨습니다. 저는 말리려 했지만, 허리가 아프고 몸이 움직이지 않아 목소리조차 나오지 않았습니다. 차가운 흙 위에 뒤로 손을 짚고 올려다보고 있자, 야요코 님은 앞자락을 걷어 올린 채 휙휙 사다리를 올라가 창문 가장자리에 손을 얹고, 저와 마찬가지로 살며시 안을 엿보셨습니다.

그때 야요코 님의 굳건한 담력만은, 지금 떠올려도 소름이 돋습니다.

——야요코 님은 창문에서 안을 조용히 둘러보다가, "너는 거기서 무슨 짓을 하고 있느냐"라고 침착한 목소리로 물었습니다. 그러자 안에서 젊은 주인님이 평소처럼 태연한 목소리로 "어머니... 잠깐만 기다려 주세요. 이제 곧 썩기 시작할 테니까요."라고 대답하는 소리가 선명하게 들렸습니다. 주위가 조용했기에 야요코 님은 잠시 생각에 잠긴 듯했지만, "아직 쉽게 썩지는 않을 것이다. 그보다 이제 날이 밝았으니 밥 먹으러 내려오너라"라고 말했습니다. 그러자 안에서 "네"라는 대답이 들렸고, 젊은 주인이 일어선 듯 창가에 비치던 불빛이 휙 하고 사라졌습니다. 하지만 딸의 시체를 눈앞에 둔 어머니가 할 수 있는 말이었을까요? 야요코 님은 서둘러 사다리에서 내려와 나를 향해 "의사, 의사"라고 부르며 창고 문 앞으로 달려갔습니다. 부끄럽지만, 그때는 무슨 일이 일어났는지 알 수 없었고, 설령 알았다고 해도 허리가 빠져 제대로 서지도 못할 만큼 공포에 질려 떨고만 있었습니다.

——창고 문이 열리자 안에서 젊은 주인이 한 손에 열쇠를 들고 마당 나막신을 신은 채 나왔습니다. 우리를 보고는 빙그레 웃었지만, 그 눈빛은 이미 평소와 완전히 달랐습니다. 기다리고 있던 야요코 님은 그의 손에서 살며시 열쇠를 빼앗고, 무언가 속삭이듯 귀에 입을 대고 두어 마디를 말한 뒤, 휙 하고 젊은 주인의 손을 이끌고 별채로 데려가 눕혔습니다. 이 모든 것이 제가 있는 곳에서 똑똑히 보였습니다.

——그러고 나서 야요코 님은 다시 돌아와 창고 2층으로 올라가 무언가를 몰래 하는 듯했습니다. 저는 그동안 혼자가 되자 죽을 만큼 무서워져 기어가듯 창고 뒤쪽 뒷문까지 가서 그곳에 서 있는 자몽나무에 매달려 겨우 빠진 허리를 펴고 일어섰습니다. 그때 머리 위 잎 그늘에서 창고 창문의 구리 덧문이

쾅 하고 닫히는 소리가 났습니다. 또 깜짝 놀라 돌아보니, 이번에는 창고 문 앞에서 쾅 하고 열쇠를 잠그는 소리가 났고, 이내 왼손에 두루마리를 단단히 쥔 야요코 님이 맨발인 채 머리를 헝클어뜨리고 별채 쪽으로 달려갔습니다. 이미 날이 밝아진 유리문 너머로 방금 잠든 젊은 주인을 끌어 일으켜 두루마리를 들이대며 무서운 얼굴로 무언가 두어 마디를 책망하는 모습이 잘 보였습니다.

──젊은 주인은 그때 어제의 채석장 쪽을 가리키며 머리를 흔들거나, 기이한 손짓과 몸짓을 섞어가며 무언가를 필사적으로 이야기하는 듯 보였습니다. 그 이야기는 잘 들리지도 않았고 어려운 말뿐이라 저희는 알 수 없었지만, "천자님을 위해"라든가 "인민을 위해"라는 말이 몇 번이고 반복되는 듯했습니다. 야요코 님도 눈을 동그랗게 뜨고 고개를 끄덕이며 듣는 듯하더니, 그러는 동안 젊은 주인은 문득 입을 다물고 야요코 님이 들이대고 있는 두루마리를 물끄러미 보다가 갑자기 그것을 빼앗아 품속 깊이 넣어 버렸습니다. 그러자 야요코 님은 그것을 다시 억지로 빼앗아 돌려주었는데, 나중에 생각해보니 이 행동이 또 좋지 않았던 것 같습니다. 젊은 주인님은 두루마리를 빼앗기자 기운이 빠진 듯 멍하니 입을 벌린 채 야요코 님의 얼굴을 휙휙 쳐다보았는데, 그 표정이 무척 소름 끼쳤습니다. 야요코 님도 무서워 몸을 뒤로 물리고 슬그머니 일어서려 했습니다. 그러자 젊은 주인님은 재빨리 그 소매를 잡고 야요코 님을 다다미 위에 털썩 끌어당겨 앉혔습니다. 역시 휙휙 얼굴을 보다가 참으로 기쁜 듯이 눈을 가늘게 뜨고 히죽히죽 웃는 것이었습니다.

──그 얼굴을 보는 순간, 저는 찬물을 뒤집어쓴 듯 섬뜩했습니다. 야요코 님도 두려움에 떨고 있었는지 억지로 뿌리치고 가려 하자, 젊은 주인은 쑥 하고 일어나 툇마루를 내려가려던 야요코 님의 목덜미를 뒤에서 붙잡았습니다. 그대로 눕혀서 툇마루에서 마당으로 질질 끌고 내려가더니, 역시 빙그레 웃으

며 온 힘을 다해 나막신으로 야요코 님의 머리를 아주 기분 좋게 때리고 또 때려눕혔습니다. 야요코 님은 순식간에 흙처럼 창백해지고 머리카락은 헝클어졌으며, 얼굴 가득 피를 흘리며 땅바닥을 기어 다니며 죽는 소리를 냈습니다. 그 모습을 보고 나는 살고 싶은 마음조차 사라져, 떨리는 무릎을 억지로 밟으며 허리를 안고 이 집으로 돌아와 "의사, 의사"라고 아내에게 말하며 이불을 뒤집어쓰고 떨고 있었습니다. 그러자 길을 잃은 의사 무네치카 씨가 우리 집에 왔으므로, "쿠레 씨 댁이다, 쿠레 씨 댁이다"라고 소리치며 돌려보냈습니다.

──제가 본 것은 이것뿐입니다. 네, 모두 정직하고 진실하며 거짓 없는 사실입니다. 나중에 들으니 야요코 님의 비명 소리를 들은 젊은이 두세 명이 와서 젊은 주인을 제압하고 끈으로 묶었다고 합니다만, 그때 젊은 주인의 난폭한 힘은 세 명이나 다섯 명의 힘으로도 어찌할 수 없을 정도여서, 끈이 두 번이나 끊어졌다고 합니다. 겨우 그를 움직이지 못하게 해서 별채 기둥에 묶어 놓자, 젊은 주인은 피로가 몰려왔는지 그대로 쿨쿨 잠들었다고 합니다. 그런데 잠시 후 눈을 뜨자 이상하게도 젊은 주인의 모습이 확 달라져서, 경찰관이 무언가를 물어도 그저 아무렇지 않게 두리번거릴 뿐, 아무 대답도 하지 않았다고 합니다. 지난번 노가타에서도 저런 일이 있었다는데, 그때는 대학 선생님의 조사로 마취약을 맞았다는 사실이 밝혀졌고, 그 후에는 괜찮아져서 이쪽으로 데려왔다고 야요코 님은 말하고 있었습니다. 하지만 혈통이라는 것은 무서운 것이라, 이번 모습을 보니 역시 저 두루마리의 재앙이 틀림없는 것 같습니다.

──물론 이 두루마리의 재앙이라는 것도 오랫동안 나타나지 않았으므로 저희도 어떤 것인지 모를 정도입니다만, 아무래도 저 두루마리는 저기 지붕만 보이는 뇨게쓰지(역: 일본의 특정 사찰 이름)라는 절의 본존불 배 안에 들어 있던 것이라고 합니다. 그리고 그것을 보면 쿠레 가문의 혈통을 가진 남자는 틀림없이 제

정신을 잃고 부모든 자매든, 또는 다른 누구든 여자이기만 하면 죽이는 짓을 한다고 합니다. 그 유래를 쓴 것이 저 절에 있다거나 없다고도 하는데, 저 두루마리가 어떻게 젊은 주인님 손에 들어갔는지 이상할 수밖에 없습니다. 네. 뇨게쓰지의 지금 주지 스님은 호린 스님이라고 하며, 하카타의 쇼후쿠지 스님과 함께 이름난 분이라고 하니, 이런 인연 이야기는 무엇이든 아실 거라고 생각합니다. 네, 이제 꽤 연로하시고, 학처럼 마른 몸에 눈과 같이 하얀 눈썹과 수염이 늘어진, 참으로 고마운 모습의 스님이십니다. 원하신다면 만나 뵙고 이야기를 들어보세요. 아내에게 안내를 시키겠습니다.

──네… 야요코 님은 지금은 반쯤 미친 듯한 채로 다리를 다쳐 누워 계시다고 합니다. 머리 상처는 대단한 것은 아니라고 하지만, 말하는 것이 앞뒤가 맞지 않아 도리라고도, 무엇이라고도 할 수 없는 상태입니다. 허리가 빠져 있어 문병도 갈 수 없어서…

──제가 무네치카(의사의 성)에게 달려가지 않았기 때문에 모든 것이 늦어졌다고 말하는 사람도 있다고 합니다만, 그건 무리입니다. 모요코 님이 목 졸려 죽은 것은 오늘 아침 3시에서 4시 사이였다고 무네치카 씨가 제 허리를 보러 왔을 때 말해주었습니다. 양초가 줄어든 정도를 보니 그 정도 시간인 듯했으니까요. 네, 나머지는 방금 말씀드린 대로입니다. 야요코 님이 정신을 차리셨다면 모든 것을 알 수 있을 텐데, 방금 말씀드렸듯이 젊은 주인을 원망하는 듯한 말을 하다가도, "어서 정신 차려라. 너만이 나의 의지처…"라고 꿈속에서 중얼거린다고 하니, 도저히 믿을 수가 없습니다.

──아직 경찰에서는 아무도 저에게 찾아오지 않았습니다. 이 소동에 가장 먼저 반응했던 사람은 야요코 님의 비명을 듣고 달려온 젊은이들뿐이었습니다. 경찰은 그 후의 이야기를 자세히 조사하고 돌아갔다고 합니다. 저는 그 전

부터 조심하고 있었고, 혹시 제가 의심받을까 봐 무네치카 선생께 입단속을 부탁했지만, 다행히도 큰 소동에 휩쓸려 누가 무네치카 선생을 부르러 갔는지 알수 없던 차에, 생각지도 못한 선생님의 방문에 정말 면목이 없었습니다. 네, 무엇 하나 숨김없이 말씀드렸습니다. 부디 선생님의 힘으로 더 이상 경찰에 불려가지 않도록 부탁드릴 수 있을까요. 허리가 이렇게 빠져 있고, 경찰이라는 말만 들어도 저는 몸이 떨리는 성격이라서요. 네...

참고문헌 2. 세이타이산 뇨게쓰지 절의 유래

(창건주 잇교 상인 친필 기록)

주 : 이 절은 메이노하마정 24번지에 있다. 쿠레 가문 49대 조상인 고테이 씨가 창건했다.

아침에는 금빛으로 아로새겨진 온갖 나무의 눈(雪)도, 저녁에는 흐린 물이 되어 강과 바다로 떨어져 사라진다. 오늘 밤 은촛대를 늘어놓은 영화로운 꽃도, 새벽에는 먼지가 되어 진흙에 몸을 맡긴다. 삼계(三界, 역: 불교에서 말하는 중생이 윤회하는 세 가지 세계)는 파도 위의 무늬요, 일생은 허공의 무지개라 했던가. 하물며 한 번 악연을 맺어 생각마다 풀지 못하고, 살아있을 때는 지옥의 변방에 떨어져 절규하는 귀축(鬼畜)의 상을 드러내고, 죽어서는 그 악업을 자손에게 전하여 영겁의 가책에 이르게 하니, 그 두려움과 고통을 무엇에 비유하고 무엇에 견주랴.

여기에 이 인과를 관(觀)하여 이와 같은 본말의 이치를 궁구하고, 그 근원을 끊어 보리심(역: 불교에서 자비와 깨달음을 향한 마음)으로 전환하여, 한 채의 가람을 일으켜 부처의 지혜를 장엄하게 하고, 일념으로 부처의 이름을 부르며 하늘과 인간이 모두 공경하는 청정한 도량으로 삼은 일이 있다. 그 연기의 근원을 찾으면, 게이안 시대(역: 1648~1652년) 무렵, 야마시로국 교토 기온의 절 가까이, 귀천이 모여드는 거리에 오래 살아온 찻집 미도리야라는 곳이 있었다. 매년 우지의 명차를 골라 조정에 바치고, '옥로'라 이름 붙여 그 향기를 전국에 전했다. 당주를 쓰보에몬이라 하였으며 아들 하나, 딸 셋을 두었다. 아들을 쓰보타로라 이름 짓고 총애가 지극하였으나, 이 아들은 타고나기를 장사의 길을 좋아하지 않고, 어릴 때부터 우지 오바쿠의 도인 인젠 선사에게 참배하여 학문과 재주가 남보다 뛰어났다. 한편으로는 야규류 검법에 통달하고, 그림은 도사파의 화풍을 따랐으며, 하이쿠(옆: 5·7·5의 17자로 된 일본의 짧은 정형시)는 바쇼의 풍을 본받아 독자적인 경지를 이루었다. 자라서는 구헤이라는 호를 썼고, 오로지 산수를 그리워하여 다시 집을 이을 뜻이 없었다. 하지만 나이가 들어감에 따라 달리 아들이 없었으므로 처자를 맞으라는 강요가 한두 번이 아니었고, 학업이 미진하다는 이유로 굳이 사양했지만, 그동안의 갈등을 피할 길은 없었다. 마침내 아버지 쓰보에몬의 청으로 인젠 노사의 유시를 받게 되자, 심기일전하는 바가 있어,

"스물다섯 오늘까지 듣지 못한 두견새 소리"라는 한 구절을 집 문에 붙이고 집을 나와 승려가 되어, 삿갓 하나 지팡이 하나에 몸을 맡기고 명승고적을 찾아 서쪽으로 향한 지 1년 가까이 되어, 나가사키 길에서 히젠 가라쓰로 들어왔다. 때는 엔포 2년(옆: 1674년) 봄 4월 말경, 구헤이의 나이 스물여섯 살이었다.

구헤이는 이 땅의 아름다운 경치를 둘러보며 감상하는 것이 한두 가지가 아니었다. 니지노마쓰바라(옆: 무지개 모양의 소나무 숲이라는 뜻의 명승지)에 빗대어 자신의 호를 고테이로 고치고, 팔경을 골라 붓과 종이를 펼쳐, 스스로 판에 새겨 널리 세상에 나누어 주고자 생각했다. 이리하여 머무른 지 반년 남짓, 마침 늦가을의 둥근 달에 이끌려 여관을 나와 니지노마쓰바라에 올랐다. 은빛 파도, 은빛 모래에 늘어선 천고의 명송은 맑은 빛 속에서 그 풍채를 뽐내니, 마치 명공의 묵화가 하늘의 소리를 품은 듯했다. 1리를 가 어촌 하마사키를 지나도 흥이 아

직 다하지 않았다. 다시 서리를 밟으며 반 리를 가 에비스 곶에 이르러, 바위 모퉁이에 기대어 멀리 만 안의 풍광을 바라보며 기러기 그림자를 세다 보니 어느덧 한밤중이 되었다.

마침 그때 한 여인이 있었다. 나이는 열여덟을 넘지 않았을 듯한데, 화려한 소매를 휘날리며 희고 작은 발이 아픈 듯 거친 바위 위를 건너 고테이의 곁으로 다가왔다. 보는 사람이 있는 줄도 모르고 서쪽을 향해 손을 모으고 잠시 기도를 올리는 듯 보이더니, 눈물을 닦고 양 소매를 껴안고는, 금방이라도 바다에 몸을 던질 기색이었다. 고테이는 놀라 달려가 껴안고, 가까운 소나무 숲의 깨끗한 모래밭으로 데려가 사정을 물으니, 그 여인은 처음에는 그저 울기만 하더니 이윽고 이야기하기 시작했다.

"저는 이 하마사키라는 곳에 사는 쿠레 아무개 집안의 외동딸로, 무쓰미조라고 하는 사람입니다."

"저희 집은 대대로 이곳의 장(庄)을 맡아 부유하고 번성했지만, 차면 기우는 것이 세상의 이치라던가요. 그렇다 해도 또한 세상에 무서운 인연이라고나 할까요. 옛날부터 저희 집에는 미친 혈맥이 끊이지 않았습니다. 지금에 이르러서는 저 혼자 슬프게도 살아남아 있는 형편입니다."

"그 시작을 어떻게 말씀드려야 할지, 저희 집에 조상 대대로 전해지는 두루마리 그림 한 축이 있습니다. 그 안에는 미부인의 나체가 그려져 있습니다. 듣자 하니, 쿠레 가문의 조상 아무개라는 사람이 가장 사랑하는 부인을 사별한 것을 슬퍼하여, 그 시신의 모습을 그림에 담아 세상의 덧없음을 기억하고자 마음을 다해 그리기 시작했지만, 무슨 까닭인지 그 시신은 순식간에 썩어 문드러져 그림이 반도 완성되기 전에 이미 한 조각의 백골이 되고 말았습니다. 주인의 슬픔은 한없이 커져 마침내 미쳐버렸는데, 돌아가신 부인의 여동생 아무개가 여러 가지로 돌보았지만 힘이 미치지 못하여 마침내 부인과 같은 길을 가게 되었습니다. 그때 여동생 아무개는 그 미친 사람의 씨를 잉태하여 이미 출산이 가까운 몸이었는데, 같은 슬픔을 슬퍼하여 이윽고 또 목숨을 끊으려 했지만 겨우 목숨을 건졌다고 들었습니다."

"그러던 중, 지쿠젠 다자이후 간제온지의 불상을 수리하기 위해 교토에서 내려온 쇼쿠라는 이름의 객승이 있었습니다. 수리를 마치고 돌아가는 길에 행각차 이 근처에 들렀다가 이 사정을 듣고 불쌍히 여겼는지 저희 집에 머물며 그 두루마리를 보고 불전에 인연을 맺어 정성껏 독경 공양을 올린 후, 뒷마당에 있던 큰 센단나무(역: 멀구슬나무)를 베어 그 붉은 속살을 골라 손수 미륵보살의 좌상을 새겨 그 태내에 저 두루마리를 넣고 저희 집 불단의 본존으로 안치했습니다. 그리고 앞으로 이 불단을 모시고 이 두루마리를 보는 것은 이 집의 여인들만으로 하되, 그 외의 모든 남자는 절대로 가까이하지 말라고 굳게 금하고 떠났습니다."

"그 후 그 미친 사람의 씨앗, 옥 같은 남자아이가 무사히 이 세상에 태어나 자라 아내를 맞이하고 저희 집의 명맥을 이었지만, 쇼쿠 상인의 계율에 따라 불단에는 다른 사람을 가까이하지 못하게 하고, 아카(역: 불전에 올리는 깨끗한 물), 향화(香華)의 공양은 그 아내 한 사람에게 맡기며 오로지 현세의 안온과 후생의 선처를 기원했습니다. 하지만 미친 사람의 피를 이어받았기 때문인지, 이 남자아이는 장성하여 자식을 몇 명 낳은 후 또다시 아내의 요절을 겪자마자 미쳐서 세상을 떠났습니다. 그 후 대대의 남자들 중에 때때로, 어떤 일에 부딪혀 미치는 자가 한두 명씩 있었는데, 그 병세가 보통이 아니었습니다. 혹은 여인을 죽이려 하거나, 또는 여인의 새 무덤에 괭이를 대는 등 불안한 일만 저질렀고, 사람들이 이를 말리면 그 사람마저 때려죽이거나 상처를 입혔을 뿐만 아니라, 자신도 혀를 깨물거나 목을 매어 죽는 등 대대로 변함이 없어 참으로 무서운 지경이었습니다."

"이러한 사정이므로 보는 사람, 듣는 사람 모두 어찌 두려워하고 걱정하지 않겠습니까. 혹은 남자의 몸으로 저 두루마리를 엿본 재앙이라고 말하고, 또는 부정한 여인이 저 불상에 가까이한 장애인가 하고 의심하는 등, 멀고 가까운 곳 모두 서로 전하여 혈연을 맺는 것을 꺼리고 싫어했기 때문에 저희 집의 혈통이 끊어질 뻔한 일이 여러 번 있었습니다. 그래서 금은으로 해결하거나, 사람을 먼 나라에서 구해와 겨우 명맥을 이었지만, 근년에 이르러서는 하천한 거지들까지도 저희 집과의 인연이라고 하면 혀를 떨고 몸서리를 치게 되었습니다. 지금은 혈연이 모두 끊어져 저 혼자 남게 되었습니다. 특히 제 오라버니 두 분은 얼마 전 연이어 정신이 혼미해져, 큰오라버니는 근처의 묘지를 파헤치고, 작은오라버니는 저를 돌로 치려 하는 등 무서운 일만 저지른 끝에 잇달아 목숨을 끊었을 뿐만 아니라, 그런 소문이 한층 더 높아진 때이므로 대부분의 집안사람들은 휴가를 청하여 떠나고, 오랫동안 부리던 사람들도 저를 보고 한숨만 쉴 뿐, 제대로 말하는 사람조차 없어 외롭고 정 없는 지경에 이르렀습니다."

"그러던 중, 이러한 때에 이 가라쓰 번의 가로(옆: 다이묘를 보좌하는 최고위직 가신)인 구모이 아무개라는 사람이 이 일을 듣고, 셋째 아들인 기사부로라는 분을 제 사위로 삼아 명맥을 잇게 하라는 분부가 있었습니다. 부리던 남녀 모두 갑자기 소란을 피우며 기뻐하여, 이만한 행운은 없을 것이라고 지금까지와는 달리 떠들썩했지만, 그중에 단 한 사람, 저를 돌봐 준 유모가 그다지 기쁘지 않은 표정으로 침울해 있었으므로, 그 사정을 물으니 한숨을 쉬며 말했습니다. '이것은 결코 기쁜 분부가 아닙니다.'"

"'제 남편이 저택에서 봉사하는 자로부터 살짝 흘려들은 바에 따르면, 저 기사부로라는 분은 구모이 님의 첩의 아들로 검술의 달인, 번내 제일의 명성이 높은 분이지만, 젊을 때부터 행실이 온화하지 않고, 나가사키 어번(엮: 막부의 명에 따라 파견되는 경비 임무)의 수행원으로 그곳에 갔을 때부터 마루야마(엮: 나가사키에 있던 유곽)의 유녀에게 빠져, 마침내 좋지 않은 무리와 교제를 맺고 여기저기의 도장을 깨고 다니며, 찻집이나 오두막을 강제로 빌리는 등 난폭한 짓을 다하여 몸 둘 곳이 없어진 채, 얼마 전 몰래 귀국했다고 합니다. 그러면서도 가문 내 누구도 사위로 맞이하려는 자가 없을 뿐만 아니라, 뱀이나 벌레처럼 꺼리고 두려워하고 있던 차에, 이 집의 일을 듣고 이렇게 분부하신 것입니다. 뿐만 아니라, 그 진짜 속셈은 일이 끝난 후, 가로의 위세를 빌려 쿠레 가문의 재산을 집과 창고 모두 빼앗으려는 계획이라고 들었습니다. 운명이라고는 하지만, 힘없는 일이라고는 하지만, 앞날의 안타까움을 생각하면 눈이 어두워지고 마음이 사라질 지경입니다'라고 눈물을 흘리며 말했습니다."

"저도 어찌할 바를 모르고 당황했지만, 가냘픈 몸으로는 어쩔 수 없이 걱정하고 괴로워하던 차에, 얼마 전 가을 수확이 끝나고 조금 진정되었던 오늘 밤, 저 구모이 기사부로라는 분이 수행원도 데려오지 않고, 하오리 하카마(엮: 남성의 정장 예복)도 입지 않은 채, 단 혼자서 생각지도 못하게 저희 집에 오셨습니다."

"이것은 어찌 된 일인가 하고 모두들 허둥지둥 술과 안주를 급히 안방으로 모시는 동안, 저도 화장을 고치고 자리에 나갔는데, 저 분의 몸을 보니 반쪽은 불에 타 문드러져 흙덩이 같고, 또 남은 한쪽은 눈썹이 찢어져 끊어지고 눈꼬리가 하얗게 드러나고 입술이 비스듬히 기울어져 참으로 귀신의 모습이라고나 할까요. 게다가 어디서 드셨는지 술기운이 주위를 훈훈하게 하고, 그 무서움에 온몸이 떨릴 지경이었습니다. 그것을 겨우 참고 견디며 위태로운 마음으로 술잔을 따르러 섰는데, 술잔이 몇 순배 돌지 않은 동안에 덥석 제 손을 잡으셨습니다. 그때 제가 나도 모르게 손을 빼자 술잔 속의 술이 무릎에 쏟아졌고, 순식간에 술주정하는 모습이 되시어, 말리는 유모를 칼 빼들 틈도 없이 베어 버리셨습니다. 저는 그 사이에 도망쳐 나와 겨우 여기까지 왔습니다만, 이토록 계속되는 저희 집의 불행, 또는 이 몸의 불행을 피할 길이 없어, 그저 죽으려고만 생각하고 있었는데, 이렇게 말려 주셨습니다. 이제는 오직 비구니가 되거나, 순례자가 되거나 할 뿐입니다. 어느 나라 분이신지 모르겠지만, 이 위로의 자비로 그 방법을 가르쳐 주십시오."

여인은 말을 마치고 모래에 엎드려 소리 죽여 울었다. 고테이는 듣고 나서 생각에 잠긴 지 꽤 오래, 이윽고 처녀를 부축하여 일으키며 말했다.

"좋다, 좋다, 내게 방법이 있다. 이제 그렇게 슬퍼하지 마라. 우선 그 두루마리를 보고 당신의 인과를 밝혀 주겠다."며 무쓰미조의 손을 이끌고 떠나려 할 때, 소나무 그늘에서 나타난 반쪽 귀신 얼굴의 거친 무사가 말도 없이 고테이에게 달려들었다. 고테이는 수련한 기량으로 몸을 돌려 허공을 베게 하고, 순간적으로 큰 소리로 외치자 저 무사는 흰 칼날과 함께 허공을 헤엄치며 몇 걸음 달려가, 벼랑 끝에서 발을 헛디뎌 달빛 가득한 바다에 빠져 물안개와 함께 사라졌다.

이리하여 고테이는 무쓰미조를 데리고 쿠레 가문에 이르러, 집안사람들과 함께 저 유모의 시신을 수습하고, 스스로 법사로서 독경하여 다른 사람에게는 굳게 입을 다물게 했다. 자, 불당에 들어가 사람을 멀리하고, 본존 미륵불의 몸 안에서 저 두루마리를 꺼내어, 경외하고 예배를 마친 후 펼쳐 보니, 미인의 오체가 썩어 문드러지고 고름이 흐르는 모습이 오직 소름 끼칠 뿐이었다. 즉시 불전에 앉아 정신을 가다듬고 삼매에 든 지 열흘 남짓, 엔포 2년 11월 그믐날 새벽 한 시라는 때에, 홀연히 눈을 뜨고 말했다.

"범부의 망집을 맑히는 것은 염불만 한 것이 없다. 나무아미타불, 나무아미타불, 나무아미타불."이라고 소리 높여 세 번 읊고, 문제의 두루마리를 옆의 화로에 던져 한 조각의 연기로 만들어 버렸다.

이리하여 고테이는 마음을 가라앉히고 좌정을 마치고, 집안사람들을 불러모아 말했다.

"나는 법력으로 쿠레 가문의 악연을 끊을 수 있었다. 즉 이 재를 불상에 넣어 삼계의 만령과 함께 공양하고, 자신은 속인이 되어 이 집에 사위가 되어, 부처의 은혜를 만대에 남기고자 한다. 집안사람들의 생각이 있다면 주저하지 말고 듣고 싶다."라고 했지만, 아무도 뜻을 말하는 자가 없고, 오로지 국로(역: 번의 정치를 총괄하는 중신, 가로와 비슷함) 구모이 가문의 책망을 두려워하는 모습이었다.

고테이는 그 마음을 헤아리고, 그날 안에 후하게 위로하여 집안사람들에게 휴가를 주고, 가옥과 창고를 봉하여 "공의(역: 막부나 번주 등 공적인 권력)에 반환한다. 쿠레 쓰보타"라고 크게 쓴 나무패를 걸었다. 오직 금은, 서화 종류만을 네 개의 짐으로 꾸려 건장한 젊은이에게 맡기고, 자신은 미륵의 불상을 지고 구레 가문의 계도를 품에 넣고, 무쓰미조의 손을 이끌고, 다음 날 새벽에 하마사키를 떠나 동쪽으로 향했다. 마침 엔포 2년 섣달 초하루의 눈이 흩날리며 무쓰미조의 이름에서 연유한 듯, 긴 모래사장과 굽은 포구 5리에 걸친 길의 절경은 순식간에 긴 은병풍으로 변하여, 고테이의 그림 솜씨에 비유될까 의심되었다.

이리하여 약 1리를 나아갔을 무렵, 동쪽 하늘이 점점 붉어지려 할 때, 뒤쪽에서 사람 소리가 요란하게 다가왔다. 고테이는 무슨 일인가 하고 돌아보니, 그 수가 2, 30명으로 생각되는 포졸들이 손에 손에 무기를 들고 있는 가운데, 저 바다에 빠졌던 반쪽 귀신 얼굴의 구모이 기사부로가 어떻게 살아났는지, 흰 머리띠, 작은 갑옷, 진바오리(역: 갑옷 위에 입는 소매 없는 겉옷), **노바카마**(역: 품이 넓은 하의) 차림으로 거창하게 긴 칼을 옆으로 들고 눈앞에 다가와, 큰 소리로 욕하며 말했다.

"이봐, 악승(惡僧), 거기 꼼짝 마라. 지난번에는 너를 대공의(옛: 봉건 영주)의 밀정으로 착각해 아까운 칼을 거두었지만, 그 뒤 번의 명을 받고 네 신분과 행적을 낱낱이 조사한 결과가 드러났다. 네놈은 화공을 가장해 이 성 아래의 지형을 엿보고, 승려로 꾸며 여러 나라를 떠돌며 유덕한 집안을 속여 금품을 빼앗고, 아이들을 유인해 행방을 감추는 불손하고 무뢰한 자라는 것이 천하에 드러난 것이다. 하늘로 날아도 땅에 숨어도 이제는 도망칠 길이 없다. 자, 무리들아 들어라! 이 번의 물건을 빼앗아 간 무법자 쓰보타가 바로 저놈이다. 여인을 유괴하는 비겁하고 뻔뻔한 도적승도 바로 저놈이다. 가차 없이 잡아라!"

그의 외침에 부하 무사들이 일제히 함성을 지르며 눈을 치켜뜨고 기세 좋게 달려들었다. 한쪽은 하늘을 찌를 듯한 절벽, 다른 한쪽은 바다에 닿은 낭떠러지라 발 디딜 틈조차 없다. 게다가 등 뒤에는 연약한 여인과 짐꾼, 말까지 거느리고 있어 도망칠 수 없을 듯했다.

그러나 고테이는 조금도 흔들리지 않았다. 그는 지고 있던 불상을 마부에게 건네고, 삿갓의 눈가리개를 털어 무쓰미조에게 들게 했다. 이어 손에 익은 대나무 지팡이를 쥐고, 옷깃을 여미며 염주를 굴리면서 조용히 되돌아 나아갔다. 그러자 뜻밖에도 달려들던 포졸들의 기세가 서서히 꺾여 보였다. 그때 고테이는 많은 사람들을 향해 정중하게 절을 하며, 기침 한 번 하고 말했다.

"이 먼 길을 오시느라 참으로 수고가 많으십니다. 이러한 무례한 난폭자를 이토록 많은 분들이 배웅해 주시는 것을 보니, 귀 번의 정치가 밝다는 것은 참으로 감복할 만합니다. 그렇다 해도 모처럼의 호의라면, 조금만 더 저쪽 지쿠젠 영지까지 배웅해 주시지 않겠습니까. 그러면 임무도 무사히 마치고, 무익

한 살생도 없을 것이며, 귀 번의 치욕도 되지 않을 것입니다. 이 점 어떠하십니까. 답을 듣고 싶습니다."라고 상쾌하게 웃으며 말하자, 일동은 잠시 동안 어이없어했다.

순식간에 구모이 기사부로는 얼굴 가득 붉은 기를 띠었다. "이놈, 입만 살았구나. 지난번에는 취해서 실수를 했지만, 오늘은 내 칼의 녹으로도 사라지지 않을 것이다. 덤벼라, 무리들아, 상대는 한 명이다. 여자 외에는 베어 버려도 상관없다. 덤벼라, 덤벼라."라고 칼자루를 치자, "응!" 하고 기세 좋게 달려드는 무리들. 사람 같지도 않은 나그네 중 한 명, 무슨 일이 있겠느냐고 얕보며, 눈 그림자 비치는 얼음 칼날을 뽑아 들고 달려들었다. 고테이는 어쩔 수 없다는 듯, 대나무 지팡이를 왼손에 들고, 빈 주먹을 휘두르며 맨 먼저 달려든 한 명의 칼날을 빼앗고, 이어서 달려드는 흰 칼날을 쳐내고, 무리 지어 떨어지는 몽둥이, 창을 휙휙 베어 내며, 길 폭 가득히 활약하여 사람과 말이 있는 곁에 접근하지 못하게 했다. 그 외에 칼등으로 치고 급소를 치는 등 여러 가지로, 혹은 기절하고 또는 혼절하여 눈 속을 구르고 바다에 빠지는 등 벌써 십수 명에 이르렀다.

생각지도 못한 나그네 중의 솜씨 앞에서 그토록 많은 사람들이 속수무책으로 당해 창백해지자, 구모이 기사부로는 끝내 참지 못하고 외쳤다.

"건방진 중의 솜씨로구나. 자, 새 칼의 날카로움을 보여 주마. 곧 저승길로 보내 주겠다."

그는 긴 칼을 뽑아 들고, 청안의 자세(역: 검도에서 칼끝을 상대의 눈에 겨누는 자세)를 취한 채 흐트러짐 없는 발걸음으로 칼끝을 날카롭게 밀어 올렸다. 그러나 고테이는 무슨 생각에서인지 빼앗아 든 칼을 내던지고, 대나무 지팡이를 가볍게 오른손에 쥔 채 기사부로의 피에 굶주린 칼날과 마주했다. 그는 한 치의 틈도 주지 않는 냉랭한 물 같은 기세로 맞서고, 얼음처럼 맑고 단단한 기운으로 상대를 압도했다. 그러자 기사부로의 명검조차 큰 바위에 끼인 듯 움직이지 못하고, 그는 숨만 고르며 "아아" 하고 이를 갈 뿐이었다. 이를 본 고테이는 빙그레 웃으며 말했다.

"어떠하십니까, 기사부로 님. 이제 깨달으셨습니까. 미타의 검이란 바로 이 대나무 지팡이의 마음입니다. 부동(不動)의 속박이란 자비로운 호흡에 있습니다. 설령 수천 번 단련한 정묘한 기술이라도, 허실과 생사의 경계를 벗어나지 못한 검은 깨달음 한 줄기의 대나무 지팡이에도 미치지 못합니다. 눈앞의 불가사의가 이와 같은데, 믿기 어렵거든 그 칼을 버리고 악심을 거두어 불도에 들도록 하십시오. 의심 없이, 헤매지 않고, 자유로운 경지에 이르시길 바랍니다. 그렇지 않다면 일살다생(역: 한 사람을 죽여 많은 사람을 살린다는 불교의 가르침)의 이치에 맡겨, 당신을 베어 두 동강 내어 가라쓰 번의 불행을 없애겠습니다. 지금이야말로 생사의 기로, 지옥과 천상의 갈림길에 선 순간입니다. 어떠하십니까. 어떠하십니까."

이렇게 추궁하자, 무적이라 불리던 기사부로도 안색이 창백해지고, 눈에는 핏발이 서며 식은땀을 흘리며 헐떡일 뿐이었다. 그러나 오랜 세월 쌓인 업력 때문인지, 아니면 마지막 남은 기개 때문인지 그는 홀연히 용기를 떨쳐 일으켰다. 그는 큰 칼을 머리 위로 치켜들고 전광처럼 베어 들었다. 그러나 고테이는 몸을 휙 돌려 쾅 소리를 내며 받아쳤고, 대나무 지팡이 끝이 빗나가지 않고 기사부로의 미간을 강타했다. 기사부로는 눈이 어지러워 뒤로 물러났고, 그 틈을 타 고테이가 그의 허리춤에 찬 작은 칼 자루에 손을 대자, 기사부로는 이를 악물고 말했다.

"그렇다면 원대로 해 주겠다."

그는 한 걸음 물러섰다가 다시 큰 칼을 휘둘렀으나, 그대로 허공을 가르며 뒤로 젖혀졌다. 그는 부처상처럼 쓰러지며, 오른쪽 어깨에서 분수처럼 솟아나는 피에 눈이 물든 채 최후를 맞았다.

이 기세에 두려움을 느꼈는지, 남은 자들은 멀리 도망쳐 쫓으려는 자도 보이지 않았으므로, 고테이는 이제 안심하고 빼앗은 작은 칼을 시신에 돌려주고, 손바닥을 모으고 염주를 굴리며 염불을 두세 번 외더니, 이윽고 검은 옷의 눈을 털어 내고, "자, 가자"라고 하듯 불상을 짊어지고, 정신없는 무쓰미조를 위로하며, 삿갓을 기울이고 사람과 말을 재촉하여 가는 동안 지쿠젠 영지에 들어와, 후카에라는 곳에서 하룻밤을 묵고, 다음 날 새벽 아직 그치지 않은 눈을 밟고 동쪽으로 5리를 더 가, 이 메이노하마에 와서 발을 멈추었다.

고테이는 이곳의 지형을 보고 생각했다.

'이곳은 북쪽에 아타고의 영산이 하늘에 솟아 있고, 남쪽으로는 세부리, 라이산, 우키다케의 여러 명산과 구름과 안개가 이어져 있다. 만경의 풍요로운 논밭이 눈에 아득하여 자손 만대를 부양하기에 족하고, 무로미가와의 맑은 물 또한 잔을 띄우기에 족하다. 아코메하마, 오도의 옛터, 게야, 이쿠노마쓰바라의 명승을 배치하고, 게다가 구로다 55만 석의 성 아래에서 멀지 않다. 참으로 산과 바다 지형의 정수를 모은 곳이로다.'

즉시 따라온 마부를 길러 집안사람으로 삼고, 논밭을 구하여 가옥과 창고를 짓고, 고향 교토에 소식을 전하여 만대의 계획을 세우는 한편, 한 곳을 골라 라이산 세부리의 거목을 모아, 스스로 먹줄을 잡고 한 채의 큰 가람을 건립하여, 짊어지고 온 미륵보살의 좌상을 본존으로 하여, 말대까지의 보리사(역: 조상의 명복을 비는 절), 영세의 기원소로 삼고자 했다. 산문이 높이 솟아 진여실상(역: 모든 사물의 있는 그대로의 참모습)의 달을 맞이하고, 전당이 기와를 이어 불토 금색의 일상관

(옆: 지는 해를 보며 극락정토를 생각하는 수행)을 보낸다. 숲과 샘이 깊고 물이 푸르고 모래가 하얀 곳, 새가 울고 물고기가 뛰며, 염불, 염법, 염승하는 모습, 참으로 말세의 기특한 일, 희대의 정토라고 생각된다.

이리하여 인황(人皇) 111대 레이겐 천황의 엔포 5년 정사(丁巳) 11월 초순에 이르러 그 일이 끝나자, 교토의 본산에서 빈도(옆: 승려가 자신을 낮추어 이르는 말)를 초청하여 개산 주지의 일을 맡기려 했다. 빈도는 '견문이 좁고 아는 것이 적다'는 이유로 굳이 사양하기를 여러 번 했지만 듣지 않았다. 마침내 그 기특함에 감동하여 짐을 꾸려 내려와 주지가 되어, 절 이름을 세이타이산 뇨게쓰지(西泰山如月寺)라고 이름 지었다. 즉 다음 해 엔포 6년 무오(戊午) 2월 21일의 길일을 점쳐 왕생강식(옆: 극락왕생을 기원하는 설법 의식) 7문의 설법을 강하고, 정토삼부경을 독송하여 7일에 걸친 대공양 대시가귀(옆: 아귀에게 음식을 베푸는 불교 의식)를 집행했다. 당일 고테이는 스스로 자리에 올라, 간략하게 위와 같은 인연을 말하며 청중에게 참회하고, 두 수의 시를 읊었다.

노래

여섯 갈래의 길, 이제 헤매지 않으리.

여섯 글자의 불법(佛法)으로,

구레타케(옆: 대나무의 한 종류)의 지팡이 짚고 부처님 세상으로.

— 쓰보타로

화답

구레타케 대나무처럼 곧게 자란 불심(佛心)으로

부처님의 세상에 이르러,

공허한 길로 돌아가리라.
— 무쓰미조

이어서 빈도가 자리에 올라 자세히 연기의 인과를 변증하고, 육도(六道)의 유전, 윤회전생의 이치를 밝혀, 일념으로 미타불을 부르면 즉시 무량한 죄업이 사라진다는 진리를 전수하고, 마지막으로 한 구절의 게(偈)를 읊었다.

"일념으로 부처의 이름을 부르니
그 공덕 만세에 전해지네.
세이타이산 절의 종소리가
진리의 달을 맞이했네."

또한 무쓰미조는 당시 열여덟 살이었는데, 예전부터 육자명호(역: '나무아미타불' 여섯 글자)를 종이에 쓴 것이 3만 장에 이르렀던 것을, 당일의 참집에 나누어 주니, 사흘이 채 되지 않아 모두 없어졌다고 한다.

이와 같은 이야기, 육도의 거리를 속세에 드러내고, 업보의 이치를 눈앞에 굴린다. 듣는 번뇌 즉 보리요, 육진(六塵) 즉 정토라, 쿠레 가문 조상의 명복, 말대 정등정각(역: 부처의 올바른 깨달음)의 결연은 참으로 끝이 없을 것이다. 쿠레 가문의 후에 태어나는 남녀로서 이 큰 은혜를 갚고자 한다면, 깊이 이 뜻을 마음에 새기고, 법사(法事)와 염불을 게을리하지 말라. 이 일은 타인에게 알려서는 안 되며, 잘못하여 새어 나가면 혹 다른 번의 원망을 살까 두렵다. 당시의 주직 및 쿠레 가문의 당주 부부에게만 그쳐야 한다.

아나카시코(역: '삼가 아룁니다'라는 뜻의 고어).

엔포 7년 7월 7일

잇교 쓰다

참고문헌 3. 노미야마 호린 스님의 담화
청취 일시: 같은 날 오후 3시경
청취 장소: 뇨게쓰지 주지 스님 방에서
동석자: 노미야마 호린 스님(당시 77세. 같은 해 8월 사망), 나(W씨), 두 사람

——그 의문은 참으로 지당하십니다. 이 연기(緣起)의 본문에도 쓰여 있듯이, 지금으로부터 백여 년 전에 쿠레 가문의 중흥조라고도 할 수 있는 고테이 님이 남김없이 불태워 재로 만들어 미륵의 세상까지 봉해 두셨던 두루마리가 어떤 사정으로 다시 원래의 형태로 되돌아와 지금 세상에 나타나 쿠레 이치로 님의 손에 넘어가, 터무니없는 광란의 씨앗이 되었는지에 관해서는, 실은 묻지 않으셔도 말씀드리고 당신(W씨)의 의견을 듣고 싶다고 생각하고 있던 참이었습니다.

——원래 이 연기의 기록은 쿠레 가문의 대를 잇는 주인 부부가 처음 묘소에 참배할 때 다른 사람을 물리치고 보여 드리게 되어 있습니다. 그 외에 쿠레 가문의 혈통에 관련된 일은 평범한 일 외에는 일절 남에게 누설하지 않는 것이, 창건주 잇교 상인 이래 이 절 주지인 자의 본분이자 비밀로 정해져 있습니다만, 어쩔 수 없는 분의 질문이시고, 특히 쿠레 이치로 님이 정말 미친 것인지 거짓인지가 밝혀지는 것이 죄인이 되느냐 마느냐의 갈림길이라고 들었으니, 무엇을 숨기겠습니까.

——그 사정은 다름이 아닙니다. 이 절의 본존불 배 안에 재가 되어 들어 있을 터인 그 두루마리가 사실은 원래 형태 그대로 있었다는 것을 아주 오래전부

터 알아낸 사람이 있었던 것입니다. 뿐만 아니라 그 두루마리를 본존불 배 안에서 꺼내어 쿠레 이치로 님의 병을 유발하는 원인을 만든 것도 역시 그분임에 틀림없다고 생각되는 인물을 저는 잘 알고 있습니다. 물론 제 짐작만으로 말씀드리는 것이므로 누구든 의외라고 생각하실지 모르겠지만, 다름 아닌 쿠레 이치로 님의 친어머니이자 몇 년 전 노가타에서 이상한 횡사를 당한 치요코 님입니다. 그렇습니다. 이건 참으로 말도 안 되는 이야기라, 무엇보다도 그런 무서운 전설이 있는 물건을 둘도 없는 내 자식에게 건네는 듯한 무자비한 어머니가 이 세상에 있으리라고는 생각되지 않습니다만, 여기에는 무언가 깊은 사정이 있는 듯합니다. 그러니 어쨌든 이제부터 말씀드릴 이야기를 들어 주시면 모든 것이 이해되실 것이라고 생각합니다.

——생각해 보면 벌써 20년, 아니, 30년 정도 되었을까요. 참으로 오래된 일입니다. 이제 아실지 모르겠지만, 치요코라는 부인은 어릴 때부터 무엇이든 영리하고 발명에 능한 데다 손재주가 뛰어난 분으로, 그중에서도 그림 그리는 것과 자수 놓는 것이 특히 능숙했다고 합니다. 아직 어린 시절부터 이 절의 본당 한구석에 혼자서 얌전히 앉아 미닫이에 그려진 사계절의 꽃무늬나 난간의 천인(天人) 조각 같은 것을 베끼고 있는 모습을 자주 보았습니다. 그때부터 이미 참으로 사랑스럽고 인형 같은 이목구비를 가지고 계셨지만 말입니다.

——그런데 열네 살이나 열다섯 살 무렵이었던가요. 학교에서 돌아오는 길로 보이는, 짙은 갈색 하카마를 입은 치요코 님이 보자기 꾸러미를 안은 채 이 주지 스님 방으로 들어와서 혼자 차를 마시고 있던 저를 향해 "스님, 저 본존불의 새까만 부처님 안에는 아름다운 두루마리가 들어 있다고 하던데, 살짝 저에게 보여 주시면 안 될까요"라고 말했습니다. 이 두루마리에 관한 이야기는 이 절 창건 당시의 대법회 이래 이 근방에 널리 퍼져 있어, 이 마을에서도 알고 있

는 사람이 얼마든지 있을 것이므로, 그런 사람에게서 들으셨던 것일까요. 그때 저는 웃으며, "그것은 이미 아주 오래전에 재로 만들어 버렸기 때문에 지금은 보여 드리고 싶어도 보여 드릴 수 없다"고 말했습니다. 그러자 치요코 님은 "그래도 방금 제가 저 부처님을 흔들어 보니 배 안에서 덜컹덜컹 소리가 났다. 무언가 틀림없이 들어 있다"고 말했습니다. 저는 깜짝 놀라서 "그런 짓을 하는 게 아니다. 불벌이 내릴 것이다"라고 꾸짖어 돌려보냈습니다. 하지만 치요코 님이 돌아가신 후 혼자가 되자 왠지 모르게 걱정이 되기 시작했습니다. 몰래 본당으로 가서 황송하게도 본존이신 미륵님을 흔들어 보니, 과연 덜컹덜컹 소리가 났습니다. 마치 두루마리 같은 형태의 물건이 안에 들어 있는 것이 틀림없다고 생각되는 느낌이었습니다.

――저는 너무나 이상해서 가슴이 두근거릴 정도로 놀랐습니다. 본존불 배 안에는 이 연기 본문에 쓰여 있는 대로 두루마리를 태운 재만 있을 거라고 생각하고 있었는데 말입니다. 하지만 그때 저는 또 생각했습니다. 이것은 옛날 고테이 님이 그 두루마리를 태웠다고 속이고 사실은 원래의 형태로 불상에 넣어 두신 것이 아닐까. 그 주위의 채움이 세월에 따라 마르고 느슨해져서 이렇게 소리가 나는 것이 아닐까. 그림을 좋아하는 사람이 있을 법한 일로, 두루마리를 아끼는 나머지 그런 짓을 하고 세월이 흐르도록 공양하고 있었다면 점점 인연도 옅어지고 재앙도 그칠 것이라고 생각하며 독단으로 처리하신 것이 아닐까. 그렇다면 다시 꺼내어 불태워 버려야 할 것인가? '어떻게 해야 할까'라고 여러 가지로 생각했지만, 그렇다고 해도 조금 납득이 가지 않는 부분이 있는 듯했고, 괜히 무서운 기분도 들었으므로, 설마 본존불의 몸을 깨뜨려 내부를 보는 사람도 없을 것이라고 생각하며 그대로 두었습니다.

――그런데 그러는 동안 세월이 흐르는 것은 참으로 빨라, 작년 가을이 되었

습니다. 마침 추석 전날 저녁이었는데, 야요코 님과 이치로 님과 모요코 님 세 분이 함께 묘소 청소를 하러 오셨습니다. 그때 야요코 님은 혼자 영당 청소를 하시는 김에 이 방장에 들러 차를 마시셨는데, 이런저런 이야기 끝에 "아직 좀 이른 것 같지만, 내년 봄에 이치로가 로쿠폰마쓰 학교(후쿠오카 고등학교)를 졸업하면 바로 모요코와 결혼시키려고 하는데, 어떨까"라는 상담을 하셨습니다. 야요코 님은 항상 이런 일을 공개하시기 전에는 반드시 저에게 이야기를 하셨으므로, 저는 참으로 좋은 일이라고 대답했습니다. 그러고 나서 두 사람이 서서 본당 툇마루로 나가 보니, 저 산문 옆 묘소 앞에 청소를 마친 교복 차림의 이치로 님과 붉은 띠를 맨 모요코 님이 사이좋게 나란히 웅크리고 앉아 두 손을 모으고 있는 것이 보였습니다. 그것을 보자 야요코 님은 무언가 가슴이 메이셨는지, 서둘러 얼굴을 가리고 영당 쪽으로 가셨습니다. 저는 뒤에 남아 참으로 잘 어울리는 두 사람의 모습을 지켜보며 쿠레 댁의 앞날 같은 것을 생각하고 있는데, 뜻밖에도 20년 전 치요코 님의 이야기가 떠올랐습니다. 저도 모르게 '핫'하고 놀랐습니다. 물론 그때 '이것은 노인의 쓸데없는 걱정이 아닐까' 생각하지 않은 것은 아니었지만, 그래도 마음에 걸렸던 듯, 그날 밤이 되자 도저히 잠들 수 없게 되었습니다.

——그래서 저는 살며시 일어나 창문으로 들어오는 달빛과 등불에 의지해 혼자 본당으로 갔습니다. 황송한 마음으로 본존불을 양손으로 들고 흔들어 보니, 지난번에는 분명히 들렸던 소리가 조금도 나지 않았습니다. 뿐만 아니라 왠지 모르게 속이 텅 빈 듯한 느낌이었습니다.

——그때도 마치 벌레가 알려주기라도 한 것처럼 저는 섬뜩한 기분이 들었습니다. 하지만 용기를 내어 본존불을 불단에서 안아 내려 이 주지 스님 방으로 가져와 안경을 쓰고 자세히 살펴보니, 온통 먼지투성이여서 알아보기가 어

려웠지만, 불상의 목이 옷깃 부분에 끼워져 있어 힘을 주어 흔들면 빠지게 되어 있었습니다. 저는 그때 '과연!' 하고 생각했습니다. 그리고 두근거리는 가슴을 억누르며 복도를 따라 마룻바닥으로 가져가 소리가 나지 않도록 조심스럽게 먼지를 털었습니다. 이윽고 전등 아래에 모직 담요를 깔고 그 끼워진 부분에서 불상의 목을 빼 보니, 경통(經筒) 모양으로 파인 바닥에 오래된 당지(唐紙)에 싼 재가 있기는 했지만, 그 재 꾸러미 한가운데는 두루마리의 축(軸) 모양으로 움푹 들어가 있었습니다. 그것을 보니 고테이 님은 두루마리를 태웠다고 말씀하셨지만, 사실은 다른 깊은 생각이 있으셨던 것이겠지요. 태우지 않고 원래의 형태로 넣어 두셨던 것을 누군가 또 훔쳐 간 것이라는 의심은 이제 사라졌습니다. 네, 그 외에는 주위에 채워져 있던 낡은 솜 외에 종이 조각 하나 보이지 않았습니다. 이쪽으로 오십시오. 본존불을 보여 드리겠습니다.

——보시는 바와 같습니다. 이것은 제 부주의라고 해야 할까요, 뭐라고 할까요. 아아. 무슨 일이 생기지 않기를 가슴 졸였던 것은 한두 번이 아니었습니다. 하지만 또 한편으로 생각하면, 만약 치요코 님이 가져가셨다면 무슨 필요가 있었을까? 또 노가타에서 그런 최후를 맞은 후 오늘날까지 누가 숨겨 가지고 있었을까? 치요코 님의 유품을 정리한 야요코 님이 발견했다면 한마디라도 저에게 말하지 않았을 리가 없는데... 이리저리 생각에 잠겨 있던 차에 이번 일이 일어났으니, 이제는 마음으로도 말로도 이해할 수 없는 불가사의라고 할 수밖에 없습니다. 듣자 하니 그 두루마리는 이치로 님의 광란 이후 행방이 묘연하다고 하며, 이것 또한 불가사의한 일 중 하나입니다. 마을 사람들 중에는 이치로 님이 광란하기 전후에 두루마리가 뱀처럼 물결치며 허공을 가로지르는 것을 보았다고 말하는 자가 있다고 합니다만, 어찌 된 일일까요. 이 모든 것이 제 부주의에서 비롯된 일입니다. 돌아가신 모요코 님과 미쳐 버린 이치로 님의

안타까움을 생각하니, 늙은 짧은 목숨으로 대신할 수 있다면 하고 생각하며 눈물에 잠길 뿐입니다. 등등.

참고문헌 4. 쿠레 야요코의 담화 개요
청취 시각: 전과 같은 날 오후 5시경
청취 장소: 본인 댁 안방에서
동석자: 쿠레 야요코, 나(W씨)——이상 두 명——

——아아, 선생님······. 잘 오셨습니다. 얼마나 기다렸는지······. 아니요, 아니요. 제 상처는 괜찮습니다. 목숨 같은 건 아무래도 좋습니다. 부디, 부디 부탁드립니다. 이 두루마리를(······라고 말하며 굳게 숨긴 품속에서 꺼내 건네며) 절에서 훔쳐내어 저 채석장에서 기다리고 있다가 이치로에게 건네주어 이 집안 사람들을 죽이려 한 놈을, 꼭 좀 찾아내 주십시오. 그리고 그놈이 발견되면 단 한마디면 됩니다. 무슨 원한으로 이런 잔혹한 짓을 했는지(흐느낌) 단 한마디면 됩니다. 꼭 물어봐 주십시오(흐느낌)······. 이치로가 제정신일 때 그 사람에 대해 물어보지 못한 것이 안타깝고 안타까워서······. 알게 되면 뼈를 씹어 으스러뜨려도 시원치 않을 텐데(흐느낌)······. 아니요, 아니요. 노가타를 떠날 때는 그런 물건은 없었습니다. 이치로의 몸 주변은 제가 남김없이 조사했습니다. ······경찰 놈들이 뭘 알겠습니까. 이치로를 저런 심한 꼴을 당하게 하고······. 저는 물어도 대답도 해주지 않았습니다. ······저는 이제 포기했습니다. 이치로가 제정신이 되든 안 되든, 딸이 살아 돌아오든 안 돌아오든, 제 목숨이 어떻게 되든 상관없습니다. 단지 여동생 지요와 이치로와 딸의 원수는 같은 놈······. 이 두루마리의 사정을 알면서 저 이치로에게 보여 준 놈이······. (흥분, 착란하여 문답을 계속할 수 없음. 그 후 약 일주일이 지나 점차 평정을 되찾는 동시에 방

신(放心) 상태가 되어 가는 경향을 보임)

비고

(가) 사건 발생 당일 오전 10시 반, 출입을 금지하고 있던 구레 가문의 창고(3번 창고라 불리는 곳) 내부를 검사하니, 1층 마룻바닥 입구에 깔린 낡은 신문 위에 쿠레 이치로의 박달나무 나막신 자국과 모요코의 외출용 붉은 코르크 짚신이 바르게 나란히 놓여 있고, 그 옆에서부터 양초의 촛농이 떨어져 가파른 계단 위까지 점점이 이어져 있었다. 2층의 상황 및 피해자의 시체에는 격투, 저항, 고통 등의 흔적을 인정할 수 없다. 시체 목에는 교살한 흔적과 울혈, 그 외의 끈 자국이 뒤섞여 감겨 있었다. 하지만 기관, 후두부 및 경동맥 등에도 외부에서 입은 손상은 인정할 수 없었다. 또한 분향이 나는 새 서양 수건 한 장이 시체 앞에 놓인 책상 아래에 떨어져 있었는데, 이는 가해자의 소지품으로 위 흉행에 사용한 것으로 인정된다.

책상 중앙에는 휴지로 보이는, 부인의 체취가 나는 네 겹의 반절지(옆: 전지를 반으로 자른 종이) 십수 장을 겹쳐 펼쳐 놓았다. 그 왼쪽 끝에 이 집안의 불구 중 하나인 놋쇠 촛대를 놓고, 100모메(옆: 무게 단위, 약 375g) 양초 한 자루를 세워 불을 붙인 흔적이 있는데, 후일 검사 결과 점화 후 약 2시간 40분을 경과하여 꺼진 것으로 추정되었다.

또한 이 외에 새 100모메 양초 세 자루가 성냥갑과 함께 책상 아래에 놓여 있었는데, 이상 네 자루의 양초 윗부분 및 중앙부 부근에 찍힌 수많은 지문은 모두 피해자 모요코의 좌우 손 각 손가락의 지문뿐이며, 가해자 쿠레 이치로의 것은 하나도 존재하지 않았다. 또한 성냥갑에서도 피해자의 지문만이 검출된 사실로 미루어 보면, 앞서 말한 네 자루의 양초는 피해자 자신이 가져온 것으로, 손수 성냥을 켜서 그중 한 자루에 불을 붙여 책상의 왼쪽 끝에 놓았다는 것은 의심의 여지가 없다. (그 외 야요코의 발자국 등에 관한 기술 생략)

(나) 같은 날 밤 9시, 피해자의 시체, 규슈 제국대학 의학부 법의학 교실에 도착, 즉시 나(W씨) 집도, 후나키 의학사 입회 아래 해부, 같은 날 11시 종료. 결과, 사인은 경부 압박에 의한 교살사로 판명됨. 또한 피해자가 어떤 원인으로 의식을 상실한 후 교살당한 것으로 추정됨. 또한 처녀막에는 이상을 인정하지 않음. (그 외 생략)

비고

(A) 뇨게쓰지의 본존 미륵보살의 좌상을 조사하니, 머리는 크고 몸은 작으며, 형상이 기이하고 후광도 없고 편단(역: 한쪽 어깨를 드러내는 승려의 옷차림)도 하지 않았다. 보통의 법의처럼 둥근 가사를 걸치고 결가부좌하여 미륵의 인(印)을 맺었으나, 작가의 자화상인가 생각되는 구석이 있다. 전체의 조각법은 매우 간결하고 웅혼하며, 톱니 모양, 파도 모양의 끌 자국이 곳곳에 존재한다. 밑면 중앙에 지극히 근엄한 조각법으로 '쇼쿠(正木)'라는 두 글자를 1촌(역: 길이 단위, 약 3cm) 크기로 음각해 놓았다.

(B) 중앙의 빈 공간은 세로 깊이 1척(역: 약 30.3cm), 가로 지름 3촌 3푼(역: 약 10cm) 남짓의 원통형으로, 상부 및 하부에 채운 솜과 재의 두께를 빼면 높이 1척 6푼 남짓이 되어, 두루마리 그림(별도 참고품)의 부피와 틀림없이 들어맞는다. 또한 그 뚜껑에 해당하는 목의 뿌리 부분의 사각형 부분에는 풀칠의 흔적이 남아 있는 것을 볼 수 있다.

(C) 재를 싼 당지(역: 무늬를 찍은 두꺼운 종이)와 상하좌우에 채운 것으로 생각되는

솜을 검사하니, 오래된 색 등이 기록의 시대와 거의 일치하는 것을 인정한다. 재는 현미경 분석 결과, 보통의 일본 종이와 비단 천을 태운 흔적을 인정할 뿐이다. 표장용의 금실, 또는 축(軸)에 사용되었을 목재, 그 외의 흔적은 전혀 없다. (그 외 생략)

비고

(1) 메이노하마 입구의 국도를 따라 해안 쪽에 있는 산기슭의 채석장 부근을 조사한 결과, 전날 쿠레 이치로가 두루마리 그림을 펼쳐 보며 앉아 있었다는 돌은 잘라내고 남은 거친 돌의 그늘에 위치하고 있어, 길을 통과하는 사람의 주의를 끌기 어려운 곳에 있다.

(2) 채석장 안에는 크고 작은 무수한 돌 조각과 석공의 작업 흔적, 및 길에서 날아든 짚, 종이, 짚신, 편자 조각, 그 외 온갖 쓰레기 같은 것 외에 특별히 주의해야 할 유물은 인정되지 않는다. 또한 가랑비에 씻겼기 때문인지, 쿠레 이치로 그 외 모든 인물의 발자국 같은 것을 인정할 수 없다.

(3) 평소 같은 곳에서 작업하던 석공으로 메이노하마정 75번지 1에 거주하는 와키노 군페이는 그저께부터 그 아내 미쓰 및 양자 가쿠이치와 함께 복통 설사를 일으켜 유행병의 의심을 받아 교통이 차단되어 있었으나, 며칠 지나지 않아 회복된 후 두 사람에게 물어본 바를 종합하면, 최근 작업 중 의심스러운 인물이 채석장에 들어오거나 부근을 배회한 기억은 없다. 또 그들의 병에 관해서는 그곳의 어류 등은 항상 신선하므로 식중독 등의 원인은 고려할 수 없다. 결국 병원 불명으로 귀결되었다.

하하하하하.

어떻습니까, 여러분. 당황했는가.

이것이 내 유언장 중 가장 중요한 일부라는 사실은 이미 잊고 읽었겠지. 비극과 희극, 칼싸움과 거물, 여기에 고마운 선전까지 있다는 식으로, 꽤나 놀랍고 기묘하며 기괴한 기록의 내용이다. 특히 심리유전이 발현되는 방식의 기발함은 정말 전무후무한 것으로, 현대의 소위 '상식'이나 '과학 지식'을 아무리 뒤져봐도 도저히 당해낼 수 없다. 과연 명 법의학자 와카바야시 교타로 박사도 이 사건에는 꽤 애를 먹은 듯, 그의 조사 서류에 이런 탄식을 남겼다. 말하자면 이렇다.

"나는 이 사건의 범인을 감히 가상의 범인이라고 부르고자 한다. 왜냐하면 해당 사건의 범인은 현대의 모든 학술은 물론, 모든 도덕, 습관, 의리, 인정을 초월한 무서운 신변불가사의한 성격의 소유자라고 상상하는 것 외에는 상상의 여지가 없기 때문이다. 즉 이렇듯 겨우 2년 사이에 세 명의 부인과 한 명의 청년을 혹은 죽이고, 혹은 발광시켜 그 일가의 혈통을 다시 일어설 수 없을 때까지 파멸시키는 것과 같은 잔학을 감행했음에도 불구하고, 그 잔학의 수행 수단은 모두 우연한 사건이거나, 혹은 어떤 초과학적인 신비 작용을 가장하여 그 이외의 추측을 허용하지 않는다. 범인의 존재는 물론이고, 이러한 범행을 일관한 목적의 존재조차도 의심스러운 점이 있다……." 등등.

그런데 어떻습니까? 앞에 보여드린 기록과 이 문구를 대조해 본 여러분은 벌써 눈치챘을 것이다. 법의학 전문가인 와카바야시 군의 주장과 정신병 학자로서의 내 주장이 사건 발생 초기부터 뚜렷하게 정반대이며, 오늘날까지도 일치하지 않고 있다는 것을.

즉, 와카바야시 군은 법의학자 특유의 안목으로 이 사건에 따로 숨겨진 범인이 있음에 틀림없다고 단정하고 있다. 그 범인이 어딘가에서 실을 조종하여 이 사건의 모든 이상한 현상을 마음대로 희롱하며 여러 사람의 눈을 속이고 있다고 말이다.

반면 나는 도저히 그렇게 생각하지 않는다. 정신과학의 입장에서 보면 이것은 소위 '범인 없는 범죄 사건'이다. 외형과 내용 모두 기발한 정신병 발작의 발현에 지나지 않으므로, 피해자와 범인 모두 어떤 착각 아래 동일한 인간이 되어 저지른 흉행에 다름 아니다. 그럼에도 기어코 범인이 필요하다면, 쿠레 이치로에게 이런 심리를 유전시킨 조상들을 붙잡아 감옥에 넣으라고 주장하고 있다. 여기에 이 사건의 핵심적인 흥미가 연결되어 있는 셈이다.

응. 뭐라고? 벌벌? 이제 이 사건의 진범이 밝혀졌다는 건가?

아니… 이거 참 놀랍다. 아무리 명탐정이라도 그렇게 민첩하게 머리를 굴려서는 곤란하다. 첫째, 나와 와카바야시가 밥벌이를 잃게 된다.

자자, 서두르지 말고 기다려주게. 설령 자네가 지목하는 인간이 정말 이 사건의 주범이고, 와카바야시 군이 말하는 '가상의 괴마'라 할지라도, 그것은 결국 하나의 추측일 뿐, 확고한 증거가 있는 것은 아닐 것이다. 또 설령 확고부동한 증거가 있어 범인이 현재 어디에서 무슨 짓을 하고 있는지까지 자네가 알고 있다 해도, 그 범인을 붙잡아 굴복시킨 후에 "아앗" 하고 놀라 다음 말을 잇지 못할 새로운 사실을 사건 이면에서 발견하게 된다면 어떻게 할 텐가? 후후후후후….

그래서 말하지 않은 것이 아니다. 이런 심각하고 불가사의한 사건을 사소한 증거나 개념적인 추리로 판단하는 것은 절대적으로 위험한 금물이다. 적어도 이 사건이 앞서 말한 대로 발생한 후, 어떤 경로를 거쳐 내 손에 들어왔는지, 그에 대해 내가 어떤 관찰을 내리고 어떤 방법으로 연구를 진행해왔는지, 또한 그 연구로 밝혀진 제2회 발작의 내용 설명이 얼마나 처참하고, 통렬하며, 현란하고, 기괴하고, 또한 넌센스의 극치에 달하는지, 게다가 그러한 연구 과정이 어째서 내 자살의 원인에까지 급변하며 이어져 왔는지… 하는 것들을 철저하게 관찰한 후가 아니면 범인의 유무는 결정되지 않을 것이다. "아하, 그런 것이었군… 으음…." 하고 눈이 어지러워질 것이다. 우선 한 방 먹여 놓고.

자, 이제 이 사건에 대한 내 연구가 그 후 어떤 식으로 진전되었는지, 그 실황을 천연색 입체 영화에서 "있습니다"라는 말을 빼고 설명할 차례다.

나 같은 시골 활변(옮: 무성 영화 상영 시 내용을 해설하던 변사)의, 게다가 신참의 영화 해설에서 "있습니다"를 빼 버리면 아무것도 아니게 되어 아마추어가 쓴 시나리오 낭독처럼 될 것이다. 나는 불행히도 시나리오나 중국 요리 같은 것을 만들어본 적이 없어 사정을 잘 모르지만, 아직 날이 밝기까지 시간이 꽤 남았으니, 이생의 장난 삼아 그 시나리오라는 것을 하나 해치워 보겠다. 단, 여기서 다시 한번 말해 두지만, 이런 식으로 사건의 핵심인 심리유전의 내용을 맨 뒤로 미루고, 바깥쪽 사실부터 순서대로 안으로 파고드는 중국 요리… 아뿔싸, 시나리오로 해 나가는 것은 '줄거리가 짬뽕'이라는 농담이 아니다. 이 사건에 관한 내 기록은 모두 사건 그 자체가 내 시야에 들어온 당시의 플롯에 따라 나열되어 있다. 따라서 이 순서를 연구하는 것만으로도 이 사건의 진상은 대략 알 수 있다. 이 점에 관해서는 외람되지만, 지극히 과학적이고, 절대로 속임수가 없는, 하늘과 땅에 부끄럽지 않은 진실한 기록이라고 믿는 바이다. 이런이런.

【자막】 쿠레 이치로의 정신 감정＝다이쇼 15년 5월 3일 오전 9시, 후쿠오카 지방재판소 응접실에서.

【영화】 마사키 박사는 양갱색 무늬의 하오리(역: 덧옷의 일종), 셀(cell) 소재의 홑옷, 그리고 셀 하카마(역: 통이 넓은 바지)를 입고 있었다. 빨아서 바랜 흰 버선까지 신은 모습은 영락없는 촌장 차림이었다. 그는 출입문과 정반대편인 창문 가까운 의자에 느긋하게 앉아 여유롭게 시가를 피우고 있었다.

중앙의 둥근 테이블 위에는 마사키 박사의 소지품으로 보이는 낡은 양산과 낡은 중절모가 던져져 있었다. 그 옆에 프록코트 차림의 와카바야시 박사가 꼿꼿이 서서, 위엄 있는 제복 차림의 경부와 셀 옷을 입은 우아한 신사를 마사키 박사에게 소개했다.

"오쓰카 경부… 스즈키 예심 판사. 모두 이 사건에 처음부터 관계하고 계신 분들입니다."

마사키 박사는 자리에서 일어나 두 사람의 명함을 받고는, 정말 가볍게 꾸벅꾸벅 고개를 숙였다.

"부름에 따라 온 마사키입니다. 공교롭게도 명함이 없군요."

경부와 예심 판사는 더욱 위엄을 갖추고 예를 표했다.

그때 남색 가스리(역: 일본의 염색 기법) 홑옷 한 장을 맨살에 걸친 쿠레 이치로가 두 명의 정원(廷園)에게 허리띠를 이끌려 들어오자, 세 명의 신사는 좌우로 길을 열어 마사키 박사를 둘러싼 형태가 되었다.

쿠레 이치로는 그 앞에 멈춰 선 채, 검고 우울한 눈빛으로 방 안을 뚫어지게 둘러보았다. 하얀 팔과 목 주위에는 난폭하게 제압당했을 때 생긴 긁힌 상처와 멍이 몇 군데 남아 있어, 그의 세상에 드문 단아한 모습을 한층 더 기이하게 돋보이게 하는 듯했다. 그 등 뒤에서는 두 명의 정원이 나란히 거수경례를 했다.

마사키 박사는 눈인사로 화답하며 시가 연기를 길게 내뿜더니, 수갑이 채워진 쿠레 이치로의 양손을 무심하게 잡아당겼다. 얼굴과 얼굴을 한 뼘 정도 가까이 마주하고, 눈동자와 눈동자를 똑바로 맞추었다. 그의 눈동자 속을 꿰뚫어 보며 무언가를 암시하듯이, 혹은 쿠레 이치로의 눈빛을 자신의 눈빛으로 밀어내어 그 눈동자 속에 밀어 넣듯이. 이렇게 두 사람은 눈을 맞춘 채 잠시 동안 움직이지 않았다.

그러는 동안 마사키 박사의 표정이 어딘가 긴장되어 갔다. 입회하고 있던 신사들의 표정도 그에 따라 덩달아 긴장되어 갔다.

하지만 그중 와카바야시 박사만은 눈썹 하나 움직이지 않고 창백한 눈동자를 차갑게 내리깔고 마사키 박사의 옆얼굴을 응시했다. 마사키 박사의 표정 속에서 은밀히 무언가를 찾아내려는 듯이.

하지만 쿠레 이치로는 태연했다. 제정신을 잃은 사람 특유의 맑고 깨끗한 눈빛으로 아무런 고통도 없는 듯 마사키 박사에게서 시선을 돌렸다. 그리고 바로 옆에 우뚝 서 있는 와카바야시 박사의 길고 큰 프록코트 차림을 아래에서 위로 천천히 훑어보았다.

마사키 박사의 표정이 순식간에 부드러워졌다. 쿠레 이치로의 옆모습을 보며 빙그레 웃고는, 꺼져 가던 시가를 다시 피우며 가벼운 어조로 입을 열었다.

"저 아저씨를 아느냐?

쿠레 이치로는 와카바야시 박사의 창백하고 긴 얼굴을 올려다본 채 약간 고개를 끄덕였다. 꿈을 꾸는 듯한 눈빛으로 변하면서. 그것을 보자 마사키 박사의 미소가 한층 더 깊어졌다. 그때 쿠레 이치로의 입술이 꿈틀거리며 움직였다.

"알고 있습니다. 제 아버지입니다."

하지만 이 말이 끝나기도 전에 변한 와카바야시 박사의 표정은 끔찍할 정도였다. 창백한 얼굴이 순식간에 핏기를 잃고 백지장처럼 빛을 잃은 이마 한가운데에 푸른 핏줄이 두 개 불끈 솟아올랐다. 분노라고도 경악이라고도 형용할 수 없는 모습이 되었다고 생각하는 순간, 관자놀이를 씰룩거리며 마사키 박사를 돌아보았다. 금방이라도 물어뜯을 듯한 끔찍한 눈빛을 하고.

그러나 마사키 박사는 그런 것은 눈치채지 못한 듯, 사방을 가리지 않고 큰 소리로 웃기 시작했다.

"하하하하하. 아버지는 좋았겠네. 그럼 이 아저씨는 누구인지 아느냐?"

라고 말하며 자기 코를 가리켰다.

쿠레 이치로는 그대로 역시 뚫어지게 마사키 박사의 얼굴을 보고 있었지만, 이내 입술을 꿈틀거리며 움직였다.

"아버지……. 입니다……."

"아하하하하하하하하하하."

마사키 박사는 더욱 유쾌한 듯이 결국 쿠레 이치로의 손을 놓고 도저히 참을 수 없는 듯이 웃어넘겼다.

"아하하하하하하. 정말 놀랐다. 그럼 네 아버지는 두 명인 셈이구나."

쿠레 이치로는 생각하는 둥 마는 둥 주저했지만, 이내 말없이 고개를 끄덕였다. 마사키 박사는 더욱 배를 잡았다.

"와하하하하하. 정말 멋지다. 진귀하기 짝이 없다. 그럼 너는 그 두 아버지의 이름을 기억하고 있느냐?"

마사키 박사가 농담 반처럼 이렇게 말하자, 지금까지 연기에 휩싸여 당황하던 일동의 얼굴이 일시에 휙 하고 긴장감을 보였다.

하지만 쿠레 이치로는 이렇게 묻자 문득 어두운 얼굴이 되었다. 조용히 눈을 돌려 창밖 가득 빛나는 5월의 맑은 하늘을 싫증 나지 않게 바라보고 있는 듯했지만, 이윽고 무언가를 떠올렸는지 그 큰 눈에 눈물을 가득 담았다. 그 모습을 보고 있던 마사키 박사는 또다시 쿠레 이치로의 손을 잡으며 시가 연기를 한 모금 유유히 내뿜었다.

"아니, 이제 됐다, 이제 됐어. 억지로 네 아버지의 이름을 떠올리지 않아도 된다. 어느 쪽을 먼저 떠올려도 굉장한 불공평이 될 테니까. 하하하하하하."

지금까지 이상한 긴장감에 사로잡혀 있던 사람들이 일제히 웃기 시작했다. 겨우 원래의 표정을 되찾은 와카바야시 박사도 이상하게 울 것 같은 굳은 웃음을 지었다.

그 웃는 얼굴 하나하나를 참으로 주의 깊은 눈초리로 둘러보던 쿠레 이치로는 이윽고 무언가 실망한 듯 한숨을 쉬며 고개를 숙이더니 눈물을 주르륵 흘렸다. 그 눈물방울은 수갑 위에서 더러운 바닥 위로 떨어져 흩어졌다.

그 손을 잡은 채 마사키 박사는 무심하게 사람들의 얼굴을 둘러보았다.

"어쨌든 이 환자는 제가 맡고 싶은데, 어떻습니까? 이 환자의 머릿속에는 사건의 진상에 관한 어떤 기억이 틀림없이 남아 있다고 생각합니다. 방금 들으신 대로 누구의 얼굴이든 아버지의 얼굴로 보인다는 것은, 어쩌면 이 사건의 이면의 진상을 암시하고 있는 어떤 중요한 심리의 나타남일지도 모르니까요. 가능하다면 제 힘으로 이 소년의 머리를 회복시켜 사건의 진상에 관한 기억을 꺼내 보고 싶습니다."

【자막】 해방 치료장에 쿠레 이치로가 나타난 첫날(다이쇼 15년 7월 7일 촬영)

【영화】 해방 치료장 한가운데에 선 대여섯 그루의 오동나무의 새파란 잎이 한여름의 햇살에 반짝반짝 빛나고 있다.

그 동쪽 입구에서 여덟 명의 미치광이가 줄을 서서 차례차례 들어온다. 그중에는 이상한 듯 주위를 둘러보는 자도 있지만, 이윽고 각자 여러 가지 광태를 시작한다.

그 맨 마지막에 쿠레 이치로가 들어온다. 참으로 우울하고 쓸쓸한 얼굴로 잠시 동안 망연히 사방의 벽돌 담과 발밑의 모래를 둘러보고 있었지만, 그러는 동안 문득 자기 발밑의 모래 속에서 무언가 발견한 듯 갑자기 눈을 반짝이며 주워 올리더니, 양손 사이에 끼고 빙빙 비비고 나서 눈부신 태양에 비추어 보았다. 그것은 푸르고 아름다운 라무네 구슬(옉: 일본의 독특한 탄산음료로, 음료수 병 목에 박힌 유리 구슬)이었다.

쿠레 이치로는 정면으로 태양을 향한 얼굴을 빙그레 웃으며 그 구슬을 검은 헤코오비 안에 빙빙 감아 넣었지만, 서둘러 옷자락을 걷어 올리고 앞으로 웅크리며 양손으로 휙휙 뜨거운 모래를 파헤치기 시작했다.

아까부터 입구에 우뚝 서서 그 모습을 보고 있던 마사키 박사는 하인에게 명하여 괭이 한 자루를 가져오게 하여 쿠레 이치로에게 주었다.

쿠레 이치로는 참으로 기쁜 듯이 절을 하며 괭이를 받아들고 전보다 몇 배나 더한 열심으로 반짝이는 모래를 파헤치기 시작했다. 그에 따라 젖은 모래가 햇볕에 드러나자 닥치는 대로 하얗게 말라 갔다.

그 태도를 열심히 지켜보던 마사키 박사는 이윽고 히죽 웃으며 고개를 끄덕이며 휙 하고 입구 쪽으로 사라졌다.

【자막】 그로부터 약 2개월 후의 해방 치료장에서의 쿠레 이치로(같은 해 9월 10일 촬영)

【영화】 해방 치료장 중앙의 오동나무 잎에 드문드문 마른 곳이 보인다. 그 주위의 장내 평지 곳곳에 새까맣게 무덤 구멍처럼 모래를 파헤친 곳이 겹쳐져 흩어져 있다.

그 구멍과 구멍 사이의 모래 평지 한구석에 우뚝 선 쿠레 이치로는 괭이를 지팡이 삼아 허리를 펴고 괴로운 듯 하고 한숨을 쉬었다. 그 얼굴은 새까맣게 가을 햇볕에 그을린 데다 연일의 노동에 지친 듯, 알아볼 수 없을 만큼 야위어 눈만 번쩍번쩍 빛나고 있다. 흐르는 땀은 멈출 줄 모르고, 헐떡이는 숨은 불꽃 같고……. 특히 그 손에 지팡이처럼 짚고 있는 괭이의 날 끝이 이 수십 일간의 모래 파기 작업이 얼마나 열광적으로 맹렬했는지를 말해 주듯, 파도 모양으로 얇게 닳아 은처럼 반짝반짝 빛나는 끔찍함……. 살아 있는 채로 초열 지옥에 떨어진 망자의 모습이란 바로 이것일 것이다.

그 쿠레 이치로는 이윽고 또 누군가에게 쫓기듯 새까만 팔로 괭이를 고쳐 잡았다. 새로운 석영질의 모래 평지에 푹 하고 박아 넣고 다른 구멍을 파기 시작했지만, 그러는 동안 커다란 물고기의 척추뼈를 하나 파내자 또 갑자기 기운이 나서 전보다 배가 된 기세로 괭이를 계속 휘둘렀다.

무도광의 여학생이 쿠레 이치로의 등 뒤에 있는 큰 구멍 중 하나에 빠져 양다리를 허공에 휘두르며 비명을 질렀다. 다른 환자들이 손뼉을 치며 갈

채했다.

하지만 쿠레 이치로는 돌아보지도 않고 여전히 한마음으로 파고 파고 계속 파 들어가자, 이윽고 이번에는 무언가 눈에 보이지 않는 것을 파낸 듯, 양손의 손가락으로 연신 비틀고 있었지만, 곧 괭이를 고쳐 잡고 눈을 불처럼 빛내고 하얀 이를 부서질 듯 꽉 깨물며 죽기 살기로 발밑을 파헤치기 시작했다.

그 뒤에서 마사키 박사가 유유히 들어왔다. 코안경을 반짝이며 잠시 쿠레 이치로의 작업 모습을 지켜보았다. 하지만 이윽고 가까이 다가와 괭이를 휘두른 오른쪽 어깨를 툭 쳤다.

쿠레 이치로는 놀라 괭이를 내리고 망연히 마사키 박사를 돌아보며 흐르는 땀을 닦아 올렸다.

그 틈을 본 마사키 박사는 눈에도 띄지 않는 빠른 속도로 한 손을 쿠레 이치로의 품에 넣어 더러운 손수건으로 싼 둥근 것과 아까 파낸 물고기의 척추뼈를 움켜쥐더니, 재빨리 등 뒤로 숨겨 버렸다. 하지만 쿠레 이치로는 조금도 눈치채지 못한 듯, 여전히 흐르는 땀을 닦아 올리며 눈을 깜빡이며 구멍 안에서 올려다보았다. 그 얼굴을 구멍 가장자리에서 내려다보며 마사키 박사는 빙그레 웃었다.

"지금 파낸 것은 무엇인가?"

쿠레 이치로는 멋쩍은 듯 얼굴을 붉히며 왼손 검지를 박사의 코앞에 내밀어 보였다. 박사가 코안경을 가까이 대어 보니, 그 손가락 끝에는 여자의 머리카락이 한 가닥 빙빙 감겨 있었다.

마사키 박사는 그것이 무엇을 의미하는지 아는 듯, 진지한 얼굴로 고개를 끄덕였지만, 이번에는 등 뒤에 숨겨 두었던 더러운 손수건 꾸러미를 풀어 내용물을 왼손 손바닥에 올리더니, 쿠레 이치로의 코앞에 내밀었다. 그 손바닥 안에는 2개월 전에 이 해방 치료장에 들어오자마자 주운 라무네 구슬과 오늘 파낸 물고기 뼈 외에, 붉은 고무 빗 조각과 새끼손가락만 한 유리관의 부러진 조각이 빛나고 있었다.

"이것은 네가 흙 속에서 파낸 것이겠지."

쿠레 이치로는 헐떡이며 고개를 끄덕였다. 박사의 얼굴과 네 개의 물건을 번갈아 보며.

"음. 그런데 이것은 무엇인가. 무슨 소용이 있지, 이것은……."

"그것은 청옥의 구슬과 수정의 관과 인간의 뼈와 산호의 빗입니다."

쿠레 이치로는 별로 생각하는 것도 없이 무심하게 그렇게 대답하고는 이내 박사의 손에서 네 개의 잡동사니와 손수건을 받아 돌처럼 단단히 묶더니, 참으로 소중한 듯이 품속 깊이 밀어 넣었다.

"흠. 그럼 너는 무엇 때문에 그렇게 필사적으로 흙을 파헤치고 있는 것이냐?"

쿠레 이치로는 또다시 흙에 박으려던 괭이를 왼손에 짚고 오른손으로 발밑을 가리켰다.

"이 근처에 여자의 시체가 묻혀 있습니다."

"음. 과연. 음."

라고 마사키 박사는 끙끙거렸다. 그대로 코안경 너머로 쿠레 이치로의 양쪽 눈을 뚫어져라 깊이 들여다보며, 엄격하고 뚜렷한 말투로 한 구절 한 구절 상대의 귀에 밀어 넣듯 물었다.

"과연. 하지만. 그 여자의 시체가 흙 밑에 묻힌 것은. 대체 언제의 일이냐?"

쿠레 이치로는 양손에 괭이를 짚은 채 깜짝 놀란 듯이 박사의 얼굴을 올려다보았다. 그 뺨의 붉은 색이 획 하고 사라지고 입술을 꿈틀거리며 움직였다.

"언제……. 언제……. 언제……. 언제의 일……."

겁에 질린 듯한 어조로 되풀이하기 시작했다. 그리고 잠시 동안 망연히 주위를 둘러보고 있었지만, 이윽고 뭐라 말할 수 없이 쓸쓸하고 어찌할 바를 모르는 표정으로 바뀌었다. ……탁 하고 괭이를 떨어뜨리고 힘없이 눈을 내리깔더니, 푹 하고 고개를 숙이고 구멍을 기어 올라가며 슬슬 입구 쪽으로 걸어갔다.

그 뒤를 배웅한 마사키 박사는 팔짱을 끼고 회심의 미소를 흘렸다.

"과연 그렇군. 심리 유전이 한 치의 오차도 없이 나타나는군. 하지만 이제 한 번 더 참아야겠지. 이제부터가 진짜 구경거리니까."

【자막】 다시 같은 해 10월 19일(이전 장면으로부터 약 1개월 후)의 해방 치료장 내의 광경.

【영화】 맨 처음에 영사한 그대로의 평평한 모래밭이 된 장내의 벽돌 담 앞에 밭을 갈고 있는 노인 하치마키 기사쿠가 나타난다. 단, 기사쿠는 첫 장면에서 나타났을 때보다 한 이랑 정도 더 밭을 만들고 있지만, 옆에 있는 야윈 소녀도 그 절반까지 마른 가지나 기와 조각을 심고 있다.

그 앞에 우뚝 서 있는 쿠레 이치로도 첫 장면 그대로 미소를 머금고 양손을 뒤로 돌린 채 노인이 휘두르는 괭이의 오르내림을 한마음으로 지켜보고 있지만, 겨우 한 달 정도 경과한 사이에 완전히 피부가 하얘지고 살이 통통하게 붙어 있는 것은 그동안 구멍 파기 노동을 중지하고 자기 방······. 7호실에 틀어박혀 있었기 때문일 것이다.

그 등 뒤에서 마사키 박사가 빙그레 웃으며 다가와 천천히 어깨 위에 손을 얹자, 쿠레 이치로는 핫 하고 한 듯이 돌아보았다.

"어때? 오랜만에 나왔잖아. 완전히 피부가 하얘져서. 게다가 살도 쪄서."

"네······?"

쿠레 이치로도 여전히 빙그레 웃으며 또다시 괭이가 오르내리는 것을 지켜보기 시작한다.

"여기서 무엇을 하고 있나?"

마사키 박사는 그 얼굴을 들여다보듯 물었다. 그러자 쿠레 이치로는 괭이에 눈을 고정한 채 조용히 대답했다.

"저 사람의 밭일을 보고 있습니다."

"흠. 꽤 의식이 뚜렷해졌군."

마사키 박사는 혼잣말처럼 말하며 그 옆얼굴을 올려다보고 내려다보고 있었지만, 이윽고 약간 어세를 강하게 하여 말했다.

"그렇지 않을 것이다. 저 괭이가 빌리고 싶은 것이겠지."

이 말이 끝나기도 전에 이치로의 뺨이 휙 하고 하얗게 변했다. 눈을 동그랗게 뜨고 마사키 박사의 얼굴을 보았지만, 이내 또 괭이 쪽을 돌아보며 혼잣말처럼 중얼거렸다.

"그렇습니다. 저것은 제 괭이입니다."

"음. 그건 알고 있다."

마사키 박사는 고개를 끄덕였다.

"저 괭이는 네 것이다. 하지만 모처럼 저렇게 열심히 일하고 있으니, 좀 더 기다려 주지 않겠나. 그러는 동안 12시의 종이 울리면 저 할아버지는 틀림없이 저 괭이를 내던지고 밥을 먹으러 갈 테니까. 그리고 오후에는 이제 해가 질 때까지 결코 나오지 않을 테니."

"틀림없습니까?"

이렇게 말하며 마사키 박사를 돌아본 쿠레 이치로의 눈은 왠지 모르게 불안한 듯 빛났다. 마사키 박사는 안심하라는 듯이 깊이 고개를 끄덕여 보였다.

"틀림없다. 그러는 동안 또 한 자루, 새것을 사 줄게."

쿠레 이치로는 그런데도 무언가 불안한 듯 괭이의 오르내림을 응시하고 있었지만, 이내 혼잣말처럼 더듬거리며 중얼거렸다.

"저는 지금 갖고 싶습니다."

"흠. 왜냐. 그건."

하지만 쿠레 이치로는 대답하지 않았다. 입을 꾹 다물고 또다시 괭이의 오르내림을 지켜보기 시작했다.

마사키 박사는 그 옆얼굴을 긴장된 표정으로 지그시 노려보았다. 그 표정 속에서 무언가를 찾아내려 하고 있는 듯하다.

커다란 솔개의 그림자가 두 사람 앞의 모래밭을 휙 하고 미끄러져 간다.

에헴. 여기까지 보여 드린 바에 따라, 쿠레 이치로의 심리 유전의 애초가 청옥의 구슬, 수정의 관, 산호의 빗 같은 것을 몸에 지니는 고대의 고귀한 부인과 관계가 있는 듯한 것과, 그 부인을 모델로 한 어떤 두루마리 그림을 완성하기 위해 쿠레 이치로가 이렇듯 열심히 여자의 시체를 구하고 있는 듯한 것이 겨우 판명되어 온 듯하다.

　하지만 그 시체가 흙 속에 묻힌 것은 언제인가 하는 마사키 박사의 질문에 대해 쿠레 이치로가 망연히 대답할 줄 모르고 그대로 자기 방으로 돌아가 생각에 잠겨 버린 것은 어째서인가……

　그것이 또 한 달 후인 오늘. 다이쇼 15년 10월 19일에 이르러, 훌쩍 이 해방 치료장에 나와서 노인의 괭이가 비기를 한마음으로 기다리고 있는 것은 어째서인가…….

　이러는 동안에도 이 광인 해방 치료장의 위기는 현재 어떤 곳에서, 어떻게 다가오고 있는가.

　이 의문을 밝힐 수 있는 것은 현재로서는 이 사건을 조사한 와카바야시 박사와 그 상담 상대가 되어 있는 나 뿐. 아니, 스크린 속의 마사키 박사가 아니다. 아니, 그렇지도 않다. 에이, 귀찮다, 나로 해 버리자. 이어서 영상도 그만둬 버리자. 또 하나 이어서 규슈 대학 정신병과의 교수실의 깊은 밤에 혼자서 이 유언장을 쓰고 있는 마사키 미치광이 박사로 돌아가 버리자.

　조금 농담이 심할지도 모르지만, 어차피 죽기 전의 심심풀이로 쓰는 유언장이다. 위스키가 아무리 취해도 상관없다. 나머지는 될 대로 되라다. 여기서 또 한잔할까.

아아, 유쾌하다. 이렇게 자살 전야에 우주 만유를 비웃는 기분으로 유언장을 써 간다. 쓰다 지치면 슬리퍼를 신은 채 회전의자 위에 앉아 무릎을 껴안고 푸카푸카, 울트라마린이나 감보지색의 연기를 내뿜는다. ……그러면 그 연기가 아침 구름, 저녁 구름이 띠를 두르듯 유유히 높이 높이 천장을 향해 소용돌이쳐 올라가, 이윽고 일정한 높이까지 오면 수면에 뜬 기름처럼 천천히 흩어져 퍼져, 영혼이 있는 것같이 뭉쳤다 풀렸다, 슬픈 듯이, 또는 기쁜 듯이, 여러 가지 비기하학적인 곡선을 그리며 희미해져 사라져 간다. 그것을 큰 회전의자 안에서 멍하니 올려다보고 있는, 작은 해골 같은 내 모습은 마치 아라비안나이트에 나오는 마법사 그대로일 것이다……. 아아, 졸리다. 위스키가 취한 듯하다. 냠냠냠냠냠냠냠……. 창밖은 별투성이다. ……에헴……. 뭐였더라……. 음음. 별 하나인가……. "별 하나 발견하고 박사 세상을 떠나다"인가……. 하하……. 별로 고맙지 않군……. 냠냠냠냠냠……. 냠냠냠냠냠냠냠냠냠냠냠냠냠냠냠냠냠냠냠냠냠냠……. 냠냠 냠냠냠냠냠냠냠……. …….

"어때……. 다 읽었나?"

목소리가 갑자기 내 귓가에서 들렸다……. 고 생각하는 동안 방 안을……. 아──앙……. 하고 울리며 사라졌다.

그 순간 나는 와카바야시 박사의 목소리인가 생각했지만, 곧바로 전혀 다른 어조로 쾌활하고 젊은 여운을 가지고 있다는 것을 깨달았기에, 깜짝 놀라 뒤를 돌아보았다. 하지만 방 안은 구석구석까지 텅 비어 쥐 한 마리 보이지 않았다.

이상하다…….

밝은 가을 아침의 햇살이 세 방향의 창문에서 홍수처럼 흘러들어와, 여러 줄로 늘어선 표본 선반의 유리나 도료의 니스, 리놀륨 바닥에 눈부시게 반사하며 고요해져 있다.

짹짹짹짹짹짹······. 짹짹짹짹짹짹짹······. 짹짹······.

작은 새 무리가 소나무 사이를 건너는 소리가 들릴 뿐······.

'이상하네'라고 생각하며, 다 읽은 유언장을 탁 하고 덮으며 내 눈앞을 보는 둥 마는 둥 보니······. 깜짝 놀라 일어설 뻔했다.

내 바로 코앞에 기묘한 인간이 있다. 아까부터 와카바야시 박사가 앉아 있는 것이라고만 생각하고 있던 큰 테이블 건너편의 팔걸이 회전의자 위에, 와카바야시 박사의 모습은 그림자도 형체도 없이 사라지고, 그 대신 하얀 진찰복을 입은 작은 해골 같은 남자가 나와 마주 보고 얌전히 앉아 있다.

그것은 머리를 빡빡 깎은, 눈썹을 말끔히 밀어 버린. 전체적으로 검붉게 햇볕에 그을린 50대 신사지만, 실제로는 더 젊어 보이기도 한다······. 높은 코 위에 커다란 테 없는 코안경을 쓰고······. 한쪽 입술을 삐죽 내밀고 시가를 꽉 물고, 양팔을 높이 가슴 위에 깍지 끼고 거만하게 앉아 있다······. 해골과 똑같은 작은 남자······. 그것이 나와 시선을 맞추자, 유유히 시가를 오른손에 들며 새하얀 이를 드러내고 꽉 하고 웃었다.

나는 뛰어오르며 말했다.

"와. 마사키 선생······.

"아하하하하하 놀랐나······. 하하하하하하. 아니, 대단하다, 대단해. 내 이름을 제대로 기억하고 있었던 것은 대단하다. 게다가 유령으로 착각하고 도망치지 않은 것은 정말 감탄스럽네. 하하하하하하. 아하하하하하."

나는 그 웃음소리의 반향에 둘러싸여 있는 동안 온몸이 저절로 마비되어 가는 듯이 느꼈다. 오른손에 쥐고 있던 마사키 박사의 유언장을 탁 하고 큰 테이블 위에 떨어뜨렸다······. 와 동시에, 그것을 쓴 마사키 박사의 출현에 의해 오늘 아침부터의 일들이 모두 깨끗이 부정되어 버린 듯한 기분이 들어, 갑자기 온몸의 힘이 빠져나가 또다시 원래의 회전의자 안으로 털썩 주저앉고 말았다. 몇 번이고 몇 번이고 침을 삼키면서…….

그러한 내 태도를 보자 마사키 박사는 더욱 유쾌한 듯이 의자 위에 거만하게 앉아 큰 소리로 웃었다.

"아하하하하하하. 몹시 놀라고 있잖아. 아하하하하하. 아무것도 그렇게 놀랄 일은 없어. 너는 지금 터무니없는 착각에 빠져 있는 거야."

"터무니없는……. 착각……."

"아직 모르겠나. 후후후후후. 그럼 생각해 보게. 너는 아까……. 8시 전이었던 것 같은데……. 와카바야시에게 이끌려 이 방에 와서 여러 가지 이야기를 들었지. 내가 죽은 지 한 달째라든가 뭐라든가……. 음음. 저 달력의 날짜가 어떻고 저떻고……. 하하하하하 놀랐나, 뭐든 알고 있으니까……. 나는 그러고 나서 네가 그 '미치광이 지옥의 제문'이라든가 '태아의 꿈'이라든가 신문 기사라든가, 유언장 같은 것을 읽고 있는 동안, 나는 이미 오래전 한 달 전에 죽은 것이라고 정말로 믿어 버렸지. 그렇지?"

"……."

"아하하하하하. 그런데 그건 모처럼이지만 와카바야시의 농담이야. 너는 와카바야시의 속임수에 멋지게 걸려들고 있는 거야. 그 증거로 보게. 그 유언장의 맨 마지막 부분을 보면 알 수 있어. 마침 그 부분이 열려 있지. 어때……. 어젯밤부터 내가 밤새도록 쓰고 있었다는 증거로, 아직 푸르스름한 잉크 냄새가 나지. 하하하하하. 어때. 유언장이라는 것은 기어코 본인이 죽은 후에 나타나야 하는 것이라고 정해져 있지는 않아. 내가 아직 살아 있어도 아무 이상할 것 없잖아. 아하하하하하하."

"……."

나는 벌린 입을 다물지 못했다. 마사키, 와카바야시 두 박사가 무엇 때문에 이런 기묘한 장난을 하는지 의아해했다. 장난이라고 하기에는 너무나 기묘하고 불합리한 일들뿐……. 대체 오늘 아침부터 본 여러 가지 일들이나 여러 서류의 내용은 모두 진지한 사실인가. 아니면 두 박사가 짜고 나를 희롱하기 위해 꾸민 연극에 지나지 않는 것이 아닐까……. 라고……. 그런 식으로 생각하는 동안, 지금까지 내 머릿속에 가득 차 있던 감격이나 놀라움, 호기심 같은 산더미가 동시에 흔들흔들 무너지기 시작하여, 내 몸과 함께 스르르 어딘가로 사라져 가는 듯이 느껴졌다.

그것을 꾹 참고 큰 테이블 끝에 양손을 단단히 짚은 나는 코앞에서 히죽히죽 웃고 있는 마사키 박사의 얼굴을 꿈처럼 멍하니 바라보고 있었다.

"우후후후후후."

라고 마사키 박사는 웃음을 터뜨렸다. 그 박자에 삼키려던 시가 연기에 목이 메어, 괴로움과 우스움을 뒤섞은 표정을 하며 황급히 코안경을 눌렀다.

"아하하하하하하……. 흠흠……. 이상한 얼굴을 하고 있잖아……. 우후후후후후, 기어코 내가 죽지 않으면 안 된다고……. 흠흠……. 말하는 건가. 흠흠, 곤란하군, 정말이지……. 이렇다. 알겠나. 너는 오늘 아침 일찍……. 아마 오전 1시경이었던 것 같은데, 저 7호실 한가운데에 대자로 누워 있었다. 그리고 눈을 뜨자마자 자기 이름을 잊어버린 것에 놀라 혼자서 소란을 피웠지."

"어떻게 그것을 아셨습니까……."

"아는 것도 모르는 것도 큰 소리로 외쳐댔잖아. 다른 놈들은 모두 자고 있었지만, 이 방에서 이 유언장을 쓰고 있던 내가 듣고 가 보니, 너는 저 7호실에서 필사적으로 자기 이름을 찾고 있는 모양이다. ……자, 겨우 지금까지의 몽유 상태에서 깨어나고 있는 거구나……. 라고 생각하고, 더욱 서둘러 유언장을 쓰기 위해 2층으로 돌아온 셈인데, 그러는 동안 날이 밝아서 겨우 졸음에서 눈을 뜬 내가, 조금 기운이 빠진 채로 멍하니 있자, 이내 와카바야시가 예의 신식 사이렌의 자동차로 달려오는 모양이다. 이거 재미있군. 네가 몽중유행 상태에서 깨어나고 있다는 것을 벌써 누군가가 발견하고 와카바야시에게 보고한 듯하다. 꽤나 기민한 놈이지만, 자, 달려와서 어떻게 할 셈인가……. 라고 더욱 그늘에서 상황을 보고 있자, 와카바야시는 네 머리를 이발시키고 목욕시켜, 당당한 대학생의 모습으로 꾸민 후, 네 방과 이웃한 6호실에 입원하고 있는 한 명의 미소녀에게 소개했지. 게다가 그것은 네 약혼자라고 해서 완전히 너를 당황하게 했지."

"네. 그럼 저 아가씨는 역시 정신병 환자..."

"그렇다. 게다가 학계의 진귀한 것으로 여겨질 만한 정신 이상이다. 소중하고 소중한 결혼식 전날 밤에 가장 중요한 신랑에게서 생각지도 못한 '변태 성욕의 심리 유전' 같은 터무니없는 몽유 발작을 보게 된 탓에, 나도 모르게 그 몽유 발작의 암시 작용에 이끌려 그 신랑과 같은 계통의 심리 유전 발작을 일으켜, 일단 가사 상태에 빠져 버렸다. 그런데 와카바야시의 기괴한 수완에 의해 거기서 숨을 되찾고 나자, 이번에는 천 년 전에 죽은 현종 황제나 양귀비를 그리워하거나, 있지도 않은 언니에게 미안하다고 말하기 시작하거나, 또는 아기를 안는 시늉을 하며 너는 일본인이 되어야 한다고 말하거나 했다……. 물론 지금은 꽤 제정신을 차리고는 있지만……."

"그, 그럼. 아. 저 아가씨의 이름은, 뭐라고."

"뭐라고. 이름……. 듣지 않아도 알고 있겠지. 이름난 메이노하마의 미인……. 쿠레 모요코다……."

"네, 그…… 그럼……. 저는 쿠레 이치로……."

내가 이렇게 말하려 했을 때, 마사키 박사는 그 커다랗게 삐죽 내민 한쪽 입술을 꾹 다물었다. 시가 연기에 얼굴을 찡그린 채, 검은 눈동자의 초점을 딱 내 얼굴에 고정시켰다.

나는 온몸의 피가 순식간에 심장으로 집중되어 사라져 가는 듯이 느꼈다. 이마에서 식은땀이 뚝뚝 떨어지고, 입술이 와들와들 떨리기 시작하여 또다시 비틀거릴 뻔했다고 생각했다. 큰 테이블에 양손을 짚고 서 있는 내 몸이 공기와 함께 흩어져 희미해지고, 뒤에는 단지 눈알만이 남아서 단단히 마사키 박사를 응시하고 있는 듯한 그런 기분 속에 내 영혼은 무한한 시간과 공간 속을 죽을 만큼의 고속으로 달려다니고 있었다. 쿠레 이치로로서의 내 과거를 혹시 떠올리지는 않을까 두려워하며, 내 폐와 심장이 어디선가 먼 곳에서 큰 파도를 일으키며 덮쳐 오는 소리에 귀를 기울이며, 와들와들 부들부들 떨고 있었다.

하지만, 그 심장과 폐가 아무리 소란을 피우고 헐떡여도 내 영혼은 도저히 쿠레 이치로로서의 과거의 추억을 되살릴 수 없었다. 그동안 몇 번이나 머릿속에서 되풀이했는지 모를 '쿠레 이치로'라는 이름에 대해 '이것이 내 이름이다'라는 그리움이나 친근함이 조금도 느껴지지 않았다. 내 과거의 기억은 아무리 다시 생각해 봐도 오늘 아침 어두울 때 들었던 '붕' 하는 소리까지 거슬러 올라오면 그것으로 막다른 골목이 되어 버렸다. 나는 남이 뭐라고 생각하든……. 어떤 증거를 들이대든, 나 자신을 쿠레 이치로라고 인정할 수 없었다.

……나는 후 하고 깊은 한숨을 한 번 쉬었다. 그와 함께 온몸의 의식이 점점 내 주위로 되돌아왔다. 심장과 폐의 파동이 진정되기 시작했다. 이윽고 털썩 하고 의자 위에 주저앉는 순간, 양쪽 겨드랑이에서 줄줄 식은땀이 흘러내렸다.

그러자 그와 동시에 내 코앞에서 점잔을 빼고 있던 마사키 박사는 푸 하고 한 모금 보라색 연기를 내뿜었다.

"어때. 자기 과거를 떠올렸나?"

나는 말없이 머리를 좌우로 흔들었다. 그리고 주머니에서 새 손수건을 꺼내 얼굴의 땀을 닦고 있는 동안 꽤나 마음이 가라앉은 듯했다. 하지만 그렇다 해도 영문을 알 수 없는 일이 너무 많은 듯하여 몸을 움직이는 것조차 무서워지면서 의자 안으로 살며시 몸을 움츠렸다. 이내 마사키 박사가 큰 헛기침을 한 번 했기에 나는 또 깜짝 놀라 뛰어오를 뻔했다.

"에헴……. 떠올리지 못했다면 다시 한번 말해 주겠지만, 알겠나……. 마음을 가라앉히고 잘 들어라. 너는 현재 하나의 트릭에 걸려 있는 것이다. 내 동료 와카바야시 교타로 박사는 너 자신을 쿠레 이치로라고 인정하게 하여, 충분히 틀림없다는 것을 확신시킨 후에 나를 만나게 하려 하고 있는 것이지. 그리고 나를 이 세상에 둘도 없는 극악무도한 비인간으로서 너에게 지목하게 하려 하고 있는 거다."

"네? 당신을……."

"음. 자, 들어라. 네가 잘 마음을 가라앉히고 오늘 아침부터 일어난 일들을 다시 한번 뚜렷하게 머릿속에서 생각해 보면, 모든 것이 아무런 어려움 없이 해결될 것이다. ……알겠나?"

마사키 박사는 다시 진지하게 돌아온 듯, 침착한 어조로 헛기침을 한 번 했다. 의자 위에 거만하게 앉아 짙은 연기를 계속해서 내뿜더니, 유유히 큰 난로 옆에 걸린 달력을 돌아보았다.

"알겠나? 다시 한번 말해 두지만, 오늘은 다이쇼 15년 10월 20일이다. 알겠나? 다시 한번 반복해서 말해 두겠다. 오늘은 다이쇼 15년(1926년) 10월 20일. 이 유언장에 쓰여 있는 대로, 쿠레 이치로가 한 달 만에 이 해방 치료장에 불쑥 나타나 하치마키 기사쿠 할아버지의 밭일을 구경하던 10월 19일의 바로 다음 날이다. 그 증거로 저 달력을 보게. 'OCTOBER… 19…' 어제 날짜로 되어 있지. 내가 어제부터 너무 바빴기에 저 한 장을 찢는 것을 잊었기 때문이다. 동시에 내가 어제부터 밤새도록 이곳에 있었다는 것을 증명하는 것이기도 하다. 알겠나? 그리고 이어서 내 머리 위의 전기 시계를 보게. 지금은 10시 13분이지. 음. 내 것과 딱 맞는군. 즉, 내가 오늘 아침이 되어 그 유언장을 쓰다 만 채 졸기 시작한 후로 아직 5시간밖에 지나지 않은 셈이 된다. 이러한 사실과 유언장 마지막 부분의 잉크가 아직 푸르스름하다는 사실을 종합하면, 내가 이렇게 태연하게 있는 것이 별로 이상할 것은 없지 않은가. 알겠나? 이 점을 우선 머릿속에 단단히 새겨 두지 않으면, 나중에 또 큰 착각에 빠질 수도 있으니 말이지."

"하지만, 와카바야시 선생께서 아까……."

"안 돼."

유난히 큰 소리로 말하는 동안 마사키 박사의 오른손 주먹이 높이 올라가더니, 내 머릿속의 망설임을 단숨에 쳐내는 듯이 허공에서 춤을 추었다. 활발한……. 모든 것을 지워 버리는 듯한 기운을 넘치게 하여.

"안 돼. 내 말을 믿어라. 와카바야시의 말을 진짜로 믿어서는 안 돼. 와카바야시는 아까부터 이 한 가지 점에서 단 하나의 큰 실수를 저지르고 있다. 그놈은 아까 이 방에 들어오자마자, 내가 이 큰 난로 안에서 불태워 버린 저술 원고의 탄 냄새를 맡았음에 틀림없다. 그러고 나서 이 유언장을 이 테이블 위에서 발견하자마자 하나의 트릭을 생각해 내어 그대로 너에게 설명한 것이다."

"그래도, 하지만……. 오늘은 선생님께서 돌아가신 지 한 달 후인 11월 20일이라고."

"칫, 어쩔 수 없군. 아무래도 그런 식으로 어디까지나 선입견을 가지고 나오면 당해낼 수가 없어. 알겠나? 잘 들어봐."

 마사키 박사는 씹어 삼키듯 말하며 몹시 못마땅한 듯 혀에 달라붙은 시가 찌꺼기를 바닥에 뱉었다. 그러고는 책상 위에 엎드려 양 팔꿈치를 세우더니, 망연자실한 내 코앞에 담배 진으로 노랗게 변한 오른손 손가락을 들이밀었다. 한 구절 한 구절을 내 머릿속에 밀어 넣듯이 설명하기 시작했다.

 "알겠나? 잘 들어라, 틀리지 않도록. 오늘은 내가 죽은 지 한 달째라는 터무니없는 농담을 와카바야시가 한 것은 너를 소란스럽게 만들지 않기 위한 잔꾀에 불과하다. 알겠나? 만약 내가 이 유언장을 이런 식으로 쓰다 만 채 어딘가로 사라진 지 아직 몇 시간도 지나지 않았다는 사실을 네가 알게 되면, 너는 틀림없이 내가 자살하러 간 것이라고 생각하며 안절부절못할 것이다. 또 실제로 그렇게 되면 그놈도 가만히 있을 수 없을 것이다. 친구로서, 혹은 학부장으로서의 책임 때문에 싫든 좋든 모든 것을 내던지고 내 행방을 찾아내 자살을 막아야 할 것이다. 그런데 또 그렇게 되면 와카바야시는 자기 손으로 너의 과거 기억을 되살릴 수 있는 유일무이한 기회를 잃게 될지도 모른다. 그렇지, 그렇지. 네가 과거의 기억을 떠올리는지 아닌지는 와카바야시에게 평생의 중대사가 될 테니까. 게다가 오늘 아침이 절호의 기회라고 하니 말이다."

 "······."

 "그래서 와카바야시는 내가 어딘가에서 귀를 기울이고 있다는 것을 뻔히 알면서도, 오늘은 이 유언장이 쓰인 지 한 달 후인 11월 20일이라고, 법의학자에게도 어울리지 않는 엉터리 거짓말을 해서라도 어쨌든 너를 진정시키려 한 것이다. 그리고 이 실험을 천천히 마치고, 쿠레 이치로로서의 네 기억만 회복시키면, 이제 모든 것이 자기 것이라고 생각한 것이다. 네가 와카바야시의 예상대로 쿠레 이치로로서의 과거 기억을 회복하기만 한다면, 다음에 이렇게 말하는 나를 네 부모와 아내를 죽인 불구대천의 원수로 인정하게 하는 일은 설명하기에 따라 아무 어려움도 없을 테니 말이다. 또 실제로 나는 고맙게도 정신과학자이므로, 아무것도 모르는 쿠레 이치로에게 최면술이라도 걸어 부모나 아내를 목 졸라 죽이게 하고 이만큼의 실험 재료를 만들어내는 일쯤은 언제든지 할 수 있다는 자신감이 있다. 이 사건의 용의자로서는 안성맞춤인 인물이다. 그렇지?"

"……."

"그리고 만약 만에 하나라도 그 실험이 잘되지 않았다면 말이야. 즉, 그런 서류를 너에게 읽혀도 너 자신이 아무것도 떠올리지 못했다면, 마지막 수단을 쓰겠다는 것이다. 이번에는 살짝 모습을 감추고, 나중에 틀림없이 여기에 나타날 나와 너를 마주 보게 해서, 내 얼굴을 네가 떠올리는지 아닌지, 그리고 떠올렸다면 그 인상에 의해 너 자신의 과거 기억이 회복되는지 아닌지를 시험해 보겠다는 것이다. 그리고 만에 하나라도 그 시험이 잘된다면, 궁극적으로는 내 힘으로 나를 두려워하게 만들겠다는, 실로 교묘하고 신랄하기 짝이 없는 계략을 꾸민 셈이다. 그 호흡의 날카로움은 정말로 그놈 특유의 전매특허다. 알겠나?"

"……."

"원래 저놈은 이런 책략에 있어서는 독특하고 대단한 솜씨를 가지고 있다. 아무리 혐의가 없는 용의자라도 저놈의 손에 걸려 닦달을 당하면 머리가 뒤죽박죽이 되어 생각할 수 없는 심리 상태에 빠져 버린다. 결국 뭐가 뭔지 알 수 없게 되거나, 도저히 벗어날 수 없다고 체념하거나, 당황한 놈은 '과연 지당하신 말씀입니다'라며 감복해 버리거나 하여, 알지도 못하는 죄를 뒤집어쓰게 될 정도이다. 요즘 미국에서 시끄러운 제3등급 심문법 같은 것은 아무것도 아니다. 저놈이 쓰는 수법은 제1등급부터 제100등급까지 온갖 방법을 가리지 않고 쓰니 견딜 수가 없다. 실제로 지금도 그렇다. 설령 내가 저놈의 예상대로 사이토 선생을 죽이고 그 후임에 앉아 이런 실험을 시도하다 실패하여 자살을 결심한 인간이라고 하자. 내가 어딘가에서 귀를 기울이고 있는 앞에서 내가 점점 그런 대악인으로 인정되어 가는 것처럼, 그리고 너 자신이 그 '나'의 원수인 쿠레 이치로 본인으로 인정되어 가는 것처럼, 합리적으로 이야기가 진행되어 간다. 동시에 내 평생을 건 사업의 공적이 스르르 빼앗겨 가는 것을 손도 발도 못 쓴 채 보고 듣고 있어야 하는 상태에 빠져 간다면, 내게 이 이상의 고문이 있을 수 있을까 생각해 보라. 그대로 잠자코 자살하거나, 뛰쳐나와 자백하거나, 둘 중 하나의 길밖에 없을 것이 아닌가. 저놈, 와카바야시의 수법은 간단히 말해 대략 이런 식이니 견딜 수가 없다. 어떤 어려운 사건이라도 일단 저놈의 손에 걸리면 틀림없이 어딘가에서 범인을 찾아낸다. 그렇기에 저놈이 '미궁 파괴자' 같은 별명으로 신문에 오르내리는 사실의 이면에는 이러한 소식이 숨어 있는 것이다."

"……………."

"그런데 말이야. 이번만은 그렇게 되지 않을 것 같아. 오늘 아침부터 연속적으로 시도해 온 저놈의 실험이 하나하나 예상 밖으로 끝나 버려서, 너에게 아무런 반응도 나타내지 않았을 뿐만 아니라, 저놈 '득의양양한' 심문법의 속임수가 이런 식으로 밑바닥부터 드러나는 것을 보면 그렇게 무서워할 일도 아닌 것 같아. 과연 전무후무한 법의학자 선생도 상대가 나라는 사실에 긴장한 탓인지, 오늘 아침부터 조금 당황하는 것 같더군. 어쩌면 이것이야말로 선생의 '공전절후의 실패'일지도 모르지. 하하하….'

"그래도… 그래도… 그래도…."

"아직도 '그래도'가 남아 있는가? 뭔가… 그 '그래도'는."

"…그래도… 그 실험은 선생님께서 하시는 것이 당연…."

"그렇지. 물론 네 과거를 떠올리게 하는 실험은 내가 하는 것이 당연하지. 그래서 저놈은 이런 속임수를 써서 이 실험의 결과를 독차지하려 한 것이다. 저놈은 되도록 나를 죽게 내버려두려 했어."

"네… 그… 그런 무모한 일이…."

"제대로 실행되고 있으니 재밌지. 첫째, 내가 그 수법에 당하지 않고 이렇게 살아남아 여기에 나타나서 지껄이고 있는 것이 무엇보다 좋은 증거가 아닌가."

이렇게 말을 마친 마사키 박사는 정말 밉살스럽고 비꼬는 듯한 냉소를 띠었다. 회전의자 위에 거만하게 앉아 오만하게 팔짱을 꼈다. 시가 연기를 높이 뿜으며 뽐냈다. 마치 와카바야시 박사가 어딘가에서 귀를 기울이고 있다는 것을 꿰뚫고 있는 것처럼.

그것을 보자 내 심장은 또다시 새로운 공포에 사로잡혀 순식간에 움츠러들고 말았다. 이 얼마나 끔찍한 두 박사의 싸움인가. 이 얼마나 심각하고 집요한 지혜 싸움인가. 지금까지 이런 무서운 투쟁 사이에 내가 끼어 있다는 것을 꿈에도 몰랐던 나는… 지금까지 겪은 고통과 괴로움, 공포와 광기 어린 행동들이 모두 이 두 박사의 악마 같은 계략에 걸려 끌려다닌 탓이라는 것을 처음으로 깨달은 나는… 이제 비명을 지르며 도망치고 싶은 충동으로 가득 차고 말았다. 금방이라도 일어설 듯이 허리를 들썩였다. 하지만….

하지만 이때의 나는 어찌 된 일인지 조금도 의자에서 떨어질 수가 없었다. 이마에 배어 나오는 땀을 손수건으로 닦으며 다시 허리를 내리고 한숨을 쉬었다. 그리고 마사키 박사의 얼굴을 온 마음을 다해 응시하며 그 검고 기분 나쁜 입술이 움직이기 시작하는 것을 목숨을 건 심정으로 기다릴 수밖에 없는 심리 상태에 빠져 버렸다. 그것은 아마도 이 두 박사가 전력이라기보다는 오히려 사력을 다해 빼앗으려는, 기이하기 짝이 없는 정신과학 실험 그 자체의 매력 때문에 내 영혼이 이미 완전히 빨려 들어갔기 때문일지도 모른다. 그 이야기의 밑바닥을 흐르는 형언할 수 없는 불가사의한 진실성이 내 심장을 움켜쥐고 말할 수 없는 호기심의 피를 끓어오르게 하고 있기 때문일지도 모른다. 그런 것을 생각하며 멍하니 눈앞의 공간을 응시하고 있는 내 귓가에 또다시 헛기침을 한 마사키 박사의 목소리가 새롭고 생생하게 울려 왔다.

"하하하하하하... 어때. 이제 착각의 원인을 알겠나? 음, 알았을 것이다. 하지만 아직 조금 모르는 부분이 있겠지. 음, 있을 것이다. 꽤 머리가 좋군. 첫째로, 거기 있는 너 자신이 어디 사는 누구인지, 어떤 인과 관계로 이 사건에 휘말리게 되었는지 전혀 알 수 없을 테니 말이다. 하하하하하. 하지만 걱정하지 마라. 내가 지금부터 이야기하는 것을 듣고 있으면 모든 의문이 빗으로 빗는 것처럼 술술 풀려 올 것이다.

그 이야기는 조금 중복될지도 모르지만, 그 내 유언장의 다음 이야기가 된다. 이 실험에 관한 나와 와카바야시의 과거 비밀에서부터 시작해 점차 쿠레 이치로의 심리유전 내용으로 들어가고, 맨 마지막에 네 자신이 누구인지 겨우 알게 되는 순서가 될 것이다. 물론 그 도중에 네 스스로 신상을 눈치챘다면 어쩔 수 없다. 이야기는 그것으로 끝나는 경사스러운 일이 될 텐데, 그때는 그때로 하고, 우선 그때까지의 즐거움으로 삼고 들어라.

하지만 다시 한번 못을 박아 두지만, 이제 이 이상 착각에 빠져서는 안 된다. 내가 유령이라든지, 내가 죽은 지 한 달째라든지 하는 터무니없는 기분이 되어서는 곤란하다. 하하하하하, 알겠나? 이제부터의 이야기를 듣고 그런 착각이나 망상에 빠지면 이제 영원히 되돌릴 수 없게 될지도 모르니 말이다. 정말 괜찮겠나? 음, 좋다, 좋다. 그럼 안심하고 이야기를 진행하겠다."

마사키 박사는 꺼져 가던 시가에 불을 붙였다. 그리고 나서 주머니에 양손을 넣고 정말 맛있는 듯이 뻐끔뻐끔 피우더니, 이윽고 시가를 다시 물고 짙은 연기 속에 '끙' 하고 자세를 고쳐 앉았다.

"⋯⋯그런데 말이야. 이건 머지않아 사회에 폭로될 테니 그때 신문에서 보겠지만⋯ 아니, 이미 어제 석간이나 오늘 아침 신문에 실렸을지도 모르지만⋯ 실은 어제 저 광인 해방 치료장에서 큰 사건이 터졌다. 즉, 내가 이 사건을 중심으로 하는 심리유전 실험의 결론을 내기 위해 저 정신병자들 무리 속에 설치해 둔 정신과학 응용의 폭탄 도화선이 지난번부터 지글지글 타들어 온 것이, 어제 정오, 즉 다이쇼 15년(1926년) 10월 19일 오포(午砲, 엮: 정오를 알리는 대포 소리)가 울리자마자 거의 동시에 멋지게 폭발한 것이다.

뭐, 비밀을 밝히면 아무것도 아니다. 그 도화선이라는 것은 괭이 한 자루에 설치해 둔 것에 지나지 않지만, 어쨌든 정신과학을 응용한 도화선이라 연기도 내지 않고 불도 보이지 않으니 보통 사람의 눈에는 그런 장치가 있는지 생각할 수도 없었다. 어디까지나 평범한 괭이로밖에 보이지 않았던 것이다. 게다가 그 결과는 솔직히 말해서 폭발이 너무 심했다고 해도 좋을 정도로, 나도 한때 당황했을 만큼의 의외의 참극이 되어 버렸으므로, 그 책임을 진 나는 즉시 총장실에 출두하여 사직을 신청했다.

하지만 다시 잘 생각해 보니⋯ 아무래도 여기가 내 실험의 마무리 지점인 것 같았다. 내 오늘날까지의 연구에 관한 모든 발표는 뒤에 와카바야시가 있으니⋯ 실은 나도 그때까지는 와카바야시를 그렇게 속이 검은 놈이라고는 생각하지 않았기 때문에⋯ 와카바야시가 어떻게든 해줄 것이다. 이어서 귀찮으니 인간 쪽도 그만둬 버리자⋯ 라는 생각으로 나는 일단 하숙으로 돌아가 뒷정리를 하고, 그러고 나서 히가시나카스의 번화한 곳에서 한잔하고 완전히 기분이 좋아진 채 서류를 정리하기 위해 이곳으로 돌아와 보니… 또 놀랐다. 방금 전 내가 이곳을 떠날 때까지만 해도 빈방이었던 저 6호실에 환하게 전등이 켜져 있는 것이다. 이상하다고 생각하여 돌아가려던 하인에게 사정을 물으니, 와카바야시 선생께서 어딘가에서 한 아가씨를 데리고 와서 당직 의원에게 부탁하여 방금 입원시켰다고 한다. 게다가 그 아가씨라는 것은 지금까지 본 적도 없을 정도로 형언할 수 없는 아름다운 미모라고 말이다.

…그때는 과연 나도 모르게 '앗' 하고 감탄하며 무릎을 쳤다. 이거 재밌는 일이 되었군. 이 상황을 보니 저놈 와카바야시 교타로는 한두 가지 수단으로는 도저히 당해낼 수 없는 놈이다. 저놈의 법의학자로서의 가치에 상당하는, 아니, 그 이상일지도 모르는 대악당이다. 첫째로, 내 앞에서는 완전히 고양이를 뒤집어쓴 척하지만, 섣불리 덤비면 나에게도 지지 않을 정도의 정신병 학자이며, 게다가 사람의 약점을 이용하는 데 매우 능숙하다는 것이 한꺼번에 드러난 것이다.

그것은 다름이 아니다. 이 유언장에도 써두었듯이, 저 와카바야시 교타로가 이 사건이 발발했을 당시 학장의 권위를 이용하여 저 소녀를 살아 있는 망자로 만들어 자기 수중에 넣은 목적이 무엇인지는 그때부터 오늘날까지 도저히 알 수 없었지만, 이제 보니 아무것도 아니었다. 저놈은 네가 어느 정도 본성을 회복했을 때를 가늠하여 몰래 저 아가씨에게 소개하고, 성적 욕망과 감정, 그리고 이성이라는 세 가지 방면에서 너 자신에게 '너 자신이 쿠레 이치로다'라고 억지로 인정하게 하려 한다. 그리고 방금 말한 것처럼 나를 너의 불구대천의 원수, 즉 부모와 아내를 죽인 원수로 생각하게 하여, 그 사실을 공식적으로 언명하게 하려는 것이다. 그의 생각대로 왜곡된 사건의 진상을 사회에 폭로하게 하려는 것이다. 뿐만 아니라, 그 너의 언명을 자신의 평생 사업인 '정신과학적 범죄와 그 증거'의 첫 번째 예시로 삼으려는 계획이라는 것을 손에 잡힐 듯이 알게 된 것이다.

...그래서 나도 생각했다. '좋다. 네가 그런 생각이라면 나에게도 생각이 있다. 원래 와카바야시의 정신과학적 범죄 연구는 내 독창적인 심리 유전 학리 원칙을 토대로 조립되었으니, 뒤섞으려면 어렵지 않다. 여기서 과감하게 내 정신과학 연구 발표 원고를 전부 불태워 버리고, 그 내용의 개략을 쓴 장난스러운 유언장을 남겨 두면 저놈 와카바야시는 싫든 좋든 그 저술 안에 이 유언장을 끼워 넣지 않으면 연구 발표의 줄거리가 서지 않게 될 것이다. 하지만 과연 저놈이 내 유언장을 공표할 수 있을까? 공표한다면 어떤 식으로 마술을 부려 공표할지는 꽤 재미있는 볼거리다... 어쩌면 내 유언장은 아마 전무후무하게 질 나쁜 유품이 될지도 모른다...'

이렇게 생각하니 나는 갑자기 기뻐졌다. 서둘러 이 방으로 와서 서류를 완전히 불태우고 이 유언장을 쓰기 시작했는데, 그러는 동안 날이 밝아 네가 깨어났다는 소식이 전해졌다. 예전부터 기다리고 준비하고 있던 와카바야시가 지체 없이 달려와 즉시 저 미소녀에게 너를 소개했다. 하지만... 이것은 멋지게 성공적으로 실패했다. 물론 상대방은 너를 그리운 '오라버니'라고 인정해주었으니, 우선 절반은 성공한 셈이지만, 본존인 너 자신이 저 미소녀를 '쾅' 하고 팔꿈치로 쳤다. 자기 사촌이라고도 약혼자라고도 아무것도 인정하지 않았으므로, 이번에는 수단을 바꾸어 너를 이 방으로 데려오는 모양이다.

......그런데 실은 이때 나도 약간 당황했다. 무서운 것은 저놈 와카바야시 교타로다. 저놈은 내 이러한 심정을 이미 오래전에 간파하고 있었다. 조만간 내가 이 위험천만하고 무모한 해방 치료 실험을 끝내고 그 내용을 학계에 발표함과 동시에 행방을 감출 것이라는 것을 오래전부터 짐작하고 있었던 것이다. 게

다가 그와 동시에 이 메이노하마의 신부 살인 사건도 내 혼자만의 실험 재료로써 버리고, 나중에 누가 보아도 범죄 사건으로 보이지 않도록 하여 학계에 보고할 것이라는 것까지 제대로 간파하고 있었던 것이다. 그래서 저놈은 전력을 다해 전광석화처럼 일을 진행했다. 그리고 내가 아직 행방을 감추지 않은 동안 나를 붙잡아 꼼짝 못 하게 하려고 교묘한 계략을 꾸민 것이다.

……저놈은 내가 어젯밤부터 이곳에 숨어 있었다는 사실을 오늘 아침 본관 현관에 들어서자마자 간파했음이 틀림없다. 그리고 나를 굴복시키려는 책략의 일환으로 너를 이곳으로 불러들였다고 깨달았다. 그 수법은 도저히 쿠와나의 수법과는 다르지 않다고 할 수 있다. 유언장이나 불에 탄 서류 뭉치를 일부러 남겨둔 채, 위스키 병과 함께 모습을 감춰 나를 놀라게 하려 한 것이다. 물론 창문으로 뛰어내린 것도 아니고, 저쪽 문으로 빠져나간 것도 아니다. 단 한 발자국도 이 방을 벗어나지 않은 채, 누구의 눈에도 띄지 않고 사라져 버렸다. …이렇게 말하면 정신과학을 응용한 어떤 마술 같아 보이겠지만, 그런 것은 아니다. 비밀은 바로 이 커다란 난로 속에 있다.

이 큰 난로는 혹시 내 실험이 실패하거나, 연구 성과를 남에게 도둑맞을 위험이 있을 때, 그동안 집필한 원고를 전부 불태워 없애기 위해 특별히 만든 것이다. 처음부터 가스와 전기를 함께 쓰는 자동 점화식으로 설계한 이유도, 어쩌면 나 자신조차 이 난로를 이용해 세상을 연기에 휩싸이게 한 뒤 흔적도 없이 사라져 버리려는 생각 때문이었는지도 모른다. 보게, 이 쇠뚜껑을 열면 내부가 이렇게 넓다. 바닥 전체에 전열 장치가 깔려 있고, 그 사이에서 가스가 분출되도록 되어 있다. 간단히 말하면, 대형 분젠램프 200개를 나란히 세워둔 것과 같다.

이 위에 살아 있는 것이라도 올려 두고 가스 밸브를 열어 전기 스위치를 돌리면, 먼저 가스가 분출되어 질식시킨다. 잠시 후 전열기가 달아올라 '꽝' 하고 불이 붙으면, 한 시간도 안 되어 뼈마저 흔적 없이 타 버릴 것이다. 그 위에 돌이나 기와까지 쌓아 올리면, 백열에 달해 강력한 복사열을 뿜어내게 되지. 보게, 살보다 훨씬 타기 어렵다는 서양 종이 원고만 해도, 책장에 네 상자나 되던 것이 이만큼의 하얀 재로 변해 버렸다.

그러니 내가 만약 또 한 줌의 연기가 된다면, 그토록 힘써 쌓아 올린 대학 연구도 결국 허공 속으로 되돌아가 버리는 셈이다. 하하하하하! 나는 너와 와카바야시가 저 계단을 올라오는 소리를 듣자마자, 위스키 병을 들고 이 난로 속에 몸을 숨겼다. 그리고 이 재 위에 신문지를 깔고 다리를 꼬아 편안히 앉은 채, 언제든 연기가 될 각오로 시가를 피우며 귀를 기울이고 있었던 것이다.

그런데 역시 저놈이다. 천하의 명법의학자답지 않은가. 내 모습이 보이지 않아도 조금도 당황하지 않고 태연히 앉아 있을 뿐 아니라, 즉시 그 상황을 이용해 너를 착각에 빠뜨리려 했다. 저놈의 머리는 쇼토쿠 태자처럼 이중, 삼중으로 작동하는 법이지. 그래서 나와 사이토 선생의 관계를 여러 방식으로 너에게 늘어놓으면서도, 동시에 이 유언장의 내용을 서둘러 확인했을 것이다. 물론 조금 껄끄러운 부분도 있었지만, 결론까지는 쓰여 있지 않으니 우선 안전하다고 판단했겠지. 더구나 이것을 네가 직접 읽게 하면, 자신이 설명하는 것보다 훨씬 손쉽게 너 스스로를 '쿠레 이치로'라고 믿게 만들 수 있다고 생각했을 것이다. 그래서 일부러 너에게 맡겨 두고, 네가 정신없이 읽는 틈을 타서 흔적 없이 모습을 감춘 것이다. 그리고 지금은 내가 어떤 반응을 보일지를 시험하듯 관망하고 있는 셈이다.

그 사실을 깨달으니 오히려 더 흥미로워졌다. 좋다. 그렇다면 이쪽도 한 번 그 계략의 이면을 찔러, 거꾸로 저놈의 도전에 맞서 역습해 주자고 마음먹었다. 그래서 난로 속에서 슬그머니 나와 이 의자에 앉아, 네가 유언장을 끝까지 읽기를 기다리고 있었던 것이다. 하하하. 자, 어떠냐? 지금 너와 나는 천하의 명법의학자 와카바야시 교타로 씨의 치밀한 계획 아래 정면으로 맞서고 있는 중이다. 그리고 네가 어디 출신의 누구라는 청년인지, 또 이 사건과 어떤 인연으로 얽혀 지금 저 의자에 앉아 있는지에 대해서는, 아직 학문적으로도 현실적으로도 그 어떤 결론도 내려져 있지 않은 것이다.

그래서 말이지, 저놈 와카바야시의 예상대로라면, 네가 그 자아망실증에서 깨어나 메이노하마의 청년 쿠레 이치로로서 나를 지목하는 순간, 나는 사건의 이면에서 숨어 움직이는 괴물 같은 존재, 피도 눈물도 없는 극악무도한 정신과학의 마술사가 되어 버린다. 그리 되면 이 대결은 내 패배로 끝나겠지. 하지만 반대로 네가 끝내 쿠레 이치로로서의 과거를 떠올리지 못한다면, 간단히 말해 내 승리다. 너는 '자아망실증'이라는 이름의 일종의 자기의식 장애를 앓고 있는 무명의 청년, 규슈 대학 정신과 병동에 수용된 제3자로서, 우연히 와카바야시의 계략에 휘말린 피해자로 공표될 것이고, 그렇게 되면 그의 치밀한 계획은 물거품이 될 테니까. 바로 지금, 너는 그 아슬아슬한 외나무다리 위에서 줄다리기를 하고 있는 것이다. 어때, 흥미롭지 않나? 고금무쌍의 명법의학자와 다시없을 정신과학자가 벌이는 통쾌하고도 심각한 지혜의 대결이다. 그리고 그 승부를 가를 결정권을 쥔 쿠레 이치로가 과연 너 자신인지 아닌지는—말했듯이—아직도 결론이 나지 않았다. 자, 버텨라! 아직 끝나지 않았다! 하하하하하!

마사키 박사의 큰 웃음소리가 방 안 가득 요란하게 울려 퍼지며 내 귀를 파고들었다. 두 박사가 내뱉은 말 중 어느 쪽이 진실이고 어느 쪽이 거짓인지 알 수 없어 멍해진 내 머릿속을 그 소리가 마구 휘저어 놓더니, 그대로 윙 하고 허공으로 사라져 버렸다.

그러나 마사키 박사는 내 혼란 따위에는 아랑곳하지 않았다. 그는 한쪽 눈을 꼭 감으며, 마치 최고의 맛을 음미하듯 시가의 연기를 깊이 빨아들였다. 그리고 회전의자의 팔걸이에 양손을 짚더니 천천히 일어나며 말했다.

"드디어 본격적인 승부에 들어가야 할 때다. 먼저 반드시 내 손으로 네 과거의 기억을 되살려, 네가 누구인지 네 자신에게 확인시켜야만 한다. 그렇지 않으면 와카바야시 앞에서 비겁해지는 셈이니까. 자, 이쪽으로 와 보게. 이번에는 내가 직접 네 과거를 불러내는 첫 번째 실험을 해 보겠다."

나는 반쯤 몽유병에 걸린 사람처럼 멍한 기분으로 의자에서 둥실 떠오르듯 일어나, 마사키 박사의 인도에 이끌려 남쪽 창문 쪽으로 발걸음을 옮겼다. 그러나 그의 흰 진찰복 어깨 너머로 창밖을 내려다보는 순간, 나는 숨이 멎은 듯 얼어붙고 말았다.

눈 아래로 광인 해방 치료장의 전경이 펼쳐져 있었고, 그 한구석에 틀림없는 쿠레 이치로가 서 있었다. 그는 노인이 밭일하는 모습을 바라보며 등을 이쪽으로 보이고 있었는데, 덥수룩한 머리카락, 창백한 피부, 불그스름한 뺨, 단정치 못하게 걸친 검은 옷차림이 뚜렷하게 눈에 들어왔다.

그 처참한 모습을 현실에서 마주한 순간, 나는 저도 모르게 눈을 감아 버렸다. 두 손으로 얼굴을 덮은 채, 견딜 수 없는 놀라움과 두려움, 그리고 설명할 수 없는 긴장에 사로잡혀 몸을 떨고 있었다.

쿠레 이치로는 저기 있잖아. 저건 저 유언장 안에 쓰여 있던 쿠레 이치로의 모습임에 틀림없잖아. 그리고 저것이 쿠레 이치로임에 틀림없다면, 여기에 서 있는 나는 대체 누구일까.

창밖을 본 그 순간, 마치 내가 내 몸에서 빠져나와 저기 서 있는 인물이 되어 버린 듯한 기분이 들었다. 남은 것은 오직 혼백뿐이고, 그것이 내 몸을 바라보고 있는 듯한 음산하고 처절한 느낌이었다.

혹시 방금 본 것이 단순한 환각은 아닐까. 대낮의 꿈 같은 것은 아닐까. 이런 생각이 번개처럼 머릿속을 스쳤다. 숨이 막힐 듯한 기묘한 흥분에 휘말리면서, 나는 조심스레 다시 눈을 떴다.

그러나 해방 치료장의 광경은 아무리 보아도 꿈이라 믿기 어려웠다.

푸르고 깊은 하늘, 붉은 벽돌 담, 눈부시게 빛나는 흰 모래. 그 위를 떠돌며 검은 그림자처럼 움직이는 사람들.

내 앞에서 잠시 생각에 잠겨 있던 마사키 박사가 천천히 몸을 돌려 창밖을 가리키며 태연히 물었다.

"어때, 여기가 어딘지 알겠나?"

나는 대답하지 못했다. 그저 아주 미세하게 고개를 끄덕였을 뿐이다. 눈을 뜬 순간부터 이미 설명할 수 없는 기묘한 장내의 광경에 완전히 사로잡혀 있었기 때문이다.

푸른 하늘빛을 받아 반짝이는 흰 모래 위에서 검은 그림자처럼 움직이고 있는 환자들은, 하나같이 조금 전 유언장에 묘사된 장면을 그대로 되풀이하고 있었다. 마치 그들의 일거수일투족이 마사키 박사가 말한 심리 유전의 원칙을 증명하는 연극 같았다.

기사쿠 노인은 괭이를 휘두르며 또 하나의 새로운 모래 이랑을 만들고 있었다. 청년 쿠레 이치로는 여전히 등을 이쪽으로 한 채, 노인의 손놀림을 묵묵히 지켜보고 있었다. 중년 여성은 떨어뜨린 골판지 왕관도 모른 채 잘난 체하며 거닐고, 수염 난 거구의 남자는 절하다 지쳤는지 모래에 이마를 박은 채 잠들어 있었다. 작은 체구의 연설가는 벽돌 담에 주먹을 대고 기도하고 있었고, 야윈 푸른빛 얼굴의 소녀는 노인이 만든 이랑에 심을 무언가를 찾듯 주위를 두리번거렸다.

다른 이들도 위치만 달라졌을 뿐, 그 행동의 의미는 조금 전 읽은 유언장의 묘사와 한 치 다르지 않았다. 단지 머리를 땋은 여학생 하나만이 조금 달랐다. 그녀는 창문 바로 아래에서 노래를 멈추고 춤을 그친 채, 어깨까지 파묻힐 만한 모래 구멍을 파고 있었다. 골판지 왕관과 소나무 가지를 이용해 작은 함정을 만드는 듯 보였다.

그런데도 마사키 박사가 말했던 '어제 정오의 대참사'의 흔적은 어디에도 없었다. 누가, 언제, 어디서 그런 참사를 일으켰는지 전혀 짐작조차 할 수 없어 오히려 이상하고 견딜 수 없는 기분이 들었다.

무도광처럼 노래하던 소녀가 조용해진 탓인지, 아니면 우리가 유리창 너머에서 지켜보고 있는 탓인지, 장내는 마치 그림자에 잠긴 듯 고요했다. 그 섬뜩한 정적 속에서 나는 시험 삼아 인원수를 세어 보았다. 역시 유언장에 기록된 그대로 열 명. 늘지도 줄지도 않은 그 숫자가 오히려 더 기묘하게 느껴졌다.

게다가 더욱 이상한 것은, 아무런 변화 없이 조용하고 또렷한 그 광경을 내려다보는 동안, 이 열 명의 광인의 심리 유전을 이용해 마사키 박사가 설치해 두었다는 정신과학적 대폭발, 다시 말해 그의 사직의 원인이 된 대참사가 이제 막 시작되려 하고 있다는 예감이 차갑게 엄습해 온다는 것이었다. 그것은 어제의 일도, 그저께의 일도 아니었다. 바로 지금, 내 눈앞에서 벌어지고 있는 현재의 사실이라는 확신이 들면서 나는 도무지 견딜 수가 없었다.

아니, 단지 장내의 환자들만이 아니었다. 저 멀리 지붕 위에 나란히 솟아 하늘을 떠받치듯 서 있는 붉은 벽돌 굴뚝 두 개, 그 위에서 막 뿜어져 나오기 시작한 짙고 검은 연기, 그리고 그 위로 또렷하게 빛나는 태양까지도, 어딘가 알 수 없는 정신과학의 법칙에 사로잡혀 점점 다가오는 대재앙 쪽으로 끌려가고 있는 듯한 기묘한 압박감을 주었다. 그 차갑고도 엄숙한 예감이 끝도 없이 목덜미를 덮쳐와 온몸에 소름이 돋는 것을 차마 막을 수가 없었다.

"그런 말도 안 되는 일이…" 하고 애써 부정하면 할수록, 오히려 더욱 확실하게 다가오는 듯한 감각에 나는 질식할 듯 억눌렸다. 숨 막히는 그 신비로운 긴장을 누르려, 애써 마음을 다잡으면서도 시선은 여전히 해방 치료장 안의 광경에 고정되어 있었다. 특히 노인의 밭일을 지켜보는 쿠레 이치로의 뒷모습에, 가슴속 깊은 곳에서 솟구치는 불안한 두근거림을 억누르지 못한 채 응시했다.

그때였다. 내 귓가에서 갑자기 낮고 은밀한 목소리가 들려왔다.

"무엇을 보고 있는가, 너는."

그 목소리의 어조는 지금까지 들어온 마사키 박사의 것과 전혀 달랐다. 나는 두근거리는 가슴을 부여잡으며 급히 돌아보았다. 어느새 마사키 박사는 내 곁에 와 있었다. 손에는 아직 연기가 가늘게 피어오르는 시가를 쥔 채 서 있었는데, 그의 얼굴에는 방금 전까지 머금던 웃음이 흔적도 없이 사라지고, 코안경 너머 새까만 눈동자를 내 옆얼굴에 꽂아 넣듯 뚫어져라 노려보고 있었다.

나는 깊은 한숨을 내쉬었다. 그리고 최대한 마음을 가라앉힌 뒤 대답했다.

"해방 치료장을 보고 있습니다."

"흠—."

속에서 울려 나오는 듯한 낮은 소리를 내뱉은 마사키 박사는 눈도 깜빡이지 않은 채 내 시선을 정면으로 받아냈다.

"흠. 그리고 무언가 보이는가? 해방 치료장 안에."

그가 묻는 어투가 어딘가 이상하다고 느끼면서도, 나는 조용히 그 눈빛을 마주 보았다.

"네. 미치광이가 열 명 있는 것 같습니다."

"뭐라고? 미치광이가 열 명…"

말을 잇다 만 마사키 박사의 목소리에는 놀라움이 섞여 있었다. 그는 한순간 움찔하더니 다시 한번 나를 깊게 노려보았다. 그 시선이 뺨을 찌르는 듯 옆얼굴에 닿자, 나는 다시 해방 치료장 쪽으로 시선을 돌려 쿠레 이치로의 뒷모습을 응시했다. 마치 곧 고개를 돌려 내 얼굴과 마주칠 것만 같은 기분이 들어, 그 순간 무언가 큰일이 일어날 것 같은 두려움에 온몸이 굳어졌다.

"음…"

곁에서 마사키 박사가 또다시 낮게 신음을 흘렸다.

"저 안에서 미치광이들이 어슬렁거리는 게, 너에겐 그렇게 뚜렷하게 보이는 건가?"

나는 말없이 고개를 끄덕였다. 기묘한 질문 방식이라고는 생각했지만, 더 따질 마음은 들지 않았다.

"흠. 그리고 인원은… 역시 열 명이라는 건가?"

나는 다시 고개를 끄덕이며 대답했다.

"네. 정확히 열 명 있습니다."

"음…"

마사키 박사는 또다시 낮게 신음을 내뱉었다. 코안경 아래의 검은 눈동자가 움푹 들어간 듯 깊숙이 빛나고 있었다.

"흠, 이거 이상하군. 정말 흥미로운 현상이다."

마사키 박사는 혼잣말을 하듯 중얼거리며 천천히 내 얼굴에서 시선을 거두고 창밖을 바라보았다. 잠시 얼굴이 창백해지더니 깊은 생각에 잠긴 듯했지만, 이윽고 다시 활기를 띤 표정으로 돌아왔다. 그는 하얀 이를 드러내며 빙그레 웃더니 창밖을 손가락으로 가리키며 쾌활하게 물었다.

"그럼 또 하나 묻겠네. 저 밭 한구석에 서서 노인의 괭이질을 지켜보고 있는 청년이 보이지?"

"네, 있습니다."

"좋아. 그런데 그 청년은 지금 어느 쪽을 향해 서 있나?"

나는 점점 더 기묘해지는 질문에 묘한 기분이 들었지만, 차분히 대답했다.

"이쪽으로 등을 돌린 채 서 있습니다. 그래서 얼굴은 보이지 않습니다."

"음, 역시 그럴 것이라 생각했지. 하지만 계속 보고 있도록 하게. 이제 곧 이쪽을 향할지도 모르네. 그때 저 청년이 어떤 얼굴을 하고 있는지를 자네가 확인해야 하네."

마사키 박사의 말이 끝나자, 내 온몸이 이유를 알 수 없이 움찔하며 굳어졌다. 심장이 멎고 숨결마저 끊긴 듯한 순간이었다. 바로 그때, 마사키 박사가 가리킨 청년 — 쿠레 이치로의 뒷모습이 마치 어떤 신호라도 받은 듯 휙 돌아섰다. 유리창 너머로 나와 정확히 눈을 마주쳤다. 그 얼굴에 걸려 있던 미소가 단번에 사라지고, 오늘 아침 목욕탕 거울 속에서 본 내 얼굴과 똑같은, 놀라움이 가득한 표정으로 변했다. 둥근 얼굴, 큰 눈, 갸름한 턱. 생각할 틈도 없이, 그는 다시금 빙긋 미소를 짓더니 조용히 몸을 돌려 노인의 밭일을 바라보았다.

나는 어느새 양손으로 얼굴을 가리고 있었다.

"쿠레 이치로는… 나다. 나는…."

비틀거리며 외친 순간, 마사키 박사가 날 부축했다. 그리고 목을 뜨겁게 태우며 혀를 찌르는 강렬한 액체를 억지로 입에 부어 넣었다. 그때의 일은 분명히 기억나지 않지만, 귓가에서 마사키 박사가 외치던 말만은 또렷이 남아 있다.

"정신 차려! 정신 차려! 그리고 저 청년의 얼굴을 다시 보아라! 그렇게 떨지 마라, 놀라지 마라. 전혀 이상한 일이 아니다. 정신 차려! 저 청년이 자네와 똑같은 것은 당연한 일이야. 학문적으로도, 이치상으로도 충분히 가능한 일이네. 자, 마음을 가라앉히게."

나는 그 순간 기절하지 않은 게 오히려 이상하다 싶다. 아마도 그동안 이어진 괴이한 일들에 어느 정도 익숙해져 있었기 때문일 것이다. 그러나 흩어져 가는 영혼을 애써 붙잡아 다시 유리창 앞에 단단히 서기까지, 몇 번이나 눈을 감았다 뜨고 손수건으로 얼굴을 닦아야 했다. 그래도 창밖을 다시 볼 용기는 좀처럼 나지 않았다. 고개를 숙인 채 리놀륨 바닥만 응시하며, 떨리는 숨을 연거푸 내쉬고 강렬한 위스키 향을 입술 사이로 내뿜고 있었다.

마사키 박사는 그제야 손에 들고 있던 납작한 위스키 병을 흰 진찰복 주머니에 집어넣었다. 그리고 자신도 가까스로 진정된 듯 헛기침을 했다.

"아니, 놀라는 것도 무리는 아니지. 저 청년은 자네와 같은 해, 같은 달, 같은 날, 같은 시각에 같은 어머니에게서 태어났으니까."

"네…."

나는 마사키 박사의 얼굴을 노려보며 말했다. 동시에 모든 것이 이해될 것 같은 기분이 들어 겨우 창밖의 쿠레 이치로를 돌아볼 용기가 났다.

"그… 그럼 저와 저 쿠레 이치로는 쌍둥이…."

"아니, 다르다."

마사키 박사는 엄격한 태도로 고개를 저었다.

"쌍둥이보다 더 밀접한 관계를 가지고 있다. 물론 남의 닮은꼴도 아니다."

"그…그런 일이."

말을 마치기도 전에 내 머리는 다시 무엇이 뭔지 알 수 없게 됐다. 비꼬는 듯한 미소를 띤 마사키 박사의 얼굴, 코안경 아래 검은 눈동자를 똑바로 응시했다. 놀리는 건지, 아니면 진지한 건지 의심하면서.

마사키 박사의 얼굴에 순식간에 나를 연민하듯 한 미소가 떠올랐다. 그는 몇 번이고 고개를 끄덕이며 시가 연기를 깊게 들이마셨다가 다시 내쉬었다.

"흠, 헤맬 만도 하지. 너는 예전부터 책에 실린 유명한 '이혼(離魂)병'에 걸려 있으니까."

"네, 이혼병요?"

"그래. 이혼병이라는 건 또 다른 '나'가 나타나 본래의 나와는 다른 행동을 하는 현상이지. 옛날 책들에 괴담처럼 실려 왔지만, 정신과학을 전공한 내 입장에서 말하면 학설상으로는 실제 가능해. 다만 그걸 현실에서 눈앞에서 보면 말로 하기 힘든 기분이 들겠지."

나는 허겁지겁 다시 한 번 눈을 비볐다. 겁이 나 창밖을 내다봤지만, 청년은 여전히 제자리에 우뚝 서 있었다. 이번에는 약간 옆모습을 보이며.

"저게 나, 쿠레 이치로인가. 아니면 여기 있는 내가 나인가. 어느 쪽이 진짜 쿠레 이치로지?"

"하하하하하하, 전혀 분간을 못하겠군. 아직 꿈에서 덜 깼구나."

"네? 꿈이라고요? 제가 꿈을 꾸고 있다고요?"

나는 눈을 크게 뜨고 고개를 돌렸다. 득의양양하게 서 있는 마사키 박사를 올려다보았다.

"그래. 너는 지금 꿈을 꾸고 있다. 증거를 들어보지. 내 눈에는 저 해방 치료장 안에 아까부터 사람 그림자도 없어. 마른 잎이 달린 오동나무가 대여섯 그루 서 있을 뿐이다. 해방 치료장은 어제 대사변이 터진 이후로 엄중히 폐쇄됐거든."

"…."

"요지는 이렇다. 조금 전문적인 설명이지만 들어라. 네 의식에서 지금 또렷이 깨어 작동하는 건 주로 현실 감각 기능이야. 곧, 지금 이 순간의 사실을 보고 듣고 냄새 맡고 맛보고 느끼고, 그것을 생각하고 기억하는 기능 말이지. 반면 과거의 일을 '그랬지, 이랬지' 하고 되살리는 부분은 아직 꿈을 꿀 수 있을 정도로만 깨어 있어. 그래서 네가 이 창으로 저 안의 광경을 엿보는 그 한순간에, 어제까지 저 자리에 그렇게 우뚝 서 있던 너에 대한 기억이 꿈 수준으로 되살아나 지금 보고 있는 모습 그대로의 또렷한 환영이 되어 의식 위로 떠오르는 거다. 그리고 그 환영이 네 현재 의식과 겹쳐 보이고 있는 것이다. 즉, 창밖에 서 있는 너는 기억 속에서 꿈처럼 출현한 너 자신의 과거라는 객관적 영상이고, 유리창 안의 너는 현재의 너라는 주관적 의식이다. 너는 지금, 꿈과 현실을 동시에 보고 있는 거다."

나는 다시 한 번 힘주어 눈을 비볐다. 크게 눈을 깜박이며 마사키 박사의 묘한 웃음을 노려보았다.

"그렇다면, 저는 역시 쿠레 이치로…"

"그렇다. 이론적으로도 실제적으로도 너는 결국 쿠레 이치로라는 이름의 청년일 수밖에 없다. 이상하게 여기는 것은 무리가 아니지만, 어쩔 수 없는 일이다. 그리고 만약 네가 과거의 기억을 지금처럼 꿈속이 아닌 뚜렷한 현실로 완전히 회복해 버린다면, 유감스럽게도 이번 실험은 와카바야시의 대승리가 되고 나는 패배하게 된다. 아직 확실히 단정할 수는 없지만, 결과를 보면 알게 되겠지. 후후후후."

"…"

"어쨌든 기묘하고 괴이하지. 변묘하고 불가사의하다. 하지만 학문적으로 설명하면 아무것도 아니다. 보통 사람도 머리가 피로하거나 신경쇠약에 걸렸을 때 비슷한 경험을 하곤 한다. 물론 정도는 가볍지만 말이다. 낮에 길을 걸으면서도 어젯밤 여자를 희롱하며 인기몰이를 했던 장면을 떠올리고 히죽거린다든가, 외로운 길을 걷다가 전차에 치일 뻔했던 순간을 문득 환시하고 흠칫 멈추기도 한다. 여자의 경우라면 오래된 혼수품 거울 속에서 신부 시절의 모습을 재현하며 멍하니 바라본다든가, 여학생 시절 추억의 뒷모습을 좇아 용무도 없이 옛 학교 정문까지 찾아가는 경우도 있지. 이처럼 여러 가지가 있을 것이다. 마치 꿈속에서 자신의 장례식 같은 미래 장면을 그려보듯, 과거의 객관적인 기억이 만들어 낸 허상과 현재 의식이 보는 실상이 겹쳐 보이는 것이다.

게다가 네 경우에는 꿈을 꾸는 부분의 뇌가 보통 수면보다 훨씬 깊은 혼수상태에 있으므로, 그 안의 환영도 지금 네가 보는 대로 지극히 선명하다. 숙면 속의 꿈처럼 현실과 다를 바 없고, 오히려 더 강한 매력으로 다가오기에 현실과 구별하기가 어렵다."

"……."

"더구나 방금 말했듯, 네 머릿속에서 오랫동안 혼수상태였던 어떤 뇌 기능이 아주 최근의 기억부터 차례로 되살아나면서 보여 주는 꿈이니, 아마도 쉽게 깨어나지 못할 것이다. 아마 깨어나는 순간은 창밖의 너와 지금 여기의 네가 서로 '이것이 바로 나'라는 사실을 깨닫고 흠칫 놀라거나 기절하는 순간일 것이다. 그때는 이 방도, 나도, 지금의 너 자신도 함께 사라지고, 전혀 엉뚱한 곳에서 전혀 다른 모습의 네 자신을 발견하게 될지도 모른다. 사실 방금 네가 기절할 뻔했을 때도 '이제 각성하는 것인가' 하고 지켜보고 있었다. 하하하하하하."

"……."

어느새 또 눈을 감은 나는 오직 마사키 박사의 목소리만 듣고 있었다. 그 말이 담고 있는 이중삼중의 불가사의한 의미에 점점 더 혼란스러워지면서도, 필사적으로 두 발을 단단히 딛고 서 있었다. 금방이라도 눈을 뜨면 모든 것이 사라져 버릴 것만 같아 떨면서, 입안에서 슬며시 혀를 움직이고 있었다.

그때였다. 거의 무의식적으로 머리를 누르던 내 오른손이 이마 머리카락이 난 자리까지 내려왔을 때, 갑자기 등골을 파고드는 듯한 통증이 느껴졌다.

나는 자신도 모르게 "앗" 하고 소리를 냈다. 눈을 더욱 세게 감고 이를 악물었다. 그리고 조심스럽게 그 자리를 더듬어 보니, 약간 부어 있는 듯했지만 종기는 아니었다. 분명 무언가에 세게 부딪히거나 맞은 흔적이었다. 이상한 것은 지금까지 이런 통증은 전혀 느낀 적이 없었다는 점이다. 게다가 오늘 아침부터 지금까지 머리를 그렇게 세게 부딪친 기억도 없었다.

꿈을 꿈속에서 다시 꾸는 심정이란 이런 경우를 말하는 것일까. 나는 그 통증 부위에 살며시 손을 대고 단단히 눈을 감은 채 머리를 세차게 좌우로 흔들었다. 절벽에서 몸을 던지는 기분으로 과감히 눈을 번쩍 뜨고 상하좌우를 세심하게 살폈지만, 눈을 감기 전과 달라진 것은 아무것도 없었다. 다만 아까부터 해방 치료장 주변을 맴도는 듯한 큰 솔개의 그림자가 다시 한 번 모래밭 위를 휙 스쳐 지나갔을 뿐이었다.

그 순간, 나는 이 모든 것을 현실로밖에 생각할 수 없음을 자각했다. 그것이 아무리 이상하고 두려운 정신과학적 현상의 겹침이라 하더라도, 내게는 결코 단순한 꿈도 아니고 환상도 아니었다. 분명 이 눈으로 실재를 보고, 이 귀로 실재의 소리를 듣고 있다는 확신을 조금도 의심할 수 없었다.

나는 창밖에 서 있는 또 다른 나, 쿠레 이치로의 모습—나와 똑같이 닮은 청년—을 이번에는 어떤 두려움도 없이 차갑게 노려볼 수 있었다. 그리고 천천히 마사키 박사를 돌아보자, 그는 순식간에 눈을 가늘게 뜨고 입을 활짝 벌려 틀니를 드러냈다.

"하하하하하. 이 정도 암시를 줬는데도 모르겠나? 너 자신을 쿠레 이치로라고 생각하지 못하겠나?"

나는 말없이 단호하게 고개를 끄덕였다.

"하하하하하, 대단하다, 대단해. 사실 방금 한 말은 전부 거짓말이다."

"네, 거짓말이요?"

나는 그렇게 되뇌며 무의식적으로 머리를 누르고 있던 손을 내려놓았다. 두 팔을 힘없이 늘어뜨린 채 입을 멍하니 벌리고, 눈을 크게 뜬 채 마사키 박사와 마주 보고 있었던 것 같다. 아마 "앗" 하고 중얼거린 얼굴 그대로였을 것이다.

내 눈앞에서 마사키 박사는 배를 잡고 웃음을 터뜨렸다. 작은 체구에서 나올 수 있는 온갖 큰 소리를 끌어내듯 웃어댔다. 시가 연기에 목이 메어 넥타이를 느슨하게 풀고, 조끼 단추를 열고, 코안경을 고쳐 쓰며, 한마디 한마디에 방 안의 공기가 사라졌다 나타나는 듯한 기세로 몸을 뒤집으며 계속 웃었다.

"와하하하하하! 정말 웃기다. 너는 너무 정직해서 재미있어. 아하하하하. 아아, 우습구나. 아아, 견딜 수 없군. 화내지 마라. 지금까지 내가 말한 것은 거짓말도 아니고, 그저 새빨간 금박을 입힌 농담이었어. 하지만 결코 악의로 한 건 아니야. 사실은 저 청년, 쿠레 이치로와 네가 너무나 똑같이 닮아 있어서, 잠시 네 머리를 시험해 본 것뿐이다."

"제 머리를 시험했다고요…?"

"그래. 이제부터 나는 저 쿠레 이치로의 심리적 유전의 막다른 골목에 대해 네게 이야기하려고 한다. 그런데 그 이야기를 들으면 더 알 수 없는 일들이 이어질 거야. 머리를 단단히 하지 않으면 엉뚱한 착각에 빠질 위험이 있지. 실제로 지금 네가 먼저 '저 청년은 내 쌍둥이임에 틀림없다'고 믿어 버린다면, 내 설명은 전부 틀어져 버린다. 그래서 잠시 예방 주사를 놓은 셈이다. 아하하하하."

나는 정말 꿈에서 깨어난 듯 심호흡을 했다. 새삼 마사키 박사의 말솜씨에 소름이 돋아, 다시 머리가 아픈 곳에 손을 얹었다.

"하지만 제 머리 이 부분이 갑자기 쑤시기 시작한 건—"

 말을 멈추었다. 또다시 박사의 웃음거리가 될까 두려워 조심스럽게 눈을 깜빡였다. 그러나 마사키 박사는 웃지 않았다. 마치 내 머리 위의 아픈 곳을 오래전부터 알고 있었다는 듯, 태연한 어조로 말했다.

"음, 그 통증 말인가?"

 그 순간, 나는 웃음거리일 때보다 더 꺼림칙한 기분이 들었다.

"그건 갑자기 아프기 시작한 게 아니다. 오늘 아침 네가 눈을 떴을 때부터 이미 있었지만, 지금까지 네가 알아차리지 못한 거야."

"그래도… 그래도…."

 나는 아직도 떨리는 손가락을 하나씩 마사키 박사 앞에서 꺾어 보이며 말했다.

"오늘 아침부터 이발사가 한 번, 간호사가 한 번. 그리고 그 전에도 제가 몇 번이고, 적어도 열 번은 넘게 여기를 긁었는데도 조금도 아프지 않았습니다."

"몇 번을 긁었든 결과는 똑같다. 네가 스스로를 쿠레 이치로와 아무 관계없는 사람이라고 생각하는 동안에는 통증을 느낄 수 없어. 하지만 네 모습이 쿠레 이치로와 똑같다는 사실을 깨닫는 순간, 그 통증이 갑자기 되살아난다. 그게 바로 정신과학의 불가사의한 합리 작용이다.

 우주 만유는 결국 '정신'을 대상으로 하는 정신과학적 존재일 뿐이다. 그래서 소위 유물과학으로는 영원히 설명할 수 없는 현상이 존재한다는 사실을 여실히 증거하는, 시끄럽고도 분명한 혹이지. 즉 네 머리의 통증은 저 쿠레 이치로의 심리 유전이 도달한 마지막 발작과 깊은 관련이 있다. 왜냐하면 쿠레 이치로는 어젯밤 그 심리 유전의 종착점까지 발휘해, 벽에 머리를 부딪쳐 자살을 시도했기 때문이다. 그 흔적이 현재 네 머리에 남아 있는 것이다."

"네… 네… 그렇다면 저는 역시 쿠레 이치로—"

"자, 자, 그렇게 당황하지 마라. 아부의 마음은 벌이 모르고, 돼지의 마음은 개가 모른다. 장삼이 머리를 맞더라도 이사는 아프지도 아무렇지도 않다는 것이 보통의 이치다. 그것이 바로 유물과학식 사고방식이지."

마사키 박사는 갑자기 이런 수수께끼 같은 말을 시가 연기와 함께 툭 내뱉었다. 나는 그 의미를 전혀 이해하지 못한 채 당황했고, 박사는 한쪽 눈을 찡그리며 히죽거렸다.

"그런데 말이다. 현재 네게는 남이라고밖에 여겨지는 쿠레 이치로의 머리 통증이, 어떤 정신과학적 작용에 의해 네 두정골 위에 남아 있다는 사실. 이게 어떻게 가능한가?"

나는 다시 창밖을 돌아보았다. 한구석에 빙긋 웃으며 우뚝 서 있는 쿠레 이치로의 모습을 응시하지 않을 수 없었다. 동시에 내 머리의 통증이 이상하게도 맥동하듯 생생하게 되살아나 견디기 힘들었다.

그때, 마사키 박사가 또 한 모금 커다란 연기 구름을 내뿜으며 물었다.

"어때, 이 의문을 네 스스로 해결할 수 있을 것 같나?"

"안 됩니다."

나는 단호하게 대답했다. 머리를 감싼 채, 오늘 아침 눈을 떴을 때와 똑같이 한심한 기분에 사로잡혀 있었다.

"안 된다면 어쩔 수 없지. 너는 언제까지나 이름도 없는 떠돌이일 뿐이다."

그 순간, 갑자기 가슴이 벅차올랐다. 그것은 마치 아이가 부모 손을 잡고 모르는 길을 걷다가, 문득 부모 손이 빠져 나가 홀로 남겨져 버린 듯한 슬픔이었다.

나는 저도 모르게 머리에서 손을 떼고 두 손을 합장하듯 모았다. 간절하게 말했다.

"알려 주세요, 선생님. 제발 부탁드립니다. 저는 더 이상 이런 이상한 일을 만나면 죽고 말 겁니다."

"의지 없는 소리 하지 마라. 하하하하하. 그렇게 눈빛을 바꾸지 않아도 가르쳐 주마."

"제발… 저는 누구입니까?"

"잠깐 기다려라. 그걸 알려주기 전에 먼저 하나 약속할 일이 있다."

"네, 어떤 약속이든 지키겠습니다."

마사키 박사의 얼굴에서 미소가 사라졌다. 내뱉으려던 연기를 다시 입안으로 삼키듯 들이마시고는 내 얼굴을 똑바로 응시했다.

"반드시 지킬 수 있겠나?"

"반드시 지키겠습니다. 어떤 약속입니까?"

마사키 박사의 얼굴에 다시 특유의 비꼬는 듯한 냉소가 번졌다.

"좋다. 지금 네가 확실히 느끼는 대로 '나는 아무리 해도 쿠레 이치로가 아니다'라는 확신을 지닌 채 듣는다면, 그리 어렵지 않은 약속일 거다. 즉, 나는 이제부터 쿠레 이치로의 심리 유전 사건을 밑바닥까지 파헤친 굉장한 이야기를 하려고 한다. 그 이야기가 아무리 무섭거나, 도저히 있을 수 없는 일이라 해도 너는 참고 끝까지 들을 수 있겠나?"

"듣겠습니다."

"좋아. 그리고 그 이야기가 끝난 후, 그것이 한 점 거짓도 없는 사실임을 네가 인정하고, 그 사실을 기록해 내 유언장과 함께 세상에 공표하는 것이 네 평생의 의무임이 드러난다면, 설령 그것이 너 자신에게 불리하고 두려운 일이라도 반드시 실행할 수 있겠나? 그것은 인류에 대한 네 책임이다."

"맹세코 하겠습니다."

"음, 그리고 또 하나. 만약 그런 날이 온다면, 너는 저 6호실의 소녀와 결혼해 그녀의 정신 이상 원인을 제거해 줄 책임이 있다는 것도 동시에 드러날 것이다. 그 책임도 다할 수 있겠나?"

"그런 책임이… 정말 저에게 있는 겁니까?"

"그건 그때 네 스스로 판단해 보면 된다. 어쨌든 네 머리의 통증이 왜 쿠레이치로의 것으로부터 네 이마에 옮겨왔는지를 밝히는 방법은 간단하다. 5분도 걸리지 않을 것이다."

"그렇게… 쉬운 방법입니까?"

"그래, 단순한 일이지. 게다가 그 이치는 초등학생도 이해할 만큼 간명해서 내 설명은 필요도 없다. 단지 네가 어떤 장소에서 어떤 사람과 악수 한 번 하면 된다. 그러면 내가 예견하는 훌륭한 정신과학적 작용이 전광처럼 번쩍이며 일어나겠지. '어라, 나는 이런 인간이었던가' 하고 깨닫는 순간, 아마 이번에는 정말로 기절할지도 모른다. 혹은 악수하기도 전에 그 작용이 일어날 수도 있어."

"그걸 지금 해서는 안 됩니까?"

"안 된다. 절대로 안 된다. 지금 네 정체가 드러나면 방금 말한 대로 터무니없는 착각에 빠져 내 실험이 완전히 망가질 위험이 있다. 네가 모든 사실을 완전히 이해하고, 그것을 기록으로 남겨 세상에 공표하기 위해 내 지시대로 수단을 취하는 과정을 내가 직접 확인한 뒤가 아니면 이 실험은 할 수 없다. 자, 어떠냐. 그 약속을 지킬 수 있겠나?"

"할 수… 있습니다."

"좋다. 그럼 이제 이야기를 하겠다. 아니, 괜히 말이 딱딱해졌군. 이쪽으로 와라."

그렇게 말하며 마사키 박사는 내 손을 잡아당겨 큰 테이블 앞으로 데려갔다. 나를 앉히고 자신도 원래의 팔걸이 달린 회전의자에 앉아 마주 보았다. 그리고 흰 가운 주머니에서 성냥을 꺼내 새 시가에 불을 붙였다. 남은 짧은 시가는 달마 재떨이의 입에 꽂아 두었다.

나는 창밖이 더 이상 보이지 않자, 무거운 짐을 내려놓은 듯한 기분이 들었다. 도저히 풀릴 것 같지 않은 의문들이 한층 더 심각하게 얽혀 머리 한가운데를 짓누르고 있음을 뚜렷이 느꼈다.

"자, 이야기가 괜히 바보같이 딱딱해졌군."

일부러 다시 같은 말을 되풀이한 마사키 박사는 이전보다 한층 느긋한 태도로 책상 위에 양 팔꿈치를 올려놓았다. 그 위에 턱을 괴고 긴 시가를 옆으로 문 채 히죽히죽 웃으며 내 얼굴을 들여다보았다.

"그런데 말이야, 네가 누구인지 하는 문제는 잠시 제쳐두고 묻겠다. 오늘 아침 본 그 소녀를 어떻게 생각했나?"

나는 질문의 의미를 알 수 없어 눈을 깜빡였다.

"어떻게 생각했다니요?"

"아름답다고는 생각하지 않았나?"

뜻밖의 질문에 당황하지 않을 수 없었다. 머릿속을 나방처럼 어지럽히던 크고 작은 물음표들이 순식간에 사라지고, 그 대신 그녀의 검고 촉촉한 눈, 작고 붉은 입술, 푸른빛을 띤 긴 초승달 모양의 눈썹, 희미한 솜털로 덮인 귀 같은 모습이 번갈아 떠올랐다. 그러자 목덜미 근처가 후끈 달아올랐고, 방금 기절할 뻔했을 때 마신 위스키의 취기가 다시 온몸을 타고 도는 듯하여, 나도 모르게 손수건으로 얼굴을 닦았다. 얼굴 전체에서 김이 솟는 것 같은 기분이었다.

마사키 박사는 히죽히죽 웃으며 고개를 끄덕였다.

"흠, 그렇겠지. 그렇겠지. 저 소녀가 아름다운지 아닌지 묻는 말에 태연히 대답할 수 있는 건 연애에 지친 건달이거나, 팔견전이나 수호전에 나오는 불능 환자의 후예쯤 되겠지. 하지만 너는, 저 소녀를 그저 아무렇지도 않게 생각한 건 아니지 않나?"

솔직히 이때의 심정을 기록하고 싶지 않다. 그러나 사실을 속일 수는 없다. 마사키 박사의 질문 덕에, 내가 그 소녀에게 품은 감정이 오늘 아침 처음 만났을 때 이상으로는 한 걸음도 나아가지 않았음을 비로소 깨달았다. 다만 눈 뜨고 보기 어려울 만큼 가련하면서도 풋풋한 아름다움에 사로잡혔을 뿐이었다. 어떻게든 제정신으로 되돌려 주고 싶었다. 이 병원에서 구해 주고 싶었다. 그녀가 마음속에 품고 있는 청년에게 다시 만나게 해 주고 싶다고 생각했을 뿐이다. 그것이 과연 사랑의 한 표현이었는지 아닌지를 깊이 따져볼 겨를도 없었다. 아니, 그 이상으로, 그런 마음을 해부하는 것 자체가 그녀에 대한 모독이라고 여겨 무의식적으로 경계하고 있었다. 그 정곡을 마사키 박사에게 찔린 듯한 기분에 나는 얼굴이 화끈 달아올라, 무뚝뚝하게 대답했다.

"네…. 가엾다고는 생각했습니다."

마사키 박사는 그 대답에 몹시 만족스러운 듯 몇 번이고 고개를 끄덕였다. 그의 태도로 보아, 이 순간 그는 내가 소녀를 사랑하고 있다고 믿어 버린 듯했다. 그러나 나는 그 오해를 바로잡을 마음의 여유조차 없었다. 오히려 오해를 더 키우지 않으려 안절부절못하는 사이, 그는 태연히 고개를 끄덕이며 덧붙였다.

"그렇지, 그렇지. 아름답다고 생각한 것은 곧 사랑한 것이니까. 그렇지 않다고 말하는 놈은 사이비 도덕가일 뿐이야."

"그… 그건 너무 심한 말씀입니다. 선생님, 오해십니다!"

나는 다급히 손수건을 든 손을 들어 반박했다.

"이성의 아름다움을 느끼는 마음과, 사랑, 애정, 정욕은 각각 별개의 것입니다. 그것들을 뒤섞는 건 착각된 사랑일 뿐, 이성을 모독하는 행위입니다. 정신과학자라면 그런 난폭한 말을 해서는 안 됩니다. 엉터리예요, 그것은."

머릿속에서 반박이 번개처럼 번뜩였지만, 마사키 박사는 눈 하나 깜짝하지 않고 여전히 히죽히죽 웃기만 했다.

"알고 있다, 알고 있다. 변명하지 않아도 된다. 네 입장에서는 저 소녀의 사랑을 받는 게 오히려 폐가 될지도 모른다. 하지만 걱정 말고 맡겨라. 네가 저 소녀를 사랑하든 안 하든, 운명에 맡기면 된다. 그리고 네 머리의 통증과 저 소녀가 어떤 관계로 얽혀 있는지를 들어 보아라. 조금은 엉뚱한 조합일지 모르지만, 듣다 보면 법률이나 도덕의 잣대로 보더라도 너와 저 소녀가 어떤 운명의 직선 위에 나란히 서 있음을 알게 될 것이다. 결국 이 병원을 나서는 순간, 결혼해야만 한다는 사실이 모든 모순과 불가사의가 풀리면서 하나씩 드러나게 될 테니까."

이 말을 듣는 동안 나는 또다시 푹 고개를 숙였다. 그러나 이번에는 얼굴을 붉힌 탓이 아니었다. 내 심정은 단순한 부끄러움과는 달랐다. 마사키 박사의 말 속에 뒤엉켜 있는 불가사의한 사실들 사이에서, 내 현재의 입장을 해결할 실마리를 어떻게 찾아낼까 고민하며 필사적으로 눈을 감고 입술을 깨물었다.

나는 오늘 아침부터 있었던 일들을 차례차례 떠올리며 다시 곱씹었다. 그리고 생각했다. 마사키와 와카바야시 두 박사는 겉으로는 둘도 없는 친구 같지만, 속으로는 서로 깊은 적의를 품은 원수 사이라는 것을.

그 불화의 원인은 나와 쿠레 이치로를 실험 대상으로 삼은 정신과학 연구에서 비롯된 듯했다. 지금은 그 갈등이 대낮에도 공공연히 이 교실에서 드러날 만큼 격렬하게 고조되어 있었다. 하지만 이상하게도, 나와 6호실의 소녀를 억지로라도 결혼시키려는 의지만큼은 두 사람 모두 기묘하게 일치하고 있었다.

게다가 만일 내가 저 쿠레 이치로와 동일인이라거나, 아니면 동명(同名), 동년(同年)에 같은 모습을 가진 청년이고, 저 소녀가 쿠레 모요코임이 틀림없다면, 사태는 한층 기묘해진다. 결국 우리 두 사람을 결혼 전날 밤에 어떤 정신과학적 범죄 수단으로 몰아넣어 이런 처지에 빠뜨린 것은 이 두 박사 외에는 달리 있을 수 없지 않은가. 이런 모순된 일이 또 어디에 있을까.

물론 억지로 해석을 붙이자면 가능하다. 두 박사가 학문적 연구라는 명목으로, 한 명의 소녀와 '쌍둥이의 한쪽'을 전혀 모르는 남남인 채 정신병자로 만들고, 정성스레 꾸며낸 착각에 빠뜨려 진심으로 사귀게 하려 했다고 말이다. 그렇게 생각할 수도 있겠지만, 아무리 그래도 그런 잔혹하고 부도덕한, 기괴천만한 학리 실험이 인간의 마음과 손으로 행해질 수 있다고는 차마 믿기 어려웠다.

도대체 이 모순과 불가해는 어디에서 비롯된 것일까. 두 박사는 어째서 이렇게 나를 중심에 두고 소란을 피우는 것일까. 그러나 곱씹으면 곱씹을수록 모든 것이 더욱 어지럽게 얽히기만 했고, 추측하면 추측할수록 불가해가 깊어져 갈 뿐이었다. 마침내는 생각도 추측도 할 수 없게 되어, 눈썹을 찌푸리고 입술을 깨문 석상 같은 모습으로 꼼짝없이 눈을 감고 있을 수밖에 없었다.

그때—

똑똑. 똑똑.

문을 두드리는 소리가 들렸다. 나는 깜짝 놀라 눈을 번쩍 뜨고 입구를 바라보았다. 혹시 와카바야시 박사가 아닐까 하는 두려움이 스쳤다. 그러나 마사키 박사는 쳐다보지도 않고 턱을 괸 채 깜짝 놀랄 만큼 큰 소리로 말했다.

"어이, 들어와."

그 목소리가 방 안에 울려 퍼지자, 열쇠 구멍이 덜컥거리더니 문이 반쯤 열리고 누군가 들어왔다. 규슈 제국대학의 남색 제복을 입은, 머리가 번들거리는 하인이었다. 이미 나이가 제법 들어 보였고, 허리도 반쯤 굽은 노인이었다.

그는 오른손에 칠한 쟁반을 들고 있었는데, 그 위에는 그을린 토병과 조잡한 찻잔 두 개가 놓여 있었다. 왼손에는 산더미처럼 쌓인 카스텔라가 담긴 과자 접시를 받쳐 들고, 비틀거리며 큰 테이블로 다가와, 묘한 얼굴을 한 채 마사키 박사 앞에 내려놓았다.

그리고 무언가에 겁먹은 듯 어색하게 대머리를 숙였다가, 손을 비비며 고개를 들어 마사키 박사와 내 얼굴을 번갈아 흐릿한 눈으로 살피더니, 바닥에 닿을 듯 몸을 굽혀 바보같이 정중한 절을 했다.

"예, 예, 오늘은 참 좋은 날씨입니다. 네, 네. 이건 저, 학부장님께서 보내신 것으로, 두 분이 차와 함께 드시라고 하셨습니다만. 예, 예."

"아하하하하. 그래, 와카바야시가 보냈나? 흠. 아니, 수고했네, 수고했어. 와카바야시가 직접 가져왔나?"

"아닙니다. 아까부터 학부장님께서 전화로, 마사키 선생님이 아직 계신지 계속 물으셨습니다. 저는 깜짝 놀라서, '잠깐 보고 오겠습니다' 하고는 밖으로 나왔는데, 두 분의 목소리가 들리더군요. 그래서 학부장님께 말씀드렸더니, 그렇다면 나중에 물건을 보내 줄 테니 차와 함께 드시라고 하셨습니다. 네."

"그래, 그래. 분명히 받았다고 전해라. 시간이 나면 이야기하러 오라고도 말해 두어라. 수고했네, 수고했어. 열쇠는 굳이 잠그지 않아도 된다."

"예, 예. 선생님들께서 오시는 줄은 전혀 몰랐습니다. 오늘은 제가 혼자라 아직 청소도 못 했습니다. 참으로 불찰입니다. 죄송합니다. 예, 예."

하인 노인은 위태로운 손놀림으로 차를 따르더니, 몇 번이고 절을 하며 대머리를 번쩍거리고는 나갔다.

그가 나간 뒤, 문이 닫히는 것을 확인한 마사키 박사는 갑자기 몸을 앞으로 숙여 카스텔라 한 조각을 집어 단숨에 입에 넣고, 뜨거운 차를 꿀꺽꿀꺽 들이켰다. 그리고는 내게도 먹으라는 듯 눈짓을 했다.

그러나 나는 움직이지 않았다. 양손을 무릎 위에 모으고 눈을 부릅뜬 채, 마사키 박사의 행동을 지켜보았다. 어쩐지 알 수 없는 다른 의미로 서로 불꽃을 튀기고 있는 듯한 두 박사의 긴장감이 나를 끌어당기고 있었다.

"아하하하하. 그렇게 기분 나빠할 것 없어. 이래서 나는 악당이 좋다니까. 저 녀석, 내가 어젯밤부터 아무것도 먹지 않은 걸 알고 있구나. 그래서 내가 좋아하는 나가사키 카스텔라를 보내, 마치 우에스기 겐신을 흉내 낸 거지. 병원 앞에서 환자 문병용으로 파는 물건이니 걱정할 것 없어. 쥐약 같은 건 전혀 안 들어 있다. 하하하하."

그는 그렇게 말하며 또 두세 조각을 연이어 입에 넣고 차를 들이켰다.

"아아, 맛있구나. 그런데 어때? 이제 본격적으로 이야기를 진행할 텐데, 그 전에 방금 읽은 쿠레 이치로의 두 차례 발작에 대해서는 이제 더 의문이 남아 있지 않나?"

"있습니다."

나는 마치 앵무새처럼 대답했다. 그런데 그 대답은 내 예상과 달리 뚜렷하고 큰 목소리로 방 안을 울려 퍼져 반향까지 일으켰고, 그 순간 나도 모르게 "

핫" 하고 숨을 들이켰다. 나도 모르게 자세를 고쳐 앉고 아랫배에 힘을 주었다.

아마도 방금 벌어진 사소한 사건—카스텔라—때문에 막혀 있던 기분이 한순간에 풀린 탓일지도 모른다. 아니면 아까 기절할 뻔했을 때 마신 위스키가 이제야 제대로 효과를 내기 시작한 것일지도 모른다. 어쨌든 내 대답이 방 안에서 울려 퍼져 사라지는 것을 들은 순간, 갑자기 용기가 솟아나는 기분이 들었다. 나는 뜨거운 차를 한 모금 꿀꺽 마셨다. 차의 맛은 놀라울 정도로 좋았다. 혀에서 식도로 끓어 스며드는 향기로운 기운을 곱씹는 동안, 온몸의 관절이 풀리고 혈액이 원활하게 도는 것이 느껴졌다. 머리가 맑아지고 몸이 가벼워지자, 나도 모르게 젖은 입술을 핥으며 마사키 박사의 얼굴을 올려다보았다. 위스키 냄새가 섞인 뜨거운 콧김을 후— 하고 내뿜으며.

"설령 무슨 일이 있든, 나는 결코 나 자신을 쿠레 이치로라고 생각하지 않는다."

이렇게 크게 선언하고 싶은 기분이 들었다. 그리고 이상하게도 그 순간, 지금까지 내 신상에 일어난 여러 일들이 전부 남의 일처럼 느껴지며 묘하게 재미있어졌다. 오늘 아침부터 보고 들은 모든 사건들이 마치 만화경을 들여다보는 듯 알록달록 흥미롭게 빙글빙글 회전하는 것처럼 보였다. 방금 전까지만 해도 무섭고 위험한 상대였던 두 박사가 이제는 전혀 두렵지 않고, 오히려 아주 재미있는 장난감처럼 느껴졌다.

두 박사는 분명 무언가 터무니없는 착각을 하고 있다. 어쩌면 이 사건의 진상은 우스꽝스러운 희극일지도 모른다.

"나와 똑같이 생긴 청년이 있고, 두 사람 모두 기상천외한 정신병에 걸려 있다. 그래서 혼동되어 누가 누구인지 알 수 없게 되자, 두 박사가 이를 구별하려고 경쟁하듯 애쓰고 있다. 그러나 도저히 알 수 없게 되자, 결국 어느 쪽의 약혼자였던 소녀를 억지로 한쪽에 붙여 결론을 내려, 그 공적을 차지하려는 것이다."

이런 줄거리라면 기발하면서도 통쾌하지 않은가. 재미있다. 더욱이 그렇게 믿어버리면 두 박사가 내 적이든 아군이든 상관없다. 그들이 아무리 교묘하고 무서운 속임수를 쓰더라도 조금도 움츠러들 이유가 없다. 결국 나 자신이 이 사건의 정체를 파헤쳐야 한다. 그리하여 끝까지 진상을 밝히고 저 소녀를 이 미치광이 같은 지옥에서 구해 내며, 두 박사의 코를 납작하게 눌러 버린다면 얼마나 통쾌하랴.

그렇게 내 마음은 한순간에 대담하고 들뜬 기분으로 바뀌어 버렸다. 방 안에 가득한 밝음, 창밖을 채운 소나무의 푸르름, 그 속에 가득한 대낮의 고요함이 새삼스레 몸에 스며들며 기분 좋게 다가왔다.

그러나 이런 기분의 변화는 불과 몇 초 사이에 지나간 것 같았다. 정신을 차려 보니, 마사키 박사가 코안경 너머로 내 얼굴을 히죽히죽 바라보며 양손을 머리 뒤로 깍지 낀 채 거만하게 앉아 있었다. 마치 내 질문을 기다리는 것처럼.

나는 잠시 망설였다. 묻고 싶은 것이 너무 많았기 때문이다. 그러나 어디서부터든 상관없다고 생각하며, 눈앞에 놓인 유언장을 펼쳐 획획 넘겨보다가 마침내 사건 기록 발췌의 마지막 부분에 이르렀다. 그리고 그 부분을 가리키며 물었다.

"여기에 '두루마리 그림 사진판과 그 유래기를 삽입할 것'이라고 쓰여 있습니다. 그 원본은 어떻게 되었습니까?"

"앗, 그건—"

마사키 박사는 말을 채 끝내기도 전에 양손을 내려 큰 테이블 끝을 쾅 하고 쳤다.

"그걸 깜빡했군! 하하하하. 네 기억을 되살리려 하다 보니 정신이 팔려 가장 중요한 걸 보여 주는 걸 잊었어. 그걸 보지 않으면 쿠레 이치로의 심리 유전의 정체는 알 수 없지. 내 유언장도 불상에 혼을 넣지 않은 것과 같아. 하하하하. 아니, 큰 실수였군. 수면 부족에 머리가 이상해졌나 봐. 즉시 보여 주마. 여기 있지."

그는 머리를 긁적이며 한 손을 뻗어 옆에 있던 메린스 보자기 꾸러미를 끌어당겼다. 재빨리 매듭을 풀어 직사각형 신문 꾸러미와 두께 2촌 남짓한 서양식 큰 종이 묶음을 꺼내더니, 일부러 북쪽 창가까지 가서 보자기를 털어 펼쳤다.

"푸, 푸푸… 먼지가 정말 심하군. 오랫동안 난로 구멍에 처박아 두었으니 당연하지. 그런데 보게. 이 묶음은 메이노하마 사건에 관한 와카바야시의 조사서, 네가 읽은 발췌문의 원본이다. 저 폐병 환자 특유의 맑고 섬세한 신경으로 이중 삼중 투명할 만큼 치밀하게 조사해 놓았으니, 읽어 내려가면 도저히 감당하기 힘들 걸세. 그러니 오늘은 나중에 천천히 읽도록 하고, 우선 이 두루마리 그림과 그 유래기를 보자고. 우선 유래기부터 읽는 게 좋겠지. 그다음 두루마리 그림을 보면 더 흥미로울 테니까."

그 말과 함께 신문 꾸러미가 풀리자, 그 안의 흰 나무 상자 위에 놓여 있던 일본 종이 한 첩 분량의 묶음이 무심히 내 앞에 던져졌다.

"그건 두루마리 그림 판권지에 적힌 유래기의 사본이다. 뇨게쓰지의 연기담 이전에 일어난 일, 즉 지금으로부터 대략 1100년 전 아주 먼 옛날부터 시작된 쿠레 이치로 심리 유전의 기원을 기록해 놓은 것이다. 네가 그것을 읽는 동안—'아, 내가 이걸 오래전에 이곳에서 읽은 적이 있구나'라는 사실을 떠올릴지 아닌지가 와카바야시와 나 사이의 생사를 가를 것이다. 만약 그 기억이 한 치의 오차도 없이 네 머리에 남아 있다면, 너는 쿠레 이치로임이 틀림없다. 하하하. 자, 읽어 보게. 사양할 것 없어. 꽤 재미있는 이야기니까."

나는 그것이 얼마나 귀중한 자료인지, 또 그것이 마사키 박사가 내게 시도하고 있는 정신과학적 실험과 얼마나 중대한 의미를 지니는지 잘 알면서도, 이상하게도 조금도 긴장되지 않았다. 어쩌면 아까 마신 위스키가 약간의 효과를 내고 있었던 것일지도 모른다. 오히려 마사키 박사를 흉내라도 내듯 무심히 그 묶음을 집어 들어 첫 장을 넘겼다. 안쪽에는 네모난 한자가 **빽빽**하게 새까맣게 들어차 있었다.

"와… 이건 한문, 게다가 백문(엮: 한문을 구두점이나 읽는 법이 전혀 없는, 원래의 한자로만 적은 글)이잖아요. 구두점도, 후리가나(엮: 한자 위나 옆에 작게 붙여 읽는 법을 적어주는 히라가나/가타카나)도 아무것도 없어요. 전혀 읽을 수가 없습니다."

"흠, 그렇군. 그럼 어쩔 수 없지. 내가 기억하는 범위 안에서 대강의 내용을 이야기해 줄까?"

"부디 그렇게 해 주십시오."

"좋지."

마사키 박사는 트림을 하며 거만하게 의자에 걸터앉았다. 슬리퍼를 신은 채 의자 위에 올라 무릎을 끌어안고는 남쪽을 향해 앉았다. 그는 머릿속을 정리하듯 눈을 반쯤 감고, 창문 너머 빛을 바라보며 푸른 연기를 후— 하고 내뿜었다.

나도 위스키의 영향 탓인지 나른하고 졸음이 몰려드는 듯 책상 위에 팔꿈치를 올리고 턱을 괴었다.

"게푸… 우—이이. 자, 그래서 말이야. 당나라 현종 황제라 하면 지금으로부터 꼭 1100년 전의 인물이지. 그 현종 황제 말년, 천보 14년에 안록산이라는 놈이 반란을 일으켰다. 이듬해 정월에는 스스로 황제라 칭했고, 6월에는 적군이 관중으로 쳐들어오자 현종 황제는 촉으로 피난하다 마외에서 붕어했으며,

양국충과 양귀비는 주살당했다—라고 연대기에 기록돼 있지."

"하아… 선생님께서는 참 잘 기억하고 계시는군요."

"역사의 따분한 부분은 외워 두는 법이지. 그런데 현종 황제가 붕어한 건 연대기대로 천보 15년이 맞지만, 그보다 7년 전인 천보 8년에 범양 출신 진사(엮: 중국 과거제에서 가장 높은 급제 시험의 합격자) 오청수(엮: 원문에서는 '고 세이슈'라는 일본식 훈독으로 표기되어 있으나, 본문에서는 다른 중국인의 이름과의 통일성을 위해 한국식 독음을 그대로 사용)라는 17, 8세 청년이 현종 황제의 명을 받아 채관을 짊어지고 촉으로 들어갔다. 그는 가릉강을 거쳐 무산·무협을 넘어 양자강을 거슬러 오르며 기승명승을 찾아다녔고, 모은 산수 백여 경을 다섯 권으로 편집해 바쳤다. 황제는 크게 기뻐해 고(故) 한림학사 방구련의 유자 대녀를 하사했지. 대는 분의 언니로, 서로 쌍둥이였으며 나란히 양귀비의 시녀가 되었다. 당시 사람들은 그녀들을 '화청궁리의 쌍협'이라고 불렀다. 때는 천보 14년 3월, 오청수는 스물다섯, 방대는 열일곱이었다—라고 기록돼 있다."

"놀랍군요. 전혀 기억할 수 없습니다. 그것도 역시 연대기에 나오는 내용입니까?"

"아니, 이건 다르다. '대녀를 하사하다'라는 사건 전후까지는 『모란정비사(엮: 당나라 현종과 양귀비 이야기를 그린 중국 고전소설)』라는 소설에 나온다. 그 소설에는 현종 황제와 양귀비가 모란정에서 은밀히 속삭이는 장면을 시인 이태백이 모란 잎 그늘에서 침을 흘리며 지켜보는 묘사가 있어, 중국 특유의 달콤하고 화려한 분위기로 가득하다. 하지만 그중에서도 오청수에 관한 기록의 서두만큼은 지금 이 유래기의 내용과 한 글자 한 구절 다르지 않으니 흥미롭다. 그래서 나는 언젠가 문과 학생에게 연구시킬 생각이다. 첫째, 문장이 워낙 뛰어나서 나도 모르게 외워 버릴 정도니까."

"그렇습니까. 하지만 한문체 이야기는 귀로만 들어서는 잘 이해가 안 되는 것 같습니다. 실제로 쓰인 글자를 보지 않으면."

"음, 그렇다면 좀 더 부드럽게 풀어 보겠다."

"부탁드립니다. 감사합니다."

"하하하하하. 요컨대 현종 황제라는 아버지는 양귀비와 함께 축제의 등불 그림에 등장할 정도로, 고금의 데레릭 대제다. 사방의 오랑캐를 평정하고 천하를 다스리며 병농을 나누고 악전을 금지하는 등의 치적은 훌륭했지만, 문제는 양귀비에게 사사건건 휘둘려 뭐든지 '좋다, 괜찮다'로 끝내 버렸다는 점이지. 그 탓에 형부인 양국충을 비롯해 무능한 일당을 요직에 계속 올려 충신을 내쫓고 간신을 가까이 두었으니, 결국 태평성대를 노래하던 궁정은 타락의 길을 걸었다. 마침내는 여산궁이라는 거대한 궁전 안에 금은보화로 장식한 목욕탕을 짓고 옥 같은 온천수를 끌어들여, 양귀비와 함께 뛰어들며 '너와 함께라면 어디까지라도'라고 했다는 거다."

"우와… 너무 쉽게 말씀해 주시는군요. 그런데 그건—"

"아니, 진지하게 들어야 한다. 장광설처럼 들릴지 모르지만 농담은 조금도 섞여 있지 않다. 그 '너와 함께라면 어디까지라도'라는 대사가 바로 4, 5년 전 유행했던 그 속요(역: 당대에 유행한 민요)의 원조다. 정식 기록에도 분명히 남아 있다."

"아, 그렇습니까?"

"그렇고말고. 첫째, '너와 함께라면 사하라나 나이아가라 같은 촌스러운 곳에는 가지 않겠다. 함께 하늘에 올라 나란히 별이 되어, 인간 세상을 끝까지 부러워하게 만들겠다'는 것이니, 참으로 기가 막히지 않나. 그 장면을 엿보고 기록한 자도 보통 인물은 아니었을 게다."

"하지만 그것이 두루마리 그림과는 무슨 관련이 있습니까?"

"큰 관련이 있다. 서두르지 말고 들어라. 대륙의 이야기라 초점이 잡히지 않을 수 있으니. 알겠나? 이런 문화를 누린 천자 현종 황제는 예술을 무척 좋아해, 이태백 같은 술꾼 대시인을 총애한 한편, 열여덟, 열아홉 살의 젊은 진사 오청수에게 명해 천하의 명승을 두루 스케치하게 했다. 말하자면 앉아서 천하를 감상하려는 의도였겠지. 아무래도 귀비의 뜻이 반영된 것 같지만."

"그 청년은 그림의 천재였군요."

"그렇다. 고작 열여덟, 열아홉 살 나이에, 고금에 이름난 대시인 이태백의 시와 나란히 어깨를 견줄 만큼의 그림을 그렸으니 보통 솜씨가 아니다. 불행히도 요절했기에 이름도 그림도 별로 남지 않았지만. 앞서 말했듯, 당시의 기록에도 있고 최근 연대기류에도 실려 있긴 하지만, 책마다 연대나 이름이 조금씩 달라 정확히 알기 어렵다. 하지만 어쨌든 여기에는 자세한 기록이 남아 있으니, 장래의 사학자라면 마지못해라도 이쪽을 정본으로 삼을 수밖에 없을 것이다."

"그렇다면 그 두루마리 그림은 정말 귀중한 사료군요."

"귀중하다 못해 대단한 자료다. 이야기를 조금 앞당겨 보면, 청년 진사 오청수가 천자의 명을 받아 스케치 여행을 계속한 세월은 꼭 6년. 마침내 천보 14년에 장안으로 돌아왔을 때, 기념품으로 바친 풍경 두루마리 그림이 황제의 마음에 크게 들어 예술가로서 큰 명성을 얻었다. 그뿐 아니라 대(大)라는 이름의 미인을 아내로 맞이했고, 단둘이 살 수 있는 아름다운 정원이 딸린 아담한 저택까지 하사받았다. 고마운 일이 겹쳐 잠시 꿈결 같은 생활을 누렸다.

그러나 세월이 흐르며 현실을 자각하게 되자, 때마침 대당조 몰락의 전주곡이 시작되었다. 불길한 징조와 요괴의 소문이 잦아들고, 천하가 어수선해지는 조짐이 사방에 나타난 것이다. 그럼에도 천자는 간언을 들어주지 않았고, 오히려 기분을 상하게 하면 억울한 죄를 뒤집어씌워 충신들을 죽였다. 이를 본 오청수는 분연히 결심했다. 자신이 채필의 힘으로 천자의 미몽을 깨우고 국가를 태산처럼 안정되게 하리라. 그는 신혼 초의 아내 대부인에게 속마음을 털어놓았다. '여기서 한 번 천하를 위해 목숨을 바쳐 주지 않겠는가. 나 또한 곧 뒤따라 죽을 생각이다.' 그러자 그녀는 '당신을 위해서라면' 하고 기꺼이 응답했다."

"정말 멋지군요."

"순전히 중국식이지. 오청수는 비밀리에 목수와 미장이를 불러, 제도의 장안에서 수십 리 떨어진 산속에 화방을 지었다. 말하자면 아틀리에다. 구조는 특이해서 창문을 높게 내어 밖에서 엿볼 수 없게 하고, 방 한가운데에는 흰 천을 덮은 침대를 놓았다. 땔감과 채소, 방한·방충의 준비를 빠짐없이 갖추어 농성할 수 있게 한 뒤, 아내인 대부인과 함께 몰래 이사했다. 그리고 그해 11월 며칠이었는가, 부부는 다시 유계(엮: 제사 의식을 뜻함)에서 만나기로 약속을 굳히고, 이별의 잔을 나누며 애틋한 눈물을 흘린 뒤, 대부인은 재계 목욕을 하고 새로 화장을 고친 채 흰 옷을 입고 향이 피어오르는 가운데 침대 위에 누웠다. 오청수는 그 위에 올라타 목을 졸라 아내를 죽였다. 그리고 시체를 발가벗겨 사지를 곧게 펴고 향을 뿌린 뒤, 불로 태워 사령을 쫓아낸 후에야 종이를 펼치고 단청을 배합하여, 평생의 심혈을 기울여 극채색의 사생을 시작했다."

"와아… 대단한 일이 되었군요. 아까의 연기서와는 확실히 차원이 다릅니다."

"오청수는 이렇게 열흘마다 변해 가는 아내의 모습을, 백골이 될 때까지 약 스무 장 정도 그림으로 담아 두루마리에 기록해 현종 황제에게 바치려 했다. 그의 붓끝으로 인간 육체의 덧없음과 인생의 무상함을 눈앞에 드러내어 섬뜩하게 하려는 계획이었다. 그러나 방부제가 없던 시절이라, 겨울철이었음에도 썩는 속도가 점점 빨라졌다. 한 장면의 시작과 끝이 전혀 다른 모습이 될 정도였다. 결국 절반도 채 그리지 못한 채, 시체는 백골과 머리카락만 남고 말았다. 아마 과학 지식이 부족했던 탓에, 묻힌 시체가 썩는 속도를 기준 삼아 계획했을 수도 있다. 하지만 어쨌든 무시무시한 인내심이다."

"혹시 너무 추워서 불을 피워 방을 데운 탓은 아닐까요?"

"아, 과연. 난방 때문일지도 모르지. 영하 몇 도에서는 붓이 얼 테니까. 하지만 충의 일념에 사로잡혀 그런 오산을 예상하지 못했던 오청수의 당황과 경악은 짐작하고도 남는다. 새것 그대로의 아내를 희생시켜 추진한 사업이 눈앞에서 수포로 돌아갔으니, 통곡하며 일어설 수 없었을 것이다. 마침내 그는 이렇게 생각했다. '나는 이미 천하를 위해 윤리를 넘어섰다. 이제 다시 무엇을 돌아보랴.' 죽기 살기의 자포자기였다. 그래서 근처 마을로 나가 아름다운 여인을 찾아내어 '당신의 그림을 그려 드리겠다'고 속여 산속으로 데려와 때려죽여 모델로 삼으려 했다는 것이다."

"우와… 정말로 위험한 충군애국이군요."

"음, 이런 집념은 일본인에게는 없는 것이다. 그러나 무엇보다 오청수의 풍모가 대단했다. 뺨은 움푹 들어가고, 코는 뾰족하며, 눈빛은 용귀와 같았다. 덥수룩한 머리에 더러운 옷, 뼈가 드러난 처참한 몰골이었다. 여인이 그의 소매를 잡히면 모두 놀라 달아나 버렸다. 이런 일이 여러 달 반복되자, 그의 발자국은 온 사방에 남았고, 평판은 높아져 어느 마을에서든 발견되는 즉시 쫓겨났다. 다행히도 은신처는 아무도 몰라 목숨은 건질 수 있었지만, 그의 충의는 물러서지 않고 오히려 더욱 굳어졌다. 마침내 사람들은 그를 '음선(淫僧, 역: 서양 설화의 푸른 수염에 비견된 이름)'이라 불렀다."

"헤에… 하지만 그 음선은 참 불쌍하군요."

"그런데도 음선 선생은 조금도 굴하지 않았다. 이번에는 방침을 바꾸어 부녀자의 새 무덤을 찾아, 밤에 몰래 무덤을 파헤쳐 시체를 끌어내어 산속으로 가져가려 했다. 그러나 속담에도 '죽은 사람을 짊어지려면 세 사람 힘이 필요하다'고 할 만큼, 경직이 풀려 흐물거리는 시체는 중심이 없어 짊어지기가 몹시 어려운 법이다. 그는 붓밖에 쥐어본 적이 없는 연약한 팔로, 상처가 생기지 않도록 조심하며 필사적으로 시체를 짊어지고 갔다. 이리저리 떨어뜨리고 고쳐 안으며 헐떡이는 동안 날이 밝아, 농부들의 눈에 띄고 말았다.

예전부터 음선 선생의 소문을 들어온 농부들이 이것을 보고 얼마나 놀랐겠는가. 틀림없이 극악무도한 악인이라 여겨 와글와글 쫓아왔고, 결국 그는 시체를 포기한 채 산속으로 숨어야 했다. 계절은 이미 초봄이었는데, 이삼일 동안 그의 등에는 여전히 그 시체의 차가움이 남아 아무리 불을 피워도 이가 맞부딪혀 멈추지 않았다고 한다."

"정말 병에 걸리지 않은 게 신기하군요."

"음, 감기 정도는 걸렸을지도 모른다. 하지만 골똘히 생각하는 인간의 체력은 초자연적인 저항력을 발휘하는 법이다. 하물며 오청수의 충지는 빙설보다도 격렬했다고 한다. 화방 안에 4, 5일 동안 틀어박혀 있다가 기분을 가다듬은 그는 제2의 모험을 감행하기 위해 몰래 산을 내려왔다. 이번에는 전과는 다른 방향의 마을로 향해 괭이 하나를 훔쳤다. 그러다 숲 속 묘지에 숨어들자, 뜻밖에도 초승달 빛에 비친 흙무덤 앞에서 꽃을 바치고 있는 여인을 보게 되었다.

이 밤늦게 기묘한 일이라고 생각하며 다가가 보니, 그 여인은 먼 기루(옛: 기생이나 예기를 두던 집)에서 도망쳐 나온 기녀 같았다. 봄옷은 흐트러지고, 흙무덤 위에 엎드려 '당신은 왜 나를 버리고 죽었습니까'라고 울부짖고 있었다. 사랑하는 이를 잃은 원망이었다. 충의에 사로잡힌 오청수는 이 절절한 애정에 마음이 흔들렸지만, 끝내 스스로를 돌처럼 굳게 하여 그 여인의 등 뒤로 숨어들었다. 그러고는 괭이로 일격을 가해 두개골을 부수고, 준비한 밧줄로 손발을 묶어 등에 짊어졌다. 괭이는 내던지고 도망치려는 순간, 등 뒤 숲속에서 사람 소리가 들려왔다. 여인의 뒤를 쫓던 남자들인 듯 거칠게 몰려들며 '스와, 저놈이 음선이다', '살인마다다', '시체 도둑이다'라고 외치며 앞뒤를 포위했다.

오청수는 분노에 치를 떨었다. 시체를 내던지고 '내 천업을 방해하는가'라고 외치며 괴력을 발휘해 달려든 자 둘셋을 묘지에 내동댕이쳤다. 그리고 괭이를 주워 남은 자들을 때려눕히고 쫓아냈다. 그 틈에 기녀의 시체를 다시 어깨에 메고 쿵쿵 산으로 달아나 화방까지 도망쳤다. 그는 시체를 정화한 뒤 대부인의 잔해 대신 침상 위에 안치하고, 향을 피워 시귀를 쫓으며 다시 불을 지펴 썩기를 기다렸다.

그러나 이틀, 사흘이 지나자 화방 사방에서 연기가 솟아오르고 함성이 터져 나왔다. 무슨 일인가 하고 창문을 열어보니, 화방 주위에는 장작이 산처럼 쌓여 있었고, 농부와 관리들이 구름처럼 몰려들어 불을 지를 기세였다. 누군가 몰래 그의 뒤를 밟아 화방을 발견하고, 인원을 동원해 불태워 쫓아내려 한 것이었다.

그때 오청수는 미완성 두루마리 한 권과, 대부인의 머리카락 속에서 나온 귀비의 하사품—야광주, 다이아몬드, 청옥의 구슬, 수정관 같은 보물 몇 점을 몸에 지니고 목숨을 걸고 산속으로 숨어들었다. 그러나 추격을 피하며 천신만고 끝에 수개월을 떠돌았고, 겨우 1년 만인 11월 며칠, 마침내 도읍에 도착했다. 그는 비틀거리며 자신의 집 문을 들어섰다. 이미 생사를 초월한 듯, 황홀히 헤매며 무엇을 위해 돌아왔는지도 알 수 없었다."

"하아… 정말 불쌍하군요, 그 부분은."

"음, 마치 살아 있는 혼령과 같았다. 집에 들어서니 북풍이 마른 가지를 꺾어 차가운 뜰에 흩뿌리고, 기둥은 기울고 기와는 떨어져 처참한 풍경을 만들고 있었다. 오청수는 그 속을 지나 자신의 방으로 갔다. 그러나 아내의 모습은커녕 까마귀 그림자조차 없었다. 비단 장막 안에는 마른 잎이 흩날리고, 산호 베개 머리맡에 불러도 대답이 없었다. 눈물이 쏟아지듯 흘러내리며 만감이 몰려왔다.

그는 결국 휘장의 끈을 잡아 난간에 걸고, 아내의 유물을 품은 채 스스로 목을 매려 했다. 그런데 그 순간, 뜻밖에도 옆방에서 새빨간 옷을 입은 아름다운 여인이 달려 나와 '당신!' 하고 외치며 그에게 달려들어 안겼다."

"네? 그건 대체 누구입니까."

"잘 보니 그것은 자신이 목 졸라 죽여 백골로 만든 대부인으로, 게다가 신혼 초의 농염한 차림이었다."

"어이쿠, 대부인을 죽인 것이 아니었습니까?"

"자, 잠자코 들어라. 여기가 가장 흥미로운 대목이니까. 오청수는 완전히 당황해 '으음…' 하고 중얼거리며 눈을 부릅뜨고 쓰러졌다. 그러나 대부인의 유령에게 간호를 받아 겨우 숨을 돌린 뒤 다시 눈을 뜨고 보니, 또 놀라운 광경이 눈에 들어왔다. 방금 전까지만 해도 신혼 초의 붉은 옷을 입고 있던 대부인이, 이번에는 옛 궁녀 시절의 가련한 모습으로 돌아가 있었다. 하얀 치마를 길게 끌며, 머리칼은 구름 같고 맑고 깨끗함은 새 꽃과 같았다. 나이도 열여섯, 열일곱쯤 되어 보이는 순진무구한 소녀였다."

"이상하군요. 그런 일이 가능합니까?"

"음, 오청수도 자네와 같은 의문을 품었던 듯하다. 또다시 정신이 아득해질 뻔했지만, 가까스로 정신을 붙잡고 '어째서 여기에…'라고 중얼거리며 그 소녀를 안아 올려 머리끝부터 발끝까지 살펴보았다. 그러자 그것은 대부인이 아니라, 여동생으로 쌍둥이 자매의 한쪽인 훈코 아가씨였다."

"뭐야, 역시 그랬군요. 하지만 참 재미있군요. 연극 같아서."

"어디까지나 중국식이지. 오청수는 사정을 알아차리고도 입을 다물지 못한 채 멍하니 서 있었고, 그 앞에서 무릎을 짚은 훈코 아가씨가 얼굴을 붉히며 말했다. '정말로 미안한 짓을 했습니다. 얼마나 놀라셨을까요. 사실 저는 오래전부터 혼자 이 집에 살며 언니가 남겨둔 옷을 입고 언니로 변장해, 매일 형부 곁에서 시중드는 흉내를 내왔습니다. 형부는 매일 방에 틀어박혀 대작을 그리고 있다고 소문을 퍼뜨리고, 식료품은 두 사람 몫으로 계산해 사들였으며, 때로는 물감이나 붓 같은 것을 사러 나가며 이웃을 속였으므로, 사람들은 모두 '천하대란 속에서도 침착하게 그림을 그리는 대단한 사람'이라며 감탄했을 정도입니다. 저는 이처럼 고심하며 두 분의 집을 지키고, 언니와 형부의 귀환만을 기다리며 1년을 보냈습니다. 그런데 오늘 장을 보고 돌아와 보니 방 안에 인기척이 있고, 누군가 울고 있었습니다. 엿보니 형부께서 목을 매려 하고 계셔서 깜짝 놀라 그 모습 그대로 안아 드렸습니다. 그리고 기절하신 형부를 간호하는 동안, 느슨해진 품속에서 두루마리 꾸러미와 언니가 소중히 하던 보석과 장식이 굴러 나왔습니다. 더구나 형부는 잠꼬대하듯 '대여, 용서해 다오. 너 하나는 죽이지 않겠다'고 울며 중얼거렸습니다. 그제야 언니가 형부 손에 죽었음을 알았고, 형부께서 저를 언니의 유령으로 착각하신다는 것도 깨달았습니다. 그래서 형부의 망설임을 풀어 드리기 위해 서둘러 언니의 옷을 갈아입었습니다. 하지만 형부, 대체 왜 언니를 죽이신 겁니까. 그리고 지난 1년 동안 어디서 무엇을 하고 계셨습니까.' 그렇게 눈물을 흘리며 따졌습니다."

"하아… 그런데 말이죠. 그 훈코라는 여동생은 왜 그런 기괴한 짓을 한 걸까요. 언니의 옷을 입고 형부에게 시중드는 흉내라니."

"음, 당연한 의문이지. 오청수도 같은 생각을 했을 것이다. 하지만 그는 여전히 말을 잇지 못하고 멍한 얼굴로 훈코 아가씨를 내려다보기만 했다. 그러자 훈코 아가씨가 눈물을 닦고 고개를 끄덕이며 다시 말을 이었다. '맞습니다. 제가 지금 말씀드린 것만으로는 의심이 풀리지 않으실 겁니다. 이야기를 차근차근 말씀드리겠습니다. 그것은 작년 연말의 일이었습니다. 언니가 궁중을 떠난 뒤 저는 의지할 곳 없는 외로움과 불안에 시달리며 하루하루를 보냈습니다. 그러던 중, 작년 이달 오일, 언니 부부께서 아무 소식 없이 행방을 감추셨다는 말을 듣고 얼마나 놀랐고 슬펐는지 모릅니다. 밤새 잠을 이루지 못하고 울며 생각하다가, 다음 날 양귀비님으로부터 잠시 휴가를 받아 두 분의 행방을 찾을 요량으로 이 집을 찾아왔습니다. 환관 두 명과 청소부를 돌려보낸 뒤 집안을 조사해 보니, 언니는 결혼식 때 썼던 장식 빗을 반으로 부러뜨려 흰 종이에 싸 넣어 둔 것을 발견했습니다. 죽을 각오를 하고 떠난 듯했습니다. 하지만 형부 쪽에서는 그런 흔적이 없었고, 오히려 그림 도구들을 모두 챙겨 간 흔적뿐이었습니다. 뭔가 깊은 사정이 있다고 생각해 저는 이 집에 머물며 언니로 변장해 형부와 함께 지내는 것처럼 보이게 했습니다. 형부께서는 어려서부터 그림을 시작하면 며칠이고 방에 틀어박혀 지내셨다고 들었기에, 이웃이나 손님을 속이는 데도 편리했습니다. 제가 이런 기묘한 짓을 한 까닭은 두 분의 행방을 찾는 가장 좋은 방법이라고 생각했기 때문입니다. 두 분은 이름난 부부였으므로, 만일 다른 곳에서 목격한 자가 있으면 제게 곧바로 의심이 쏠릴 것이고, 그러면 두 분의 행방도 알 수 있으리라 믿었습니다. 여자 혼자 몸으로 타국을 떠돌며 찾는 것보다 훨씬 확실한 방법이라 여겼습니다.'"

"오, 그 여동생은 제법 명탐정 같군요."

"음, 언니와 달리 다소 왈가닥스러운 구석이 있는 듯했지만, 훈코 아가씨는 말을 이어갔다. '하지만 제 계획은 거의 효과가 없었습니다. 이 집에 들어온 지 열흘도 지나지 않아 천하는 대혼란에 빠졌고, 병마가 도성에 가득 차 밖에 나갈 수도 없게 되었으니까요. 돈도 바닥나고 집도 황폐해졌습니다. 어쩔 수 없이 저는 부엌에서 자며, 제 몸에 있는 것은 물론이고 형부 부부의 가구와 의복까지 팔아 연명했습니다. 마지막으로 남은 것이 언니의 신혼 초 붉은 옷 한 벌과 제가 입던 궁녀 옷 한 벌이었습니다. 붉은 옷은 형부가 저를 언니로 믿게 하려 외출 때 입었고, 궁녀의 옷은 제 소중한 추억이 담긴 것이었지만, 양귀비 시대의 스타일이라 밖에 입고 나가면 의심을 받을 수 있어 잠옷으로만 입고 있었습니다. 저는 1년이라는 긴 세월 동안 이렇게 버티며 두 분의 귀환을 기다렸습니다. 그런데도 형부는 왜 언니를 죽이셨습니까. 또 무엇 때문에 이 집으로 돌아오신 겁니까. 언니가 없는 지금, 저도 함께 죽여 주십시오.' 하고는 와락 울음을 터뜨렸습니다."

"꽤 언니를 생각하는 여동생이군요."

"무슨 소리. 처음부터 오청수에게 마음이 있던 거다."

"네? 어떻게 아십니까?"

"행동거지가 수상하지 않은가. 처녀가 유부녀 흉내를 내며 1년 가까이 폐가 같은 집에 틀어박혀 있었다니, 단순히 의리나 호기심만으로는 할 수 없는 일이다. 그 사이에 남몰래 품은 희망이나 즐거움이 있었던 게지. 게다가 언니의 신혼 초 붉은 옷을 입고 돌아다닌다니, 아무리 봐도 중국 일류의 과감한 변태 성욕 아닌가. 아마도 현종 황제 시대, 빈방에서 울던 궁녀들의 분위기에서 영향을 받은 걸지도 모른다."

"하지만 본인은 그렇게 생각하지 않았지 않습니까?"

"물론 그렇다. 그런 자각을 할 나이가 아니었지. 특히 여자는, 어떤 섬세한 이치라도 자기 나름대로 꾸며내 자기 도취에 빠져들 수 있는 법이다. 마음이 순수하고 머리가 좋을수록 변태 심리는 더욱 구별하기 어려운 거다. 하지만 보는 눈만 날카로우면, 갓난아이에게서도, 석가나 공자, 그리스도에게서도 여러 가지 변태 심리를 발견할 수 있지."

"놀랍군요. 그런 겁니까."

"아직도 놀라운 이야기가 남아 있다. 지금까지 말한 이야기의 이면에 숨은 게 있는데, 그건 나중에 설명하겠다. 자, 이야기가 길어졌으니 줄여서 말하자면, 훈코 아가씨는 그 무렵 오청수에게 다가가 모든 사정을 털어놓았다. 그리고는 현실의 증거라며, 언니의 죽은 모습을 그린 두루마리 그림을 펼쳐 보였다. 그 모습에 그녀는 단장과 고리, 경악을 오래도록 금치 못했지만, 결국 형부 부부의 충용과 의열에 감격해 통곡하며 말했다. '푸른 하늘이여, 어찌 이리도 무정한가. 형부는 모르시겠지만, 형부가 언니의 시신을 사생하기 시작한 작년 11월은 안록산이 반란을 일으킨 달입니다. 천보의 연호도 그해로 끝났고, 지금은 안록산의 세상인 지덕 원년입니다. 천자님과 양귀비님도 올해 6월 마외(역: 당 현종이 피란 도중 머문 곳)에서 살해당했습니다. 모처럼의 충의도 허사가 된 겁니다. 그러니 이제 저와 함께 도망쳐 주십시오.' 하고, 아슬아슬하게 그를 설득했다."

"무모한 여자군요. 또 죽임을 당할 뻔했군요."

"아니, 이번엔 달랐다. 오청수가 전부를 걸고 덤빈 일이 사실상 아무 의미가 없었다는 걸 훈코의 말로 처음 알게 된 거다. 그는 아메리카를 잃은 콜럼버스처럼 털썩 주저앉아 망연자실한 채, 정신이 급격히 무너져 말도 못하게 되었다. 구식 표현으로 하면 심리의 급변에서 오는 자가장애라는 거다.

그 모습을 본 훈코는 더욱 가슴 아파하며 하늘을 원망하고, 안록산의 간악함을 저주했다. 동시에 이 충신을 지켜 현종 황제와 양귀비의 명복을 빌며 일생을 마치겠다고, 옥처럼 맑은 결심을 굳혔다. 그녀 스스로는 겸손히 고백했지만, 실은 큰 자랑이었다."

"설마."

"아니, 틀림없다. 나중에 다시 설명하겠다. 훈코는 오청수가 품에 간직한 언니의 유품, 곧 보옥들을 팔아 치우고, 그림만 남겨 몸에 지닌 채, 요괴 같은 몰골의 오청수의 손을 잡고 여러 곳을 떠돌았다. 그해 연말쯤에는 배를 타고 강을 따라 내려가 바다에 나갔다. 그러나 폭풍우가 며칠이나 이어져 마침내 단 두 사람만 살아남아 절해에 표류했다. 십수 일쯤 흘렀을까, 어느 맑은 새벽, 동쪽 수평선 위로 화려하게 장식된 큰 배가 깃발을 아침 햇살에 반짝이며 남하하는 것이 보였다. 그들은 간신히 손짓해 구원받았다. 그 배 안에서 정성스러운 간호를 받게 되었는데, 바로 일본의 가라쓰(역: 지금의 사가현 가라쓰)에서 나니와(역: 지금의 오사카) 항으로 향하던 발해국 사절단의 배였다. 발해국은 당시 지금의 만주 지린 근처에 있던 독립국으로, 종종 이렇게 일본에 조공을 바치러 오곤 했다는 사실은 정사에도 기록돼 있다."

"왠지 동화 같아졌군요."

"음, 왠지 몽환적인 분위기가 역시 중국식이군. 훈코 씨의 눈물 어린 사정을 들은 배 안 사람들은 발해사 일행을 비롯해 모두 깊은 동정을 보냈다. 누구나 오청수의 처지를 가엾게 여기고, 훈 부인의 신상에도 연민을 느껴 정성껏 보살피며 일본으로 데려가기로 했다. 그러나 그 도중, 배 안이 잠든 한밤중 달빛이 얼음처럼 차갑게 비치는 사이, 오청수는 바다에 빠졌는지 하늘로 사라졌는지,

스물여덟의 나이에 흔적도 없이 사라져 버렸다.

그때 훈 부인은 열아홉 살이었다. 함께 뒤를 따르려 미친 듯 번민했지만, 이미 오청수의 아이를 잉태한 몸이었고 출산이 임박했기에, 사람들의 만류로 겨우 마음을 접을 수밖에 없었다. 이윽고 배 안에서 옥 같은 사내아이를 낳았다."

"결국 잘된 셈이군요."

"음, 배 안에서도 죽은 자가 나와 모두 불길한 기운에 휩싸였는데, 출산이 있었다 하니 기뻐하지 않을 수 있겠나. 사람들은 각자 축하 선물을 내주고 성대한 명명식을 열었다. 발해사 일행 중 한 학자가 이름을 지어 주었으니, 아이의 이름은 '오충웅'이었다. 그렇게 앞날을 축복한 뒤, 가라쓰에서 상륙해 토지 호족 마쓰우라 아무개에게 맡겼다. 훈 부인은 그 유래를 이 두루마리에 손수 기록해 자손들에게 전했다. 경사스러운 일이었다."

"그렇다면 그 명문은 훈 부인이 쓴 것이군요."

"아니, 글씨는 분명 여인의 필체이지만, 문장은 매우 치밀해 여자가 쓴 것 같지는 않다. 곳곳에 운을 맞춘 구절과 숙어의 사용을 보면, 일본인의 솜씨 같지도 않다. 아마 이름을 지어 준 발해사가 훈 부인의 이야기에 감동해 배 안에서 심심풀이 삼아 초안을 짓고, 훈 부인이 옮겨 적은 것이 아닐까 한다. 와카바야시는 이 글씨가 미륵상 밑바닥에 새겨진 글자와 비슷하다며, 쇼쿠라는 승려가 직접 들은 이야기를 옛 문서와 대조해 쓴 것이 아니냐고 주장하지만, 육필과 조각은 필체가 전혀 다른 경우도 많으니 믿을 수 없다."

"어쨌든 가라쓰 항에서는 큰 화제가 되었겠지요. 훈 부인의 사정이."

"물론이다. 크게 세간의 동정을 불러일으켰을 것이다. 일본인들이 충용과 의열담을 특히 좋아하지 않는가."

"그렇군요. 그런데 문득 생각났는데, 그 쇼쿠라는 승려가 두루마리를 미륵상에 봉안하고는 '남자는 가까이해서는 안 된다'고 했다고 전해지는데, 그건 무슨 이유입니까?"

"그게 바로 이 이야기의 핵심이다. 나아가 오늘날 다이쇼 시대의 메이노하마 사건의 근본 문제와도 이어진다. 간단히 말하면, 그 쇼쿠라는 승려는 지금으로부터 천 년 가까운 옛날부터 이미 심리 유전이라는 개념을 알고 있었던 것이다."

"오, 그렇게 오래전부터 심리 유전이라는 학문이 있었다니."

"있었던 정도가 아니다. 너무 많아서 곤란할 정도였다. 우주 만물의 모든 잡동사니는 저마다의 심리 유전과 싸우며 식물, 동물, 인간으로 진화해 왔고, 거기에 사로잡힌 자일수록 자유를 잃은 하등한 존재가 되는 것이다. 그러니 지금 당장 심리 유전에서 벗어나, 해방된 푸른 하늘의 인간이 되라고 외친 것이 그리스도였다. 오블라트(역: 얇은 밀 전병)에 싸서 던져 준 것이 공자였고, 맛있는 과자로 만들어 북과 종을 울리며 벌레약 팔 듯 떠들썩하게 퍼뜨린 것이 부처였다. 그런 가르침의 '맛있는 부분'만 빼내 '심리 유전' 같은 그럴싸한 이름으로 팔아 잉여 가치를 노리는 것이 바로 이 나라다. 하하하하. 뭐, 그건 그렇고, 쇼쿠라는 승려는 천태종인 듯하니 아마 법화경을 읽고 이 이치를 깨달았을 것이다.

이 두루마리만 보면 과거, 현재, 미래 삼세의 인과와 인연을 단번에 깨달을 수 있었다. 오청수의 자손이 이것을 보면 유전 심리가 자극받아 조상의 행태를 그대로 흉내 내는 것도 무리가 아니다. 위험하고, 불쌍한 일이지. 그래서 세계 마지막에 나타난다는 미륵보살의 상을 새겨 그 안에 봉인하고 '남자는 보지 말라'고 단단히 금지해 둔 것이다. 그러나 보지 말라고 하면 더 보고 싶어지는 것이 사람의 인정이라는 것. 오청수의 자손 중 하나가 미륵상의 목을 뽑아 두루마리를 꺼내 본 모양인데, 그가 모두 미쳐 날뛰기 시작한 셈이다.

거기에서 나타난 인물이 바로 쿠레 고테이의 미도리야 쓰보타로였다. 그는 선학 같은 수단으로 이 심리 유전의 작용을 간파하고, 두루마리를 불태워 없애려 했다. 그러나 아까웠던지, 겉으로만 태운 척하고 원래 자리에 되돌려 봉안해 버렸다. 그렇게 얼버무린 두루마리가 다시 현대의 물질만능 시대에 나타나 무서운 비극을 불러온 것이다. 대략의 줄거리는 이렇다."

"하아, 이제 조금 알 것도 같습니다. 하지만 두루마리를 보고 미치는 게 남자에게만 국한된다는 건 왜 그렇습니까?"

"음, 대단하다, 대단해. 정말 좋은 질문이다."

마사키 박사는 그렇게 말하며 갑자기 테이블을 손바닥으로 쳤다. 나는 깜짝 놀라 고쳐 앉으며 가슴이 두근거렸다. 그러나 마사키 박사는 아랑곳하지 않고 말을 이었다.

"아니, 대단하다, 대단해. 이 사건의 흥미로운 클라이맥스는 바로 거기에 있다. 자네, 완전히 심리 유전학의 대가가 되어 버렸구나."

"어째서입니까."

"어째서냐고 묻지 마라. 자, 이 두루마리를 펼쳐 보아라. 지금 네 의문은 한꺼번에 풀릴 것이다. 물론 동시에 네가 진짜 쿠레 이치로라면, 오청수의 자손으로서 심리 유전적 몽유가 흔들리기 시작할지 시작하지 않을지, 혹은 자신이 누구이고 어떤 내력으로 이 사건에 휘말리게 되었는가 하는 과거의 기억을 줄줄이 되살릴지 되살리지 않을지, 아니면 '이 두루마리는 이전에 언제 어디서 누구에게 보여 준 적이 있다'는 이 사건의 흑막을 번쩍 떠올릴지 떠올리지 않을지. 와카바야시와 나, 어느 쪽이 이길지 질지. 그리고 마지막으로, 네 장래가 어떤 인연 아래 저 아름다운 영애와 함께 가정을 꾸려야만 하는가. 이런 숨막히는 중대한 문제가 이 두루마리를 보면 동시에 한꺼번에 해결될지도 모른다. 하하하하하하."

　마사키 박사는 이렇게 단숨에 말하고는 입 안 가득 하얀 틀니를 드러내며 크게 웃어 보였다. 그리고 눈앞의 신문 꾸러미를 무심히 끌어당겨 휙휙 펼치자, 안에서 직사각형의 흰 나무 상자가 나왔다. 이번에는 정중한 손놀림으로 그 뚜껑을 열고, 지름 3촌, 길이 6촌가량의 울금색 무명 꾸러미를 꺼내 상자 가장자리에 얹은 뒤, 그 위로 살며시 뚜껑을 덮어 내 앞으로 밀어 주었다.

　느슨해져 있던 내 신경은 마사키 박사의 높은 웃음소리가 파동처럼 울리는 속에서 순식간에 팽팽히 긴장되었다.

　놀리는 것인가, 위협하는 것인가, 암시를 주는 것인가, 아니면 단순한 농담인가. 전혀 짐작할 수 없는 그 웃는 얼굴을 바라보는 동안, 나는 그가 무섭고 전율스러운 마법사처럼 보이는 것을 어쩔 수 없었다. 그러나 동시에, '고작 두루마리 한 권 때문에 남자가 미쳐 날뛴다는 게 있을 리 없지. 아무리 끔찍한 그림이라 해도 결국 색과 선의 조합일 뿐이다. 각오하고 있는 이상 무서울 게 있겠는가. 좋아, 보자.'라는 반항심이 치밀어 올랐다.

　나는 되도록 냉정한 태도로 상자를 끌어당겼다. 그리고 나무 뚜껑과 울금색 무명을 풀자, 다시금 긴장되는 마음을 억누르며 두루마리의 겉모습부터 살폈다.

　두루마리의 축은 아름다운 녹색 돌을 팔각형으로 다듬은 것이었는데, 너무도 빛나서 나도 모르게 손가락으로 매만져 볼 정도였다. 표지의 천은 얼핏 보면 직물 같지만, 가까이 들여다보니 보일 듯 말 듯한 가는 색실과 금은실로 얇은 비단결 위에, 한 치 남짓한 인물 무리들을 한 마리씩 색을 달리해 빈틈없이 수놓아 놓은 것이었다. 귀한 물건임이 절실히 느껴졌다. 천 년 전의 것이라 했지만 반짝반짝 새것처럼 보이는 것은 정성스레 보관되어 온 덕분일 것이다. 그 한구석에는 작은 책 모양의 금지가 붙어 있었지만, 아무 글자도 남아 있지 않았다.

"그게 문제의 누이쓰부시(옉: 일본 자수 기법)라는 수놓음이다. 쿠레 이치로의 어머니 치요코는 그것을 본보기 삼아 공부했을 게 틀림없다."

마사키 박사는 내던지듯 말하며 옆으로 몸을 돌려 시가를 피우기 시작했다. 하지만 나도 막 그런 생각을 떠올린 참이었으므로 놀라지 않고 고개만 끄덕였다.

상아 주걱이 묶인 암갈색 끈을 풀고 두루마리를 조금 펼치자, 자흑색 종이에 금물감으로 오른쪽 위에서 왼쪽 아래로 흐르는 물결 무늬가 그려져 있었는데, 대단히 우아한 필치였다. 나는 그 푸른빛 평면 위에 떠 있는 꿈결 같은, 혹은 연기 같은 부드러운 금빛 소용돌이에 매혹되어, 아무 생각 없이 오른쪽에서 왼쪽으로 두루마리를 펼쳐 나갔다.

그러다 갑자기 눈앞에 5촌쯤 되는 하얀 종이 면이 쑥 나타나자, 나는 무심결에 "앗" 하고 소리 낼 뻔했다. 하지만 목소리는 소리가 되기도 전에 목구멍 속으로 사라져 버렸다. 두루마리를 양손에 잡은 채 꼼짝도 할 수 없었다. 숨 막히게 가슴이 두근거렸다.

거기에는 나체 상태인 부인의 잠든 얼굴이 있었다. 가는 눈썹, 긴 속눈썹, 고운 하얀 코, 작은 붉은 입술, 맑고 깨끗한 턱. 그것은 저 6호실의 미친 소녀가 잠든 얼굴과 꼭 닮아 있었다. 검고 커다란 꽃잎 모양으로 묶어 올린 머리칼이 구름처럼 겹겹이 뭉게져 있었고, 귀밑머리의 곡선과 머리카락이 난 자리의 흐트러짐까지, 그대로 저 6호실 소녀의 잠든 모습을 사생한 것처럼 보였다.

하지만 이때의 나에게는 '왜'라는 의문을 품을 겨를조차 없었다. 그 잠든 얼굴, 아니, 잠들어 있는 듯한 표정 아래에서 미묘한 색감과 선의 흐름에 의해 드러나는 죽은 자의 용모가 지닌 아름다움. 그 말로 다할 수 없는 매력의 깊이에 온 영혼이 빨려들어가 빼앗겨 버려, 금방이라도 그 눈이 번쩍 뜨이는 것은 아닐까, 그리고 아까처럼 "앗, 오라버니."라 외치며 달려들지는 않을까 하는, 있을 수 없는 예감에 모든 신경이 휘감겨 있었던 것이다. 눈도 깜빡이지 못하고, 침조차 삼키지 못한 채, 그 붉은빛이 어른거리는 뺨과 푸른빛이 감도는 산호색 입술 주변만을 응시하고 있었다.

"하하하하하. 바보처럼 굳어 있군. 어때, 대단하지 않나. 오청수의 필력이."

두루마리 건너편에서 마사키 박사가 가볍게 말을 던졌다. 하지만 나는 여전히 몸을 움직일 수 없었고, 겨우 끊어질 듯한 갈라진 목소리로 대답할 수 있을 뿐이었다.

"이 얼굴은… 아까의 쿠레 모요코와…."

"똑같지."

마사키 박사는 즉시 받아쳤다. 그 순간 나는 겨우 두루마리에서 눈을 떼고 박사의 얼굴을 바라볼 수 있었는데, 그 얼굴에는 동정인지 자랑인지 비꼼인지 알 수 없는, 묘한 웃음이 가득 떠올라 있었다.

"어때, 재미있지 않나. 심리 유전이 무서운 것처럼 육체의 유전도 무서운 것이다. 메이노하마의 한 농가에서 태어난 쿠레 모요코의 눈, 코, 입이 천백여 년 전 당 현종 시대, 화청궁리의 모습과 똑같다니, 조화의 신조차 잊고 있었던 모양이다."

"…."

"역사는 반복된다고 하지만, 인간의 육체나 정신도 이렇게 반복하며 진보해 가는 것이다. 물론 이건 특별한 예지만 말이지. 쿠레 모요코는 훈 부인의 심리를 몽유처럼 반복하는 동시에, 언니인 대 부인이 남편 오청수의 손에 목 졸려 죽은 그 심리까지도 되살리고 있는 듯한 흔적이 있다. 아마도 두 사람의 조상 중에는 철저한 마조히즘 성향을 지닌 여자가 있었고, 그 혈맥이 다시 드러난 것일지도 모른다. 또는 오청수를 그리워한 훈 부인의 열정이, 사랑하는 남자의 손에 죽은 언니의 운명을 오히려 부러워할 만큼 고조되어 있었을 가능성도 있다. 하지만 그렇게까지 깊이 파고들지 않더라도, 이 두루마리 한 권이 오청수와 대훈 자매의 부부애의 극치를 드러내고 있다는 사실은 명확하다. 어쨌든 끝까지 펼쳐 보아라. 쿠레 이치로의 심리 유전의 정체가 드러날 테니."

나는 그 말에 이끌리듯 반쯤 무의식적으로 두루마리를 왼쪽으로 펼쳐 나갔다.

그러자 순서대로 흰 종이 위에 드러나는 극채색의 밀화를, 실감 난다는 것 외에 어떤 과장도 덧붙이지 않고 묘사하면, 그것은 머리를 오른쪽에 두고 양손을 옆으로 뻗은 채 비스듬히 이쪽을 향해 누워 있는 죽은 미인의 전신(약 1척 2~3촌 크기) 나신으로, 주위가 텅 빈 흰 종이라 공중에 떠 있는 듯 보였다. 그것이 일정 간격을 두고 여섯 구 차례로 이어져 있었는데, 모두 거의 같은 자세로 누운 모습이면서 처음부터 끝으로 갈수록 모습이 점점 변해 가고 있었다.

첫 번째 그림은 죽은 지 오래되지 않은 듯 피부가 눈처럼 희고, 뺨과 귀에는 붉은 기가 은은히 떠 있었다. 길게 찢어진 눈과 짙은 속눈썹을 내리깐 얼굴은 온순하고, 푸른빛이 감도는 입술은 단정히 다물려 있어, 마치 남편을 위해 죽은 신성한 기쁨이 빛나는 듯 보였다.

두 번째 그림에서는 피부색이 붉은빛이 감도는 보랏빛으로 변하고, 전체가 약간 부어 보였다. 눈가에는 검은 그림자가 드리우고 입술은 거무스름해져, 전체적으로 무겁고 섬뜩한 인상이 되었다.

세 번째 그림에 이르러서는 얼굴의 이마, 귀 뒤, 복부 등이 붉거나 희게 썩기 시작했고, 눈은 희미하게 열려 빛나며 하얀 이가 드러나기 시작했다. 피부는 끔찍한 암자색으로 변했고, 배는 북처럼 부풀어 번들거렸다.

네 번째 그림은 온몸이 검푸른빛으로 가라앉았으며, 썩은 부분은 갈색과 탁한 흰빛이 뒤섞여 있었다. 젖은 흘러내려 갈비뼈가 드러나고, 배는 허리뼈 부근이 찢어져 내장의 일부가 코발트빛으로 드러났다. 얼굴은 안구 전체가 노출되어 있고, 입술은 흘러내려 하얀 이가 드러나 귀신 같은 표정을 하고 있었다. 머리카락 속에는 장신구와 빗이 흩어져 있었다.

다섯 번째 그림은 더욱 참혹하여, 안구는 쪼그라들고 이가 귀밑까지 드러나 냉소하는 듯했다. 배 속의 내장은 검게 썩어 넝마처럼 줄어들어 납작해졌고, 갈비뼈와 손발의 뼈가 하얗게 드러났다. 치골만 털이 남아 솟아 있어 남녀의 구별조차 사라져 있었다.

마지막 여섯 번째 그림은 푸르스름한 갈색의 골격에 검은 살이 해초처럼 붙어 있는 난파선 같은 모습으로, 원숭이인지 사람인지 알 수 없는 머리가 이쪽으로 기울어져 있었다. 입은 하얗게 드러난 채 크게 벌어져 있었다.

나는 거짓말을 기록할 수 없다. 나중에 떠올려도 부끄럽기 그지없지만, 마지막 그림으로 갈수록 나는 더욱 서둘러 눈을 돌려 보았다.

물론 이 두루마리를 처음 펼칠 때까지만 해도 일종의 반항심 속에 침착한 태도를 유지하고 있었다. 그러나 죽은 미인의 그림이 나타나자마자 그런 기분은 sp흩어져 버리고, 두루마리를 펼쳐 나가는 손길이 점점 빨라지는 것을 스스로 자각하면서도 도저히 억누를 수가 없었다. 그럼에도 눈앞의 마사키 박사에게 웃음거리가 되어서는 안 된다고 생각해, 필사적으로 숨을 죽이며 가능한 한 침착하게 보려고 애썼지만, 마침내는 도저히 버티지 못해 여섯 번째 그림쯤에서는 거의 눈앞을 스쳐 지나갔을 뿐이라 해도 좋았다.

그림에서 뿜어져 나오는 끝 모를 기운과 신경을 자극하는 악취에 휘말려, 거의 질식할 듯한 기분 속에 간신히 마지막의 유래기의 서두에 닿았을 때, 나도 모르게 '후' 하고 정신을 차렸다. 이어지는 4~5척 길이의 빽빽한 한문은 형식적으로만 훑었고, 결국 맨 끝에 쓰인 글귀를 두세 번 반복해 읽었다.

"대왜조(역: 일본의 옛 국호) 덴표호지 3년 계해 5월, 서해 화국 마쓰라가타 하마사키 역에서. 대당 한림학사 방구련의 둘째 딸 훈이 쓰다."

나는 이 글귀를 몇 차례 곱씹은 뒤 겨우 마음을 가라앉히고, 원래대로 두루마리를 감아 상자 옆에 내려놓았다. 그리고 긴장된 신경을 진정시키려 의자에 등을 기대고 양손으로 얼굴을 가린 채 눈을 감았다.

"어때, 놀랐겠지? 하하하하하. 이만큼 그려도 여전히 부족하다고 생각했던 오청수의 심리가 이제 알겠나?"

"……."

"상식적으로는 황제를 놀라게 하기엔 여섯 장의 죽은 미인상만으로도 충분하다. 대부분은 그 절반만 보아도 무너진다. 그런데도 오청수가 끊임없이 새로운 여자의 시체를 구해 그렸다는 것은, 그의 심리가 병적으로 타락했음을 보여 주는 증거다. 자신이 그린 부패한 미인의 그림에 저주받아 정신이 무너진 것이다. 그 심리를 알겠나, 자네는?"

박사의 말이 고막에 쩌렁쩌렁 울려오는 동안, 나는 눈을 세게 감고 양손으로 눈꺼풀을 눌렀다. 그 붉게 물든 어둠 속에서 방금 본 죽은 미인의 첫 번째 그림이 희미한 빛을 띠며 떠올랐다. 그리고는 곧 두 번째, 세 번째 그림이 차례대로 왼쪽에서 오른쪽으로 미끄러지듯 나타났다. 그러나 다섯 번째, 죽은 지 50일쯤 지난 듯한 웃음을 머금은 희끄무레한 얼굴에서 딱 멈춰 버렸다.

나는 나도 모르게 몸서리를 쳤고, 휙 눈을 떴다. 어느새 마사키 박사가 의자를 돌려 정면에서 팔짱을 낀 채 나를 똑바로 보고 있었다. 순간 박사는 검은 입술 사이로 틀니를 번뜩이며 비웃는 듯 미소 지었고, 동시에 양쪽 붉고 얇은 귓불을 위로 씰룩 움직였다. 나는 그만 섬뜩해 눈을 떨궜다.

"우후후후후후. 섬뜩했지? 우후후후후. 당연히 섬뜩할 만하지. 저 쿠레 이치로도 처음 이것을 보았을 때는 너와 똑같이 몸서리쳤음에 틀림없다. 마치 태고의 생물이 썩어 석유가 되어 지층 밑에 남듯, 쿠레 이치로의 심리 밑바닥에 숨어 있던 조상의 일념이 이 두루마리를 본 순간 섬뜩함과 함께 불붙은 것이다.

그 불꽃은 단숨에 모든 현실 의식을 지워 버릴 만큼의 대광명으로 타올라, 과거도, 현재도, 미래도, 해와 달과 별의 빛마저 삼켜 버렸다. 결국 그는 자신이 오청수와 같은 심리, 즉 오청수 그 자체가 될 때까지 섬뜩함에 사로잡혔던 것이다. 메이노하마의 채석장에서 붉은 석양을 등지고 서서 두루마리를 감으며 한숨을 내쉬던 쿠레 이치로는, 그 순간 더 이상 옛날의 쿠레 이치로가 아니었다. 오청수의 열렬한 욕구를 온몸의 세포에 불러일으킨, 단지 어떤 청년의 기억력과 판단력, 습관의 잔해일 뿐이었다.

쿠레 이치로가 발광한 이후 오늘날까지 오청수와 같은 심리로 살아온 것은, 이 유래기에 기록된 오청수의 심리 변천과 쿠레 이치로의 정신병적 상태의 경과가 전혀 다르지 않음을 보아도 분명히 드러난다. 아니, 두 사람의 행동에 나타난 심리의 추이를 병리학적으로 관찰해 보면, 쿠레 이치로는 천 년 뒤의 오청수임에 틀림없다."

나는 또 다른 기분으로 섬뜩해져 고쳐 앉았다.

"이 놀랍고 기괴한 현상을 이해하려면, 우선 쿠레 이치로와 오청수가 어떤 순서로 뒤바뀌어 갔는가 하는, 그 정신병리적인 단계를 밝혀야 한다. 평이하게 말하면, 아무리 수재라 해도 중학 졸업 이후 한문을 전혀 공부하지 않았다는 쿠레 이치로가, 순수한 한문의 백문으로 4~5척에 걸쳐 **빽빽하게** 기록된 이 유래기를, 발광할 만큼 심각한 수준으로 어떻게 읽어낼 수 있었겠는가, 라는 점부터 의심해야 한다. 어때, 알겠나…… 그 이유가."

나는 마사키 박사의 눈빛 속 깊은 빛을 응시한 채, 마른 목구멍에 침을 억지로 삼켰다. 어째서 이제야 눈치채지 못했을까 하고 스스로 놀라면서.

"알 수 없을걸. 알 수 없을 거다. 쿠레 이치로가 자기 학력으로 이 유래기를 읽었다고 생각하면 누구라도 이해할 수 없게 된다."

"그럼, 누군가 읽어 주었다……."

말이 채 끝나기도 전에 나는 깜짝 놀라 몸을 떨었다.

누군가. 누군가가 곁에 있었다. 방금 내가 들은 것과 똑같은 설명을 해 준 자가 있었다. 있었다. 그놈이. 그놈이. 그놈이…….

이렇게 생각하는 사이, 한순간 높아졌던 심장의 고동이 딱 멎어 버렸다. 동시에 마사키 박사의 엄숙하던 눈빛이 점차 부드러워지는 것이 보였다. 굳게 닫혀 있던 입술은 이내 풀리며 나를 불쌍히 여기는 듯한 미소로 바뀌었다. 그리고 그때 무심한 듯 내던지듯 한마디가, 시가 연기와 함께 흘러나왔다.

"'여우에 씐 자, 떨어지면 원래의 무필이다.'라는 센류(역: 일본의 짧은 풍자시)를 아는가, 너는."

나는 당황했다. 갑자기 옆얼굴에 보이지 않는 무언가를 얻어맞은 듯한 기분이 들어 잠시 눈을 깜빡였다.

"그런 센류는 모릅니다."

"흠. 그 구절을 모르면 센류를 안다고 할 수 없지. 야나기다루(역: 일본의 센류 선집) 중에서도 으뜸가는 명구다."

마사키 박사는 이렇게 말하며 코끝에 빛을 내비치고, 한쪽 무릎을 의자 위에 쑥 올려놓았다.

"그, 그것이 어쨌단 말씀입니까?"

"어쨌다는 게 아니야. 이 센류가 나타내는 '심리 유전'의 원리를 이해하지 못한다면, 셜록 홈스나 아르센 뤼팽 같은 명탐정이 나와도 이 의문은 풀 수 없을 것이다."

차갑게 내뱉은 마사키 박사의 입에서 작은 연기 고리 하나가 빙글빙글 돌며 솟아올라 내 머리 위로 사라졌다. 나는 또다시 눈을 깜빡였다.

여우에 쒼 자. 떨어지면. 떨어지면 원래의 무필. 원래의 무필…….

마음속으로 몇 번이고 되뇌었지만, 아무리 곱씹어도 알 수 없는 말은 끝내 알 수 없었다.

"와카바야시 선생은 알고 계십니까, 그 이치를?"

"내가 설명해 주었다. 그는 고맙게 여겼지."

"네……? 무슨 까닭으로?"

"무슨 까닭이라니. 바로 이거다. 알겠나."

마사키 박사는 유유히 의자 등받이에 몸을 기대고 다리를 길게 뻗었다.

"이 센류는 '여우에 쒼 것'이 곧 심리 유전의 발작이라는 점을 분명히 보여 준다. 즉 여우에 쒼 자는 발작이 일어나는 동안 짐승 같은 몸짓을 하거나, 밥통에 얼굴을 박고, 마루 밑에 기어들어가 자려 하거나, 눈알을 치켜뜨는 등의 행동을 보인다. 이는 아주 오래전 조상의 동물적 심리가 되살아난 것이기에 '여우에 쒼 자'라 불린다. 그런데 동시에, 이 여우에 쒼 자들은 그런 성질과 함께 몇 대 전 조상의 인간적 기억이나 학력까지 발휘하는 경우가 많다. 평소 글자를 전혀 모르던 자가 여우에 씌이면 갑자기 술술 읽고 쓰거나, 조상의 재능과 지식을 드러내 사람들을 놀라게 하는 예가 많아 이런 센류에까지 읊어지고 있는 것이다."

"아ㅡㅡ. 그렇게 세세한 부분까지 조상의 기억이 이어진단 말입니까."

"그렇기 때문에 심리 유전이라 이름 붙인 것이다. 무학의 흙백성이 여우에 씌이면 시를 짓거나 노래를 읊고, 심지어 의사 흉내를 내 병을 고치기도 한다. 조금 이상하게 들리겠지만 심리 유전의 원칙으로 보면 당연한 일이다. 특히 이 두루마리는 그림이 먼저 그려져 있으므로, 그것을 보고 있는 동안 쿠레 이치로는 흥분하여 거의 오청수의 기분이 되어 버렸다. 그러는 동안 조상 대대로 반복해서 발광할 만큼 깊이 읽어 온 유래기의 기억까지 불러일으켰으니 어렵지 않다. 범양의 진사 오청수의 학력이, 마치 자기 경력을 줄줄 외운 자가 다시 읽는 것과 같아서, 백지를 들이대도 틀리지 않고 읽을 수 있는 셈이지."

"놀랐습니다. 과연 그렇군요."

"이것이 제1단계의 암시였다. 다음 제2단계로 쿠레 이치로를 혼미하게 한 것은 여섯 구의 죽은 미인상에 담긴 사상이다."

"사상이라면, 역시 오청수의."

"그렇다. 심리 유전의 시작은 오청수의 충군애국으로 출발하여 결국 자살로 끝나는 것으로 되어 있다. 하지만 그것은 유래기에 드러난 표면의 사실일 뿐이다. 그 이면을 한 걸음 더 깊이 들여다보면, 오청수의 충용의열은 어느새 변태적 성욕으로 바뀌어 가는 과정이 뚜렷하게 드러난다. 마치 목재가 건류되어 알코올로 변해 가는 것처럼."

"……."

"물론 이 경과를 자세히 설명하자면 1, 2년 강좌로도 부족하다. 다만 내가 어젯밤 불태워 버린 『심리 유전론』의 마지막에 부록으로 실으려 했던 개요만 말하자면 이렇다. 오청수가 이 일을 시작한 동기는 언뜻 보면 천하를 위한다는 신성무비하고 충성스러운 것처럼 보인다. 하지만 그건 피상적인 관찰일 뿐이고, 그 후의 경과로 미루어 연구해 보면 그 신성하고 충성스러운 표면 뒤에는 예술가다운 변태 심리가 여러 갈래로 숨어 있었다. 본인인 오청수조차 그것을 깨닫지 못했다. 그렇게 생각하지 않으면, 이 두루마리의 존재 이유에 남는 불합리함을 도저히 설명할 수 없게 된다."

"이 두루마리의 존재 이유라니요."

"그렇다. 두루마리에 그려진 그림과 유래기에 적힌 사실을 꼼꼼히 비교해 보면, 이 두루마리의 존재 자체가 의심스러워진다. 여섯 구의 부패 미인상만으로도 천자를 간언하는 목적은 충분히 달성된다. 여인의 육체미가 얼마나 덧없고 무상한가를 깨닫게 하는 데에는 이미 족하다. 논보다 증거지. 네가 조금 전 훑어보았을 때조차 섬뜩해진 것만 봐도 알 수 있지 않은가."

"그렇군요."

"그렇지. 여섯 번째의 마른 뼈 같은 모습 뒤에 또 한 장, 백골의 그림을 덧붙였더라면 그 두루마리는 이미 충분히 완성되었다고 할 수 있다. 그리고 남은 여백에 간언의 글이나 고심담을 적어 올리고, 스스로는 나중에 자결이라도 했다면, 기가 약한 문화 천자의 간담을 서늘하게 하기에 십분 충분했을 것이다. 하지만 그는 그렇게 하지 않았다. 여전히 만족할 줄 모르고, 필요 없는 새로운 희생을 찾아 헤맸다. 대부인의 유해가 백골이 될 때까지 조용히 기다리기만 했어도 완성할 수 있었던 두루마리를, 미완성인 채로 후세에 남겼다. 그리고 그것을 쿠레 가문을 저주하는 무서운 심리 유전의 암시 재료로 삼았다. 더 나아가 천백 년 뒤, 오늘 우리의 학술 연구의 재료로까지 남게 될 인과 인연을 만들어 낸 것은 왜였을까."

나는 자신도 모르게 깊은 한숨을 내쉬었다. 마사키 박사의 이야기는 기묘한 매혹을 띠고, 내 안에서 점점 미치광이 같은 불가사의한 의심을 불러일으키고 있었다.

"어때, 이상하지 않나. 사소한 문제 같아 보여도 결코 가벼운 문제가 아니다. 더 생각하면 할수록 알 수 없게 될 것이다. 하하하하하. 그래서 나는 말하는 거다. 이 문제를 풀려면 결국 오청수가 이 두루마리 제작을 처음 떠올린 심리적 기원으로 돌아가야 한다. 그때의 오청수의 심리를 해부하고, 그 모순의 원인이 된 최초의 씨앗을 찾아야 한다. 게다가 그것은 어려운 문제가 아니다."

"……."

"즉, 당시 오청수의 심리적 껍질을 덮고 있던 '충군애국(忠君愛國)의 관념'이라는 표면적인 의식을 벗겨내면, 그 밑에서 먼저 드러나는 것은 불타는 명예욕이다. 그 아래에는 불길 같은 예술욕. 또 그 밑바닥에는 비등점을 넘어선 애욕과 성욕. 이 네 가지 욕망이 철저하게 한데 뭉쳐 초인적인 열을 발산하고 있었다. 결국 오청수의 '위대한 충군애국 정신'의 정체란, 실은 고귀한 듯 보이면서도 저급하고, 심각한 변태 성욕의 집합에 지나지 않았다는 것이 뚜렷하게 드러나는 것이다."

나는 나도 모르게 손수건으로 코를 스쳤다. 마치 내 내면이 해부당하고 있는 듯한 불쾌한 기분이 밀려왔기 때문이다.

"구체적으로 말하면 이렇다. 시인 이태백이 현종 황제의 음탕과 영화에 영합하는 시를 지어 총애를 받아 천하의 대시인으로 떠오른 것을 본 오청수는 이렇게 생각했다. '좋다. 그렇다면 나는 그 정반대의 방식으로 이름을 남겨 주겠다. 내 필력으로 전대미문의 괴화를 그려 천하 후세를 진동시키리라.' 이것이 젊고 천재적인 예술가에게 흔히 나타나는, 고조된 명예욕이다. 또한 오청수는 자신의 남자다움과 천재성을 숭배하며, 신부에게서 몸과 마음을 모두 바친 신혼의 행복에 취해 있었다. 그는 겨우 몇 달 만에 온갖 방식으로 사랑하고 사랑받는 경험을 다 맛보았다. 그리고 더 이상의 감격은 오직 사랑하는 여인을 극도로 잔혹한 방법으로 학대하는 데에서만 얻을 수 있다는 욕구에 사로잡히기 시작했다. 이것이 바로 천재적 청년, 특히 예술가가 빠지기 쉬운 초자연적인 애욕과 성욕이다. 그리고 또 하나, 예술적 열정의 극치는 그것을 파괴하는 데 있다. 추악한 내용을 밑바닥까지 드러내고, 그것을 냉정히 관찰하는 데 있다. 이 네 가지 욕망이 백열된 초점을 형성해 모두 이 계획 속에 집중되었던 것이다. 게다가 오청수는 이 강렬한 욕구를 '순충순성(純忠純誠, 엮: 순수한 충성과 순수한 정성)의 욕망'으로 착각하고 있었을 것이다. 그런 심리 상태의 이면을 단적으로 보여주는 증거가 바로 이 두루마리의 그림이다. 썩어가는 미인의 모습 말이다."

내 눈앞에는 또다시 조금 전 본 죽은 미인의 환영이 나타날 것만 같았다. 나도 모르게 양손으로 눈을 비비고는, 코앞에 놓인 두루마리에 시선을 떨어뜨렸다. 표장 안에 빛나고 있는 황금색 당사자 무늬 하나를 뚫어지게 노려보며, 나오지 마라 하고 속으로 주문을 걸듯이.

"그 죽은 미인의 썩어가는 모습을 차례차례 세심하게 그려 가는 동안, 오청수는 뭐라 형언하기 어려운 쾌감을 느끼기 시작했다. 그림의 처음에서 끝까지 점점 더 정밀하고 예리해져 가는 필치를 보아도 알 수 있듯이, 인체라는 최고의 자연미, 색과 형태의 정제된 조화를 표현한 미인의 벗은 몸이 조금씩 빛을 잃고, 흐려지고, 혐오스럽게 변하며, 마침내 무너지고 난잡하게 문드러지는 동안에 나타나는 색과 형태의 무한한 변화와 추이는, 실로 경이로운 구경거리였을 것이다. 그는 그 과정에서 '미의 붕괴'라는 교향곡을 눈앞에 바라보며 조용히 종이에 담아내는 심정으로 붓을 움직였으니, 이는 한 나라의 멸망사를 기록하는 역사학자의 감상과는 도저히 비교할 수 없는 것이었을 것이다. 오청수는 충성도, 명예도, 애욕도, 성욕도, 예술욕도 빠짐없이 쏟아 부은 채, 무아의 몰입 속에서 이 쾌감과 미감을 맛보았음에 틀림없다. 그리고 그 잔해가 마침내 백골로 변해 더는 달라질 여지가 없게 되었을 때, 결연히 붓을 던지고 일어섰다. 다시 한 번 그 쾌미감을 맛보고 싶은 열렬한 갈망에 영혼을 떨며 방황했다. 게다가 오랜 금욕 생활에 눌려 쌓인 성욕이 강렬한 자극으로 치받고 있었음도 분명하다. 그 자극은 피로하고 예민해진 신경에 의해 굴절되고, 분석되고, 변형되고, 분리되면서 신랄하고 극단적인 흥분으로 변해 오청수의 온몸을 휘감고 있었을 것이다. 그 뒤틀리고 미친 성욕의 변태적 습성과 통렬한 기억은 그의 세포 하나하나에 각인되었음이 틀림없다."

쓸쓸하고 음울하며 한층 소름끼치는 마사키 박사의 목소리는 여기서 잠시 끊겼다.

나는 눈앞의 사자 무늬 자수가 눈의 피로로 인해 흐려져 보이는데도, 여전히 시선을 떼지 못하고 바라보았다. 그 희미한 색조 속에 단 하나 떠 있는 풀빛에 왠지 모르게 마음이 끌려 귀를 기울이고 있었다.

"이렇게 충성도, 애국도, 명예도, 예술도, 부부애도, 무엇 하나 빠짐없이 넘어선 채, 오직 극도의 변태적 성욕의 자극만으로 살아가던 오청수는, 1년 만에 집으로 돌아왔을 때 또다시 일종의 변태 성욕에 사로잡혀 있던 처녀, 곧 의붓여동생 훈에게 붙잡혀 치명적인 충격을 받았다. 그 강렬한 자극으로 인해 마지막까지 버티던 변태 성욕이 연료와 함께 꺼져, 결국 텅 빈 치매 상태가 되어 버린 것이다. 그러나 그는 오랜 뒤틀린 성욕과 그에 얽힌 끔찍한 기억을 가득 품은 채 자신의 씨앗을 후세에 남기고 죽었다. 그 씨앗은 살아났다 죽기를 거듭하며 밝음과 어둠의 세월을 지나, 쿠레 이치로에 이르러 다시금 각성의 기회를 잡았다. 쿠레 이치로의 세포 밑바닥에 숨어 전해지던 심리 유전, 곧 조상 오청수와 대대로 되풀이된 변태 성욕과 그 기억은, 여섯 구의 죽은 미인상을 보고서 선명하게 깨어난 것이다.

즉, 두루마리를 본 이후의 쿠레 이치로는 '쿠레 이치로의 모습 속에 있는 오청수'였다. 천 년 전 오청수의 욕구와 기억이 현재 쿠레 이치로의 현실적 의식과 포개져 살아난 것이다. 그것이 곧 몽중유행 이후의 쿠레 이치로의 존재였다. '빙의'라든가 '영적 착신'이라든가 불리는 현상도 정신병리학적으로는 이외의 방식으로 설명할 수 없을 것이다."

"……."

"이토록 심각하고 통렬한 변태 성욕의 자극 앞에서는, 쿠레 이치로 자신에게 속한 모든 기억과 의식은 아무 가치 없는 그림자에 불과했다. 지금까지 그를 지배해 온 현대의 이성과 양심 대신, 천 년 전 천재 청년의 강렬하고 분방한 욕망이 그의 내면을 차지했다. 그리고 그 기억 속에 단 하나, 아름다운 모요코, 곧 천 년 전 희생이었던 대부인의 모습이 뚜렷하게 되살아났다."

"……."

"천 년 후에 되살아난 오청수의 변태 성욕의 유령은, 현대 청년의 판단력이나 기억, 습관을 빌려 무궤도적인 활약을 시작했다. 메이노하마의 채석장을 나오자마자 날듯이 서둘러 집으로 돌아가 모요코와 무언가 약속을 했던 것이다. 아마 본채 덧문의 걸쇠를 안쪽에서 빼 두거나, 창고의 열쇠나 양초 같은 것을 준비하는 일이었을 것이라고 추측된다. 그리고 쿠레 이치로는 집안이 잠들기를 기다려 본채로 숨어들어가 살며시 모요코를 불러 깨웠다. 그런데 모요코는 이때까지 신랑의 요구가 지닌 진짜 의미를 알지 못했던 듯하다. 쿠레 이치로 또한 막상 닥친 순간까지는 일부러 진실을 밝히지 않고, 고압적인 명령의 형태로만 열심히 다가갔던 듯하다. 그러니 모요코도 설마 그토록 무서운 계획일 줄은 알지 못하고, 단순히 부끄러운 일이라 생각하며 주저하고 있었던 것으로, 이는 도쿠라 센고로의 증언에 나온 전후 상황으로 짐작된다. 그러나 온순한 성품의 모요코는 결국 신랑의 명령을 따르기로 했고, 그것을 오청수의 심리를 가진 쿠레 이치로가 양초 불빛을 의지해 창고 2층으로 유인해 올렸다. 이렇게 사건은 이어졌다. 자, 그 현장에 관한 조사 기록을 열어 보라."

"……."

"그래, 바로 그거다. 1층 바닥에 촛농이 떨어져 있었다는 기록 말이다. 그 100모메(역: 일본식 무게 단위, 약 375g) 양초의 불빛 앞에서 신랑과 마주 앉은 모요코는, 처음으로 두루마리를 들이대며 '이 두루마리를 완성하기 위해 죽어 달라'는 의미의 열렬한 요구를 받았음에 틀림없다. 게다가 그림 속 인물이 눈, 코, 입부터 나이까지 자신과 똑같은 나체 소녀의 부패상이라는 사실을 본 순간, 창자 밑바닥까지 떨리며 그대로 졸도해 가사 상태에 빠져 버린 것으로 생각된다. 조사 기록에서도 '저항, 고통의 흔적 없음'이라든가 '의식 상실 후에 교살'이라는 문구가 분명히 그 사실을 암시하고 있지 않은가."

"뿐만 아니라 모요코가 이후 저 6호실에서 보여 준 행동을 보아도, 정도는 깊지 않지만 자기와 같은 여성 조상인 화청궁리(역: 당 현종과 양귀비의 온천 별궁) 쌍협 자매의 심리 유전을 재현해 내고 있었다. 그렇다면 그 가사 상태에 빠진 순간이야말로, 창고 2층에서 쿠레 이치로가 1000년 전 오청수의 몸짓과 행동을 몽유처럼 되풀이했을 때, 모요코 또한 대·훈 자매로부터 이어받은 마조히즘적 욕망과 기억이 고스란히 환기된 찰나였다고도 짐작할 수 있지 않겠는가."

"……."

"단, 이렇게 말하면 이상하게 들릴지도 모르지만, 심리 유전의 발작과 소멸 전후에 가사 상태나 무의식, 혼수 같은 현상이 동반되는 사례는 예로부터 수많은 기록과 전설에 남아 있다. 따라서 정신과학적으로 연구하는 입장에서는 조금도 이상한 일이 아니다. 옛날 사람들은 이를 '신들림', '신기', '신상'이라 불렀으며, 심한 경우 기간이 너무 길어 정말 죽은 줄 알고 묻었는데, 무덤 속에서 되살아난 자가 있었다는 기록조차 적지 않다. 예컨대 노가쿠(역: 일본 전통 가극) '우타우라'에 나오는 이세 신관 와타라에라는 인물은 사흘 동안 흙 속에서 고생하다 백발이 되어 기어나왔다고 전한다. 이런 전설은 정신과학적으로 설명하면 전기의 스위치를 한쪽에서 다른 쪽으로 바꿀 때 생기는 순간의 암흑 상태 같은 것이라 할 수 있다. 물론 기분 변화의 강약이나 체질, 성격에 따라 시간의 길이는 달라지지만, 보통은 갑작스러운 충격으로 인한 졸도와 이어지는 전 기능의 정지 뒤에 이윽고 숨을 되찾으며 완전히 다른 사람처럼 행동을 시작한다. 즉 심리 유전의 몽유 발작이 시작되는 것이다. 반대로 이미 그런 발작을 겪어온 사람이 같은 암흑 상태를 지나 제정신으로 돌아오는 경우도 있다. 여우에 씐 자 같은 사례가 비교적 얕은 발작에 속하기 때문에 무의식 상태도 짧게 끝나는 것이다.

또한 이 가사 상태 동안의 영양 작용이나 신진대사 같은 것은 와카바야시가 이미 쿠레 모요코를 모델로 충분히 연구해 두었을 것이고, 나도 흉내 정도는 낼 수 있지만 지금 이 이야기의 핵심에는 직접적으로 필요하지 않으니 생략하겠다. 어쨌든 쿠레 모요코가 가사 상태에 빠진 직접적인 원인은 쿠레 이치로의 몽유 행위에서 비롯된 암시였다는 점을, 와카바야시의 조사 기록 문구가 말하지 않아도 암묵적으로 드러내고 있음을 알 수 있다. 나 또한 두 손을 들어 찬성하지 않을 수 없다."

"……."

"또한 이것은 어디까지나 내 개인적인 상상이지만, 지금까지의 쿠레 가문에는 모요코처럼 여성 조상인 대·훈 두 부인으로부터 이어진 심리 유전을 드러낸 부인의 이야기가 하나도 남아 있지 않은 듯하다. 이 두루마리를 숨겨 남에게 보이지 못하게 한 쇼쿠라(역: 일본 승려)도, 쿠레 가문의 중흥조인 고테이도 이 점에는 전혀 주의를 기울이지 않았던 것 같다. 그러나 이는 곧, 이 두루마리가 내포한 변태 심리의 암시가 남성에게만 유효하다는 사실을 방증한다. 동시에 그에 자극받은 남성들의 심리 유전 발작이 상대 여성의 심리 유전에 영향을 미칠 가능성은 애초에 상상조차 되지 않았기 때문이다.

하지만 이번 경우는 달랐다. 남남인 것이 아니라, 천재일우의 기회이자 기적 중의 기적이었다. 상대인 모요코의 모습이 두루마리 속 주인공과 한 치의 오차도 없었기 때문에, 쿠레 이치로의 심리 유전은 지금까지 유례 없는, 거의 완벽에 가까운 암시에 지배될 수 있었다. 따라서 그의 일거수일투족, 한마디 한마디가 오청수의 동작과 오차 없는 반복으로 이어졌고, 그 결과 모요코의 심리 유전까지도 예기치 않게 자극된 것이 아닐까 한다. 이는 상상만은 아니다. 조사 기록이 뒷받침하는 상당한 근거가 있다. 즉 기록에 따르면, 쿠레 이치로는 죽은 듯 쓰러져 있던 모요코의 목을 일부러 서양 수건으로 졸랐다고 되어 있다. 이는 단순히 여자를 죽이는 목적이 아니었다는 뜻이다. '죽어 있어도 좋다. 여자의 목을 졸라 느끼는 특이한 쾌감이 필요하다.'는 강박적 욕망 때문에 그런 짓을 했던 것이다. 생각해 보라. 천 년 전 어떤 남자의 변태 성욕이 오늘날까지 세세한 부분까지 전승되어 발현되었다면, 이것만으로도 연구 재료로서 실로 흥미롭지 않은가."

"…"

"그런데, 이 발작이 끝난 후 쿠레 이치로는 모요코의 시체를 모델로 삼아 썩기를 기다렸다. 그 모습을 창고 창문에서 이모 야요코가 엿보았을 때, 쿠레 이치로는 태연하게 돌아보며 '이제 곧 썩습니다'라고 말했다. 이 말에는 우리가 듣기엔 천 년과 천 리를 초월한 시간과 공간의 모순이 포함되어 있지만, 쿠레 이치로 자신에게는 그 모든 것이 현재, 눈앞의 일이었다. 그가 모요코를 교살한 목적이, 단순히 조상 오청수의 초자연적인 심리적 만족 외에 다른 이유가 없었다는 것은, 모요코의 시체에 정교의 흔적이 없었다는 해부 결과만으로도 알 수 있다."

단숨에 이어진 끔찍한 설명이 겨우 끝나자, 나는 길고 떨리는 심호흡을 하고 얼굴을 들었다. 마사키 박사는 역시 위대한 정신과학자라는 존경심이 다시 일었고, 동시에 왠지 모르게 안도감도 느껴졌다. 그러나 곧 온몸에 차갑게 식은 땀이 맺히고 있다는 것을 깨달았다.

나는 다시 물었다.

"하지만 저 쿠레 이치로의 머리는… 나을 수 있습니까?"

"쿠레 이치로의 머리 말인가. 회복될 것이다. 난 확신한다."

마사키 박사는 이렇게 단언하며 비꼬듯 히죽 웃었다. 그 눈빛은 내 얼굴을 꿰뚫어보듯 어둡게 번뜩였다.

"저 쿠레 이치로의 머리가 회복되는 것은, 마침 네 머리가 회복되는 순간과 동시에일 거라고 생각한다."

나는 또다시 쿠레 이치로와 동일시되는 암시를 받은 듯 가슴이 철렁 내려앉았다. 게다가 두 사람의 병이 전혀 같은 경과를 밟고 회복되어 간다는 그의 말투 속에서 말할 수 없는 섬뜩함을 느꼈다. 그러나 애써 태연한 듯 손수건으로 얼굴을 닦으며 다시 물었다.

"하아… 하지만 꽤 어렵지 않겠습니까?"

"무슨 소리. 어렵지 않다. 발병의 원인과 경과가 방금 말한 대로 정신병리학적으로 분명하다면 치료법도 알 수 있다. 특히 이 쿠레 이치로처럼 원인이 명확한 정신 이상이 낫지 않는다면 내 정신병리학은 책상 위의 공론에 지나지 않는다."

"네? … 그렇다면 어떤 방법으로 치료합니까?"

"음. 적절한 암시라는 약을 임기응변으로 사용하는 것이다. 물론 주술이나 기도 같은 비과학적인 것이 아니다. 지금까지 이야기했듯 쿠레 이치로는 매독이나 결핵 같은 육체 질환의 영향으로 신경이 망가진 것이 아니다. 순전히 정신적인 암시 때문에 발광한 것이다. 즉 이 두루마리를 본 뒤 쿠레 이치로는 시간도, 공간도, 쿠레 이치로 자신도, 오청수도, 중국도, 일본도 모두 구분하지 못하게 되었다. 오직 중국 일류의 변태 성욕이 빚어내는 농후하고 심각한 자극, 그리고 그것이 일으킨 착각과 환각, 도착된 관념만으로 살아가게 된 것이다.

그 변태 성욕은 오청수가 천 년 전 겪은 과정을 그대로 되밟으며 변화해 갔다. 마침내는 단순히 '여자의 시체를 보고 싶다'는 욕망만이 남았다. 그래서 해방 치료장 안에서 그가 보인 몽유 상태는 바로 이런 모습이었다. 쿠레 이치로의 유전적 소인, 살인 망상광, 조발성 치매, 그리고 변태 성욕. 즉 천 년 전 오청수의 원령의 눈으로 보면, 세계 곳곳의 흙 속에는 여자의 시체가 가득 묻혀 있는 것처럼 보였던 것이다. 그래서 흙을 보면 괭이가 갖고 싶어졌고, 괭이를 손에 쥐면 죽기 살기로 땅을 파헤쳤던 것이다.

그러나 그렇게 시간과 공간을 초월한 변태 성욕의 원령에 따라 무의미한 노동을 반복하다 보니, 점차 지쳐 갔다. 성욕의 자극을 높이는 연료, 곧 정력이라 불리는 내분비 자극액은 격렬한 노동으로 소모되어 버렸기 때문이다. 마침내 그는 성욕의 자극을 느끼지 못하고, 지친 신경의 끝에서 단지 타성처럼 떠오르는 여자의 시체 환각에 이끌리며 괭이를 움직이는 비참한 상태로 빠져 있었다. 이제까지 모든 정신 작용을 압도하던 변태 성욕의 원령이 사라지기 시작하면서, 그 아래에서 '괴롭다, 견딜 수 없다. 왜 나는 이런 무의미한 노동을 계속하고 있는가'라는 제정신에 가까운 의식이 조금씩 되살아났다.

그래서 때때로 괭이를 멈추고 멍하니 주위를 둘러보기도 하고, 다시금 일을 시작하기도 했다. 바로 그 틈을 노려 내가 다가가 물었던 것이다. '그 여자의 시체가 묻힌 것은 언제의 일이냐.' 그 순간, '언제'라는 말의 암시가 그의 머릿속에 잊혔던 '시간'의 관념을 반사적으로 불러냈다. 이어서 '여기는 어디인가'라는 공간 인식도 움직이기 시작했고, '나는 지금까지 무엇을 하고 있었는가'라는 자기 의식도 되살아났다. 그제야 그는 불가사의한 쓸쓸함을 느끼며, 소중히 쥐고 있던 괭이를 힘없이 떨어뜨리고 자기 방으로 들어가 버렸다.

이것이 곧 유언장에 기록된 쿠레 이치로의 치료 순서다. 이른바 '광인의 해방 치료'라는 것은, 환자의 자유 행동에 드러나는 심리 상태를 관찰하고, 병의 경과를 살피며, 거기에 맞는 적절한 암시를 주어 치료해 가는 과정을 가리키는 것에 지나지 않는다."

"물론 이러한 치료법을 시도하려면 상당한 두뇌가 필요하다. 적어도 지금까지처럼 엉터리 병명을 붙이고 천박한 외과나 내과 요법을 흉내 내다가, 잘 듣지 않으면 묶어 올리거나 감금하는 식의 원시적인 치료를 반복하는 저급한 머리로는 불가능하다. 앞으로 세계에서 이루어져야 할 올바른 정신병 치료법이라는 것은 그런 애매한 것이 아니다.

즉 정신의 해부·생리·병리의 원칙을 심리 유전의 학리에 비추어 철저히 이해하고, 해방된 환자의 자유분방한 일거수일투족 속에서 심리 유전의 몽중유행 발작이 어떻게 추이하고 변화하는지를 구석구석 간파할 수 있어야 한다. 그리고 적절한 시기에 적절한 암시를 주어 환자를 한 걸음씩 올바른 시간과 공간의 관념, 곧 제정신으로 이끌어 갈 수 있는 예민한 두뇌가 필요하다. 아하하하하. 나도 모르게 자화자찬을 하고 말았군. 그런데 말이야."

그는 잠시 숨을 고르고 말을 이었다.

"이야기를 다시 되돌리자면, 그 후 한 달 동안 쿠레 이치로가 해방 치료장에 한 번도 나오지 않고 7호실에만 틀어박혀 있었던 것은, 그 사이 여러 의식을 회복하고 있었기 때문이라고 본다. 즉 시간의식, 공간의식, 자기 존재를 인정하는 의식이 내 암시를 계기로 차츰 되살아나기 시작한 것이다. '여기는 어디인가, 지금은 언제인가, 나는 누구인가, 왜 이런 곳에 갇혀 있는가.' 이런 의문들이 구름처럼 몰려들어 생각하고는 헤매고, 헤매고는 다시 생각하는 상태였다.

이 점은 내가 의원에게 특별히 명하여 쿠레 이치로의 매일의 언동을 빠짐없이 병상 일지에 기록하게 했으므로, 그 기록을 보면 그 헤매는 정도가 손에 잡힐 듯이 드러난다. 네가 아까 와카바야시 박사에게 읽게 된 안폰탄 포칸 박사의 길거리 연설 같은 것도, 사실은 내가 그때의 상황을 예로 들어 기자에게 설명했던 것일 뿐이다. 그래도 최근 들어서는 그의 머릿속 관념이 점차 하나의 초점으로 모여, 제정신에 가까워진 듯하다. '생각해도 알 수 없지만, 머지않아 알게 될 것이다'라는 일종의 체념과 안도감이 자리잡은 것 같다.

한 달 전, 그가 괭이를 버리고 자기 방으로 들어갔을 당시에는 꽤 심한 우울 상태에 빠져 있었다. 식욕이 크게 줄고 배설도 나빠져 체중까지 줄었지만, 이후 점차 회복되어 지금은 기후가 선선해진 탓도 있겠지만 오히려 예전보다 건강해졌다는 것이 병상 일지에 잘 드러나 있다. 그래서 현재 그는 영양 상태가 뛰어나고 정신도 밝아져 저렇게 빙그레 웃고 있는 것이다."

그는 말을 이어갔다.

"그리고 어제까지 방에만 있던 자가 불쑥 나타난 것은, 의식의 질서가 어느 정도 정리된 덕분일 수도 있고, 아니면 영양이 좋아져 다시 성욕이 되살아나 변태적 충동이 고조되었기 때문일 수도 있다. 어느 쪽인지는 조금 더 지켜봐야 알겠지만, 어쨌든 쿠레 이치로의 정신 회복은 또 한 번의 전환점을 맞이한 듯하다. 하하하하."

나는 그의 말과 웃음을 귀로 분명히 들으면서도, 창문 아래에서 다시 노래하기 시작한 광녀의 목소리와 함께, 눈은 오직 테이블 위 불타는 듯한 녹색만 바라보고 있었다.

"어떤 명탐정이 나와도 찾아낼 수 없는 정신과학 응용의 범죄. 네가 명탐정이 되어 이 사건의 진상을 찾아봐라."

마사키 박사의 이 말이 머릿속에서 메아리쳤다. 그 순간, 그의 말이 끊기며 무언가 찰각 하는 소리가 들렸다. 놀라 고개를 들어 보니, 마사키 박사 머리 위의 전기 시계가 10시 56분에서 57분으로 옮겨 간 소리였다.

"어때, 유쾌한 이야기지. 이 한 예만 보아도 지금까지의 정신병 학자들의 치료법이 얼마나 엉뚱한 짓이었는지를 알 수 있을 것이다. 동시에 내 해방 치료의 실험이 얼마나 훌륭하고, 학계의 공전…."

"잠깐만요."

나는 오른손을 들어 그의 폭포처럼 쏟아지는 말을 막았다. 해골 같은 얼굴을 빛내며 의기양양하게 앉아 있는 마사키 박사를 올려다보며 물었다.

"잠깐 기다려 주십시오. 그런데 선생님의 치료 실험은 정말로 순수한 학술 연구가 목적인 것입니까, 아니면…."

"물론. 물론 순수한 학술 연구다. 정신병의 치료는 이렇게 해야 한다는 것을 세계의 우매한 학자들에게 알려 주기 위해서다."

"아니, 그게 아닙니다. 제가 여쭙고 있는 것은…."

"뭐라고?"

마사키 박사는 불만스러운 듯 눈을 찌푸렸다. 어깨를 으쓱하며 의자에 거만하게 몸을 기댔다.

"제가 묻고자 하는 것은 이것입니다. 쿠레 이치로를 발광시킨 암시가 이 두루마리라는 사실은 아직 아무도 모르고 있는 것 아닙니까?"

"아, 그 이야기는 아직 하지 않았던가. 물론 아무도 모른다. 사법 당국조차도 마찬가지다. 전혀 문제 삼지 않고 있으니까."

마사키 박사는 다시 얼굴을 쓰다듬으며 코안경을 고쳐 썼다.

"앞서 말했듯, 이 두루마리는 쿠레 이치로의 이모 야요코가 창고 2층에서 가져와 숨겨 둔 것을 와카바야시가 빼앗아 내게 넘긴 것이다. 그러므로 와카바야시와 나 외에 이 그림을 본 자는 너뿐이다. 재판소나 경찰은, 야요코가 사건 현장 책상 위에 놓여 있던 두루마리 자리에 자기 휴지를 펼쳐 놓았으므로 완전히 속아 넘어가, 오히려 '미궁 파괴의 와카바야시 박사가 사건 설명에 곤란해 미신을 끌어들였다'며 웃고 있다고 한다. 그 무렵 신문 편집 여록 같은 난에도 폭로가 실렸던 것 같지만. 오히려 마을 사람들은 센고로 노인에게서 들은 두루마리 이야기를 두고 별별 말을 하고 있다. 이치로가 꿈의 계시에 따라 채석장에 갔더니 두루마리가 바위 그늘에 놓여 있었다든가, 그때가 마침 해질녘의 '악마의 시간'이었다든가. 또 미신을 믿지 않는 자들은, 누군가 모요코에게 반해 이루지 못한 사랑의 원한으로 옛 전설을 흉내 내어 이치로에게 장난을 쳤는데, 그것이 절묘하게 들어맞은 것이라고 말하기도 한다."

"앗."

나는 갑자기 외치며 일어설 뻔했다. 큰 테이블 끝에 양손을 짚고 뚫어지게 마사키 박사의 얼굴을 바라보았다. 마사키 박사도 내 외침에 놀랐는지, 내뱉으려던 연기를 볼에 머금은 채 눈을 동그랗게 떴다.

내 호흡과 가슴의 두근거림은 숨 막힐 듯 순식간에 높아졌다.

알았다. 알았다. 마사키 박사가 무심코 내뱉은 듯한 한마디가 사건의 진상을 번쩍 내 머리에 스쳐 지나가게 했다.

나라는 인간은 사건 기록에는 나오지 않지만, 역시 오청수의 피를 이은 쿠레 이치로와 똑같은 청년임에 틀림없다.

두 박사는 치요코가 한 명의 아이만 낳았다는 시체 해부 결과에 따라 그런 사실을 부정하고 있는 듯하지만, 어쩌면 그것은 나를 이 실험에 쓰기 위한 하나의 트릭에 지나지 않을지도 모른다. 진실한 내 과거는, 사실 쿠레 이치로와 쌍둥이로 태어나 어릴 적 어떤 이유로 헤어진 그 한쪽일지도 모른다.

그리하여 나는 남몰래 고향에 돌아와 모요코를 사랑하고 있었다. 혹은 쿠레 이치로와 똑같이 생긴 것을 이용하여, 진짜 쿠레 이치로에게 들키지 않으려 기묘하게 얽히며 2인 1역을 연기하고 있었던 것일지도 모른다. 그러는 동안 쿠레 가문에 얽힌 불가사의한 인연 이야기를 알게 되었고, 결국 쿠레 이치로의 결혼식 전날에 이런 잔혹한 짓을 저질렀다. 그것이 바로 나였던 것이다.

하지만 나 역시 오청수의 심리 유전을 이어받고 있었기에, 쿠레 이치로와 동시에 혹은 전후하여 같은 발광에 빠졌고, 결국 진짜 쿠레 이치로와 뒤바뀌어 버렸다. 어느 쪽이 누구인지 본인들조차 알 수 없게 되어 버린 것이다.

마사키와 와카바야시 두 박사는 바로 그것을 구별하려 하고 있는 것이다. 피해자와 가해자를 감별하기 위해 고심하고 있는 것이다.

그렇다. 그렇게 생각하니 의문의 근본이 환히 풀렸다. 그렇다. 틀림없다. 그것 말고는 이 모든 불가사의를 설명할 방법이 없다.

아아, 나는 역시 이 사건의 신비의 정체였던가. 아아, 이 내가.

나는 한순간에 이런 생각에 사로잡혀 겁에 질려 떨고 있었다. 그 얼굴을, 의자 위에 거만하게 앉아 여전히 미소를 머금은 마사키 박사가 바라보고 있었다. 그리고 내 호흡이 겨우 진정되자, 그는 일부러 놀란 얼굴을 지어 물었다.

"어떻게 된 거야. 갑자기 일어서거나 해서."

나는 헐떡이며 대답했다.

"만약 제가, 쿠레 이치로에게, 이 두루마리를 보여 준 본인이라면…."

"아하하하하하하. 와하하하하하하하하."

마사키 박사는 내 말을 다 듣기도 전에 크게 웃으며 거만하게 앉아 있었다.

"하하하하. 네가 가해자고 쿠레 이치로가 피해자인가. 이거 재미있군. 탐정소설이라면 고금의 명트릭이겠지. 사실 나도 어쩌면 그럴 수도 있다고 생각했다. 아하하하. 하지만 말이야, 만약 그 정반대였다면 어떻게 될까? 이 사건은."

"네, 정반대…?"

"하하하. 네가 억지로 가해자의 미움을 받는 역할을 맡지 않아도 되지 않겠나. 어차피 너와 쿠레 이치로는 똑같으니까. 내 손끝 하나로 가해자든 피해자든 어느 쪽으로도 돌릴 수 있다. 같은 일이라면 차라리 피해자 쪽으로 돌려주는 편이 이 사건에서는 이득이지 않겠나. 아하하하하."

나는 쿵 하고 의자에 몸을 내던졌다. 또다시 뭐가 뭔지 알 수 없게 된 채로.

"정말이지, 그렇게 거품을 물면 곤란하다. 그래서 처음부터 경고했잖아. 이 사건은 꽤 머리를 단단히 하고 연구하지 않으면 터무니없는 착각에 빠지게 된다고. 나는 우라야마의 제신, 메추라기 꼬리 권현 앞에서 맹세한다. 너는 그런 천박한 의미로 이 사건에 얽힌 것이 아니다. 훨씬 더 중대하고 심각한 의미로."

"그래도, 그래도. 그 이상으로 중대하고 심각한 의미로 얽혀 있는 것이…."

"할 수 없다고 말하고 싶겠지. 하지만 실제로는 할 수 있으니 기묘한 일이다. 지겹겠지만 다시 한번 말해 두마. 우리가 살고 있는 세계는 현대의 소위 유물과학의 원칙만으로 지배되는 것이 아니다. 동시에 유심과학, 즉 정신과학의 원칙에 의해서도 지배되고 있다는 것을 명심해야 한다.

간단히 말해, 순객관식 유물과학의 눈으로 본 세계는 길이·너비·높이를 곱한 3차원에 불과하다. 하지만 순주관식 정신과학이 느끼는 세계는 그 위에 다시 '인식' 혹은 '시간'을 곱한 4차원 혹은 5차원 세계다. 우리가 지금 살고 있는 세계는 바로 그 고차원의 정신과학적 세계다.

그곳의 법칙은 유물 세계의 법칙과는 전혀 반대라고 해도 좋을 만큼 다르다. 그 불가사의한 법칙의 작용은 지금까지 네가 이 방에서 보고 들은 이야기만으로도 충분히 짐작할 수 있을 것이다. 그 안에서 이 사건 해결의 열쇠를 찾아내면 된다. 아니, 어쩌면 그 열쇠는 이미 오래전에 네 주머니 속에 떨어져 있을 것이다. 방금 전, 나는 분명히 그 열쇠를 네 손에 건네주었다고 뚜렷이 기억하고 있다."

"그… 그건 어떤 열쇠입니까."

"이혼병 이야기다."

"이혼병… 이혼병이 어쨌다는 겁니까."

"하하하. 아직도 모르겠나."

"모… 모르겠습니다."

"알겠나. 이 사건에서 당장 가장 기묘한 점은 너와 똑같은 인간이 또 한 명 있다는 것이지. 그 또 다른 '너' 때문에 사건이 완전히 엉망이 되었잖아. 그리고 그것이 바로 네 이혼병 때문이라는 것을 조금 전 내가 설명하지 않았던가."

"하지만… 하지만, 그런 이상하고 바보 같은 일이…"

"하하하. 아직 이혼병이 믿기지 않는 모양이군. 뭐, 무리도 아니다. 누구나 자기 머리가 가장 확실하다고 믿고 싶으니까. 그 편이 결국 무사하고 편하겠지. 덕분에 이야기의 줄거리도 점점 더 흥미로워지고 있으니, 서둘러 결론을 내릴 필요는 없다. 쿠레 이치로를 발광시킨 범인이 모든 인간 중 한 명인가, 혹은 쿠레 이치로 자신인가, 아니면 두루마리가 스스로 빠져나와 활약한 것인가. 이 세 가지를 전제로 차분히 생각해 보아라. 그리고 무엇보다 네 과거를 냉정히 떠올리는 것이 지름길이다."

"하지만… 그런 신비롭고 이상한 사실이…"

나는 거기까지 말하다가, 스스로의 생각에 견디지 못해 말을 끊어 버렸다.

"그러니 서두르지 말라 했다. 곧 신비도, 불가사의도 아니게 될 테니까."

"그래도… 지금은 언제입니까."

"언제인지는 모르겠지만, 오늘은 아니다. 나는 네 기억을 회복시키기 위해 방금 전부터 정신과학 실험을 강하게 시도했지만, 너는 과거를 도저히 떠올리지 못하고 있지. 그렇다면 오늘의 실험은 여기서 중지다. 네 머리가 아직 거기까지 회복되지 않았으니, 이 이상 계속해도 소용이 없다."

"하지만… 그럼 아까 하신 약속은…"

"약속은 했지만 어쩔 수 없지. 서로 헛수고하느니 차라리 네게 휴식을 주고 다시 실험을 시작하는 편이 낫다."

"잠깐만요. 그러면 선생님은 이미 그 신비의 정체를 완전히 알고 계신 거군요."

"그렇다. 알고 있으니 너와 관계가 있다고 말하는 것 아니겠나."

"그렇다면… 그걸 저에게 모두 말씀해 주십시오."

"안 된다."

마사키 박사는 단호하게 잘라 말하고는 시가를 옆으로 물었다. 그는 팔짱을 낀 채 거만하게 앉아 냉소를 지었다. 내 얼굴에 번진 분노를 보며 말했다.

"생각해 보아라. 이 사건의 정체를 밝히려면 결국 쿠레 이치로를 발광시킨 범인의 이름을 밝혀야 하겠지. 그런데 그 이름은 너나 쿠레 이치로가 과거의 기억을 회복하여 직접 떠올리지 않는 이상 진짜라고 할 수 없다. 설령 와카바야시 박사가 움직일 수 없는 증거를 쥐고 있더라도, 설령 내가 범인과 현장을 직접 목격했다 하더라도, 네가 혹은 쿠레 이치로가 '아니다, 메이노하마의 채석장에서 내게 두루마리를 보여 준 사람은 이 사람이 아니다'라고 부정하면 그걸로 끝이다. 그것이 이 사건이 보통 범죄와 전혀 다른 점이다. 그래서 나는 그런 무가치한 진술은 하지 않겠다."

나는 모르게 길게 한숨을 내쉬었다. 내 판단력이 순식간에 미망 속으로 빠져드는 것을 스스로 느끼면서.

"아직 모르겠나. 그럼 또 하나 중요한 사실을 말해 주마. 알겠나. 이 사건에서 반드시 그 불가사의한 범인의 정체를 밝혀야 할 책임자는, 누가 뭐라 해도 법의학자인 와카바야시일 것이다. 경찰은 단순히 쿠레 이치로의 발광에서 비롯된 사건으로 치부하고 있지만, 정신과학적 범죄 연구에까지 파고든 와카바야시로서는 가장 핵심을 덮어 두고 물러날 수 없다. 학자의 양심이 그것을 허락하지 않으니까. 즉 와카바야시의 입장에서는 이 사건의 진범을 어물쩍 묻어 버릴 수 없는 것이다.

하지만 나의 입장은 전혀 다르다. 와카바야시의 탐정 같은 노력에 나는 조수로서의 책임조차 지지 않는다. 단지 개인적인 상담역을 해 온 것뿐이다. 내 전문상 당연히 전력을 다해야 하는 것은 너나 쿠레 이치로의 '머리의 회복'이었다. 하지만 그렇다 해도 범인의 이름이나 얼굴을 억지로 떠올리게 할 책임이나 필요는 내게 전혀 없다. 정신병 학자의 입장에서 보면, 발병 원인과 경과만 판명되면 '범인의 이름은 현재 불명'이라고 써 두어도 연구 발표에 아무런 지장이 없기 때문이다.

쿠레 이치로의 발병 상태와 이 두루마리의 관계는 심리 유전학적으로 충분히 설명된다. 그 자체로 학문적으로 가치가 충분하다. 와카바야시가 안달이 나서 범인을 찾아내자고 고집하니 일이 이렇게 꼬여 버렸을 뿐이지. 내겐 범인 같은 것에는 용무가 없다. 하하."

마사키 박사는 이렇게 말하며 의자 위에 양 팔꿈치를 괴고 유유히 나를 내려다보았다. 그는 시가 연기를 고리 모양으로 내뿜으며 학자다운 냉정함을 보였다.

나는 그 차갑고 무심한 태도에서 말로 할 수 없는 반감을 느꼈다. 게다가 사람을 우롱하고 내팽개치는 듯한 그의 거만한 태도에 견딜 수 없는 불쾌감이 치밀어 올랐다. 나는 저도 모르게 몸을 고쳐 앉으며 헛기침을 했다.

"그… 그건 말도 안 되지 않습니까, 선생님. 아무리 학자라 해도 너무 냉담하지 않습니까?"

"냉담하다 해도 어쩔 수 없다. 설령 내가 와카바야시를 도와 범인을 밝혀냈다 한들, 그놈을 묶을 법이 있겠느냐."

나는 눈 속이 왠지 모르게 뜨거워지는 것을 느꼈다. 하고 싶은 말을 한꺼번에 쏟아내려 했지만, 끝내 하지 못하는 답답함이 밀려왔다.

"법률 따위는 아무래도 좋습니다. 범인을 찾아내어 여덟 조각으로 찢어 버리지 않는 한 구원받지 못할 사람들이 있지 않습니까. 야요코도, 모요코도, 또 쿠레 이치로도. 저 또한 연루되었다면 마찬가지입니다. 아무 죄도 과실도 없이 살해당하는 것 이상의 잔학을 겪고 있지 않습니까."

"흠… 그래서?"

마사키 박사는 색도 맛도 없는 목소리로 내뱉더니, 내뿜은 연기의 행방을 멍하니 바라보았다. 나는 내 영혼을 토해내는 듯한 심정으로 말했다.

"그러니 제 영혼이 만약 이 몸을 빠져나갈 수 있다면, 저는 지금이라도 누군가에게 빙의하여 그 인간의 기억에 남아 있는 범인의 이름을 외쳐 주겠습니다. 대낮의 거리에서 공표하겠습니다. 죽을 때까지 범인을 쫓아가 그에게 죽음 이상의 복수를 하겠습니다."

"흥… 그렇게 원한다면 흥미롭겠군. 하지만 누구에게 빙의하겠다는 거냐?"

"누구라니. 뻔하지 않습니까. 범인의 얼굴을 직접 본 쿠레 이치로가 있지 않습니까."

"하하하하. 이거 재미있군. 사양 말고 해 보아라. 하지만 만약 빙의가 성공한다면 박수갈채는커녕 내 연구를 전부 다시 해야 한다. 왜냐하면 영혼이 '빙의한다'거나 '환생한다'거나 하는 사실은, 그 본인의 '심리 유전' 작용 이외에는 아무것도 아니라는 것이 내 학설의 가장 중요한 조항 중 하나이기 때문이다. 흠."

"그건 알고 있습니다. 하지만 설령 선생님께는 범인이 쓸모없더라도, 와카바야시 선생님께는 반드시 필요하지 않겠습니까. 와카바야시 선생님이 당신께 이 조사 서류를 맡긴 것도, 결국 쿠레 이치로의 기억 속에서 그 마지막 조각을 꺼내 주시기를 바랐기 때문 아닙니까."

"그건 그렇다. 백 번도 더 안다. 오늘 아침부터 나와 와카바야시가 너를 이 방에 불러 여러 가지 실험을 시도한 것도, 결국 같은 목적 하나뿐이었다. 하지만 나는 더 이상 이 사건의 진상을 파고들고 싶지 않다. 그 이유는 범인의 이름이 밝혀지는 순간 스스로 알게 될 것이다."

마사키 박사는 다시 길게 연기를 내뿜으며 뽐내듯 고개를 젖혔다. 나는 그의 턱을 노려보며 팔짱을 꼈다.

"그렇다면 제가 멋대로 범인을 찾아내는 것은 괜찮겠지요?"

"물론이다. 네 자유다. 마음대로 하라."

"감사합니다. 그렇다면 죄송하지만 저를 이 병원에서 해방시켜 주십시오. 잠시 다녀오고 싶습니다."

나는 일어서서 테이블 끝에 양손을 짚고 깊이 절을 했다. 그러나 마사키 박사는 태연했다. 절을 돌려주지도 않은 채 유유히 거만하게 앉아 시가 연기를 높이 뿜었다.

"나간다니, 어디로 간다는 거냐?"

"아직은 정하지 않았습니다. 하지만 돌아올 때까지는 사건의 진상을 반드시 뿌리째 밝혀내 보여 드리겠습니다."

"후후… 뿌리째 뽑아내서 내 간담을 서늘하게는 하지 말아라."

"네."

"이 두루마리의 신비는 서로 건드리지 않는 편이 좋다."

"…"

나는 꼼짝도 못 하고 멈춰섰다. 마사키 박사의 그 말 속에는 나를 억누르고 움직이지 못하게 하는 힘이 가득 차 있었다. 전례 없는 대사건, 공전의 강적, 절후의 괴이. 그것들을 둘러싼 채 자살의 결심까지 하게 되었는데도, 그는 오히려 그 모든 것을 비웃고 있었다. 끔찍한 담력의 힘. 그 힘에 짓눌린 듯 나는 다시금 의자에 앉았다. 그러나 곧 반항하듯 몸을 곧추세웠다.

"좋습니다. 그렇다면 저는 나가지 않겠습니다. 그 대신 범인을 발견할 때까지 이 자리에서 움직이지 않겠습니다. 제 머리가 회복되어 이 두루마리의 신비를 간파할 때까지 이 의자를 떠나지 않겠습니다. 괜찮겠습니까, 선생님."

마사키 박사는 대답하지 않았다. 그러고는 무슨 생각에서인지 갑자기 몸을 낮추더니 의자 안에 웅크리고 앉았다. 짧아진 시가를 재떨이 모양의 달마상 입에 꽂고 등을 구부린 채 턱을 괴었다. 그때 지그시 내 쪽을 바라보던 눈빛은 교활했고, 코 옆에 떠오른 냉소와 일자로 굳은 입술 안쪽에는 무언가 중대한 비밀을 숨기고 있는 듯했다.

나는 무심코 몸을 앞으로 기울였다. 온몸의 피부가 달아오를 만큼 이상한 흥분이 나를 휩쓸고 있었다.

"괜찮습니까, 선생님. 만일 제가 범인을 밝혀내게 된다면, 제가 원하는 때, 원하는 자리에서 그 이름을 발표하겠습니다. 그리고 쿠레 이치로를 비롯해 모요코, 야요코, 치요코의 원수를 갚겠습니다. 그 일을 위해서는 제가 어떤 꼴을 당하더라도, 또 범인이 어떤 인간이라 하더라도 놀라지 않겠습니다. 괜찮습니까, 선생님. 그 잔혹하고 비인도적인 인간 때문에 이렇게 미치광이 지옥에 빠져 평생 사육당하고 있다니, 저는 도저히 참을 수가 없습니다."

"음… 자, 해 보게."

마사키 박사는 힘 빠진 목소리로 그렇게 말하더니, 꼭두각시처럼 눈을 딱 감았다. 코 옆에는 이상한 냉소가 어른거렸다.

나는 다시 자세를 고쳐 앉았다. 내 무력함을 눈앞에서 자각하게 된 듯한 기분에 나도 모르게 화가 치밀었다.

"괜찮습니까, 선생님. 제가 직접 생각해 보겠습니다. 우선 만약 범인이 제가 아니라면 말입니다. 설마 마을 사람들의 말처럼 이 두루마리가 혼자서 미륵님의 불상에서 빠져나와 쿠레 이치로 손에 떨어졌을 리는 없겠지요."

"우흠."

"또, 이모인 야요코와 어머니 치요코도 쿠레 이치로를 사랑하고 의지하는 분들이니, 이런 무서운 전설이 얽힌 두루마리를 보여 줄 리가 없습니다. 고용인 센고로 할아버지도 그런 짓을 할 사람이 아니지요. 절의 스님은 쿠레 가문의 안녕을 빌며 봉사하는 이니, 두루마리가 있다는 걸 알았다면 오히려 숨겼을 겁니다. 그렇다면 아직 아무도 모르는 사이에, 의외의 누군가가 범인일 가능성이 있습니다."

"우흠. 자연히 그렇겠지."

마사키 박사는 끈적한 어조로 마지못해 대꾸했다. 이윽고 잠시 눈을 뜨고 나를 바라보았는데, 그 눈빛은 코 옆의 미소와 달리 창백하고 잔혹했다. 그러나 이내 다시 눈을 딱 감았다.

나는 더욱 다급해졌다.

"와카바야시 박사의 조사 서류에는 그런 용의자에 관한 기록이 있습니까?"

"없는 듯하다."

"하나도요?"

"우… 음."

"그럼 다른 사항들은 모두 세세히 조사되어 있습니까?"

"우… 음."

"왜 그렇습니까?"

"우… 음."

마사키 박사는 미소를 머금은 채 꾸벅꾸벅 졸기라도 하는 듯했다. 그 얼굴을 보고 나는 아연실색했다.

"그… 그건 이상하지 않습니까, 선생님. 범인에 관한 건 내버려 두고 다른 일만 조사하다니, 불상을 만들고 혼을 넣지 않은 것과 같지 않습니까. 네, 선생님."

"…."

"선생님. 설령 장난이라 해도, 이토록 잔혹하고 비인도적인 범죄가 또 있겠습니까. 피해자가 발광하지 않으면 죄가 되지 않고, 만일 발광하면 모든 것을 알 수 없게 된다. 또 설사 잡힌다 해도 법률은 물론 도덕적 책임조차 회피할 수 있다면, 이만큼 악랄하고 교묘한 범죄가 어디 또 있겠습니까."

"우… 흠."

"그 근본 문제에는 손도 대지 않고 조사 서류를 선생님께 넘겼다는 건 아무리 생각해도 이상하지 않습니까?"

"우… 흠. 이상하군."

"그렇다면 이 사건의 진범을 밝혀내려면 결국 쿠레 이치로나 저의 기억을 회복시켜 범인을 지목하는 것밖에는 길이 없는 겁니까? 선생님 같은 훌륭한 분이 두 분이나 매달리고 계시면서."

"없다."

마사키 박사는 귀찮은 듯 거절하는 말투로 답했다. 눈은 여전히 감겨 있고, 나는 꿀꺽 침을 삼켰다.

"대체 이 두루마리를 쿠레 이치로에게 보여 준 목적은 무엇일까요?"

"우… 음."

"진심에서 우러난 친절인가, 장난인가, 사랑의 원한인가, 저주인가. 아니면… 아니면."

나는 놀라며 말을 멈췄다. 호흡이 죄어오는 듯 괴로웠다. 가슴이 두근거리며 마사키 박사의 얼굴을 응시했다.

그 순간 박사의 코 옆 미소가 휙 사라졌다. 동시에 눈을 번쩍 뜨고 나를 똑바로 보았다. 창백한 얼굴에 검은 눈동자가 꼼짝 않고 고정되었다. 잠시 방의 출입구를 돌아보더니, 천천히 몸을 내 쪽으로 돌리고 자세를 바로잡았다.

그 검은 눈은 더 이상 날카롭지 않았다. 오히려 신성한 기품을 띠면서도, 어깨에 쓸쓸하고 슬픈 기운을 드러내고 있었다. 그 태도를 보는 동안 내 호흡도 점점 진정되었고, 나도 모르게 눈을 내리깔며 고개를 숙였다.

"범인은 나다."

박사는 동굴 속에서 울려 나오는 듯한 목소리로 중얼거렸다.

나는 움찔하며 얼굴을 들었다. 그러나 그 얼굴에는 약하고 슬픈 미소가 걸려 있었다. 나는 또다시 눈을 내리깔았다. 눈앞은 회색으로 어두워졌고, 온몸의 피부는 소름 돋듯 오싹거렸다.

살며시 눈을 감고 떨리는 손가락을 이마에 댔다. 심장은 허공에서 춤추듯 두근거렸고, 이마는 차갑게 젖어 있었다. 그때 귓가에 마사키 박사의 쓸쓸한 목소리가 울렸다.

"네가 거기까지 판단력을 회복했다면, 어쩔 수 없지. 모든 것을 털어놓겠다."

"……."

"무엇을 숨기겠는가. 나는 오래전부터 각오를 다지고 있었다. 이 조사 서류의 모든 내용이 처음부터 나를 이 사건의 범인으로 지목하고 있다는 사실을 인정하면서도, 지금까지는 모르는 척해 왔다."

"……."

"이 조사 서류는 한 글자 한 구절마다 나를 향해 '너다, 너다. 범인은 너 외에는 없다'라고 외치고 있다. 첫 번째, 노가타에서 일어난 참극은 고등한 상식을 지닌 사람이 모든 범죄의 흔적을 지우고 사건을 미궁으로 빠뜨리려는 의도로, 쿠레 이치로가 귀성했을 때를 노려 교묘하게 마취제를 사용하여 저지른 범죄였다. 결코 쿠레 이치로의 몽중유행이 아니었다. 라고 말이다."

마사키 박사는 여기서 조용히 헛기침을 한 번 했다. 나는 움찔했지만 얼굴을 들 수 없었다. 그가 내뱉는 한마디 한마디가 너무 무거워, 짓눌린 듯한 기분에 사로잡혔기 때문이다.

"그 범행의 목적은 간단하다. 쿠레 이치로를 어머니 치요코에게서 떼어놓고, 모요코와 가까이 두기 위해 이모의 손을 빌려 메이노하마로 데려오려 했던 것이다. 모요코는 '메이노하마의 미인'이라 불릴 만큼 아름다웠으니, 그 근처에서 갖가지 생각을 품은 이들이 많았을 것이다. 게다가 두루마리의 본래 소재지였던 만큼, 대부분의 주민은 크든 작든 전설을 알고 있었을 터다. 반면 쿠레 이치로와 모요코의 혼사가 틀어질 염려는 거의 없었으니, 이 실험을 시도하고 흔적을 감추기에는 메이노하마만큼 알맞은 장소도 없었다."

"……."

"그래서 제2회의 메이노하마 사건 역시 신비로운 일은 아니다. 노가타 사건 이후의 계획에 따라, 누군가가 채석장 근처에서 쿠레 이치로의 귀가를 기다리고 있다가 두루마리를 건넨 것이다. 결국 노가타와 메이노하마 두 사건은 동일한 목적을 위해 같은 머리에서 나온 것이었다. 그 자는 두루마리에 얽힌 전설에 대해 깊은 이해와 흥미를 지닌 인물로, 그것을 실험으로 시험하기에 가장 알맞은 시기―즉, 피해자인 쿠레 이치로가 큰 행복의 기대에 부풀어 있던 순간―를 노려 그의 완전한 발광을 예견하며 이 고대의 학술 실험을 실행한 것이다. 이거라면 나 말고 누가 있겠는가."

"있습니다."

나는 갑자기 의자를 차고 일어섰다. 얼굴이 불처럼 확 달아오르고, 온몸의 뼈와 근육이 힘에 차 떨렸다. 깜짝 놀란 마사키 박사의 코안경을 노려보며 외쳤다.

"와… 와카바야시!"

"바보."

그의 목소리는 메아리처럼 울려 퍼졌다. 동시에 검고 움푹 들어간 눈이 내게로 향했다. 그 빛은 죄인을 내려다보는 신처럼 엄숙했고, 화난 맹수 같을 만큼 두려웠다. 하늘을 찌를 듯한 분노에 나는 순간 전율하며 떨었다. 비틀거릴 틈도 없이 털썩, 의자에 주저앉고 말았다. 그의 무서운 눈빛에 홀린 듯.

"바보."

내 귓불이 달아오르는 듯했고, 나는 고개를 푹 숙였다.

"생각 없는 것도 정도가 있다."

그 목소리는 머리 위에서 바위처럼 짓눌러왔다. 그러나 그 말투 속에는 지금까지 보이지 않던 위엄과 자비가 함께 담겨 있었다. 마치 아버지의 꾸짖음처럼.

나는 괜스레 가슴이 벅차올랐다. 그의 양손 손가락이 책상 모서리를 누르며 한 구절 한 구절 힘을 담아가는 모습을 바라보면서.

"이토록 무서운 실험을 여기까지 파고들 수 있는 자가 나 아니면 달리 있겠는가. 그 사실을 안다면 섣불리 이름을 입에 담을 수 없다는 것도 알 터다. 네가 얼마나 경솔한가."

"……."

"하물며 나는 이미 모든 것을 자백하고 있다."

"네… 네."

나는 깜짝 놀라 얼굴을 들었다. 보니 마사키 박사는 푸른 메린스 보자기에 싸인 조사 서류를 오른손으로 단단히 누른 채 냉정하게 입술을 깨물고 있었다. 그것이 무슨 의미인지 알 수는 없었지만, 신성한 말을 내뱉기 전의 전조처럼 보였다. 그 긴장된 기색에 눌려 나는 또다시 고개를 숙였다.

"그 자백의 기록이 바로 이 조사 서류다. 이것은 내가 스스로 저지른 죄의 흔적을 나 자신이 조사해 직접 보고한 것이다."

스르르, 차가운 한기가 등골을 타고 흘렀다.

"너는 아직 범죄의 은폐 심리나 자백 심리가 어떤 것인지 알지 못한다. 하지만 명심해 두어라. 인간의 지혜가 발달하고, 사회 구조가 복잡해지고 과민해질수록 이런 무서운 범죄 심리는 흔해질 것이다. 알겠나."

"……."

"이 조사서가 얼마나 무서운가. 그 안에 담긴 범죄 은폐 심리와 자백 심리, 이 두 가지가 얼마나 심각하고, 얼마나 현혹적이며, 물샐틈없는 마력으로 나를 옭아매어 죄를 떠맡게 했는가. 이제 그 이유를 설명해 주겠다."

나는 온몸의 근육이 차갑게 굳어 가는 것을 느꼈다. 두 눈은 눈앞의 녹색 라사에 빨려든 듯, 꼼짝없이 고정되었다. 그 순간, 마사키 박사가 다시 한 번 가볍게 헛기침을 했다.

"만약 어떤 인간이 죄를 저질렀다고 하자. 그 죄는 아무리 교묘하게 남의 눈을 피해 감출 수 있었다 해도, 자기 자신의 '기억의 거울' 속에는 반드시 남는다. 죄인으로서의 비참한 모습은 결코 지워 버릴 수 없는 것이다. 인간에게 기억력이 존재하는 한 어쩔 수 없는 사실이며, 누구나 '양심의 가책'이라 부르며 당연히 아는 일이지만, 실제로 이 문제에 부딪히면 경멸하기는커녕 오히려 두려울 따름이다. 이 '기억의 거울'에 비친 죄의 모습은 언제나 틈 없는 명탐정의 추궁과, 피할 수 없는 공범자의 협박처럼 작용한다. 그것은 모든 범죄의 유일하고 절대적인 약점으로, 마지막 숨을 거두는 순간까지 범인에게서 떨어지지 않는다. 그리고 이 추궁에서 벗어날 길은 단 두 가지뿐이다. '자살'과 '발광'. 그만큼 무서운 것이다.

세속에서 말하는 '양심의 가책'이란 결국 자기 기억에서 오는 협박 관념에 다름 아니다. 따라서 이 협박으로부터 벗어나려면 자기 기억 자체를 죽여 버리는 수밖에 없다. 범죄자는 머리가 좋으면 좋을수록 이 약점을 숨기고 경계하려 애쓰지만, 결국 마지막에는 모두 같은 방식에 도달한다. 바로 마음속 깊숙이 비밀실을 만들어 그 어둠 속에 죄의 모습을 '기억의 거울'과 함께 가두어, 자기 자신에게조차 보이지 않게 하려 하는 것이다. 그러나 기묘하게도 이 '기억의 거울'은 주위를 어둡게 하면 할수록 오히려 더욱 뚜렷하게 빛난다. 보지 않으려 하면 할수록, 거꾸로 보고 싶어 견딜 수 없게 된다. 그 매력은 참을 수 없는 힘을 가지고 있어, 마침내 범인은 거울을 돌아보고 만다. 그러면 거울 속의 죄의 모습도 반드시 그를 돌아본다. 둘의 시선은 어김없이 마주치고, 범인은 섬뜩한 공포에 고개를 숙인다. 이런 일이 거듭되면 결국 견딜 수 없게 되어 비밀실을 깨뜨리고 만다. 그리고 사람들 앞에서 외친다. '범인은 나다. 이 죄의 모습을 보라.' 그러면 그 순간 거울 속의 죄의 모습은 반역 작용처럼 휙 사라지고, 처음으로 자신만의 고독 속에서 안심하게 된다.

또는 자기 죄악의 기억을 기록으로 남겨 사후에 발표되도록 하는 것도 있다. 그렇게 해 두고 거울을 바라보면, 거울 속 죄의 모습이 그 기록을 가리키며 자신을 돌아본다. 범인은 그제야 조금은 안도하며 쓸쓸히 웃고, 거울 속의 모습도 함께 쓴웃음을 지으며 동정하는 듯 보인다. 그것을 본 범인은 마음이 조금 가라앉는다. 이것이 바로 내가 말하는 '자백 심리'다. 알겠는가.

그리고 또 하나. 머리가 비상하고 지위나 신용을 가진 인간이 자신의 범죄를 절대 안전한 비밀로 두고자 할 때, 자백 심리를 응용한 방법이 있다. 즉 자신의 범죄 흔적과 증거를 모조리 직접 조사하여, '이것은 내가 범인이 아니면 안 된다'는 지경까지 몰아붙인 기록을 만든다. 그리고 그 조사를 가장 두려운 상대, 즉 자기 죄를 간파할 가능성이 가장 큰 자의 앞에 내놓는다. 그러면 상대의 마음속에는 논리의 초점에서 비롯된 지극히 미세한 착각, 실은 '무한대와 0의 차이'와 같은 현혹적인 오해가 생겨, 눈앞의 인물이 범인이라고는 도저히 믿을 수 없게 된다. 그 순간 범인은 위험한 입장에서 벗어나 절대적 안전 지대에 서게 된다. 일단 착각이 성립되면 쉽게 되돌릴 수 없다. 사실을 밝히면 밝힐수록 착각은 깊어지고, 자신이 범인임을 주장하면 주장할수록 오히려 안전 지대의 절대적 가치는 더욱 강화된다. 더구나 상대의 머리가 명석할수록 그 착각은 깊어진다. 알겠나.

이 '범죄 자백 심리'의 극한과 '범죄 은폐 심리'의 최고 수준이 동시에 드러난 것이 바로 이 조사 서류다. 이것은 실로 내 유언을 뛰어넘는, 전대미문의 범죄학 연구 자료일 것이다. 알겠는가. 그리고 나아가——."

여기까지 말한 뒤 마사키 박사는 갑자기 말을 멈추고, 회전의자에서 가볍게 몸을 튀겨 일어났다. 그리고 양손을 등 뒤로 깍지 낀 채, 큰 테이블과 난로 사이의 좁은 바닥을 힘주어 한 걸음씩 밟으며 왕복하기 시작했다.

나는 다시금 의자 속에 움츠린 채, 눈앞의 녹색 라사의 평면만을 뚫어지게 응시했다. 그 눈부신 녹색 안에, 방금 눈에 들어온 검은 탄 자국이 점차 작은 흑인의 얼굴처럼 보이기 시작했다. 커다란 입을 벌리고 낄낄 웃는 듯한 얼굴. 나는 그것을 한마음으로 응시하고 있었다.

"그리고 나아가 더 무서운 것은, 이 서류에 기록된 자백과 범죄 은폐 수단이

한 치 틈도 없이 나를 단단히 옭아매고 있다는 점이다. 만약 이 서류가 공표되거나 사법 당국의 손에 넘어가는 날이 오면, 아무리 멍청한 사법관이라도 즉시 나를 용의자로 지목할 수밖에 없다. 뿐만 아니라, 만일 내가 법정에 서게 된다면, 설령 문수보살의 지혜(역: 불교에서 지혜를 상징하는 보살로, 깨달음과 통찰의 화신)와 부루나의 변설(역: 석가모니의 제자로, 뛰어난 말솜씨와 설법 능력으로 유명한 인물)을 지녔다 해도 단 한 마디의 변명조차 할 수 없게 꾸며져 있다. 이제부터 그 속임수 장치의 무서운 내용을 설명하겠다. 알겠는가. 내가 왜 이 전율할 만한 학술 실험의 장본인으로서 나설 수밖에 없게 되었는지 그 이유를 말하는 것이다."

"이렇게 말하는 동안 마사키 박사는 큰 테이블의 북쪽 끝에서 멈춰 섰다. 양팔을 마치 묶인 듯이 단단히 등 뒤로 깍지 낀 채 나를 돌아보며 히죽 웃었다. 그 순간 코안경의 두 개 유리알이 남쪽 창문으로부터 들어오는 푸른 하늘빛을 정면으로 받아, 새하얀 틀니와 함께 기분 나쁘게 반짝거렸다. 나는 본능적으로 시선을 돌려 눈앞의 작은 탄 자국을 보았으나, 그 속에서 엿보이던 흑인의 얼굴은 이미 흔적도 없이 사라지고 있었다. 동시에 뺨과 목덜미, 옆구리 근처가 오싹오싹 소름이 돋기 시작했다.

마사키 박사는 아무 말 없이 그대로 북쪽 창문으로 걸어갔다. 잠시 밖을 내다본 그는 곧바로 큰 테이블 앞으로 돌아왔다. 이번에는 지금까지보다 훨씬 편안한 태도였다. 여전히 이토록 큰 사건을 우습게 여기며 놀리듯, 부드럽고 젊은 목소리로 말을 이었다.

"그래서 말이야, 알겠나. 우선 네가 재판장의 머리가 되어 이 전대미문의 정신과학 응용 범죄 사건을 엄정하고 공평하게 심리해 보게. 나는 검사이자 피고인, 즉 1인 2역의 입장이 되어 이 사건의 마지막 용의자, 곧 'W'와 'M'의 행동에 관한 모든 비밀을 적발하는 동시에 고백할 것이다. 너는 결국 쌍방의 변호

사이면서 재판장이고, 동시에 정신과학의 원리를 꿰뚫은 명탐정의 위치에 서도 좋은 것이다. 알겠나."

내 옆에 우뚝 선 마사키 박사는 리놀륨 바닥 위를 북쪽에서 남쪽으로 쿵쿵 밟으며 왕복하다가 헛기침을 했다.

"우선, 쿠레 이치로가 그 두루마리를 보고 정신병적 발작에 빠졌던 당시부터 이야기하자. 다이쇼 15년(역: 일본 연호, 1926년) 4월 25일, 쿠레 이치로와 모요코의 결혼식 전날 'W'와 'M'은 분명히 후쿠오카 시내에 있었다. M은 규슈 대학에 부임한 지 얼마 되지 않아 하숙을 구하지 못하고, 하카타 역 앞의 호라이칸이라는 기차 대합실 겸업 여관에 묵고 있었다. 이 호라이칸은 규모가 크고 방이 많으며 손님들의 출입이 잦았다. 게다가 하카타 특유의 거친 접대 풍습 때문에, 돈만 내고 밥만 제대로 먹으면 반나절이나 하룻밤쯤 없어도 대수롭지 않게 넘기는 곳이었다. 다시 말해, 알리바이를 꾸미기에 안성맞춤인 장소였다.

이에 비해 W는 늘 규슈 대학 의학부 법의학 교수실에 틀어박혀 공부만 하고 있었다. 일이 바쁘면 안에서 문을 잠그고, 모든 용무는 전화로 처리했다. 열쇠 구멍이 막혀 있으면 밖에서 절대 두드리지 않는 것이 법의학부 관계자들의 불문율처럼 굳어 있었다. 이런 W의 신경질적 습관은 하인이나 친구는 물론 신문 기자들 사이에도 소문이 날 정도였다. 이 역시 알리바이를 만드는 데 더없이 편리한 조건이었다.

또한 쿠레 이치로가 결혼식 전날 후쿠오카 고등학교의 영어 연설회에 참석한다는 사실은, 신문만 유심히 본다면 누구나 알 수 있었다. 그는 늘 전차를 타지 않고 걸어서 돌아오는 습관이 있었으니, 조금만 조사하면 쉽게 파악할 수 있었다. 따라서 채석장에서 일하는 석공 가족에게 추적이 어려운 독물을 먹여 2~3일, 길게는 일주일가량 쉬게 만들고 그 틈을 노려 일을 벌이는 순서였다. 물론 메이노하마는 반어촌으로, 신선한 생선을 후쿠오카 시에 공급하던 관계로 자주 콜레라나 이질 같은 유행병의 발원지로 지목되곤 했다. 그러니 그 병원균을 쓰면 간단하지만, 문제는 체질이나 건강 상태에 따라 효과가 없을 수 있다는 점이었다. 하지만 규슈 대학 법의학 교실은 위생·세균 연구실과 같은 건물에 있었으므로 세균이나 독물 연구가 활발했고, 필요한 준비를 하는 데 아주 편리했다. 어쨌든, 이 사건의 특징은 한 치의 오차도 없이 치밀하게 착수한 점에 있다.

다음으로, 당일 쿠레 이치로가 후쿠오카 시 외곽 이마가와 다리에서 메이노하마까지 약 1리를 걸어 돌아온다면, 반드시 채석장 옆의 산과 논밭 사이 국도를 지나야 했다. 이는 도쿠라 센고로의 증언에도 나오지만, 직접 확인해도 곧바로 수긍할 수 있는 사실이다. 그 무렵 보리는 이미 무성했으므로, 깊은 모자에 색안경, 얇은 목도리와 마스크, 여름 망토 같은 것을 걸치고 길가 돌 틈에 앉아 움직이지 않으면 얼굴 생김새나 키마저도 전혀 다른 사람처럼 보였을 것이다. 그렇게 하여 귀가하는 쿠레 이치로를 불러 세워 유혹한다. 예를 들어 '실은 나는 돌아가신 당신 어머님을 아는 사람인데, 당신이 어릴 적 아주 비밀스러운 부탁을 받아 그 약속을 지키기 위해 기다리고 있었다'고 말한다면, 아무리 낯가림이 심한 도련님이라도 끌리지 않을 수 없다.

그리고 두루마리를 거창하게 내보이며, '이것은 쿠레 가문의 보물인데, 어머님께서 교육상 좋지 않다 하여 나에게 맡겨 두셨다. 그러나 이제 내일부터는 당신이 가문의 주인이 되니 돌려드리러 왔다. 당신이 모요코 씨와 혼인하기 전에 반드시 보아야 할 물건이다. 당신의 먼 조상 부부의 충의와 애정의 극치를 담은 것이다. 여러 무서운 소문이나 전설이 얽혀 있긴 하지만, 그것은 무분별한 자들이 보지 못하도록 일부러 퍼뜨린 미신일 뿐, 실은 걸작 명화와 명문장이다. 거짓말이라 생각되면 지금 직접 보라. 필요 없다면 다시 맡아도 된다. 저 높은 바위 그늘이면 아무도 오지 않을 것'이라고 말했다고 하자. 나라면 그렇게 말했을 것이다. 과연 쿠레 이치로는 멋지게 덫에 걸렸다. 바위 그늘에서 정신없이 두루마리를 펼쳐 보는 동안 슬쩍 자취를 감추는 것쯤은 아무것도 아니었을 것이다. 알겠나."

"네, 그럼 저 쿠레 이치로의 몽유병은?"

마사키 박사는 내 앞을 지나가며 돌아보고 냉소했다.

"거짓말이다. 새빨간 거짓말이지."

내 뇌 전체가 갑자기 선풍기처럼 회전하기 시작했다. 몸이 저절로 기울어져 쓰러질 뻔했으나 의자의 팔걸이를 붙잡아 간신히 버텼다.

"저런 몽중유행이란 건 다시는 들을 필요도 없다. 첫째, 부엌 입구의 대나무 심장봉이 떨어졌다는 설명부터가 애초에 불명료하지 않은가. 장갑 낀 손을 문틈으로 넣어 손가락 사이로 잡으려다 잘못 떨어뜨렸다고 하면 충분히 설명이 되고, 또는 무사히 빼낸 뒤 일부러 자연스럽게 떨어진 것처럼 꾸며 놓았다고 생각해도 된다. 어쨌든 그런 애매한 부분은 많지만, 내 설명을 듣다 보면 모두 한꺼번에 알게 될 것이다. 내가 왜 몽중유행병이라고 단정했는지 하는 이유도 곧 드러나겠지."

내 뇌 속의 회전은 차츰 느려지더니 마침내 쥐 죽은 듯 멈췄다. 동시에 머리카락이 오싹 곤두서는 것을 어금니를 악물고 눈을 감으며 억눌렀다.

"재판장. 정신 똑바로 차려야 한다. 이제부터는 더욱 알 수 없는, 무서운 일 투성이가 될 테니까. 하하."

"…."

"그래서 말이다. 이 조사 서류를 자세히 읽어 보면 이상한 점이 두 가지 있다. 첫째는 네가 방금 지적한 것처럼, 범인의 수색 방법이 오직 쿠레 이치로의 기억 회복 후의 진술에만 기대고 있고, 그 외의 방법은 전혀 쓰지 않고 있다는 점이다. 둘째는 쿠레 이치로의 생년월일에 유난히 주의를 기울이고 있다는 점이다. 이 두 가지다. 알겠나."

마사키 박사는 잠시 숨을 고르고 말을 이었다.

"그런데 그 쿠레 이치로의 나이에 관해, 조사서에는 신문 기사 스크랩이 하나 끼워져 있다. 거기 따르면 그의 어머니 치요코는 메이지 38년(옛: 1905년) 무렵 가출하여 약 1년간 후쿠오카 시외 미즈자야의 이름도 기괴한 재봉 여숙에 있었다. 그러나 그 기간 동안 아이를 낳은 흔적은 없다. 따라서 쿠레 이치로의 출생은 메이지 39년 후반에서 40년 사이로 추정된다.

보통 생각하면 이런 자료는 쿠레 이치로가 사생아였기 때문에 혹시나 하는 대비로 삽입된 것이라 볼 수도 있다. 혹은 당시 '미인 과부 살인 사건'이 화제가 되면서, 한 신문 기자가 오래된 색정 사건과 연관 지어 끌어다 붙였을 수도 있다. 또 기사 안에 '니지노 미기와' 같은 쿠레 고테이에 관련된 이름이 나오자, 겸사겸사 자료로 넣었을 수도 있다.

하지만 내 눈으로 보면 그 이상의, 훨씬 의미심장한 암시가 있다. 그것은 다름 아닌 쿠레 이치로의 출생이 추정되는 메이지 40년 12월이 바로 규슈 제국대학의 전신인 후쿠오카 의과대학 제1회 졸업생, 즉 우리를 배출한 해라는 점이다. 알겠나."

"…."

"겉으로 보기엔 근거 없는 추측처럼 보일 수도 있다. 하지만 실제로는 그렇지 않다. 당시 학생들 가운데 분명히 수상한 인물이 있었고, 그가 바로 사건의 발단이자 노가타 사건의 범인임에 틀림없다는 사실을 이 조사서는 차마 직접 밝히지 못한 채 숨기고 있는 듯하다. 이것이 바로 내가 말하는 '자백 심리'다. 굳이 말하지 않아도 드러나는 법이라는, 오래된 격언이 그대로 증명된 셈이다. 쿠레 이치로의 출생 시기와 장소를 정확히 알고 있는 사람은 어머니 치요코를 제외하면, 결국 W와 M 두 사람뿐이니까."

나는 알 수 없는 이유로 어깨를 세게 으쓱했다. 스스로도 왜 그런지 알지 못한 채. 마사키 박사는 잠시 침묵했지만, 그 정적은 나를 깊은 골짜기 밑으로 끌어내리듯 가슴을 짓눌렀다.

이윽고 그는 다시 말을 이었다.

"그 사실을 깨달았을 때 나는 섬뜩했다. 이놈일 거라 생각했지만 변명의 여지가 없었다. 게다가 쿠레 이치로의 혈액을 검사해 친자 여부를 결정할 권위 있는 법의학적 감정법은 W의 손에 있었으니까."

마사키 박사는 남쪽 창문 앞에 멈춰 섰다. 쓸쓸히 고개를 숙이고, 침을 삼키는 듯 보였다.

나는 떨리는 손을 이마에 대고 치솟는 몸의 전율을 억누르며, 남은 손으로 무릎을 단단히 짚었다.

마사키 박사는 굵은 한숨을 내쉬며 창밖을 보기를 피하듯 돌아섰다. 큰 테이블을 사이에 두고 쿵쿵 발걸음을 옮겨 내 앞을 지나가더니, 이번에는 북쪽 창문에서 직각으로 몸을 틀어 창가에 바싹 붙어 왕복하기 시작했다. 고개를 약간 숙인 그의 모습은 창문을 지날 때마다 눈부신 햇빛에 투영되어, 내 앞의 테이블 모서리에 번쩍이는 그림자를 드리웠다.

그는 정성스레 헛기침을 했다.

"지금으로부터 20여 년 전, 후쿠오카 현립병원이 의과대학으로 개조되어 이 소나무 숲 속에 다시 세워졌을 당시, 제1회 입학생으로 들어온 청년 중에

W와 M이라는 두 사람이 있었다. W는 법의학을, M은 정신병학을 지망했는데, 둘 다 당시 의학계에서 미진하던 분야를 택해 치열하게 수석을 다투었다.

W는 결핵 환자가 많은 집안에서 태어났으나, 학생들 중에서도 손꼽히는 미남의 거구였고, 성격은 꼼꼼하고 신경질적인 타입이었다. 반대로 M은 왜소하고 볼품없었지만, 성급한 판단과 공상을 즐기는 천재형이었다. 두 사람은 정반대의 특징을 지닌 채 학업의 패권을 두고 치열하게 경쟁했다.

그런데 방금 말한 대로 W는 법의학, M은 정신병학을 지향했기에 최종 목표는 달랐지만, 당시에는 아직 '정신과학'이라는 이름조차 알려지지 않았던 새로운 학문 방면에 대한 두 사람의 흥미는 숙명처럼 일치했다. 어쩌면 두 사람의 정반대 성격과 두뇌의 극단이 기묘하게 맞아떨어진 결과일지도 모른다. 어쨌든 그로 인해 두 사람은 특히 당시 권위자였던 사이토 박사의 지도를 받게 되었는데, 그 가운데에서도 미신이나 암시와 같은, 의학과는 거리가 멀지만 인간 정신과 깊이 연관된 문제에 대한 연구열은 거의 폭발 지경에 이르렀다. 물론 이는 동양 철학에 조예가 깊었던 사이토 박사의 영향도 있었을 것이다. 그러나 결국 그 결과로 두 사람 모두 후쿠오카에서 멀지 않은 지역에 전해 내려오던 무시무시한 전설에 매혹되어, 그곳으로 이끌려 간 것은 필연적인 귀결이었다.

지금까지 서로를 경쟁자로 여기며 반감을 품었던 두 사람은, 그 전설을 매개로 곧바로 화해하고 악수했다. 그리고 의견을 나누며 연구 방법을 정했는데, W는 '미신과 전설의 기원과 정신 이상'이라는 비교적 소박한 방향을 맡고, M은 'W의 연구 결과로 본 불교의 인과응보론'이나 '인도와 이집트 종교에 담긴 윤회전생설의 과학적 연구' 같은 거창한 주제를 내세우며 접근하기로 했다. 즉 겉과 속, 표면과 이면에서 각각 돌파해 보자는 것이었다. 하지만 아직 전설의 실체조차 밝히지 못한 채 이런 무모한 연구 주제를 정했다는 사실만 보아도,

당시 두 사람의 의욕이 얼마나 대단했는지 알 수 있다. 사실 두 사람 모두, 이 연구를 위해서라면 인정도 양심도, 신과 부처조차도 거침없이 짓밟을 각오가 되어 있었다. 서양에서도 학문의 새로운 경지를 개척한 연구자들 가운데 비인도적인 수단을 감행한 자가 있었듯이, W와 M 역시 수단과 방법을 가리지 않고 이 실험을 철저히 밀고 나가기로 굳게 약속했던 것이다.

그렇게 두 사람은 경쟁자 이상의 열기를 올려 협력하며 전설의 조사를 시작했다. 마침 편리하게도 쿠레 가문의 장녀 Y가 혼기가 되었는데, 시골 특유의 소문 탓에 '쿠레 가문은 정신병 계통의 집안'이라는 낙인이 따라다녔기에 사윗감을 구하지 못하고 있었다. 그러다 우여곡절 끝에 후쿠오카 스노코마치에서 교토 염색업을 하던 떠돌이 장사꾼 G를 사위로 맞이했는데, 이런 경위 때문에 끊어질 뻔했던 쿠레 가문 혈통과 관련된 전설이 다시 시끄럽게 부활한 상태였다. 이 점은 W와 M의 연구에 오히려 절호의 기회였다.

W와 M은 이런 소문과 전설을 본격적으로 파고들었다. W는 '고적 조사'라는 명목으로 뇨게쓰지의 스님에게 접근해 연기문을 몰래 필사했고, M은 스님의 신뢰를 얻은 뒤 본존인 미륵불상 내부까지 조사하는 대담한 시도를 했다. 그 과정에서 놀라운 사실을 밝혀냈다. 연기문에는 두루마리가 쿠레 고테이에 의해 불태워졌다고 기록되어 있었지만, 실제로는 불태워지지 않고 본존의 몸 속에 보관되어 있다가 최근 누군가에 의해 훔쳐간 흔적이 발견된 것이다.

이것은 단순히 쿠레 가문 전설을 조사하려던 두 사람에게는 엄청난 발견이자 동시에 큰 좌절이었다. 그러나 젊은 두 사람은 곧바로 그 실망을 털어내고 오히려 이전보다 더 큰 열정을 불태웠다. 그리고 모든 수단을 동원해 두루마리의 행방을 추적한 결과, 뜻밖에도 범인은 Y의 여동생 T라는 아름다운 여학생임을 시사하는 단서에 도달했다.

자, 이제 사건은 복잡해졌다. W와 M의 협력은 이 지점에서 깨끗이 갈라졌다. 두루마리가 절 안에 있던 때와는 달리, 살아 있는 인간이 쥐고 있는 이상 빼앗아내는 일은 쉽지 않았다. "여기서 연구는 잠시 중지하자." "좋다, 그렇게 하자."라고 말하며 헤어졌지만, 그건 겉으로 드러난 말일 뿐이었다. 실제로는 두 사람 모두 이전보다 더 집요하고 열렬한 결심으로 이 실험을 끝까지 밀고 나가겠다고 다짐했다. 서로 상대방의 마음을 꿰뚫어 보고 있었기 때문이다. 물론 그 결심에는 T의 미모도 일정 부분 작용했음을 부정할 수 없다. 그러나 그렇다 해도, 오청수의 충직한 동기와는 달리 W와 M의 이 실험에 대한 집념만큼은 오늘날까지도 변함없이 단호히 이어지고 있었을 것이다. 물론 두 사람 모두에게 말이다. 알겠나.

그 시절 후쿠오카 부근은 소위 '각모(엮: 당시 대학생을 지칭하는 은어)의 초창기 시대'였다. 게이샤들이 '장래는 박사인가 원장인가'라고 노래할 만큼 대학생이 인기를 끌었고, 일반 가정에서도 '학사라면 딸을 줄 만하다'라는 식의 말이 떠돌았다. 고요산인의 『금색야차』나 고스기 덴가이의 『마풍연풍』에 묘사된 풍경이 곳곳에서 그대로 펼쳐지고 있었다.(엮: 금색야차는 사랑과 돈, 그리고 인간 감정과 사회적 책임 간의 갈등을 그려낸 근대 일본 문학의 고전이고, 마풍연풍은 당시 학생들의 풍속을 다룬 장편소설)

W와 M도 이런 분위기에 휩쓸려 T를 두고 다투었다. 결과는 두 사람의 성격과 특징을 그대로 드러냈다. 우선 승리를 거둔 쪽은 W였다. 그는 당시 각모 무리 중에서도 특별히 뛰어난 미남에다 수재였고, 몸가짐은 늠름하며 친절함까지 겸비하고 있었다. 이런 조건 앞에 M은 상대가 되지 못했다. 결국 M은 두 사람의 관계에 끼어들 수 없음을 깨닫고 학업까지 내던진 채 산과 들을 헤매며 화석을 찾는 일로 겨우 마음을 달랬다.

그러나 W는 단순히 성공에 취해 안주하는 사람이 아니었다. T를 손에 넣자마자 그는 본래의 계획대로 교묘히 말을 꺼냈다. "당신 가문에 나쁜 인연의 두루마리가 있다고 들었습니다. 지금 조사해 가장 새로운 과학의 지식으로 연구해 그 악연을 끊어 버리지 않겠습니까. 두 사람 사이에 아이가 태어나면 위험할지도 모르니까요." 그러나 T는 이때만큼은 굴하지 않고 "그런 건 모릅니다"라며 거부했다. 무엇보다 두루마리의 은닉 장소조차 알 수 없었기 때문이다. 이에 W는 수단을 바꾸어 T를 후쿠오카로 데려가려 했다. 데려오기만 하면 두루마리를 가지고 올 것이라고 기대한 것이다.

마침 T의 언니 Y의 남편인 G는 교토 염색업을 하던 시카이야 출신으로, 호색한이자 방탕한 남자였다. 그는 집안에 들어오자마자 의붓처제인 T에게 집요하게 접근했고, 그 때문에 곤란해하던 T는 W의 권유를 받아들여 곧장 집을 뛰쳐나와 후쿠오카에서 W와 은밀히 동거하게 되었다. Y 역시 이 사정을 어렴풋이 짐작하고 있었는지 추궁하지 않았으니, W로서는 편리했다. 그러나 두루마리의 소재는 여전히 오리무중이었다. W조차도 T가 실제로 두루마리를 가지고 있는지조차 확신할 수 없었던 것이다.

그럼에도 W는 포기하지 않았다. 그는 T의 몸 주변을 은밀히 탐색하며, 학교 일까지 내팽개치고 T의 일거수일투족을 뒤쫓았다. T는 '니지노 미기와'라는 가명이나, 중국 고대 자수를 품평회에 출품하는 등의 방식으로 두루마리의 내력을 감추려 했지만, 그것은 오히려 W의 눈길을 피해갈 수 없었다. W가 보기에, 두루마리는 틀림없이 T의 손에 있는 것이었다.

하지만 영리한 T는 W의 집요한 태도를 통해 뭔가를 감지했다. 뚜렷이 알 수는 없어도, W가 자신에게 접근한 목적이 단순한 연애가 아니라 두루마리에 있음을 어렴풋이 눈치챈 것이다. 그럼에도 그는 그런 기색을 전혀 드러내지 않았다. 그 결과 W는 손을 쓰지 못한 채 완전히 막힌 듯한 처지가 되었다. 게다가 그는 전혀 예상치 못한 타격을 받았다. 두루마리 탐색을 빌미로 관계를 이어가던 중, T가 불시에 가차 없는 팔꿈치로 그의 급소를 가격했던 것이다.

그 이유는 두 가지였다. 첫째, T는 이미 W의 사랑이 두루마리 때문일지 모른다는 의심을 품고 있었다. 둘째, 그보다 더 큰 충격은 W가 사실 폐병 집안 출신이라는 것, 그리고 본인 역시 그 체질을 고스란히 이어받고 있다는 사실을 T가 알게 되었다는 점이었다. 이 사실은 W가 그에게 숨기고 있던 것이었다.

여담이지만, 이 사실을 통해 T의 '부도덕한 행동'은 단순한 바람기에서 비롯된 것이 아님이 드러난다. 오히려 쿠레 가문의 혈통을 잇겠다는 절박한 의지가 그 바탕에 있었던 것이다. 마풍연풍 이래의 자유연애 풍조에 기대어, 건강한 혈통을 이어가고자 한 그의 소망은 충분히 이해할 만하다. 실제로 그가 가출했을 당시 사람들은 '집에 있어도 사윗감이라 해봐야 떠돌이 G 같은 남자뿐일 것'이라고 냉소적인 말을 했지만, 이는 곧 T가 품었던 절박한 심정을 반영하는 증거이기도 하다.

이로써 T가 얼마나 순정과 이지를 겸비한, 영리하면서도 불행한 여성이었는가가 드러난다. 그는 태어날 때부터 불행이 예정된 듯한 박명한 여성이었던 것이다."

"그러고 나서, 여기에 또 하나, 반드시 고백해 두어야 할 것이 있다. 다름 아니라, 이제 짐작하고 있을지도 모르지만, W의 혈통과 현재의 건강 상태에 관한 비밀을 편지로 T에게 밀고한 자는 다름 아닌 연적인 M이었다. 이것은 여전히 T에 대한 애착과 이 연구에 대한 미련을 버리지 못한 M이, W와 별도로 움직이며 혹시 T 외에 두루마리를 숨기고 있는 자가 있지 않을까 하고 탐색하던 중, 마을 사람들의 소문에서 T의 마음속을 짐작하고 반간고육의 심정으로 편지를 보낸 것이 적중한 것이었다. 물론 이는 비겁하기 짝이 없는 짓으로, W에게 변명의 여지는 조금도 없다. 더구나 그 편지를 계기로 다시금 T에게 접근하려 했으니 말할 것도 없다. 그러나 이때의 M의 비겁한 행위가 그 후 오늘날까지 그의 일생에 얼마나 무서운 대가를 요구하며 계속 재앙을 내렸는가를 돌이켜 보면, 실로 소름이 끼친다. '인과응보'를 연구한다던 자가, 도리어 그 인과응보의 실체에 시달려 자살까지 결심하게 되다니. 운명의 비꼼이라 하지 않을 수 없다. 웃을 힘조차 사라지는 일이다.

물론 그때의 M이 어떻게 그런 장래를 예지할 수 있었겠는가. 그는 이 전설이 지닌 정신과학적 매력과 T의 미모에 이끌려, 학문을 위해서라면 뒷일은 어떻게 되든 상관없다는 최초의 의욕으로 맹렬히 돌진했다. 그리고 반년 남짓 동안 T와 동거하는 사이, 그녀의 임신 징후가 점점 뚜렷해졌다. 여름 방학이 되자 분명한 태동이 느껴졌다. 그러나 이 태동이야말로 그 뒤 20년이라는 긴 세월 동안 W와 M 두 사람의 운명을 틀어쥐고 흔들어댄 '운명의 마신'의 전조였다. 마치 태아가 두 사람의 심장을 움켜쥐고 장난치듯, 초조하게 와인드업을 걸고 있는 듯했다. 그것은 정신과학 연구라는 이름 아래 피도 눈물도, 의리도 인정도 초월한 사악한 연극의 서막이었다. 길고 숨 막히는 불륜극의 중심 인물로, 배우들을 모조리 생사의 막다른 골목으로 내몰며 조롱하는 운명의 마신의 등장 예고였다. 그리고 그 마신이 무언의 개막과 함께 세상에 던진 첫 질문은 "나는 누구의 아이인가"라는 것이었다. 그 질문에 대해, 그때로부터 오늘에 이르기까지 유형적이든 무형적이든 아무 대답도 존재하지 않았다.

물론 W와 M은 그 질문에 대한 대답을 각자 마음속에 지니고 있었을 것이다. 그러나 그 대답이 확실히 움직일 수 없는 사실에 입각한 것인지는 의문이다. 왜냐하면, 후일 '혈액형에 의한 친자 감별법'의 권위자가 된 W조차도 자기 혈액이나 M의 혈액을 직접 채취해 확인할 수 없었기 때문이다. 더욱이 진실을 가장 명백히 증언할 수 있었던 태아의 어머니 T는 끝내 조사를 남기지 못한 채 세상을 떠났다. 결과적으로 '죽은 자는 말이 없다'는 말처럼, 아무 증거도 남지 않았다. 만약 T가 살아 있을 때 아이의 아버지를 누구라고 인정하며 그 성을 기록해 두었다면 문제가 없었겠지만, 안타깝게도 그런 흔적은 하나도 남아 있지 않았다. 호적에도 단지 '부 불명——쿠레 이치로'라고만 기재되어 있을 뿐이다. 이로써 W와 M은, T와의 관계를 긍정하든 부정하든 마음대로 할 수 있게 되었다. 하물며 T가 W와 M 이외의 남자와 관계하지 않았는지는 죽은 T의 양심 외에는 알 길이 없다. 결국 요약하면, T가 되살아나 명확하게 증언하거나, 혹은 움직일 수 없는 기록이 발견되지 않는 한, 그 아이의 아버지가 누구인지는 영원히 알 수 없다는 것이다.

그 운명의 마신은, 태어나 보니 옥 같은 남자아이였다. 메이지 40년 11월 22일, 후쿠오카 시외 마쓰조노의 한 가죽 상인 별채에서 울음을 터뜨리며 태어난 것이다. 그 순간, 지금까지 참고 있던 M은 처음으로 T에게 수수께끼 같은 질문을 던졌다. "쿠레 가문의 남자아이를 저주하는 두루마리가 있다는데…" 그러나 이 부분은 M이 오히려 W에게 한 수 당한 셈이었다. 왜냐하면 그때 비로소 어머니로서의 정을 견딜 수 없게 된 T가 완전히 자백했기 때문이다. 그녀의 고백은 이러했다.

"저는 어릴 때부터 책을 읽거나 그림을 그리는 것을 세 끼 밥보다 더 좋아했습니다. 그래서 철이 들 무렵부터 자주 혼자 절에 가서 고테이 님이 직접 그리셨다는 미닫이 그림이나, 직접 조각하셨다는 난간의 천인들을 바라보거나 베껴 그렸습니다. 그러던 중 참배하러 온 마을 사람들이 제가 있는 줄 모르고 절의 연기에 관해 여러 이야기를 나누는 것을 듣게 되었고, 어린 마음에 크게 감동했습니다. 그때, 절의 연기에 관한 기록이 남아 있으며 스님이 그것을 소중히 보관하고 있다는 이야기를 듣자, 꼭 보고 싶어 견딜 수 없었습니다. 그래서 사람이 없는 틈을 타 그림을 보는 척하며 찾아보던 끝에, 스님 방의 서랍에서 연기문을 발견했습니다.

그것을 읽고 나니, 불태워졌다고 전해지는 두루마리가 아깝고 아쉬워 견딜 수 없게 되었습니다. 그래서 본당으로 가 본존님을 흔들어 보았더니, 덜컹거리는 손끝의 감촉으로 분명히 두루마리가 들어 있음을 알게 되었습니다. 너무 놀라 가슴이 두근거렸습니다.

이 사실을 스님께 말씀드리자 단번에 꾸중을 들었기에, 며칠 뒤 학교에서 돌아오는 길에 향을 올리러 간 척하며 본존님의 목을 뽑아 두루마리를 꺼내 왔습니다.

하지만 집으로 가져와 창고 2층에서 펼쳐 보니, 생각지도 못한 무섭고 메스꺼운 그림뿐이었으므로 두 번 놀라 곧장 돌려주려 했습니다. 그러나 표장의 아름다움에 마음이 흔들려 돌려주는 것이 아깝게 느껴졌습니다. 그 후 집에 혼자 있을 때마다 조금씩 뒷면 종이를 떼어내 깨진 환등기의 안경으로 무늬를 비춰 보고, 붉은 비단 조각에 베껴 두었습니다. 그러나 발각될까 두려워, 만든 것은 모두 불태우거나 무로미가와에 흘려보냈습니다.

마침내 자수를 익힌 뒤에는 떼어낸 종이를 원래대로 수선해 두루마리를 본존의 태내에 돌려놓았습니다. 그런데 되돌려 놓을 때가 오히려 훨씬 더 무서웠습니다.

그 후 곧 후쿠오카로 나오게 되었으므로, 두루마리는 여전히 뇨게쓰지의 미륵님 태내에 있을 것입니다. 그러나 제 아이가 생기고 나니, 그 두루마리의 무서움이 더욱 실감됩니다. 언니 Y도 만약 남자아이를 낳고 그 두루마리의 존재를 알게 된다면, 저처럼 고테이 님이 태우지 않은 것을 원망하게 될 것입니다.

그렇다 해도 이 사실을 아는 이는 아무도 없습니다. 단지 저 혼자뿐입니다.

그러므로 제 독단으로 이 두루마리를 당신의 연구 재료로 드리겠습니다. 우리 집 혈통을 이은 남자아이에게만 재앙을 내린다는 이 무섭고 기묘한 두루마리의 힘을 과학의 힘으로 깨뜨려 주십시오. 이 아이에게 그 저주가 미치지 않도록, 부디 부탁드립니다."

이것이 눈물 어린 그녀의 고백이었다.

M은 어이없으면서도 기뻤다. 그렇다면 아무리 수색해도 밝혀지지 않았을 것이다. 우리의 수색 방침과 두루마리의 은신처가 족제비잡기처럼 엇갈려 갔으니, 결국 두 사람 모두 없는 쪽으로만 파고들었던 셈이다. 우연의 장난을 추리력으로 쫓아가려 했으니, 애초에 발견되지 않는 것도 당연하다. 혼자서 히죽 웃으며 T에게도 알리지 않은 채, 비밀리에 메이노하마에 와서, 뇨게쓰지의 본당에 숨어들었다. 본존의 목을 뽑아 확인해보니―.

나머지는 말하지 않겠다. 해도 설명이 되지 않으니."

"……."

"재판장의 판단에 맡긴다."

"……."

"W와 M의 그 이후의 행동, 아니, 바로 지금 이 자리에서 내가 검사로서의 논고와 M이 피고로서의 진술을 통해 제시할 수 있는 것은, 오직 두루마리의 행방을 네가 추단해 주는 것뿐이다."

"……."

"M은 메이노하마에서 돌아오며, 차가운 바람을 맞았다. 언젠가 그 두루마리의 마력, 여섯 구의 부패한 미인상에 저주받아, 학술이라는 이름 아래 실험의 십자가에 매달려 허망한 결말을 맞이할 그 사랑스러운 남자아이의 얼굴이 눈앞에 어른거렸다. 동시에 그는 그 모자에게 언젠가 닥쳐올 필연적인 비극을 떠올리며, 어떤 상황에도 흔들리지 않을 각오와 방침을 세우고 있었다."

"……"

"마쓰조노의 은신처로 돌아온 그는 아무렇지 않은 얼굴로, 아무것도 모른 채 아기에게 젖을 물리고 있는 T를 향해 그럴듯한 거짓말을 늘어놓았다. 두루마리는 스님이나 다른 누군가가 꺼내어 어딘가로 옮겨 숨긴 듯 보였으며, 이제 본존 미륵님의 태내에는 존재하지 않았다. 하지만 그건 청구한다고 해서 받을 수 있는 물건도 아니니, 그대로 포기하고 돌아왔다고 했다. 자신이 학위를 받아 대학에 봉직하게 되면, 그때 대학의 권위를 통해 학술 연구 재료로 제공받으면 늦지 않을 것이라고 덧붙였다.

그리고는 두루마리 문제는 일단 접어두자며, 고향의 재산 정리 문제가 연말에 닥쳐 곤란한 상황이라 서둘러 돌아가지 않으면 안 된다고 말했다. 그 김에 너희들의 호적 문제도 편리하게 처리할 생각이니, 필요하면 이러저러한 곳으로 연락을 하라고 이야기의 앞뒤를 꾸며내며 마지못하게 납득시켰다.

그 후 그는 후쿠오카 대학 최초의 졸업식마저 팽개치고 상경해 버렸다. 더구나 고향으로 돌아가지도 않고 곧장 도쿄로 가서 전적 수속을 마친 뒤, 전속력으로 여행 면허를 취득하고는 해외로 떠나버렸다. 이것이야말로 이미 M의 마음속에 완성되어 있던, 다가올 비극에 대한 전투 준비의 첫 걸음이었다. 그리고 이는 오직 W만이 알 수 있는, 그에게 향한 선전포고이기도 했다."

"……."

"그런데 이에 대한 W의 응전 태도는 꽤나 침착했다. 그는 고상하게 하얀 옷을 입고 모교의 연구실에 틀어박혔다. 모든 것을 통찰하고 있다는 듯한 얼굴로 태연하게 현미경을 들여다보고 있었다."

"……"

"W와 M의 성격 차이는 그 후에도 계속 드러났다. M은 유럽과 미국의 여러 대학을 떠돌며 심리학, 유전학, 그리고 막 일어나기 시작한 정신분석학까지 연구하면서, 한편으로는 국내의 관보와 신문을 통해 W의 동정을 살피며 시기를 엿보고 있었다. 그것은 하나, 태어난 남자아이에게 자신의 성을 붙이는 것을 피하기 위해서였고, 또 하나는 T의 추궁을 피하기 위해서였다. 왜냐하면 드물게 예리한 두뇌를 가진 T가, 만약 M의 행방불명과 뇨게쓰지의 두루마리 분실 사건을 연결해 생각한다면, 머지않아 무서운 의심에 다다를 것이 분명했기 때문이다. W와 M이 왜 그토록 두루마리를 원했는지, T는 여러 가능성을 추리했을 것이다. 여자의 본능적 예리함과 모성애의 필사적인 힘으로 만약 그들의 진짜 속셈을 눈치챘다면, 분명 M을 먼저 의심했을 것이며, 국경을 넘어 추궁해 올지도 모른다고 M은 알고 있었다.

하지만 또 한편으로 M에게도 유리한 점이 있었다. W가 귀국한 뒤 보여 준 태도에서, 그는 T 모자가 후쿠오카 시를 중심으로 한 하루 거리 안에 살고 있을 것임을 짐작했다. T는 아직 서른이 되지 않은 나이였으니 어디에 있든 미인의 소문이 따라붙었을 것이고, 아이 I 또한 아버지가 누구인지 모른 채 어머니와 살고 있었다면 특별한 사정이 없는 한 어머니의 성을 따르고 있을 터였다. 나이는 사생아니 신고가 늦었을 수도 있겠지만, 대략 심상소학교 3~4학년일 것이라 추측할 수 있었다. 결국 필요한 것은 발품이었다. 그는 후쿠오카를 중심으로 한 W의 출장지를 하나씩 뒤지기 시작했고, 귀국한 지 반년이 채 안 되어 노가타 초등학교 칠석회 진열실에서 5학년 학생들의 성적품 속에서 I의 이름을 발견했다. 다만 그때까지 M은 아이가 성적이 뛰어나 한 학년을 뛰어넘어 다섯 학년에 있다는 사실을 몰랐기에, 혹시 동명이인이 아닐까 의

심하기도 했다.

그 순간, 하늘이 움직였던 것일까. 우연히 진열실에 들어온 한 학생이 뒤를 돌아본 시선이 M의 눈과 맞닿았다. 그는 본능적으로 시선을 피하지 않을 수 없었고, 도망치듯 교문을 나와 얼굴을 가린 채 과학자로서의 생애를 저주했다. 아이는 어머니를 빼닮아 눈, 코, 입, 풍채 어디에도 W의 아들 같은 모습은 없었고, 동시에 M과 닮은 구석도 전혀 없었다. 그 사실을 떠올리며 안도의 한숨을 내쉬었지만, 곧 그 한숨마저 저주할 수밖에 없었다. 아이의 얼굴이 너무나 사랑스럽고 예뻤으며, 발육도 원만하고, 성격 또한 순진무구했기 때문이다. 그 눈동자는 마치 보리심을 떠올리게 했다. M은 그 눈빛을 아무리 떨쳐내려 해도 지워낼 수 없었고, 그 아이가 언젠가 '미치광이 지옥'에 내던져질 운명을 생각할 때마다 스스로를 채찍질하며 거리에서 죄를 씻듯 다녔다. 그는 목어를 두드리며 아이의 후생을 빌었다. 그만큼 그 아이는 맑고 아름답게 자라나고 있었던 것이다.

W는 규슈 제국대학 법의학 교실의 유리창 너머로 이런 M의 행동을 꿰뚫어 보며, 창백한 얼굴에 특유의 냉소를 감추지 않았을 것이다. 그는 M이 해외로 달아난 이유를 누구보다 잘 알고 있었고, M이 반드시 돌아올 것임을 확신했다. I가 사춘기에 이르기 전에, 반드시 규슈로 돌아올 것이라고 믿었을 것이다. 그는 이미 모든 연구를 끝내고, 실험을 위한 준비를 갖추며 기다리고 있었음에 틀림없다.

결국 M도 학술의 노예였다. 그가 평생 연구 목표로 삼았던 것은 '인과응보'와 '윤회전생'의 과학적 원리, 곧 '심리 유전'의 결론이었다. 그 실험 결과를 받아들이고자 하는 열망은, W가 심혈을 기울여 집필하던 명저 『정신과학 응용의 범죄와 그 증거』의 사례로 이 두루마리를 활용하려는 집착과 결코 다르지 않았다. 두루마리가 그만큼의 연구 가치와 매력을 지니고 있다고 W는 믿어 의심하지 않았다.

그러나 M은 여전히 괴로웠다. 학술을 위해 양심을 희생하고, 아무 죄도 없는 소년이 산 채로 영혼을 뽑히는 것을 지켜본다는 결심. 그 살아 있는 시체를 손에 걸어 검사하고, 그 결과를 공표한다는 결심은 차마 내릴 수 없는 것이었다. 그는 대학 졸업 후 십수 년 동안 죽기 살기로 연구했으나, 그 연구는 실은 양심의 가책을 잊기 위한 몸부림이었다. 자신이 사형 집행인이라는 고통을 잊기 위해 단두대에 나아가는 심리였던 것이다. 그리고 결국, 그가 모교에 제출한 학위 논문이 내린 근본적인 주장은 바로 이것이었다. '뇌수는 사물을 생각하는 곳이 아니다.'"

"……"

"이렇듯 M의 개인적인 번민은 마침내 학술에 대한 연구욕에 굴복했다. 그는 전 세계에 걸쳐 만연하는 '광인의 암흑시대', '미치광이 지옥'을 자신의 학설의 힘으로 깨부수기 위해 모든 것을 잊고 다시 맹진의 의욕을 되찾았다. 아마도 W에게 결코 뒤지지 않을 냉정과 잔혹함으로, I의 나이를 손꼽아 기다릴 수 있게 된 것이다."

"……"

"T의 운명은 풍전등화였다. 이제 T는 자신을 중심으로 그려졌던 W와 M의 사랑의 로맨스가 실은 무엇을 의미하고 있었는지를 끝내 깨닫고 있었을 것이다. 그때의 두 사람의 정열은 모두 두루마리의 마력과 자신의 육체적 매력을 건 것에 불과했으며, 그 외의 것은 전혀 아니었다는 사실을 조금도 의심하지 않았을 무렵이었다. 그리고 두루마리를 빼앗아 간 자는 자신에게서 소재를 들은 M이거나, 혹은 실연의 원한을 품은 W 중 하나임에 틀림없다고 굳게 확신했을 것이다. 동시에 그 두 사람이 연약한 여자가 맞서기에는 너무도 무서운 상대임을 잘 알면서도, 필사적으로 아이를 껴안고 떨고 있었으리라."

"그래서 그녀, T의 상상 속 깊은 곳에서는, 설마 하면서도 떨며 떠올렸을 것이다. 만에 하나라도 두루마리의 마력이 I에게 시험된다면, 곧바로 떠올릴 이름은 단 두 개. W인가, M인가. 그러므로 T의 죽음은 이 전대미문의 학술 실험을 위해 기어코 필요한 첫 번째 조건이었던 것이다."

"아아, 선생님, 제발 기다려 주세요. 이제 그만해 주세요. 그런 무서운 일이…."

나는 저도 모르게 비명을 질렀다. 큰 테이블 위에 딱 하고 엎드렸다. 머릿속은 끓어오르는 듯했고, 이마는 얼음처럼 차가웠으며, 손바닥은 불타는 듯했다. 헐떡이며 거친 숨을 죽였다.

"뭐라고? 무슨 말을 하는 거냐. 네가 파고들어 질문했기에 내가 설명하고 있는 것 아닌가."

마사키 박사의 불가항력적인 힘이 담긴 목소리가 내 머리 위로 떨어졌다. 그러나 곧 어조가 바뀌어 타이르는 듯한 말투가 되었다.

"그런 기운 없는 태도로는 아무것도 할 수 없다. 남의 일생을 뒤흔드는 중대한 비밀을 듣겠다고 스스로 약속해 놓고, 도중에 이제 됐다고 하는 놈이 어디 있느냐. 실제로 이 사건과 싸워 온 내 입장에 서 보라. 내가 감당해 온 불리함과 고통을 생각해 보라. 아직도 더 무서운 이야기가 기다리고 있다. 이제부터가 진짜다."

"……"

"알겠나. T도 이 사건의 첫 번째 조건의 존재를 어느 정도는 짐작하고 있었음이 분명하다. 그녀가 I에게 '네가 대학교를 졸업할 때까지 내가 살아 있다면 모든 것을 말해 주겠다'고 했던 것은, 어머니로서의 절박한 생각 끝에 거기까지 신경을 쓰고 있었다는 가장 좋은 증거다. 결국 T의 생활은 철저히 목숨을 건 것이었다. 한편으로는 저주의 힘으로부터 I를 지키기 위해 아무것도 말하지 않고, 아이가 성장하여 머리로 그 정체를 이해하고 경계할 수 있을 때까지 기다릴 수밖에 없었다. 또 한편으로는 남몰래 M의 행방을 추적하며 두루마리의 존재 여부를 확인해야 했다. 그렇지 않으면 자기 힘으로라도 W와 M을 맞대어 모든 것을 털어놓게 만들고 싶었을 것이다. 무서운 학술의 욕망과 애욕의 갈등을 종식시키고 싶었을 것이다. 가능하다면 두루마리를 스스로 소멸시켜 아이에게 닥칠 저주를 끊고 싶었을 것이다. 그녀의 모성애는 그토록 참혹하고 집요했다.

그러나 T의 옛 정인인 W와 M은 이미 20년에 걸친, 아니 숙명적인 원수 관계에 있었다. 인정의 세계에서도, 학문의 세계에서도 원수였다. T 모자를 사이에 두고 서로를 저주하며 살아온 두 사람은, 이미 학문이라는 이름에 붙들린 귀신이 되어 있었다. 물어뜯고 싸우는 것 외에는 살아갈 길을 잃어버린 두 사람이었다. 그리고 그 저주의 힘을 결집하여, 어느 쪽 아이일지 모르는 I에게 두루마리의 마력을 시험하고, 그 결과를 학계에 발표하여 명예를 차지하려 했다. 동시에 그 비인도적 죄책은 상대에게 떠넘기려 했다. 두 사람 모두 발톱을 갈고 있었다. 누구의 아이인지 따위는 이미 오래전부터 중요하지 않았다. 그저 확실히 쿠레 가문의 혈통을 잇는 남자아이이기만 하면, 학술 연구상 더할 나위 없는 희생이라 생각했던 것이다."

이번에는 내 온몸에 전율이 솟구쳐 더는 참을 수 없었다. 머리를 두 손으로 감싸 쥐고 녹색 라사 위에 엎드렸다. 해부칼처럼 날카로운 마사키 박사의 목소리가 귀를 찔렀고, 말 한마디 한마디가 모든 신경을 위협했다.

"결과는 마침내 도달했다. 20년 전 M이 두려워하며 발버둥 치고 도망치려 했던 그 무서운 출발점의 결승선에, 악마적인 불가항력에 이끌려 되돌아오게 된 것이다. 20년 전, 바로 그때 M을 달리게 했던 졸업 논문 '태아의 꿈'이, 보이지 않는 숙명의 힘에 의해 틀림없이 그를 원래 자리로 밀어 넣은 셈이다."

나는 자리에서 뛰쳐나가 방 밖으로 달아나고 싶었다. 그러나 이상한 힘에 짓눌린 듯 의자에 붙박여 버려, 전율만이 계속될 뿐이었다. 귀를 막을 수도 없었다. 그 순간, 마사키 박사의 갈라진 목소리가 한 마디 한 마디 명료하게 내 귓속을 파고들었다.

"이렇듯 이 실험의 진행에 있어 첫 번째 장애물, T의 목숨은 완전히 제거되었다. W와 M, 그리고 I의 과거를 잇는 유일한 증인. I가 누구의 아이인가를 정확히 증언할 수 있었던 동시에, 이 무서운 과학 실험의 수행자를 단 한마디로 입증할 수 있었던 '살아 있는 증거' T는, 예정대로 완벽히 미궁 속에 묻혔다. 이어서 문제가 된 것은 이 실험의 두 번째 조건이었다. 즉, M이 규슈 제국대학 의학부 정신병과 교수 자리에 앉는 일이었다. 이는 곧, 이 실험의 결과로 언젠가 추궁당할지도 모를 사건의 범인을 은폐하기 위해서도, 서로의 비밀을 지켜 절대적인 안전을 확보하기 위해서도, 또 적절한 시기를 가늠해 범행의 책임을 상대에게 떠넘기기 위해서도, 지극히 필수적인 조건이었다."

지금까지 방안을 쿵쿵 걸으며 돌아다니던 마사키 박사는 그렇게 말하자마자 갑자기 멈춰 섰다. 내가 몸을 엎드린 채 바라보니, 그 자리는 마침 동쪽 벽에 걸린 사이토 박사의 초상화와, '다이쇼 15년 10월 19일'이라고 적힌 달력 앞이었다. 발소리와 함께 목소리마저 뚝 끊기자 방 안은 뜻밖의 정적에 휩싸였다. 그 발소리와 목소리에만 귀를 기울이고 있던 나는 순간 마사키 박사가 갑자기 사라져 버린 것 같은 착각에 빠졌다.

그러나 그것은 불과 2~3초간의 일. 이내 나는 그 정적의 무서운 의미를 절실히 깨달았다. "아, 아…" 하고 알아차릴 틈도 없이, 오늘 아침부터 내 머릿속을 어지럽히던 모든 의문이 일시에 번뜩이며 되살아났다. 나도 모르게 양손으로 머리카락을 움켜쥔 채, 마사키 박사가 내뱉을 다음 말을 바늘 끝처럼 겁에 질려 기다리고 있었다.

10월 19일의 비밀.
그날 발견된 사이토 박사의 변사체의 비밀.

그 사이토 박사의 변사와 관련하여 마사키 박사가 정신과 교수직에 취임하게 된 이면의 속임수의 비밀.
그로부터 꼭 1년째 되는 같은 달 같은 날, 바로 어제라는 날에 마사키 박사를 자살 결심에 몰아넣은 운명의 마수의 비밀.
또 마사키 박사가 이미 한 달 전에 자살했다고 단정하듯 말했던 와카바야시 박사의 의식 혼탁적인 심리 상태의 비밀.
그리고 그 모든 비밀의 이면에 숨어, 전부를 지배하고 있음에 틀림없는 또 하나의 큰 비밀.

모든 것은 단 한 사람의 소행.
W인가, M인가.

그 정체가 다음 순간 마사키 박사의 단 한마디에 의해 전광처럼 해명될지도 모른다는 공포 앞에서, 방 안은 암흑의 침묵, 정적에 잠겨 있었다.

그러나 마사키 박사는 이내 아무렇지도 않은 듯 발걸음을 옮겨 쿵쿵 소리를 내며 다시 걷기 시작했다. 잠깐의 침묵 동안 내가 가장 두려워하던 설명의 지점을 뛰어넘고, 그는 계속 말을 이었다.

"이렇듯 M이 사이토 박사의 후임으로 규슈 제국대학 정신병과 교수에 부임하자마자, 학계의 공전을 불러올 이 실험은 결행되었다. 그리고 그 결과가 전부 이처럼 내 앞에 던져졌다."

"……."

"그래서 현재로서는 W와 M 두 사람 모두 공범이다. 설령 공범이 아니라고 하더라도, 변명할 만한 증거는 없다."

"……."

"그래서 나는 각오를 다졌다. 그리고 네가 조금 전부터 읽고 있던 심리 유전 부록의 초안을 통해 노가타 사건의 진상까지 완전히 덮어 버렸다. 로쿠로쿠비(역: 일본 요괴, 목이 늘어나는 귀신)나 시체귀 같은 사례까지 예로 들어 고심참담을 거듭한 끝에, 학술 연구 자료로 공표해도 무죄라고 할 수 있을 정도로 앞뒤를 맞춰 두었다."

"……."

"이 모든 이면의 소식을 오직 우리 둘만의 절대적인 비밀로 묻어 두기 위해. 원망도, 시기도 잊고. 학술을 위해, 인류를 위해."

"……."

"이것도 역시 보리심이라고 말할 수 있을 것이다. 저 쿠레 이치로의 미친 모습을 보고 차마 견딜 수 없었기 때문이다."

마사키 박사의 목소리는 여기까지 오자 갑자기 눈물에 젖어, 책상 위에 엎드린 내 정면 가까이로 다가왔다. 이내 털썩 하고 회전의자에 몸을 던지는 소리가 났다. 곧 코안경을 큰 테이블 가장자리에 내려놓고, 주머니에서 손수건을 꺼내 눈물을 훔쳤다.

그러나 그 순간 이상하게도 내 온몸을 타고 흐르던 전율이 딱 하고 멎어 버렸다. 대신 지금까지와는 전혀 다른, 말로 형언하기 힘든 불쾌한 감정이 창자의 밑바닥에서 꿈틀꿈틀 치밀어 올라왔다. 마사키 박사의 눈물 섞인 목소리가 오히려 그것을 자극하고 있었다.

나는 책상 위에 엎드린 채 거의 형식적으로 그 자리에 누워 있으면서, 속으로 이렇게 말하고 싶었다.

"무엇을 울든, 무엇을 지껄이든 마음대로 하라. 나와는 전혀 무관한 일이지만, 듣는 것만은 들어 주겠다."

어쩌다 보니 나는 냉담하고 남 같은 기분이 되어 버린 것이다. 나중에 곱씹어 보아도 기이하기 짝이 없는 심리적 변화였다. 나 자신조차 왜 그런 기분으로 변했는지 알 수 없었다. 그러나 나는 꼼짝하지 않고 그대로 엎드려 있었기에, 자기 이야기만으로 열중해 있는 마사키 박사가 내 감정 변화를 눈치챌 리는 없었다.

"마사키 박사는 내 앞에서 가볍게 헛기침을 하고 목소리를 가다듬었다. 그러더니 이번에는 어조를 바꾸어 지극히 장중한 어기로 내 머리 위에서 짓누르듯 한 구절 한 구절 끊어 말했다.

"오직 여기에 한 사람, 너라는 인간이 있다."

"……"

"너는 나와 와카바야시에게 선택된 이 사업의 후계자이다. 아니, 사실 나와 와카바야시는 이 사업의 최종 성과를 사회에 공표할 자격을 가진 사람이 아니다. 오직 너만이 그 신성한 사명을 짊어지고 우리 앞에 나타난 유일한 천사이다. 스스로 그 사명이 무엇인지조차 모르는, 철저히 무지하고 진정으로 순진무구한 청년이다."

"……."

"즉, 나와 와카바야시는 솔직히 고백하건대 이 사건의 진상을 이런 식으로 위장된 형태로 우리 손으로 발표하고 싶지 않다. 가능하다면 우리가 세상을 떠난 후, 적절한 제3자의 손에 의해 진실한 모습으로 고쳐 발표되기를 바란다. 그것이 우리 두 사람의 평생의 소원이며, 순수한 학자로서의 양심에서 비롯된 희망이다. 그래서 우리는 말하지 않고도 협력하여, 네 기억을 되살리고 네 의식을 본래의 상태로 회복시키기 위해 전력을 다하고 있는 것이다. 이제 곧 네가 과거의 기억을 회복해 이전의 의식으로 돌아온다면, 이 사업의 후계자가 너 외에는 아무도 없다는 사실을 반드시 자각하게 될 것이다. 그리고 너는 죽을 만큼의 경악과 감격 속에서 이 전무후무한 대연구의 발표를 맡아 전 인류를 경악과 진동 속에 몰아넣게 될 것이다.

그 발표를 통해 태초 이래 이어져 온 광인의 암흑시대를 단번에 무너뜨리고, 전 세계의 미치광이 지옥을 밑바닥부터 전복하여 이 유물과학 만능의 암흑 세계를 정신문화의 광명 세계로 뒤집어 줄 것이다. 동시에 앞으로 도래할지도 모르는 정신과학 응용 범죄의 시대를 미연에 방지하고, 가련한 한 소년 쿠레 이치로를 비롯한 희생들을 무의미한 희생으로 묻히게 하지 않을 뿐 아니라, 전 인류가 그들에게 감사와 조의를 바치게 만들 것이다. 그리고 마지막으로, 우리 두 사람의 입술에 사라지지 않는 극지의 얼음 같은 '냉소'를 남긴 채 세상을 떠나도록 해 줄 것이다. 우리는 그 확신 속에서 남은 여명을 깎아내며 이 연구에 매달리고 있는 것이다."

"……."

"그렇다 해도, 지금 네 머리로 생각하면 이것은 도저히 이해할 수 없는 불합리한 요구처럼 보일지도 모른다. 나와 와카바야시가 네가 쿠레 이치로와 닮았다는 이유로 너를 대역으로 써서 허위의 학술 연구를 꾸미고, 그것을 거짓된 방식으로 세상에 발표하려 한다고 오해할 수도 있을 것이다.

하지만, 하지만, 나는 천지의 영혼에 맹세한다. 비록 우리 둘 사이의 사적인 거래에는 온갖 허위가 섞여 있을지라도, 우리가 수행해 온 학술적 실험과 그 실험으로 증명된 학리와 원칙 속에는 단 한 점의 거짓도 없다. 다만 그 진실과는 전혀 무관한 '발표 형식'에 불가피하게 허위가 섞였을 뿐이며, 그것도 이제는 진실한 형태로 바로잡아 네게 보고한 상태다.

그러므로 이것만큼은 어디까지나 우리를 믿어야 한다. 너는 의심의 여지 없이 이 실험의 경과를 진실된 형태로 정리해 발표해야 할 유일한 책임자다. 즉, 와카바야시의 조사 서류와 나의 유언장을 한데 묶어 하나의 결론을 붙여 학계에 발표하도록 신의 뜻에 의해 선택된 단 하나의 자격자. 그것이 네 과거의 기억이 회복됨과 동시에 판명될 것이라고, 나도 와카바야시도 믿어 의심치 않는다.

아니, 우리 둘만이 아니다. 만일 일반 사회 사람들이 네 이름을 듣는다면, 그 순간 누구도 망설이지 않고 '이 일의 적임자는 그 사람 외에는 없다'고 확인할 것이다. 네 이름은 이미 여러 차례 거론되었고, 세상 사람들도 어느 정도 기억하고 있을 테니, 그 힘은 분명하다. 그래서 나는 네가 정신을 회복하고 있다는 것을 알자마자 안심하고 이 유언장을 쓸 수 있었던 것이다.

그러나 내가 자살을 결심한 이유는 전혀 다른 데 있다. 그것은 어제 정오, 해방 치료장에서 일어난 참혹한 사고가 내 책임감을 자극했기 때문도 아니며, 하필 그 날이 사이토 선생의 기일이라 일종의 무상(無常)을 관조했기 때문도 아니다. 솔직히 말해, 나는 인간 자체가 싫어졌다. 이런 연구라도 붙들고 있지 않으면 쓸 데 없이 머리 굴릴 곳조차 없는 인간 세상의 천박함과 저열함에 진저리가 났다.

차라리 세상을 신발명한 화약으로 폭발시켜 버리겠다든지, 개구리 알에서 인간을 부화시키겠다든지 하는, 일단 기발하고 재치 있는 연구라면 모를까. 그러나 '심리 유전' 같은, 어린아이도 이해할 만큼 단순한 원리를 증명하기 위해 발이 막대기가 되고 뇌수가 돌이 될 만큼의 고통을 겪어야만 한다. 끝없는 질 나쁜 인연과 집요한 구속에 시달리며, 그야말로 지옥 같은 고통을 거쳐 겨우 진리에 도달한다 해도 남는 것은 무엇인가.

처자식과 함께 조용한 여생을 누리는 것도 아니고, 오히려 연구가 세상에 알려지는 순간이 곧 자기 일생이 파멸하는 순간이다. '괴물'이라 조롱당하고, 밟히고, 차이고, 침 뱉음을 당하는 순간이다. 그것이 바로 '꼴 좋다'라는 결말일 뿐이다."

"……."

"이런 꼴사납고 엉망진창의 결론에 이를 줄은 오늘날까지도 눈치채지 못했다. 나는 곰곰이 생각한 끝에 스스로의 어리석음에 질려 버렸다. 인간도, 학자도 모두 사양하고, 원래의 근원으로 돌아가고 싶어진 것이다. 상대 앞에 모든 것을 내던지고 싶어진 것이다."

"……."

"지금 내 기분은 와카바야시의 그것과는 정반대일 수밖에 없다. 와카바야시는 끝까지 이 실험을 고집하며, 나와 철저히 맞서 싸우려 하고 있음에 틀림없다. 특히 그는 자신이 결핵에 걸려 여명이 얼마 남지 않았음을 알고 있다. 그래서 오늘 아침부터 네 정신이 회복 조짐을 보이자, 머리를 손질해 주거나, 대학생 옷을 입히거나, 그녀에게 소개하는 등 여러 방법을 써서, 하루빨리 네가 스스로를 쿠레 이치로라 믿고 그의 편에 서게 만들어, 자기에게 유리한 발표를 하려 초조해하고 있었던 것이다. 아니, 지금 이 순간에도 우리 둘을 둘러싸고 보이지 않는 그물을 치고, 은밀히 자기 쪽으로 끌어들이고 있음에 틀림없다."

"……."

"그러나 나는 애초부터 그런 귀찮은 싸움에 상대할 마음이 없었다. 어차피 나는 전차 같은 것에 몸을 맡겨 혜성처럼 앞서 달릴 생각이었고, 모든 재산은 적으나 이 진상의 발표에 대한 감사의 표시로 서류를 와카바야시에게 일단 맡겨 두었다. 네 기억이 회복된 뒤 다시 넘겨받을 작정이었다. 발표 내용도 마찬가지로 '심리 유전'의 대략적 요령만 전달하면 충분하고, 부록 속 사건의 범인 이름 같은 것은 아무래도 상관없다는 생각으로 지금껏 있었다.

하지만, 이것이 전생의 업이란 말인가. 아까부터 와카바야시가 특유의 정중한 수법으로, 은근히 최면술 같은 암시를 네게 주며 자기 뜻대로 끌어들이려는 태도를 보고 있자니, 내 성미가 지글지글 끓어올랐다. 그 뻔히 보이는 수법이 소름끼칠 만큼 역겨워서, 한 번 역습해 주리라 마음먹고 이렇게 말하게 된 것이다.

그런데 이렇게 네게 이야기하는 사이, 내 기분이 또다시 변하고 있음을 느낀다. 이제는 모든 게 다 귀찮아졌다. 어차피 엉망진창의 업보라면, 될 대로 되라는 심정이다. 차라리 이 모든 것을 한 번에 부숴 버리고 싶어졌다.

그러니 어렵지 않다. 나는 오늘, 지금 즉시 너와 모요코를 이 병실에서 해방시키겠다. 그리고 이 서류들을 남김없이 불태워 없애겠다.

나는 단언한다. 저 6호실의 소녀 모요코는, 저 해방 치료장 구석에 서 있는 젊은이의 아내가 될 운명의 여인이 아니다. 법적으로도, 도덕적으로도 분명히 너의 미래의 아내가 되도록 정해진 여성이다. 네 '베터 하프'가 되기 위해 몸부림치며 그리워하는 가련한 소녀임에 틀림없다. 과학적 관점에서도 한 치의 오차가 없음을, 나와 와카바야시 두 사람의 전문의 명예를 걸고 맹세한다.

동시에 나는 다시 한 번 전문의로서 단언한다. 네가 먼저 모요코와 결혼 생활을 시작하지 않는 한, 와카바야시와 내가 아무리 애써도 네 현재의 장애, 즉 '자아 망실증'에서는 벗어날 수 없다. 이것이 모요코와 너를 함께 구할 수 있는 유일한 마지막 수단이라는 사실을, 방금 전까지의 여러 실험을 통해 겨우 알게 된 것이다. 물론 이것은 강제로 떠맡기려는 말이 아니다. 네가 지금 겪는 자아 장애――'자아 망실증'을 치료하기 위해서 가장 효과적인, 최후의 비장의 정신과학적 요법이라는 뜻이다. 이 원리에 대해서는 프로이트나 성과학자 슈타인나흐도 나와 견해를 같이한다.

이 마지막 치료법의 효과는 2와 2를 합해 4가 되는 것보다도 더 확실하다. 그 증거는 그녀와 네가 행복한 결혼 생활에 들어가자마자 네 기억 속에 무한히 되살아날 것이다. 지금까지의 기괴하고 불가사의한 일들이 결코 해방 치료장의 미청년과 무관하며, 모두 네 자신과 직접 관련된 사건이라는 사실이, 전등 스위치를 켜는 것처럼 단번에 밝혀질 것이다.

왜냐하면, 네가 모요코와 신혼 생활에 들어가는 순간, 네 머릿속을 억누르고 있던 생리적 원인에서 해방되기 때문이다. 지금까지 도저히 떠올릴 수 없었던 과거의 기억들이 한꺼번에 줄줄이 떠오를 것이며, 네가 지금 의심하고 방황하며 괴로워하는 사건의 진상을 속속들이 간파하고 '아, 과연 그랬던가' 하고 긴 한숨을 내쉴 날이 반드시 올 것이다.

그리고 네가 물질적으로도 정신적으로도 축복받은 진정한 가정 생활에 들어감과 동시에, 남이 시키지 않아도 스스로의 이지와 공정한 관찰에 입각해 이 사건의 진실을 학계에 발표할 것이다. 그 발표는 나와 와카바야시의 노력의 실상을 공정하게 심판대에 올리고, 동시에 현대의 탈선한 악덕 문화를 바로잡는 전환점이 될 것이다. 나는 이를 다시 한 번, 내 전문의 이름에 걸고 맹세한다. 너와 모요코의 명예와 행복을 위해서다."

"안 됩니다."

나는 갑자기 굉장한 힘으로 벌떡 일어났다. 불길 같은 분노에 온몸을 떨며 회전의자에서 몸을 일으켰다. 마사키 박사의 입을 떡 벌린 어이없어하는 얼굴을 내려다보며 으드득 이를 갈고 입술을 떨었다.

"아… 아, 싫습니다. 정말로 싫습니다. 절대로 거절합니다."

"……."

나는 그동안 필사적으로 눌러 참아 온 온갖 불쾌한 생각들이 입을 뚫고 쏟아져 나오는 것을 막을 수 없었다.

"저는 정신병자일지도 모릅니다. 바보일지도 모릅니다. 하지만 자존심만은 있습니다. 양심만은 지키고 있다고 믿습니다. 설령 아무리 아름다운 사람이라 해도, 저 자신이 아직 누구의 연인인지조차 기억하지 못하는 여자와 단지 치료를 위해 억지로 맺어지는 일은 단연코 할 수 없습니다. 법적으로도, 도덕적으로도, 학술적으로도 아무리 정당하다 해도 제 양심이 허락하지 않습니다. 그 여인이 저를 정당한 남편이라 인정하고 그리워한다 해도, 제가 기억하지 못하는 한, 그 기억을 되찾지 못하는 한, 어떻게 그런 부끄럽고 한심한 짓을 할 수 있겠습니까. 하물며… 하물며… 이런 더러운 연구의 발표 같은 것을, 누가… 누가! 에잇!"

"기, 기다려."

마사키 박사가 앉은 채로 새파랗게 질려 양손을 들어 보였다.

"학… 학술을 위해서…."

"안 됩니다! 안 됩니다! 절대로 안 됩니다!"

내 눈에서는 눈물이 쉴 새 없이 흘러넘쳤다. 마사키 박사의 얼굴도, 방 안의 풍경도 모두 희미하게 가려졌지만, 눈물을 닦을 겨를도 없이 나는 계속 외쳤다.

"학술이 무엇입니까? 연구가 무엇입니까? 서양 과학자가 뭐가 그리 대단합니까? 저는 미치광이일지 몰라도 일본인입니다. 일본 민족의 피를 이어받았다는 자각만은 있습니다. 그런 잔인하고, 부끄럽고, 서양식의 학술 연구나 실험 따위에 몸을 내맡기는 것은 죽어도 싫습니다. 학술 연구라는 것이 이런 더럽고 부끄러운 짓을 해야만 하는 것이라면, 그리고 제가 억지로 이런 연구에 관계하도록 정해진 인간이라면, 저는 제 과거의 기억과 함께 이 머리를 지금, 바로 부숴 버리겠습니다!"

"그… 그건… 그런 것이 아니다. 실은 너는… 너는 쿠레 이치로의… 쿠레 이치로가…."

말하는 동안 마사키 박사의 태도는 엉망으로 무너져 갔다. 천지가 뒤집혀도 흔들리지 않을 것 같던 그 대담무쌍하고 검은 얼굴이 순식간에 새빨갛게 변했다가 다시 새파랗게 질렸다. 허리를 굽히고 양손을 뻗으며 내 말을 가로막으려는 당황한 모습이 눈물에 가려진 시야 너머로 흔들흔들 비쳤다. 그러나 나는 더는 듣지 않았다.

"싫습니다! 싫습니다! 제가 쿠레 이치로의 무엇이든, 어떤 신분이든, 그것이 무슨 상관입니까. 죄는 죄입니다. 누가 들어도 똑같은 죄악입니다!"

"……."

"선생님들은 학술 연구든 뭐든 마음대로 하십시오. 마음대로 죽든 살든 알아서 하시면 될 일입니다. 하지만 선생님들이 학술 연구의 장난감으로 삼은 쿠레 가문의 사람들은 어떻게 됩니까? 그들은 선생님들께 아무 잘못도 하지 않았습니다. 오히려 선생님들을 믿고 존경하며 의지했을 뿐인데, 속임을 당하고, 미치광이가 되고, 끔찍한 학술 실험의 희생양이 되어, 이 세상에 둘도 없는 공포 속에 빠져 있지 않습니까? 죽을 만큼 사랑하는 부모와 자식, 연인 사이가 선생님들의 손에 의해 억지로 갈라져, 지옥보다 더한 고통을 받고 있지 않습니까? 그런 사람들을 어떻게 원래대로 돌려놓으실 겁니까? 오직 연구만 할 수 있다면 다른 것은 아무래도 좋다는 겁니까?"

"……."

"직접 손을 대지 않았다 해도 똑같습니다. 죄의 고백을 남에게 발표하게 하면 그걸로 무효가 된다고 생각하십니까? 양심의 가책을 느낀 것만으로 죄가 씻어진다고 믿으십니까?"

"……."

"너무… 너무하지 않습니까?"

"……."

"선… 선생님…."

나는 외치며 눈앞이 아득해졌다. 나도 모르게 큰 테이블 위에 양손을 짚고 몸을 지탱했다. 새로 솟구치는 뜨거운 눈물로 아무것도 보이지 않은 채, 거칠게 숨을 몰아쉬었다.

"부탁입니다. 부탁입니다. 그 벌을 받아 주시지 않겠습니까. 그리고 불쌍한 사람들의 희생이 헛되지 않도록 해 주시지 않겠습니까. 기꺼이, 진심으로 감사하며 그 연구의 발표를 제가 맡게 해 주시지 않겠습니까."

"……."

"그 벌의 시작으로는 제가 와카바야시 박사를 끌고 와서 선생님 앞에 무릎 꿇리고 사죄하게 하겠습니다. 그것이 사랑의 원한이었는지, 아니면 다른 이유였는지, 어째서 이런 무섭고 잔혹한 짓을 했는지 직접 자백하게 하겠습니다."

"……."

"그리고 나서 선생님과 와카바야시 박사 두 분께서 피해자들에게 사죄해 주십시오. 사이토 선생님의 초상 앞에서, 노가타에서 죽은 치요코의 무덤 앞에서, 그리고 미치광이가 되어버린 쿠레 이치로와 모요코, 야요코 씨 앞에 가서, 한 사람 한 사람에게 참회해 주십시오. '학술 연구를 위해서였다'고 말씀하시고, 진심으로 사과해 주십시오."

"……."

"제가 부탁드리는 건 그것뿐입니다. 부디, 부디 부탁드립니다. 제가 이렇게 간절히 말씀드리니까."

"……."

"그렇게만 해 주신다면 저는 어떻게 되어도 상관없습니다. 손이든 발이든, 목숨이든 무엇이든 바치겠습니다. 이 연구를 이어받으라고 하신다면, 평생이 걸리더라도, 모든 죄를 제 몸에 짊어지더라도."

나는 견디지 못해 양손으로 얼굴을 감쌌다. 손가락 사이로 눈물이 쏟아져 흘러내렸다.

"이런 젠장… 죄악 덩어리! 아아… 머리가…!"

나는 큰 테이블 위에 무너지듯 엎드렸다. 소리를 삼키려 해도 억누를 수 없는 흐느낌이 손바닥 아래에서 터져 나왔다.

"죄송합니다만… 저에게… 모두의… 원수를 갚게 해 주십시오."

"……."

"이 연구를… 신성하게 해 주십시오."

"……."

"……."

그때였다.

똑똑, 똑똑— 문을 두드리는 소리가 들려왔다.

나는 핫 하고 깨달았다. 황급히 주머니에서 손수건을 꺼내 눈물로 젖은 얼굴을 닦으며 마사키 박사를 올려다보았다. 그러나 그 순간, 숨이 막히도록 놀랐다.

그것은 흥분의 절정까지 치달았던 내 감정을 단번에 움츠러들게 할 만큼 무서운, 귀신 같은 형상이었다. 도자기처럼 핏기 없는 얼굴에 창백한 땀이 흘러내리고, 이마의 주름은 거꾸로 치켜 올려져 있었다. 푸른 핏줄이 꿈틀거리며 솟구쳐 오르고, 눈은 단단히 감긴 채, 틀니를 꽉 물고, 양손은 의자의 팔걸이를 움켜쥔 채 목과 팔꿈치, 무릎까지 전신이 와들와들 떨리고 있었다.

똑똑똑똑똑똑— 문 두드리는 소리는 점점 더 잦아졌다.

나는 털썩 하고 회전의자에 주저앉았다.

그 소리는 마치 선고 같았다.

지옥에서 들려오는 소식 같았다.

세상의 종말을 알리는 소리 같았다.

내 심장에 직접 박혀 오는 듯한 그 노크 소리를 노려보며, 벙어리처럼 발버둥 치고 떨었다. 문 너머에 우뚝 서 있을 자의 모습을 투시하려 해도 투시되지 않았고, 구원을 외치려 해도 소리조차 나오지 않았다.

똑똑똑똑똑—

이윽고 마사키 박사가 온몸을 전율로 떨며 그것을 억누르기 위해 무서운 노력을 기울였다. 조금 몸을 일으켜 복숭앗빛으로 충혈된 눈을 힘겹게 뜨고, 잿빛 입술을 떨며 무언가 대답하려 돌아보았으나, 그 목소리는 가래에 막힌 듯 두세 번 오르내리다가 목구멍 깊숙이 삼켜져 버렸다. 그렇게 생각하는 순간, 그는 의자에 웅크린 채 죽은 사람처럼 고개를 푹 떨구고 말았다.

똑똑똑. 똑똑똑똑. 똑똑똑똑.

나는 그때 분명 대답하지 않았을 것이다. 그런데도 방 안 어딘가에서 새도 짐승도 아닌 기묘한 목소리가 튀어나와 울려 퍼진 듯했다. 동시에 머리칼이 한 올 한 올 곤두서며 오싹해졌지만, 그 전율이 가시기도 전에 입구의 문이 반쯤 열리더니 놋쇠 손잡이 옆에서 붉은 갈색으로 반짝이는 둥근 것이 나타났다. 그것은 조금 전 카스텔라를 가져왔던 늙은 하인의 대머리였다.
"네, 네, 실례합니다. 차가 식었을 겁니다. 늦어서, 네, 네."

그는 중얼거리며 김이 오르는 새 차병을 큰 테이블 위에 놓았다. 허리를 활처럼 더 굽히고, 희미한 눈을 깜박이며 주름투성이의 목을 내밀어 두려운 듯 마사키 박사의 얼굴을 엿보았다.
"헤헤, 네, 네, 조금 늦어서. 네. 어젯밤부터 다른 하인들이 모두 쉬는 바람에 오늘 아침부터는 저 혼자입니다만. 네, 참으로."

늙은 하인의 말이 채 끝나기도 전에 마사키 박사는 마지막 힘을 짜내듯 의자에서 비틀거리며 일어섰다. 죽은 사람 같은 힘없는 얼굴로 나를 돌아보고, 무언가 말하려는 듯 입술을 씰룩이며 머리를 미세하게 좌우로 흔들었지만, 이내 눈물이 주르륵 양 뺨을 타고 흘렀다. 그는 눈을 내리깔아 나를 향해 눈인사를 하듯 하더니 곧 머리를 깊이 숙였다.

그러고는 하인이 열어 둔 문에 몸을 의지하듯 매달리며 비틀거리며 방을 나갔다. 금방이라도 쓰러질 듯한 걸음으로 기둥에 손을 짚고서야 겨우 복도 마룻바닥에 몸을 세웠다. 그런데 바로 그 순간, 그의 뒤를 따라 끼익거리며 닫히던 문이 산산조각이 나는 듯 격렬한 소리를 내며 닫혔다. 방 안의 유리창들이 일제히 공명해, 마치 방 전체가 큰 웃음을 터뜨리는 듯이 진동하고 울려 퍼졌다.

그 광경을 뒤돌아보며 배웅하던 하인은 조심스럽게 몸을 돌려, 어이없다는 듯 나를 올려다보았다.

"선생님은… 어디 몸이 안 좋으신가요?"

나는 마지막 용기를 짜내 억지 웃음을 터뜨렸다.

"하하하하. 아무것도 아니야. 조금 다툼이 있었을 뿐이야. 내가 문득 선생님을 화나게 한 모양이지. 걱정할 필요 없어. 곧 화해할 수 있을 테니까."

말하는 동안, 양쪽 겨드랑이에서 차가운 물방울이 주르르 흘러내렸다. 거짓말을 하는 일이 이렇게 괴로운 것인 줄은 그때 처음 알았다.

"네, 그렇습니까. 그렇다면 안심했습니다. 처음으로 저런 얼굴을 뵈어서 놀랐습니다. 네, 네, 부디 편히 계십시오. 오늘은 제가 혼자라 참으로 미흡합니다만. 네. 선생님은 자주 꾸짖으셔도 참으로 친절하신 분이십니다. 게다가 어제부터는 저 해방 치료장에 큰 걱정거리가 생겨, 그 때문에 하인 하나가 발을 다쳐 쉬고 있으니, 선생님께서도 안타까우실 것입니다. 네, 네, 부디 편히 계십시오."

대머리 하인은 식은 차병을 들고 허리를 간신히 펴더니 비틀비틀 걸어 나갔다. 나는 그 뒷모습을, 마치 내 영혼을 잡으러 왔던 귀신이 물러나는 듯 바라보며 배웅했다.

하인이 나간 뒤 문이 덜컹 닫히자, 나는 다시금 힘이 빠진 듯 축 늘어졌다. 길고 떨리는 숨을 뱃속 깊이에서 내쉬며 큰 테이블 위에 양 팔꿈치를 짚었다. 두 손바닥으로 얼굴을 감싸고, 손가락 끝으로 두 눈을 강하게 눌렀다. 머릿속이 바싹 마른 듯, 형언하기 어려운 피로가 몰려왔다. 동시에 눈알을 강하게 누르자 그 앞에 여러 환영(幻影)이 나타났다. 그 안에서 번개처럼 종횡무진 달려다니는 '물음표(?)'를 보았다. 그리고 그 '?'를 머릿속에서 억누르려 애쓰며 초조해졌다.

해방 치료장의 하얀 모래빛. ?

그 한가운데 마른 잎을 잔뜩 달고 선 오동나무. ?

그 건너편에 우뚝 서 있는 쿠레 이치로의 모습. ?

그 너머 벽돌 담 위의 지붕, 그리고 솟아 있는 두 개의 거대한 굴뚝. ?

그 위에서 뿜어져 나오는 검은 연기와 푸른 하늘의 색. ?

하얀 침대 위에 엎드려 흐느끼는 하얀 환자복의 소녀. ?

녹색 평면 위에 펼쳐진 채 잊힌 와카바야시 박사의 조사 서류. ?

보랏빛으로 소용돌이치는 시가 연기. ?

와카바야시 박사의 기묘한 미소. ?

마사키 박사의 코안경에 반사된 빛. ?

······ ? ? ? ? ? ? ? ?

나는 세게 머리를 흔들었다. 마치 그런 환영들을 이어 붙여, 나를 학술의 먹 잇감으로 삼으려는 눈에 보이지 않는 인과의 그물을 떨쳐내듯, 눈을 감은 채 양손을 허공에 내저었다.

광인의 암흑시대를 배경으로 나를 옭아매려 실을 조종하고 있는 자들은 학계에 숨어 사는 두 마리 거대한 독거미였다. 고대의 정신과학자 M, 그리고 무쌍의 법의학자 W. 그중에서도 M이 내게 던진 그물의 무서움은 지금까지 내가 전력을 다해 저항해 온 것이었다. 온몸의 피를 거꾸로 돌리듯, 차가운 땀과 뜨거운 눈물을 짜내며 싸워 왔다. 그리고 마침내 그에게 큰 타격을 주어 물리친 듯했으나, 동시에 나 역시 완전히 지쳐버렸다. 내 행위의 선악을 가릴 힘은커녕, 이 큰 테이블을 떠날 기운조차 사라졌다. 정신적으로도 육체적으로도 다시 일어설 용기가 남아 있는지조차 알 수 없을 만큼 피폐해 있었다.

하지만. 하지만 내 등 뒤에는 또 다른 강적이 버티고 있었다. 그 강적 W는 어쩌면 지금 이 장면까지도 꿰뚫어 보며 냉소하고 있을지 모른다. 그는 빈틈없는 지혜로 촘촘히 그물을 치고, 내가 스스로 빠져들기를 기다리고 있음에 틀림없었다. 나 자신은 물론, 마사키 박사조차 알아차리지 못할 정도로 교묘하고 철저하며, 위대한 지혜의 힘으로 나를 억누르고 있었다. 내 피와 눈물, 뼈마저 빼내어, 허위와 더러움으로 점철된 학술의 제물로 삼으려는 그 의지가, 지금 이 순간에도 내 등 뒤에서 서서히 다가오고 있다는 것을 절실히 느낄 수 있었다.

저 창백하고 털이 덥수룩한 손에 붙잡히는 것만은 견딜 수 없었다. 내가 반항하고 싶은 대상은 마사키 박사가 아니었다. 알 수 없지만, 와카바야시 박사보다 마사키 박사가 더 나았다. 두 사람 모두 나를 학계의 먹잇감으로 삼으려는 독거미임에는 틀림없지만, 이상하게도 마사키 박사에게는 그리움과 친근함 같은 감정이 일었다. 지금도 만약 마사키 박사가 돌아와 단 한마디, "내가 잘못했다."라고만 말해 준다면, 나는 두말없이 기뻐하며 모든 것을 잊고 그의 노예가 될지도 모른다. 어쩌면 와카바야시 박사의 비겁함을 폭로하고, 오히려 마사키 박사를 동정하는 기록을 발표할지도 모른다. 와카바야시 박사의 창백한 손으로 내 심장을 쥐어짜이고 싶지 않기 때문에.

그러나 주위는 고요하다. 마사키 박사가 돌아올 기척은 들리지 않는다. 나는 그저 운명을 기다릴 수밖에 없었다. 이미 그 운명과 싸울 힘조차 잃어버린 채.

아아, 어쩌면 좋단 말인가.

숨결이 다시 한 번 가슴을 짓누르며 밀려왔다. 그리고 이윽고 떨리다가, 떨리면서 힘없이 가라앉았다. 온몸은 텅 빈 듯했고, 귓구멍 안쪽에서만 윙— 하는 울림이 퍼져나갔다.

"검고 검은 새까만
토토의 눈알을 먹었더니
희고 흰 새하얀
진짜 눈알이 툭 튀어나왔네
····· 폰치키 폰치키 폰치키치

하얀 눈알은 귀여워
입안에서 튀어나와
젓가락 끝에서 달아나
데굴데굴 굴러가
어딘가로 보이지 않게 되어 버렸네
····· 라아라아라아라아 폰치키치

하얀 눈알은 귀여워

토토의 눈알은 귀여워

진짜 눈알은 귀여워

귀여워 귀여워 귀여워요——

····· 라아라아라아라아 폰치키치

····· 폰치키 폰치키 폰치키치

귀여워요—— 귀여워요——"

맑고 깨끗한 무도광 소녀의 목소리가 남쪽 유리창 너머로 흘러나왔다.

그 순간, 머릿속에 굉장한 생각이 번쩍 스쳤다. 내 뇌리에 들러붙어 있던 수많은 의문부호(?)가 일시에 휙 하고 빛나며 사라져 버린 듯했다. 마치 기계 인형처럼 얼굴에서 손을 떼고 회전의자에 바로 앉았다. 마사키 박사가 나간 문을 바라보았다. 정면 벽에 걸린 황금과 검은색의 두 액자를 바라보았다. 눈앞에 흩어진 여러 서류를 둘러보았다. 가을 정오의 햇빛이 방 안 가득히 퍼져 있는 시가 연기를 창백하게 비추며, 방 안의 사물 하나하나 위에 뚜렷한 반사를 새겨내고 있는 것을 똑똑히 보았다.

"뭐야——. 뭐 이런. 이거. 아하하하하하하하하하하하하하."

나는 양옆구리에서 치밀어 오르는 견딜 수 없는 웃음을 두 손으로 억누르며 계속 웃었다.

"바보, 바보, 바보, 바보. 대바보의 대바보, 삼타로였구나, 나. 아하하하하하하하."

와카바야시 박사도, 마사키 박사도 마찬가지다. 아니, 나보다 훨씬 더 정성들인 대바보다. 우리 셋 모두 터무니없는 오해를 하고 있는 것이다. 이 얼마나 어리석은 실수인가.

누가 치요코를 죽였는가. 누가 쿠레 이치로에게 두루마리를 건넸는가. 누가 쿠레 이치로의 진짜 부모인가. W인가, M인가. 아니면 또 다른 한 사람이 버티고 있는가. 그러나 그런 수수께끼는 아직 단 하나도 풀리지 않았다. 어쩌면 모두 엉뚱한 제3자의 소행일지도 모른다.

아니, 아니. 이 사건에는 애초부터 '범인'이란 존재하지 않는 것이 틀림없다. 사건의 실체란, 우연히 따로따로 일어난 원인 불명의 사건들이 겹쳐 보였을 뿐이다. 치요코의 교살도, 사이토 박사의 익사도, 쿠레 이치로의 발광도, 각자 제멋대로 벌어진 일일지도 모른다. 그렇지 않다면 이렇게 신비롭고 불가해하며 끝을 알 수 없는 사건이 있을 리가 없지 않은가.

그런데도 두 박사는 착각하여, 억지로 그것들을 한데 묶어 하나의 초점으로 만들려 했다. 서로를 두려워하여, 자기 연구 재료를 빼앗기지 않으려는 마음에 색안경을 끼고 상대를 노려보았기 때문에, 모든 것이 상대의 소행처럼 보였던 것뿐이다.

가엾게도, 각자가 추측할 수 있는 것이 너무 많았다. 아니, 지금까지는 감히 맞설 만한 상대를 만나지 못했던 고금무쌍의 두 뇌수가, 여기서 서로 호적수를 발견하자 본능적으로 전투욕을 불태운 것이다. 힘껏 맞붙어 움직일 수 없게 된 것이다.

"아하, 아하. 이런 바보 같고, 어리석고, 엉뚱한 싸움이 또 어디 있단 말인가."

사건 그 자체보다, 두 박사의 연구와 투쟁이 훨씬 더 진지하고, 심각하며, 무서운 것이었다. 어쩌면 학자란 모두 이런 사소한 일들에만 진심을 다투는 존재일지도 모른다.

그러나 곰곰이 생각해 보면, 무리도 아니다. 저 쿠레 이치로와 나는 쌍둥이라고밖에 생각되지 않을 만큼 닮아 있다. 게다가 쿠레 모요코와 이 두루마리 속 '죽은 미인상'도 똑같다. 고스란히 그대로다. 이렇게 있을 수 없는 우연이 이 지방, 같은 혈통 속에 모여 있다면 누구라도 놀랄 수밖에 없다. 그러면 반드시 무언가 깊은 원인이 있다고 믿고, 처음부터 색안경을 끼고 연구를 시작하게 된다. 연구자가 스스로 그런 생각을 하지 않는다 해도, 연구의 출발점 자체가 이미 색안경을 낀 것이니 어쩔 수 없는 일이다.

그 증거로, 사건을 이루는 여러 사실들을 하나하나 떼어 놓고 보면, 두 박사가 억지로 끌어붙이지 않아도 각각 제멋대로 일어날 수 있는 일들뿐이다. 다만 두 박사가 서로 상대의 소행이라 믿고 의심했기 때문에 억지로 한데 겹쳐진 것처럼 보였을 뿐이다. 그들의 시끄러운 설명이 붙지 않는다면, 그저 단순한 두 건의 변사 사건과 한 건의 발광 사건의 집합에 지나지 않는다.

"그렇다, 그렇다. 틀림없다, 틀림없다."

모두 근거 없는 사건들의 충돌에 지나지 않는다. 나는 그 단순한 사실을 모르고 끙끙거리며 괴로움에 시달리고 있었던 것이다. 바보, 바보, 바보. 바보 중의 바보, 대바보였다. 우리 세 사람 모두가.

섣불리 하다간 이 사건의 범인은 결국 내가 되어 버릴지도 모른다.

"아하하하하하하하하."

방 안에 메아리처럼 울려 퍼지는 내 웃음소리를 듣고, 나는 문득 입을 다물었다. 그러고 보니 언제부턴가 턱을 괴고 있던 내 시선이 코앞의 녹색 평면 위에 굴러 있는 두루마리에 빨려들고 있었다.

이것이 영감이라는 것일까.

나는 갑자기 두근거리며 회전의자에 똑바로 앉았다. 지금까지 느껴본 적 없는, 뭐라 형용할 수 없는 신성한 감정이 온몸을 채웠다. 두루마리를 조심스럽게 들어 올려 공손히 바라보며 생각했다.

마지막에 남는 것은 바로 이 두루마리의 마력이다. 다른 모든 것은 부정할 수 있다. 그러나 이 두루마리의 마력만은 결코, 마지막 순간까지도 부정할 수 없다.

이 사건은 겉으로 보면 온통 넌센스일 뿐이다. 실로 하찮은 사건들의 잡다한 모임에 지나지 않는다. 그럼에도 마사키와 와카바야시, 두 박사가 얽혀 이 두루마리를 중심으로 어떤 괴상한 연구를 꾸미려 했기 때문에, 전체가 특별히 의미 있고 전율을 자아내는 듯 보였던 것이다. 그러나 한 걸음 물러서서 바라보면, 사실은 두 박사 자신이 이 두루마리에 부려지고 있는 것이다. 그들은 자신의 지혜와 담력, 학문, 지위, 명예, 심지어 목숨까지도 내던지며, 이 두루마리 앞에 삼배구배하며 엎드려 있는 셈이다.

다른 이들의 생사도, 유전도, 번민도. 만일 마사키 박사의 말이 사실이라면, 결국 모두 이 두루마리에서 비롯된 사건임에 틀림없다. 모든 불가사의한 현상을 지배하는 중심적인 힘은 이 두루마리 하나에 담긴 것이다. 현실의 사실과 과학적 설명은 모두 넌센스가 될 수 있다 해도, 이 두루마리의 마력만은 아무도 넌센스로 만들 수 없다.

따라서 이 두루마리에 영혼이 있다면, 모든 것을 알고 있음에 틀림없다. 자신의 내력과 경위도 누구보다 정확히 알고 있을 것이다. 어떻게 이 사건에 관여해 왔는가, 어떤 순서로 쿠레 이치로의 손에 들어왔는가를 한 치 오차 없이 기억하고 있을 것이다. 그리고 또 어떻게 두 박사를 괴롭히고, 나까지도 몰아세우고 있는지 그 내막까지 남김없이 알고 있을 것이다.

이 두루마리는 지금까지 수많은 사람을 광란에 빠뜨리고, 미혹시키고, 서로 죽게 만들면서도, 끝내 모르는 척해 왔다. 지금 이 순간조차도 아무것도 모르는 듯 내 손바닥 위에 놓여 있다. 하지만.

지금으로부터 천백여 년 전, 대당의 현종 황제의 음탕한 생활이 청년 화가 오청수의 충지(忠志)의 손에 반영되어, 여섯 구의 미인 부패상이 이 두루마리 안에 구현되었다. 그 기괴한 화상에 담긴 괴예술가의 집념은 일본에까지 건너와 쿠레 가문의 혈통에 얽혀 무서운 인과를 수십 대에 걸쳐 현실로 재현했다. 그리고 수 세기를 넘어 오늘날, 마사키와 와카바야시, 혈연조차 없는 두 박사의 손에까지 옮겨와, 과학의 대광명에 비춰지는 지금에도 여전히 마력을 잃지 않았다. 오히려 그 힘은 수십 배로 증폭되어 두 박사의 일생을 온갖 방향으로 유린하고 조롱하고 있다.

뿐만 아니라 오늘, 규슈 제국대학이라는 현대 학문의 권위의 한복판, 대낮의 정오에, 거의 우연히 내 손끝에 닿자마자 벌써 보이지 않는 마수를 뻗어 내 심장을 움켜쥐고 있다. 피와 땀을 짜내는 고통을 주며, 나를 불가사의한 운명의 소용돌이로 끌어들이고 있다. 사실의 진상 위에 하얀 안개 같은 흐림을 불어넣고, 그 흐림의 매력으로 나를 조롱하며 유혹한다. 떠올릴 수 없는 것을 떠올리게 하고, 생각할 수 없는 것을 생각하게 하고, 보이지 않는 것을 보게 한다. 사라진 기억을 끌어내게 하고, 내가 아닌 내 신상을 억지로 추적하게 하고, 없는 사건의 진상을 찾아 헤매게 한다. 나를 미치게 하고, 울게 하고, 웃게 하고, 미치광이 지옥보다 더한 지옥 속에서 발버둥 치게 한다.

오오, 이 얼마나 무서운 마력인가.

나는 눈앞 허공을 응시한 채, 여기까지 이어진 사유 끝에 크게 뜬 두 눈에 저 사후 50일째의 대부인의 냉소하는 환영이 뚜렷하게 떠오르는 것을 보았다.

나는 그것이 사라질 때까지 똑바로 노려보았다.

"젠장, 두고 보자. 내가 어떻게 하는지 봐라."

이렇게 다짐하자, 나는 이 두루마리 속에서 모든 신비와 불가해를 일거에 깨뜨릴 비밀의 열쇠를 발견할 것만 같은 예감에 사로잡혔다. 두 박사와 나를 괴롭히는 마력의 정체를 단숨에 폭로할 어떤 것. 아직 누구도 모르는 거대한 진실이 이 두루마리 어딘가에 숨어 있을 것 같은 영감에 휩싸여, 나는 재빨리 두루마리의 끈을 풀었다. 그때 시계를 보니 12시 10분 전. 정면의 전기 시계는 11분 전을 가리키고 있었다. 아마도 긴 바늘이 곧 X자 위치로 튀어오르려는 직전일 것이다.

나는 두루마리의 축이 된 녹색 옥(玉) 부분에 숨을 불어 보았다. 순간, 알 수 없는 지문이 겹쳐 보이는 듯했으나, 이내 내가 아까 만지작거린 흔적임을 깨닫고 쓴웃음을 지으며 다시 두루마리를 고쳐 잡았다.

'이런 어리석은 짓으로는 안 되지.'

스스로 냉소하며 자세를 고쳐 잡았다.

표장의 자수와 내부의 남색 종이에는 가는 섬유 같은 것이 빛을 받아 붙어 있었다. 이는 아마도 예전 이 두루마리를 솜으로 싸 두었던 흔적일 것이다. 코 끝에 대고 냄새를 맡아 보니, 곰팡내와 장뇌 향기 속에 묘하게 고상한 향이 섞여 있었다. 처음엔 기분 탓인가 했으나, 다시 깊이 들이마시자 그것이 은은한 향수의 냄새임을 알 수 있었다.

재미있군. 이대로라면 아직 더 많은 것이 밝혀질지도 모른다. 곰팡내와 장뇌 향기는 미륵상의 목상 안에 오랫동안 보관되면서 배인 것일 테지만, 이 은은한 향수 냄새는 좀처럼 눈치채기 어렵다. 그렇다면 이 향기는 곧 이 두루마리의 이전 주인을 암시하는 증거가 아니겠는가.

"해냈다. 만약 이 위에 아직 누구에게도 알려지지 않은 무언가가 있다면, 마지막으로 그것은 머리카락 한 올이라도, 담배 찌꺼기 하나라도 좋다. 범인을 특정할 결정적인 단서가 될 것이다."

나는 마치 명탐정이라도 된 것처럼 흥분하며 기세가 올랐다. 두루마리를 머리 부분에서부터 거꾸로 말아가며 그림과 유래기가 끝나는 부분까지 앞뒤를 정성스럽게 살폈다. 하지만 아까는 도저히 똑바로 볼 수 없었던 죽은 미인의 부패상이 이번에는 아무런 감흥도 주지 못한 채 단순한 안료의 배열로만 보였다는 사실이 나를 놀라게 했다. 그것은 빛의 상태 때문도 아니었다. 대부인의 썩어 문드러진 입술 사이로 드러난 아름다운 치아, 가스로 인해 매끈하게 부풀어 빛나는 내장까지도 세세하게 주의해 보았으나, 아무리 봐도 아무렇지 않았다. 나는 인간의 신경 작용이 이토록 바보 같음을 실감하며 맥이 풀려 버렸다.

하지만 곧 주의를 기울여 보니, 두루마리의 앞부분은 종이 바탕이 희미하게 흐릿했으나, 유래기의 마지막 부분에 가까워질수록 종이 표면이 매끄럽고 윤기가 났다. 이는 당연한 일로, 처음에 붓을 든 오청수가 특히 앞부분을 여러 차례 펼쳤기 때문일 것이다. 또한 이후 쿠레 가문의 조상들이 이 두루마리를 볼 때마다 앞쪽을 집중적으로 살폈을 것이니, 이 역시 어쩔 수 없는 일이었다. 두루마리 뒷면 전체에는 옅은 갈색 액체를 칠한 듯 반짝임이 있었고, 곳곳에 손가락 자국 같은 희미한 흔적이 붙어 있었다. 그러나 종이 아래에서 천의 결이 불규칙하게 드러나 있어 정확히 무엇의 흔적이라고 단정하기는 어려웠다. 결국 내가 확실히 찾아낸 것은 고상한 향수 냄새뿐이었다.

나는 다시 얼굴을 두루마리에 가까이 대고, 희미하게 속삭이는 듯한 그 향기를 깊게 들이마셨다. 그것은 고결하고 청정한 기운을 풍겼고, 동시에 기억 속 어딘가에서 그리운 듯한, 혹은 꿈결 같은 아련한 감정을 불러일으켰다. 빨려들고 싶은 듯한 묘한 유혹이 있었다. 분명 여성의 향수일 것 같았으나, 그것이 옛 연인의 것인지, 아니면 어머니나 누이의 것인지 짐작할 수는 없었다. 나는 혹시나 해서 자리에서 일어나 입구 옆에 두었던 각모(옮: 일본 구제국대학 학생들이 착용하던 모자)를 가져와 그 안쪽 냄새와 비교해 보았다. 그러나 모자 안에서는 라사(옮: 비단으로 짠 직물)와 에나멜 가죽, 옅은 곰팡내만 날 뿐이었다. 두루마리의 향수 냄새와는 전혀 다른 것이었다.

나는 모자를 옆에 내려놓고 두루마리를 되감으려다 움찔 멈췄다. 이유를 설명할 수는 없었지만, 공간을 응시하는 순간 머릿속에 전혀 뜻밖의 암시가 번뜩였기 때문이다. 그것은 메이노하마 채석장에서 쿠레 가문의 고용인 도쿠라 센고로가 쿠레 이치로를 발견했을 때, 그가 두루마리의 흰 부분만을 응시하고 있었다는 불가사의한 사실이었다. 그 의미를 나는 이제 막 깨닫기 시작했다.

이 두루마리 중에서도 한문으로 기록된 유래기 부분까지는 수많은 이들이 펼쳤을 것이다. 따라서 그 구간에는 사람의 흔적이 남아 있을 가능성이 크다. 그러나 그 이후의 흰 종이 부분까지 끝까지 펼쳐본 사람은 거의 없었을 것이다. 만약 누군가가, 보통과는 다른 머리를 가진 자가, 혹은 상식으로는 상상할 수 없는 존재가 그 백지 부분을 끝까지 펼쳐본 일이 있었다면 어떨까. 어쩌면 오청수는 두루마리의 마지막 부분에 대부인의 백골을 그려 넣었을지도 모른다. 그런데 쿠레 가문의 사람들, 그리고 마사키 박사까지도 단순히 상식적으로 판단해 이 안의 죽은 미인상을 여섯 구라고만 생각해 온 것은 아닐까. 그렇다면 오직 이 두루마리의 진정한 마력을 간파할 만큼 예민한 정신을 가진 사람만이 끝까지 펼쳐 보았을 것이다. 그렇다면 그곳에 무언가가 떨어져 있지 않을 거라고 어떻게 단정할 수 있겠는가. 그 무언가는 아무리 미세한 것이라도, 범인을 지목하는 결정적 단서가 될 수 있지 않은가. 어쩌면 두루마리의 신비를 일거에 깨뜨리고 모든 혼란을 진실로 돌려놓을 힘을 가진 것일 수도 있지 않은가.

쿠레 이치로가 메이노하마 채석장에서 두루마리의 흰 부분을 응시하고 있었다는 사실이 이를 증명한다. 그때 그는 이미 반쯤은 오청수, 반쯤은 쿠레 이치로였다고 추정되지만, 어쨌든 흰 부분을 끝까지 보고 무언가를 발견했음이 분명하다. 그렇기에 그는 "이 두루마리의 보관자의 정체를 알고 있다"고 센고로에게 말할 수 있었던 것이다.

어째서 나는 지금까지 이 사실을 눈치채지 못했을까.

나는 번뜩 떠오른 깨달음과 함께 누군가에게 쫓기는 듯한 기분을 느꼈다. 잠시 손목시계와 전기 시계를 비교해 보니, 두 시계 모두 12시에 4분 전을 가리키고 있었다.

내 손은 반사적으로 다시 두루마리를 고쳐 잡고 흰 부분을 펼쳐 나가기 시작했다. 처음 1분 동안은 되도록 냉정하게 조사해 보겠다고 마음먹었지만, 어디까지 가도 끝없는 새하얀 당지만 계속 이어지고 있었다. 그저 한 마음으로 바라보고 갈 수밖에 없다는 것이 너무나 분명했기에, 나는 곧 끝 모를 흰 사막을 혼자 억지로 여행하는 듯한 초조함과 허무함을 느끼기 시작했다. 명탐정이라도 된 듯 스스로를 자처하고 있는 내 꼴이 뻔히 보여, 갑자기 기분이 상했다. 겨우 세 자 길이쯤 펼쳤을 때는 이미 지긋지긋해졌.

그 순간 문득 생각이 스쳤다. 혹시 오청수가 맨 마지막에 백골의 그림을 남겨두었을지도 모른다는 추측은 사실이 아닐 수도 있지 않은가. 오청수가 만약 치매에 빠진 상태였다면, 자신이 천하의 바보였음을, 그리고 터무니없는 충성심 때문에 가장 사랑하는 아내를 허망하게 죽음으로 내몰았음을, 의붓여동생 훈녀의 설명을 통해 뼈저리게 깨닫고 절망한 뒤였을 것이다. 그렇다면 그 몇

분 전, 혹은 몇 초 전까지는 제정신이었을 것이고, 만약 잊지 않았다면 마지막에 백골의 그림을 그렸는지 여부를 반드시 밝혔을 것이다. 또 훈녀 역시 연모하는 남자가 언니를 희생시켜 이루려 한 성과물을 직접 펼쳐 보았다면, 오늘날 남인인 내가 짐작할 수 있는 정도의 사실을 눈치채지 못했을 리 없다. 이렇게 생각하니 갑자기 힘이 빠져 털썩하고 말았다.

하지만, 나는 여전히 일종의 타성처럼 시시한 의무감에 사로잡힌 채, 동시에 앞서 느낀 허무감이 몰려와 꾸벅꾸벅 졸음까지 쏟아지는 가운데, 변명 삼아 남은 흰 부분을 한꺼번에 펼쳐 보기로 했다. 두 손으로 단숨에 잡아당겨 마지막까지 쭉 펼쳤다. 그러자 뜻밖에도 마지막에 검은 얼룩 같은 것이 언뜻 눈에 들어왔다. 나는 두근하며 눈을 크게 떴다.

살펴보니, 그것은 남색 종이에 금물감으로 그린 물결무늬 끝자락에서 조금 떨어진 부분에 적힌, 다섯 줄의 가늘고 품위 있는 여성의 필체였다. 이것이 이른바 오노가도류(역: 일본 고유의 여성 서체 양식)라는 것일까.

아이를 생각하는 마음의 어둠도 비추소서
열려 가는 세상의 지혜의 빛만이
메이지 40년 11월 26일
후쿠오카에서 · 마사키 이치로 모(母) 치요코
마사키 케이시 님 · 앞

…내 머리카락은 곤두서고 말았다.

황급히 두루마리를 되감으려 했으나, 손이 떨려 그만 바닥에 떨어뜨리고 말았다. 그러자 두루마리는 마치 살아 있는 것처럼 스스로 풀려나가 큰 테이블 위에서 바닥으로 굴러 내려가더니, 리놀륨 바닥 위를 빙글빙글 기어 나갔다. 그 광경을 보는 순간 나는 오싹해져 정신을 잃은 듯했고, 어떻게 문을 열었는지, 언제 복도를 달려 계단을 단숨에 뛰어내려 현관 밖으로 나갔는지도 알지 못했다.

그 순간, 규슈 대학 구내의 소나무 숲에 굉장한 큰 소리가 울려 퍼졌다. 그것은 오포(역: 신호용 대포, 큰 폭음으로 시간을 알리거나 사건을 알릴 때 사용됨)였다.

그것은 하나의 기적이라고밖에 할 수 없었다. 마치 눈에 보이지 않는 거대한 힘이 공중에서 손을 뻗어 나를 마음대로 끌어다닌 것처럼, 그토록 이상한 일이었다.

나는 규슈 대학 의학부 정문을 뛰쳐나온 뒤, 어디를 어떻게 돌아다녔는지 전혀 기억하지 못했다. 그리고 무엇을 목표로 다시 원래의 규슈 대학 정신병과 교수실로 되돌아온 것인지조차 알 수 없었다.

등 뒤에서는 절규하는 자동차 경적이 들려왔다. 눈앞에서는 급정거하는 전차의 윙윙거림이 위협을 주었다. 자전거 벨 소리에 쫓기고, 꾸짖는 사람의 목소리와 짖어대는 개의 소리를 들었다.

빙글빙글 도는 태양, 사방에서 몰아치는 바람, 전쟁처럼 쫓고 쫓기는 모래먼지를 보았다. 구름 속에 매달린 전봇대를 보았다. 처마 밑까지 선혈을 뚝뚝 흘리고 있는 그림 간판을 보았다. 지평선 너머 투명한 산으로 이어지는 넓은 평야를 바라보았다. 몇 천, 몇 만, 몇 억 개인지 알 수 없는 붉은 벽돌의 거대한 퇴적 속으로 빠져 들어갔다. 그 보라색 그림자 속에서 손발을 꿈틀거리며 발버둥치는 아기의 환영을 보았다. 푸른 하늘 한가운데를 노랗게 빛나며 나는 비행기를 올려다보았다. 그 뒤를 따라 하얀 윤곽만 남은 여섯 구의 죽은 미인 나체상이 줄지어 미끄러져 가는 것도 보았다.

하얀 구름, 검은 구름, 노란 구름이 사람의 머리, 눈, 코, 입술 같은 형상을 하며 꼬리를 끌고 흐르고 있었다. 그 틈새마다 약액처럼 씁쓸한 푸른 하늘이 갠 채 드러나 있었다. 나는 그 아래서 불꽃을 튀기듯 뒤엉킨 감정과 신경의 고통 속에서 머리카락을 쥐어뜯고 헝클어뜨리며, 이마에는 뛰어오를 듯한 통증을, 눈에는 눈부심과 모래 먼지의 콕콕 쏘는 아픔을 느끼며 어디로 향하는지도 모른 채 비틀거리며 걸었다.

강. 다리. 철도. 붉은 도리이(옮: 일본 신사 입구에 세우는 문). 그 도리이 좌우에 창백한 얼굴로 서 있는 마사키 박사와 와카바야시 박사의 모습. 마침내 달려가고 싶은 충동을 억누르고 또 억누르며 걸어갔다.

모든 것은 진실이었다. 허위의 학술 연구도, 날조된 고백도 아니었다. 처음부터 끝까지 마사키 박사 혼자서 계획하고 실행해 온 일이었다. 와카바야시 박사는 아무것도 아니었다. 처음부터 아무것도 모르고, 단지 마사키 박사의 연구에 앞잡이로 이용되고 있었을 뿐이었다.

와카바야시 박사는 마사키 박사가 꾸민 교묘하고 기괴한 범죄에 매혹되어 스스로 나서 조사를 하다가, 어느새 연구 발표를 위한 자료를 모으는 조력자가 되어 있었다. 마사키 박사가 설치해 둔 덫에 그대로 걸려들어 완전히 바보 취급을 당하고 있었던 것이다.

그러나 와카바야시 박사는 그 결론으로 두루마리의 마지막에 남아 있는 치요코의 필적을 발견했다. 모든 의문 끝에 남은 단 하나의 초점이 될 증거를, 나와 마찬가지로 발견하고 경악했음에 틀림없다. 그리고 나처럼 한순간에 모든 것을 꿰뚫었음에 틀림없다. 모든 것이 마사키 박사의 소행이라는 것을 깨달았던 것이다.

하지만 그 순간 와카바야시 박사가 취한 태도는 놀라울 만큼 훌륭했다. 그는 사건의 진상을 모두 간파하면서도, 동창·동향의 친구이자 학자로서 마사키 박사에게 동정과 경의를 바치기로 결심한 것이다. 그래서 사건의 요점만을 흐릿하게 처리하고, 올바른 조사 기록을 당사자인 마사키 박사에게 넘겨 태우든 버리든 그 자유에 맡겼다. 또는 일부러 차과자를 보내어, '나는 멀리 있으니 부디 걱정 말고 자유롭게 이야기하시오'라는 뜻을, 말하지 않고도 전할 수 있도록 배려했던 것이다.

'마사키 박사는 한 달 전에 자살했다'라는 터무니없는 거짓말을 한 것도, 결국은 그런 의미의 친절에서 나온 것이었다. 혹시나 엿듣고 있을 마사키 박사가 그 장면에 등장하지 않도록, 또 그런 괴로운 상황에 빠지지 않도록, 그리고 회복되어 가던 내 정신이 다시 혼란에 빠지지 않도록 경계한 말이었을 것이다. 나중에 거짓말로 드러나더라도 상관없다는 각오로.

실로 남자답고 고귀하며, 더할 나위 없이 신사적인 태도를 와카바야시 박사는 보여 준 셈이다.

그러나 그에 반해 마사키 박사는 이 실험을 위해 전 생애와 영혼을 희생했다. 처음부터 혼자서 이 전설에 흥미를 품고 치요코를 속여 아이를 낳게 하고, 두루마리를 얻게 만들었다. 그리고 어떤 대가도 개의치 않은 채 계획을 밀어붙였다.

하지만 치요코가 두루마리를 건넬 때, 그 와카(역: 중국의 한시에 대응되는, 일본 고유의 시 문학 형식)와 연월일, 아이의 이름, 출생지와 함께 아버지의 이름까지 판권지에 새겨 넣으며 의미심장한 '못'을 박아 두었다는 사실을, 마사키 박사는 꿈에도 몰랐다. 그것은 세상에서도 드물 만큼 비참하면서도 강렬한 모성애와, 동시에 놀라운 재치의 결정체였다. 그녀의 슬프고 집요한 생각이 거기까지 미치리라고는 상상도 하지 못했던 것이다. 대담하고 현혹적이며, 또한 천재적이기까지

했던 그의 계획 한가운데에 단 하나 치명적인 허점이 있었다는 것을, 그는 조금도 의식하지 못했다. 그는 학문을 위한다는 명목으로, 인류를 위한다는 명목으로 신과 부처마저 조롱하고 짓밟으며, 피도 눈물도 버린 채 나아갔지만, 결국 그 뒤를 따라붙는 양심의 가책과 인간적인 괴로움에, 죽은 자에게 심장을 붙잡힌 채 뛰어다니듯 시달려야 했다.

이것이 마사키 박사의 생애였다.
극도로 더럽혀진 동시에 극도로 정화된.
끝내 비참하면서도, 끝내 통쾌한.

그리고 그 마사키 박사는, 저주받은 연구가 마침내 마지막 국면에 들어서자, 와카바야시 박사가 내민 조사 서류를 보고서야 간담이 서늘해졌다. 상대의 무서운 통찰력이 지극히 에둘러, 한 치의 틈도 없이 자신을 포위하고 있다는 것을 깨달았기 때문이다. 그 괴로움에 견디지 못한 그는, 철저히 비겁하고 교묘한 방식으로 역습을 시도하려 했다. 익숙한 환자 중 하나인 제3자, 즉 나를 이용해 무모할 만큼 위험한 발표를 강행하려 했던 것이다. 그리하여 모든 것을 내 앞에서 고백했다.

그러나 그 고백은 처음부터 끝까지, 자기가 혼자 계획하고 혼자 실행한 일을 두 사람 몫으로 나눈 것에 불과했다. 상대의 성격과 행동을 기묘하게 빗대어 끌어들인, 교묘하면서도 동시에 천박하고 유치하기 짝이 없는 발상이었다. 스스로 짠 덫에 걸려 허우적대는 1인 2역의 발상. M과 W로 나누어 꾸며 낸 대담함과 교묘함. 그러나 결국은 스스로의 자승자박에 갇혀 버린 비참함과 어리석음.

"위험하다."

"바보."

"아아——."

그 순간, 분노의 외침과 비명이 내 등 뒤에서 겹쳐져 덮쳐 왔다. 동시에,

덜컹덜컹덜컹. 쾅. 펑. 쨍—.

격렬한 소리가 내 발밑에서 일어났다.

황급히 돌아보니, 근처에 서 있던 사람들이 모두 내 얼굴을 노려보고 있었다. 바로 등 뒤에는 푸른 칠을 한 거대한 화물차가 정차해 있었다. 옆에는 'ㄴ' 자로 구부러진 자전거와 산산이 부서진 빈 병들이 흩어져 있고, 갈색 간장이 흘러내리고 있었다. 옅은 노란색 작업복을 입은 큰 사내가 차 위에서 뛰어내려, 타이어 밑 그늘에서 핏기 잃은 인반텐(역: 일본에서 흔히 쓰던 천 재질의 속옷) 차림의 소년을 햇볕 아래로 끌어내고 있었다. 사람들은 그쪽으로 달려갔다.

나는 휙휙 걸음을 옮기며 다시 생각을 이어갔다.

정말 무섭다. 생각할 수 없을 만큼 무서운 비밀이다. 천 년 전에 죽은 오청수의 악령과 현대에 살아 있는 마사키 박사의 과학 지식이 지금 이 순간 맞서 싸우고 있다.

게다가 마사키 박사는 이 연구에 뜻을 두던 처음부터 이미 양심의 급소를 오청수의 악령에게 붙잡히고 있었다. 인간애 중 가장 숭고한 부모 자식의 정과 부부의 사랑을 무참히 짓밟혔다. 그럼에도 그는 자신만은 결코 저주받지 않겠다고 버티며, 그 저주받은 심리 상태를 여러 논문과 강연, 때로는 서투른

노래 같은 형태로 드러내며 차례로 발표해 왔다. 그 한편으로는 치요코를 비롯해 쿠레 이치로, 모요코, 야요코를 차례로 희생시켰다. 그러나 그는 그것조차 뛰어넘으며, 과학의 승리를 확신한 채 오청수의 악령을 향해 매섭게 맞서 싸워 왔다.

아아, 이 얼마나 처절하고 냉혹하며 집요한 투쟁인가. 영혼에서 흘러내리는 피와 땀의 냄새가 손에 잡힐 듯 느껴진다.

하지만…….

그러나 여기까지 생각해 오자 나는 딱 멈춰 섰다. 번화한 거리 한복판에서, 이상한 눈빛으로 나를 쳐다보는 사람들의 얼굴을 둘러보았다. 높이 솟은 광고탑 위에서 빙글빙글 돌기 시작한 빛의 소용돌이를 올려다보았다. 그 위를 덮은 붉은 저녁노을의 구름을 응시했다.

하지만…… 하지만…….

곰곰이 생각해 보니, 나는 여전히 내 과거의 기억 한 조각조차 떠올리지 못하고 있었다. '나는 누구인가'라는 해답을 나 자신에게 줄 수 없었다. 여전히 가련한 건망증의 상태에 머물러 있었다. 오늘 아침, 저 7호실에서 눈을 떴을 때와 조금도 다르지 않았다. 나는 여전히 우주 속을 떠도는 슬프고 외로운 무명의 한 미진(微塵)에 불과했다.

나는 누구인가?

아아, 이 질문을 떠올릴 때면 당장이라도 오청수의 저주에서 깨어나, 저 두루마리의 마력으로부터 벗어날 수 있을 것 같았다. 그러나 도저히 떠올릴 수가 없었다. 마지막까지 남아 있는 유일한 의문만이 여전히 나를 옥죄고 있었다.

나는 누구인가. 내 과서와 이 시간은 어떤 인연으로 연결되어 있는가.

나는 그렇게 생각하며 오늘의 기억을 되뇌었다. 되풀이하고 또 되풀이하며, 어둠 속을 걸었다. 때로는 발걸음을 재촉하고, 때로는 늦추며. 멀고 가까운 곳에서 들려오는 반종 소리, 자동차 펌프의 윙윙거림, 아이의 울음, 베틀 짜는 소리, 어디선가 울려오는 공장의 기적 소리. 이런 소리들이 무의식중에 귀에 들어왔다. 그러는 동안 나는 오른쪽으로 꺾고, 왼쪽으로 꺾으며 걸었다.

그러다 갑자기 흙바닥을 차듯 멈춰 섰다. 기절할 만큼 두근거리며 목을 움츠린 채 꼼짝할 수 없었다.

큰일이다. 저 두루마리를 그대로 두고 와 버렸다.

저 두루마리의 마지막에 남겨진 치요코의 글씨는 누구에게도 보여서는 안 된다. 만약 마사키 박사가 본다면 미쳐 버리거나, 정말로 자살할지도 모른다.

큰일이다.

나는 나도 모르게 뛰어올랐다. 그리고 다음 순간, 어딘지 모를 어두운 시골길을 일직선으로 달려가고 있었다.

이윽고 밝고 아름다운 거리에 뛰어들었다. 곧 어두운 뒷골목을 빠져나갔다. 샤미센과 북 소리가 울리는 눈부신 거리를 지나쳤다. 전등이 줄지어 선 방파제 끝, 바다를 마주한 곳까지 달려갔다가 깜짝 놀라 되돌아왔다. 여러 가게의 물건들, 전차, 자동차, 인파가 마치 회전등롱처럼 눈앞에서 뒤로 흘러갔다. 땀과 눈물에 가려 잘 보이지 않는 눈을 비비며, 다시금 원래 왔던 방향으로 달리고 또 달렸다.

눈이 어지럽고 숨이 차서 시야가 번쩍 밝아졌다가, 다시 어두워지기를 반복했다. 눈앞에는 회색 새들이 무수히 날아다니다가 흩어지는 듯 보였다. 어느새 길가에 쓰러져 있던 나를 누군가 부축해 주었지만, 곧 뿌리치고 다시 달려갔다.

그런 것을 반복하는 사이, 나는 마침내 아무것도 알 수 없게 되었다. 무엇 때문에 달리고 있는지, 어디로 가려 하는지도 생각하려 하지 않았다. 간간이 보이고 들리는 것을 꿈결처럼 느끼기도 했으나, 결국 그 꿈결조차 희미해질 때까지 황홀하게 비틀거리며 달려갔다.

얼마나 시간이 흘렀는지, 몇 시간이었는지 며칠이었는지조차 알 수 없다.

문득 온몸이 오싹 차가워져 정신을 차려 보니, 나는 어느새 다시 규슈 제국 대학 의학부 정신병과 교수실로 돌아와 있었다. 방금 전까지 앉아 있던 회전의자에 그대로 앉아, 큰 테이블의 녹색 라사 위에 양손을 내던진 채 엎드려 있었다.

나는 잠시 꿈을 꾸고 있는 것이 아닌가 의심했다. 정오 무렵 이 방을 뛰쳐나온 후, 여기저기서 보고 들었던 갖가지 기묘한 일들, 숨 막힐 듯한 두려움은, 혹시 모두 이곳에서 기절한 채 꾸었던 꿈은 아니었을까. 나는 기분 나쁘게 주위를 둘러보았다.

옷도 셔츠도 구두도 땀과 먼지로 얼룩져 있었다. 양쪽 팔꿈치와 무릎은 찢어지거나 진흙투성이였고, 단추가 떨어져 나가고, 칼라가 어깨에 매달려 있는 꼴은 마치 술주정꾼과 거지의 뒤섞인 모습 같았다. 왼손 등에는 검게 굳은 피가 붙어 있었으나 어디를 다쳤는지는 알 수 없었다. 특별히 아프지도, 가렵지도 않았다. 하지만 눈과 입은 모래 먼지에 메인 듯 불편했고, 눈꺼풀은 따갑고, 이 사이에는 까슬한 감각이 남아 있었다.

나는 책상 위에 그대로 엎드린 채 앞뒤 상황을 곱씹어 보았다. 그러나 어째서 여기에 돌아온 것인지 떠올릴 수 없었다. 책상 끝에 놓인 새 각모를 멍하니 바라보며 그때의 기분을 되짚어 보려 했지만, 이상할 만큼 기억이 이어지지 않았다. 아마 무언가 중요한 물건을 두고 와서 그것을 가지러 돌아온 것 같기도 했다. 그렇게 생각하며 고개를 들어 방을 둘러보니, 머리 위에는 커다란 백열등이 환하게 빛나고 있었다.

입구의 문은 반쯤 열린 채였다.

그런데 테이블 위의 서류는 누군가 정리한 듯, 아침에 와카바야시 박사와 함께 처음 보았을 때와 똑같이 가지런히 놓여 있었다. 손을 댄 흔적은 전혀 보이지 않았다. 옆에 놓인 붉은 달마 모양 재떨이도 아침과 똑같은 자세로, 마치 끝없는 하품을 하는 듯한 모양을 유지하고 있었다.

다만, 두꺼운 캔버스 표지에 끼워진 '광인의 암흑시대'의 서툰 노래와 '태아의 꿈' 논문이 담긴 서류철만은 자세히 보니 누군가가 최근에 만진 듯, 약간 비스듬히 겹쳐져 있었다. 그러나 오늘 오전, 마사키 박사가 내 앞에서 먼지를 털었던 푸른 메린스 보자기 꾸러미 위에는 여전히 회색 먼지가 고스란히 덮여 있었다. 오랫동안 아무도 손을 대지 않았다는 증거였다. 테이블 위에는 차를 마신 흔적도, 음식을 먹은 흔적도 전혀 없었다. 혹시 몰라 붉은 달마 재떨이를 들여다보았지만, 안에는 시가 재 한 조각도 없었다. 여전히 황금빛과 검은빛이 뒤섞인 눈동자로 휙휙 나를 노려보고 있었다.

이상했다. 오늘 오전의 일들은 모두 꿈이었단 말인가. 나는 분명히 그 보자기 꾸러미의 내용을 보았는데, 그 짧은 시간에 저렇게 먼지가 쌓일 리가 없지 않은가.

나는 천천히 몸을 일으켰다. 무릎이 꺼져버릴 듯 흔들려, 큰 테이블 가장자리를 짚은 양손으로 겨우 몸을 지탱했다. 솜처럼 무거운 몸을 억지로 일으켜 세우며, 떨리는 손가락으로 메린스 보자기 꾸러미를 잡아당기자, 그 자리에 네모난 먼지 자국이 뚜렷하게 드러났다. 매듭에 쌓인 흰 먼지 줄무늬를 유심히 보았지만, 최근에 사람이 만진 흔적은 어디에도 없었다. 매듭을 푸는 순간, 줄무늬 같은 먼지는 흔적도 없이 사라져 버렸다.

나는 아연실색했다. 눈앞 허공을 응시한 채, 오늘 아침부터의 기억을 다시 더듬었다. 그러나 보자기 안의 것을 마사키 박사에게서 직접 보고 설명을 들었던 기억과, 매듭에 쌓인 흰 먼지는 도저히 양립할 수 없는 일이었다. 두 가지 사실은 정반대였다.

온몸에 스며드는 오한을 억누르며, 경련하듯 떨리는 손으로 푸른 보자기 꾸러미를 펼쳤다. 그 안에서는 아까 보았던 그대로의 신문 꾸러미와 와카바야시 박사의 조사 서류 원본이 겹쳐져 나왔다. 게다가 메린스 천에서 흘러든 미세한 먼지는 서류 원본의 검은 골판지 표지 위에도 희미하게 내려앉아 있었다. 두루마리가 담긴 신문 꾸러미를 치우자, 그 아래에는 또다시 직사각형의 먼지 자국이 뚜렷하게 남아 있었다.

나는 또다시 아연실색했다. 너무도 이상하여, 여우에게 홀린 듯 제정신인지 아닌지 스스로 확인해 보려는 기분으로, 우선 두루마리가 싸인 신문 꾸러미를 천천히 열었다. 신문이 접힌 모양, 상자의 뚜껑이 맞아떨어지는 정도, 두루마리의 말린 형태, 끈의 매듭 방식까지 세세히 살펴보았다. 꼼꼼한 사람이 손질한 듯 흠잡을 데 없이 정갈했고, 이중으로 접히거나 비뚤어진 자국은 한 군데도 없었다. 두루마리를 펼치자 방충제 냄새 같은 강한 향기를 풍기는 하얀 가루가 반짝이며 책상 위로 흩어졌다.

다음으로 조사 서류를 펼쳐 보았지만, 방충제를 뿌린 흔적은 없었다. 그러나 페이지를 획획 넘길 때마다 희미한 먼지 냄새가 코끝에 스쳤다. 최근에 누군가 손을 댔다고는 도저히 생각할 수 없었다.

나는 혹시나 싶어 마사키 박사의 유언장이 묶여 있는 풀스캡을 열어 마지막 두세 페이지를 다시 확인했다. 오늘 아침까지만 해도 막 잉크가 마른 듯 푸르스름했던 펜 자국이, 지금은 새까맣게 변해 있었다. 행과 행 사이에는 노란 곰팡이까지 핀 듯했다. 아무리 보아도 이틀, 사흘 전에 쓴 것으로는 보이지 않았다.

이상한 점에서 또 다른 이상한 점으로 끌려가던 나는, 아까 마사키 박사가 했던 것처럼 조사 서류를 보자기 밖으로 꺼내 보았다. 그 순간, 뜻밖에도 그 아래 낡은 신문 호외 한 장이 깔려 있는 것을 발견했다. 그것은 분명히 조금 전 마사키 박사가 보자기를 털었을 때는 존재하지 않았던 것이었다.

나는 얼떨떨해져 두리번거리며 방 안을 살폈다. 눈에 보이지 않는 마술사가 어딘가에서 마술을 부리고 있다고밖에 생각할 수 없었다. 아니면, 내 정신이 또다시 이상을 일으켜 환각에 빠진 것일지도 모른다고 두려워하며 그 신문 호외를 집어 들었다. 신문은 여덟 번 접혀 있었고, 펼치자 한 페이지 크기 오른쪽 상단에 터무니없이 큰 활자가 눈에 들어왔다. 나는 저도 모르게 "앗!" 하고 외쳤고, 등 뒤에 있던 회전의자에 걸려 비틀거리며 쓰러질 뻔했다.

그 신문은 다이쇼 15년 10월 20일 자. 정면 벽에 걸린 달력이 가리키던 사이토 박사의 기일 바로 다음 날이었다. 마사키 박사가 자살했다고 와카바야시 박사가 말했던 그날, 후쿠오카 시의 《서해신문(옮: 당시 후쿠오카 지역 신문)》에서 발행된 호외였다. 페이지 왼쪽 상단에는 코안경을 빛내며 틀니를 드러낸 마사키 박사의 웃는 얼굴 사진이 실려 있었는데, 대략 5촌(약 15cm) 사방 크기의 거친 인쇄였다.

규슈 대학 정신병학 교수

마사키 박사 투신자살

동시에 광인 해방 치료장 내 희귀한 참살 사건 폭로

오늘 20일 오후 5시경, 규슈 제국대학 정신병학 교수, 종6위 의학박사 마사키 케이시 씨가 익사체로 동 대학 의학부 뒤편 마에다시하마 수족관 부근 해안에서 발견되어, 현재 대학 내는 크게 술렁이고 있다. 그런데 그 혼란 와중에, 그 전날인 19일 정오경, 동 정신병학 교실에서 마사키 박사의 독창적 창설에 의해 운영되던 '광인 해방 치료장' 안에서 한 미치광이 소년이 한 미치광이 소녀를 살해한 뒤, 이어서 장내의 다른 광인 여러 명에게 즉사 또는 중상을 입히고, 이를 제지하려던 감시인마저 중상을 입히는 사건이 폭로되었다. 이 사건으로 인해 대학 당국은 물론 사법 당국도 크게 당황해 현재 극비리에 조사를 진행 중이다.

미치광이 소년 괭이를 휘둘러

5명의 남녀를 살상

치료장 내 온통 유혈낭자!

어제 19일(화요일) 정오 무렵, 사건이 일어났을 당시 마사키 박사는 교수실에서 낮잠을 자고 있었고, 해방 치료장 안에는 평소처럼 10명의 환자들이 각자 제멋대로 발광하며 돌아다니고 있었다. 그때 한 구석에서 밭을 갈고 있던 아다치 기사쿠(가명, 60세)가 오포와 함께 점심을 알리는 간호사의 소리를 듣고 괭이를 내려놓은 채 병실로 돌아가자, 그의 행동을 엿보고 있던 듯한 소년 환자, 후쿠오카현 사와라군 메이노하마정 1586번지 출신 농업 종사자이자 쿠레 야요의 양자로, 동(東) 가문의 딸의 조카에 해당하는 쿠레 이치로(20세)가 갑자기 괭이를 집어 들었다. 그는 옆에서 풀을 심고 있던 소녀 환자 아사다 시노(가명, 17세)의 뒤통수를 내리쳐, 피가 흩날리는 가운데 그녀를 절명시켰다.

이 광경을 본 감시인 아마카스 도타(유도 4단)는 즉시 달려들었지만, 이미 치료장 안은 혼란에 빠졌다. 정신착란 상태의 여성 환자 두 명이 시노를 구하려 덤벼들었으나, 한 명은 뺨에, 또 한 명은 이마에 괭이 날을 맞아 피투성이로 쓰러졌다. 아마카스는 그 틈을 타 이치로의 등 뒤에서 목을 졸라 제압하려 했으나, 예상외로 저항이 거세 괭이를 내던진 이치로에게 온몸이 휘둘렸다. 격투 끝에 발을 헛디딘 아마카스는 본관 처마 밑의 돌 바닥에 떨어져 갈비뼈를 다치고 기절하고 말았다.

그 사이 입구에는 간호사와 하인, 의사 등이 몰려왔으나, 괭이를 다시 집어 든 이치로가 피투성이 얼굴로 사방을 노려보며 "내 일을 방해하는가!"라고 외치자 모두 겁을 먹고 물러섰다. 이어 그는 차분히 웃으며 피 묻은 괭이를 쥔 채 두 여성 환자에게 다가갔다. 먼저 발작 상태에 있던 한 소녀의 미간을 내려친 뒤, 여왕 흉내를 내며 태연히 거닐던 중년 여성에게 다가갔다. 그러나 그녀가 "무례한 자, 나를 모르느냐!"라고 꾸짖자, 이치로는 놀란 듯 괭이를 멈추고 "앗, 당신은 양귀비님!"이라고 외치며 모래 위에 무릎을 꿇었다.

이때 가까스로 의식을 회복한 아마카스는 환자들을 밖으로 내보낸 뒤 다시 쓰러졌다. 한편 쿠레 이치로는 괭이를 한 손에 들고, 첫 희생자인 아사다 시노의 시신을 옆구리에 끌어안은 채 여왕 행세를 하는 여성 환자에게 절을 하고, 피투성이가 된 몸으로 유유히 자신의 병실 7호실로 돌아갔다. 주변의 사람들은 모두 공포에 질려 손도 대지 못한 채 멀리서 지켜보기만 했다고 한다.

이때 급보를 듣고 달려온 마사키 박사는 침착하게 의원들을 지휘하며 날뛰는 쿠레 이치로의 손에서 시노의 시체와 괭이를 빼앗았다. 이어 이치로에게 광인 제어용 소매 없는 구속복을 입히고 족쇄를 채워 7호실에 감금했다. 한편 피해자 시노를 포함한 네 명의 환자에게 응급처치를 했으나, 두 남자 환자는 치명상은 피했지만 생사가 불투명했고, 두 소녀는 모두 두개골이 산산조각 나 손쓸 도리가 없었다. 이에 따라 각 환자의 가족들에게 급보가 전해졌다.

동시에 마사키 박사는 곧장 7호실로 돌아가 이치로의 상태를 확인했는데, 그는 병실 벽에 머리를 부딪쳐 이미 절명해 있었다. 급히 의원을 불렀지만 또 한 차례 큰 소동이 일어났다. 그리고 사건의 수습이 끝난 직후, 마사키 박사는 교실을 빠져나간 것으로 보였다. 오후 2시 반 무렵, 야마다 학사가 "쿠레 이치로는 회복의 가능성이 있다"는 보고를 하기 위해 마사키 교수를 찾았으나, 이미 교실은 물론 병원 내 어디에서도 그의 모습을 찾을 수 없었다.

해방 치료는 예상대로 대성공 — 마사키 박사 발언!

그 무렵 마사키 박사는 이미 대학 본부로 향해 마쓰바라 총장을 면회하고 큰 소리로 논의하고 있었다. 구체적인 의논의 내용은 밝혀지지 않았지만, 그는 반복해서 "광인 해방 치료 실험은 이번 사건으로 예상대로 대성공을 거두었습니다"라고 말하며, "해방 치료장은 오늘부로 폐쇄했습니다. 오랫동안 폐를 끼쳐 드렸습니다만, 덕분에 무사히 실험을 마칠 수 있어 감사할 따름입니다. (이 해방 치료장은 마사키 박사가 총장의 허가를 얻어 사비로 개설한 것으로, 부속 고용인들의 급여도 모두 그의 사비에서 지급되었다) 또한 제 사표는 내일 제출하겠습니다. 뒷일은 와카바야시 학부장에게 맡겨 두었습니다"라고 덧붙였다. 그는 껄껄 웃으며 문을 열고 나가 버렸고, 총장실 옆방에서 이를 엿들은 사무원들은 모두 그가 미친 것은 아닌 의심하며 얼굴을 마주 보며 떨었다고 한다.

코골이 소리는 천둥 같고,
취한 뒤 행방을 감추다.

총장실을 나온 마사키 박사는 희생자들의 치료를 의원들에게 맡긴 채 홀로 귀로에 오른 것으로 보인다. 그러나 도중에 어딘가에서 음주해 만취한 듯, 그날 저녁 후쿠오카시 미나토마치의 하숙으로 돌아와 두세 시간 동안 천둥 같은 코골이를 울리며 깊이 잠들었다. 그 후 밤 9시쯤 "밥을 먹으러 다녀오겠다"라며 하숙을 나선 뒤 그대로 자취를 감췄다. 다만, 뒤에 전해진 말에 따르면 그는 몰래 규슈 대학 정신병과의 자신의 방으로 돌아와 밤새 서류를 정리하고 있었다고도 한다.

미치광이를 흉내 낸
섬뜩한 시체

그런데 오늘 오후 5시경, 대학 뒤 해안을 지나가던 망둥어 낚시꾼 두 명이 해안에 떠밀려온 한 구의 기묘한 익사체를 발견하고, 이를 하코자키 경찰서에 신고했다. 이에 만다 부장과 미쓰카와 순경이 현장에 출장하여 조사한 결과, 품속에서 발견된 명함을 통해 사체가 마사키 박사임이 확인되었고, 또다시 큰 소동이 벌어졌다.

곧 후쿠오카 지방재판소의 아타미 판사와 마쓰오카 서기, 후쿠오카 경찰서의 쓰가와 경부, 하세가와 경관 외 1명, 그리고 대학 측에서는 와카바야시 학부장을 비롯해 가와지, 안라쿠, 오타, 니시쿠보 등 여러 교수와 다나카 서기 등이 현장에 달려왔다. 검안 결과, 마사키 박사는 마에다시하마 수족관 뒤편 돌담 위에 모자와 시가 꽁초를 두고, 진찰복을 입은 채 광인 제어용 철제 수갑과 족쇄로 손발을 묶은 상태에서 만조 때 몸을 던진 것으로 보였다. 사후 약 3시간이 경과한 상태라, 이미 구급의 방법이 없었다.

이 사건에 관해서 와카바야시 학부장을 비롯한 관계자들은 일절 입을 열지 않고, 앞서 벌어진 대참사와 함께 극비리에 덮어버리려 한 것으로 보인다. 그러나 본사의 기민한 취재에 의해 진상이 드러나게 된 것이다.

덧붙여, 마사키 박사의 자살 원인에 대해서는 유서 등 아무런 단서도 발견되지 않았다. 그의 하숙 방 서재와 책상도 평소와 다름없이 정리되어 있었고, 별다른 이상은 없었다고 한다. 또한 술에 만취해 하숙에 돌아오거나, 혹은 '산책'이라 칭하며 외출한 뒤 귀가하지 않는 일이 매달 한두 차례 정도 반복되었던 터라, 하숙집 사람들도 그날 특별히 의심하지 않았다고 한다."

기괴한 수수께끼
미치광이 소년의 한마디

이에 관해 해방 치료장의 감시인이었던 아마카스 도타 씨는, 부상당한 가슴에 붕대를 감은 채 시내 도리카이 마을 자택에서 이렇게 말했다.

"전혀 뜻밖의 일이었습니다. 차라리 이런 역할을 처음부터 맡지 말았어야 했다고 후회하고 있습니다. 하지만 책임은 분명 제게 있습니다. 게다가 광인 해방 치료장이 어제로 폐쇄되었다고 하니, 일단 마사키 선생께 사표를 내고 근신하고 있습니다. 그것이 정말 미치광이의 힘이라는 것일까요. 예상치 못한 강한 힘 앞에서 필사적으로 버티다가 갑자기 어깨를 놓쳐, 생각지도 못한 실수를 하여 두 번이나 기절하고 말았습니다. 면목이 없습니다. 다만 두 번째 기절에서는 곧 정신을 차렸기에, 저는 세 명의 의원과 함께 7호 병실로 달려가 이치로를 제압하려 했습니다. 그러나 피에 취한 듯한 이치로는 괭이를 대나무 조각처럼 휘두르며 "보지 마라, 보지 마라"라고 외쳤고, 너무 위험해 차마 가까이 다가갈 수 없었습니다.

그때 뒤에서 달려오신 마사키 선생을 본 순간, 쿠레 이치로는 순식간에 진정해 버렸습니다. 그는 기쁜 듯 절을 하고, 피투성이가 된 소녀 시노의 반나체 시신을 가리키며 이렇게 말했습니다. "아버지, 지난번 채석장에서 저에게 빌려주신 두루마리를 다시 한번 빌려 주시지 않겠습니까. 이렇게 좋은 모델을 찾았으니까요."

이 괴상한 말을 들으신 마사키 선생은 갑자기 얼굴이 새파랗게 질리며 우리를 둘러보셨습니다. 하지만 곧 크게 꾸짖으며 '무슨 바보 같은 소리를 하는가!'라고 호통치시더니, 단신으로 이치로에게 달려들어 제압하셨습니다.

이후 잠시 동안은 안색이 좋지 않으셨지만, 쿠레 이치로가 벽에 머리를 부딪쳐 절명하자 곧 기력을 회복하신 듯했습니다. 그 큰 사건의 와중에도 놀라울 정도로 쾌활하게 여러 가지 지시를 내리셨습니다."

(기자가 이치로가 살아났다는 소식을 전하자) 아마카스 씨는 이렇게 대답했다.

"그게 사실입니까? 제가 보았을 때는 얼굴 전체가 피투성이였고, 마사키 선생께서도 뇌진탕이 심해 호흡도 멎었으니 도저히 살 수 없다고 말씀하셨습니다. 하지만 손발이 묶인 채 벽에 부딪혔으니 그렇게 치명적이지는 않았을지도 모르겠습니다."

(이어 마사키 박사의 자살 소식을 전하고 사인에 대한 추측을 묻자) 아마카스 씨는 창백해져 눈물을 흘리며 입술을 떨며 말했다.

"그게 정말입니까? 그렇다면 저는 이렇게 있을 수 없습니다. 마사키 선생께서는 제게 큰 은혜가 있습니다. 몇 년 전 미국에서 떠돌던 시절, 시카고 근처에서 폐렴에 걸려 아무도 도와줄 이가 없었을 때, 마사키 선생께서 저를 구해 입원시켜 주셨습니다. 그때 선생께서는 "만약 은혜를 갚고 싶다면 후쿠오카에 살면서 내가 돌아오기를 기다리라"고 말씀하시며 여비까지 넉넉히 주셨습니다. 귀국하자마자 저는 이 지방의 영일학원에서 유도 사범을 맡았는데, 마사키 선생께서 대학에 부임하시자 곧 사직하고 치료장의 감시를 맡게 되었습니다.

마사키 선생은 언제나 낙관적이었고, 저도 늘 존경해 왔습니다. 인격적으로 높은 분이셨기에 책임감 또한 누구보다 강하셨을 것입니다."

메이노하마 대화재

뇨게쓰지 사찰 본당까지 불길 번져

방화 혐의 여성, 참혹한 최후

오늘 오후 6시경, 후쿠오카현 사와라군 메이노하마 1586번지의 쿠레 야요 댁 안방에서 불이 시작되었다. 불길은 사람들이 미처 손쓸 틈도 없이 이어진 맑은 날씨와 강풍을 타고 순식간에 번져, 인근 셋집 여러 채와 함께 쿠레 가를 삽시간에 거대한 화염 속에 삼켜버렸다. 불길은 이어 가까운 뇨게쓰지 본당 뒤편으로 옮겨 붙어 격렬히 타올랐으나, 거리가 멀어 시내의 소방차가 제때 도착하지 못했고, 인근 소방대만으로는 도저히 감당하기 어려운 상황이었다.

방화범으로 지목된 쿠레 야요(앞서 언급된 쿠레 이치로의 이모, 40세)는 뇨게쓰지 본당의 불길 속으로 그대로 뛰어들어, 여러 목격자가 보는 앞에서 무참히 최후를 맞았다. 그녀는 올봄, 외동딸을 잃은 뒤로 정신이 불안정해졌으며, 오늘 또 가장 사랑하던 조카 이치로가 변사했다는 소문이 전해지자 큰 충격을 받아 착란 상태에서 이 같은 일을 저지른 것으로 보인다.

나는 이 호외 기사를 읽고 얼굴을 들자, 머리가 짓눌린 듯 무거웠다. 조심스럽게 주위를 둘러보던 중, 불현듯 푸른 보자기 한가운데, 방금까지 호외 밑에 깔려 있던 듯한 카드 한 장이 눈에 들어왔다.

"이런 게 아직 남아 있었나?"

고개를 갸웃하며 몸을 일으켜 살펴보니, 그것은 관제 엽서의 뒷면이었다. 이미 본 적 있는, 오른쪽으로 기울어진 익숙한 필체로 대여섯 줄이 휘갈겨져 있었다.

면목없다
S선생과 술을 마신 것도 나다
다시 태어나 다시 시작하겠다
아들과 며느리의 장래를 부탁한다

20일 오후 1시 · · M으로부터

W형 귀하

내 손에서 호외가 힘없이 흘러내렸다. 동시에 방 전체가 내 몸과 함께 천천히 땅속으로 가라앉는 듯한 기분이 들었다.

나는 비틀거리며 일어서, 저도 모르게 남쪽 창문 쪽으로 다가갔다. 저편 지붕 위로 솟은 두 개의 거대한 굴뚝 위에 보름달이 반짝이며 빛나고 있었.

아래로 내려다본 광인 해방 치료장은 적막에 잠겨 있었다. 사람 그림자 하나 없었고, 오늘 아침까지만 해도 흰 모래만 펼쳐져 있던 평지는 어느새 곳곳에 마른 풀이 듬성듬성 자란 빈터로 변해 있었다. 그 한가운데에는 이미 잎을 다 떨어뜨린 대여섯 그루의 오동나무가 별빛을 향해 기묘하게 가지를 흔들고 있었다.

"이상하다." 나는 무심코 중얼거리며 머리에 손을 얹었다. 그런데 또 이상했다. 오늘 아침부터 내가 시달려 온 기이한 두통이 흔적도 없이 사라져 있던 것이다. 나는 사라진 통증을 찾듯 머리를 누른 채 방 안을 둘러보았다. 노란 달빛과 검은 그림자가 만들어내는 침묵 속에서, 다시 창밖의 은빛 달빛을 응시했다.

그 순간이었다. 모든 진실이 얼음처럼 투명하게 눈앞에 줄지어 나타나는 듯한 기분이 밀려왔다.

전혀 이상하지 않았다.

조금도 이상하지 않았다.

나는 오늘 아침부터 '이중 환각'에 빠져 있었던 것이다. 마사키 박사가 말한 '이혼병'에 걸려 있었던 것이다. 나는 지금으로부터 한 달 전, 10월 20일에도 오늘과 똑같이 몽유 상태로 움직였음이 분명하다.

그날 새벽, 아직 어둠이 짙게 깔린 이른 시간, 나는 7호실 바닥에 오늘 아침처럼 쓰러져 있었고, 오늘과 같은 모습으로 눈을 떴다. 그리고 자기 이름을 찾으려 허둥대며 방안을 헤맸던 것이다.

이후 와카바야시 박사를 만나 과거의 기억을 회복하기 위한 여러 실험을 받았고, 그 끝에 이 교수실로 끌려와 오늘과 똑같은 순서로 여러 경험을 했다. 그리고 유언장을 다 읽은 뒤, 나는 곧 그 유언장의 작성자인 마사키 박사를 만나 똑같이 간담이 서늘해졌다. 그 안내를 따라 남쪽 창밖을 내다보자, 전날부로 폐쇄된 해방 치료장의 풍경이 눈앞에 펼쳐졌고, 나는 내 기억 속 가장 최근의 장면에 지배되어 몽유하듯, 마치 전날 같은 시각에 할아버지가 밭일하는 모습을 바라보던 내 모습 그대로를 환각 속에서 본 것이다. 그리고 동시에 전날 밤, 벽에 머리를 부딪히며 생긴 통증을 무의식적으로 손에 느껴 소스라치게 뛰어올랐던 것이다.

그때 마사키 박사는 오늘과 똑같이 '이혼병'에 대해 설명했는데, 그 설명은 진실이었다. 하지만 나는 환각이 너무 깊어 그 사실을 받아들일 수 없었다. 이후 마사키 박사와 의논을 이어가다 결국 그를 몰아세워 자살을 결심하게 만들었던 것이다.

그러나 나는 그런 흐름조차 자각하지 못한 채 이 방에 남아, 두루마리의 마지막에 적힌 치요코의 와카를 발견했다. 그리고 오늘처럼 충격에 휩싸여 밖으로 뛰쳐나갔고, 후쿠오카 시내를 떠돌다 결국 두루마리가 방 안에 펼쳐진 채 남아 있다는 사실을 떠올리고 다시금 무아몽중으로 이곳으로 되돌아왔던 것이다.

어쩌면 마사키 박사 역시 나중에 이 방으로 돌아와, 펼쳐진 두루마리의 마지막에서 치요코의 와카를 발견했을지도 모른다. 그리고 그 순간, 더욱 굳은 각오를 다졌을지도 모른다.

그 모든 일들은 결국 한 달 후인 오늘, 나는 또다시 같은 암시에 사로잡혀 한 치의 오차도 없이 반복해 온 것에 불과하다. 아니, 어쩌면 오늘 아침 일찍 시계 소리에 눈을 뜬 순간부터 이미 어떤 암시에 지배되고 있었을지도 모른다. 와카바야시 박사가 무심코 말했던 "한 달 후"라는 말이 내 잠재의식 속에 남아 있다가, 정확히 그날이 된 오늘 아침, 나를 딱 하고 깨워준 것일지도 모른다.

하지만 중요한 건, 어쨌든 오늘 오전 내가 여러 서류를 정신없이 읽고 있던 동안, 와카바야시 박사가 자리를 뜬 뒤 이 방에는 아무도 없었다는 사실이다. 마사키 박사도, 대머리 하인도, 카스텔라도, 차도, 두루마리도, 조사 서류도, 시가 연기도… 모든 것이 빠짐없이 한 달 전의 기억이 재현된 것일 뿐이었다. 나는 혼자서 몽유 속의 몽유를 반복하고 있었던 것이다.

내 머리는 여기까지 회복된 듯 보이지만, 여전히 같은 자리에서 맴돌고 있었다. 그렇지 않다고 부정하려 해도, 눈앞에 생생하게 펼쳐지는 이 기괴한 사실들이 나를 압도하는 것을 어찌할 수 없다. 해결할 방법이 없다.

와카바야시 박사는 내 정신을 시험하기 위해, 한 달 전과 똑같은 절차를 되풀이하며 나를 이 방으로 데려온 것이 틀림없다. 그리고 아마 그때와 마찬가지로 어딘가에서 나를 감시하며, 내 몽유 상태의 모든 행동을 세세히 기록하고 있을 것이다. 아니, 혹은 더 무서운 가정을 해야 할지도 모른다. 오늘이 다이쇼 15년 11월 20일이라는 와카바야시 박사의 말조차 거짓이라면 어떨까. 그렇다면 나는 한 달 전, 진짜 다이쇼 15년 10월 20일 이래로, 몇 번이고, 수없이 같은 몽유 상태를 반복해 왔던 것은 아닐까. 그리고 그 모든 행동 하나하나가 기록으로 남겨지고 있는 것은 아닐까.

오오… 와카바야시 박사야말로 세상에서 가장 두려운 학술의 화신이다.

정신과학의 실험과 법의학의 연구를 동시에 수행하고,

극악한 범죄자이자 동시에 명탐정이기도 하다.

그는 마사키 박사와 쿠레 가문의 운명, 후쿠오카 사법 당국과 규슈 대학의 명예, 그리고 이 사건의 전모를 혼자서 남몰래 쥐고 흔들고 있다. 그러면서도 겉으로는 아무것도 모르는 척하는 괴물.

나는 말할 수 없는 전율이 온몸의 피부를 폭풍처럼 기어 다니며 달려드는 것을 느꼈다. 이가 딱딱 부딪히며 떨리는 것을 멈출 수 없었다. 방 안 전체가 마치 크게 벌어진 와카바야시 박사의 입처럼 변해버린 것 같았다. 그 한가운데에 우뚝 선 채, 선풍기처럼 회전하는 내 머릿속을 눈 깊은 곳에서 응시하고 있는 듯한 기분이 들었다.

하지만.

하지만 만약 그렇다면 나는 결국 쿠레 이치로일 수밖에 없다.

오… 오오. 내가, 바로 그 쿠레 이치로.

마사키 박사가 내 아버지.

치요코가 내 어머니.

그리고 그 미쳐버린 소녀, 모요코가… 모요코가…

오오, 오오.

나는 부모를 저주하고, 연인을 저주하며, 마침내 알지도 못하는 남녀 여러 명의 목숨까지 빼앗도록 운명 지어진 기괴한 광청년이었던가.

죽은 아버지의 죄악을 대낮에 드러내며 폭로하는 냉혹하고 무참한 정신병자였던가.

"아아, 아버지— 어머니—."

나는 이렇게 외쳤지만, 그 목소리는 내 귀에 닿지 않았다. 오직 방 구석구석에서 메아리처럼 조롱하는 반향만 들려왔다.

나는 그대로 아래턱을 굳힌 채, 쥐죽은 듯 흔들리는 전등 불빛을 바라보았다. 그리고 큰 한숨을 쉰 듯 고요해진 방 안을 둘러보았다.

의식은 여전히 뚜렷했다. 그러나 현실인지 꿈인지 알 수 없는 상태에서, 내 눈앞의 바닥이 기울어 반쯤 열린 입구 쪽으로 향하자, 나는 비틀거리며 걷기 시작했다.

문 위에는 '출입 엄금'이라 적힌 흰 종이가 붙어 있었다.

"정신을 차려야 한다. 끝까지 이성을 붙잡아야 한다."

나는 이렇게 다짐하며, 창으로 달빛이 스며드는 복도를 오른쪽으로, 왼쪽으로 기울어 걸었다. 현관 좌우로 늘어선 캄캄한 계단을 막대기처럼 뻣뻣하게 내려갔다. 발소리는 쿵… 쿵… 하고 울려 퍼졌다.

마지막 단에 이르렀다고 생각한 순간, 내 발은 허공을 밟고, 온몸이 휙 굴러 떨어졌다. ——그렇게 생각한다.

그 후 나는 어떻게 다시 일어났는지, 어디로 어떻게 걸어왔는지 알 수 없다. 다만 어느새 7호실 문 앞에 서 있는 나 자신을 발견했다. 그것은 마치 석상처럼 우뚝 서 있는 모습이었다.

나는 무언가 필사적으로 떠올리려 애쓴 끝에, 과감하게 그 문을 열고 안으로 들어갔다. 그리고 오늘 아침 그대로인 침대 위로 구두를 신은 채 기어올라 벌렁 누웠다. 곧 머리맡에서 문이 저절로 닫히더니, 육중하고 음울한 반향이 방 안팎을 울려 퍼졌다.

그러자 거의 동시에, 두꺼운 콘크리트 벽을 사이에 둔 옆방 6호실에서 날카롭고 혼비백산한 듯한 여자의 목소리가 터져 나왔다.

"오라버니, 오라버니! 오라버니를 만나게 해 주세요. 지금 돌아오신 거죠? 방금 문 소리를 들었어요. 오라버니를 만나게 해 주세요. 아니에요, 아니에요. 저는 미치광이가 아니에요. 오라버니의 동생이에요. 동생이에요, 동생이에요. 오라버니, 오라버니, 대답해 주세요. 저예요, 저라고요, 저예요, 저라고요."

나는 침대 위에 누운 채 눈을 크게 뜨고 생각했다.

이것이 태아의 꿈이다. 모든 것이 태아의 꿈이다. 저 소녀의 절규도, 이 어두운 천장도, 창문 너머 햇빛도. 아니, 오늘 하루의 모든 일들이 다 그렇다. 나는 아직 어머니의 태내에 있다. 이런 무시무시한 '태아의 꿈'을 꾸며 발버둥 치고 괴로워하고 있다. 그리고 이제 태어나자마자 많은 사람들을 저주하고 죽이려 하고 있다. 하지만 아직 아무도 모른다. 단지 내 끔찍한 태동을 어머니만이 느끼고 있을 뿐이다.

그때 옆방 콘크리트 벽 건너편에서 두드리는 소리가 울렸다.

"오라버니, 오라버니. 이치로 오라버니. 아직 저를 기억하지 못하시나요? 저예요, 저라고요. 모요코예요. 모요코라고요. 대답해 주세요. 대답해!"

그 목소리는 두세 번 연속 두드리다가 이내 애처로운 울음으로 바뀌고, 무언가 위에 엎드린 듯한 기색으로 가라앉았다.

나는 침대에 길게 누운 채, 죽은 사람처럼 숨을 죽이고 눈만 크게 뜨고 있었다.

붕. 웡—.

복도 끝에서 시계 소리가 울려왔다. 옆방의 울음소리가 뚝 그쳤다. 그리고 곧 또 다른 소리가 이어졌다.

붕—.

이번에는 조금 더 길게 울렸다. 나는 눈을 더욱 크게 떴다.

붕—.

그 소리에 맞추어 내 눈앞에 마사키 박사의 해골 같은 얼굴이 나타났다. 식은땀을 뚝뚝 흘리며 코안경을 쓴 모습이었다. 그는 힘없이 눈을 내리깔고 히죽 웃으며 눈인사하듯 사라졌다.

붕—.

이번에는 치요코였다. 헝클어진 머리칼, 피투성이의 아랫입술, 고통으로 일그러진 얼굴이 코앞에 나타났다. 끈으로 목이 졸린 채, 핏발 선 눈으로 나를 뚫어지게 바라보다가, 무언가 말하려 애쓰며 입술을 떨었다. 하지만 이내 슬프게 눈을 감고 눈물을 주르륵 흘리며, 아랫입술을 꽉 깨문 채 창백해져 갔다. 잠시 후 눈을 희미하게 뜨는가 싶더니, 푹 하고 고개를 젖혔다.

붕—.

소녀 아사다 시노의 깨져버린 뒤통수가 검은 액체를 흘리며 고개를 숙이고 있었다.

붕—.

야요코의 얼굴이 피투성이가 된 채 눈을 씰룩거리며 나타났다.

붕   붕   붕   붕   붕—.

뺨이 찢어진 이가구리 머리 소년. 미간이 부서진 땋은 머리 아가씨. 이마의 피부가 벗겨진 채 수염투성이 얼굴이 차례차례 떠올랐다.

나는 양손으로 얼굴을 가렸다. 그리고 곧 침대에서 뛰어내려 일직선으로 달려갔다.

그 순간, 내 이마가 단단한 것에 부딪히며 눈앞이 번쩍 밝아졌다가, 곧바로 암흑이 덮쳤다. 그 어둠 속에서 나와 똑같은 얼굴이, 덥수룩한 머리카락과 수염을 하고 움푹 들어간 눈동자를 번뜩이며 떠올랐다. 그리고 나와 마주친 순간, 붉고 큰 입을 벌리며 껄껄 웃었다.

하지만 내가 "앗, 오청수"라고 외치기도 전에, 그 모습은 흔적도 없이 사라졌다.

붕. 윙. 윙—.

(끝)

옮긴이의 말

인식의 미궁, 도구라 마구라를 해부하다

유메노 규사쿠의 『도구라 마구라』는 단순한 소설의 경계를 넘어, 독자의 이성과 감각을 시험하는 하나의 거대한 문학적 장치에 가깝다. '일본 3대 기서'라는 명성과 '완독하면 정신이상이 된다'는 섬뜩한 경고는 이 작품이 지닌 파괴적인 매력을 단적으로 보여준다. 이 해설은 작품의 복잡한 줄거리를 해석하고, 그 안에 숨겨진 핵심 이론과 작법을 분석하며, 이 난해한 미궁을 탐험하는 독자들을 위한 안내서이자, 이 작품이 왜 위대한 문학으로 평가받는지에 대한 답변을 제시한다.

겉으로 보기에 『도구라 마구라』는 추리소설의 외피를 두르고 있다. 큐슈대학 정신병동의 격리실에서 기억을 잃은 채 깨어난 '나'는 자신이 한 달 전 발생한 끔찍한 살인사건의 용의자일지도 모른다는 사실을 알게 된다. 두 명의 정신과 의사, 즉 냉철한 유물론자인 와카바야시 교수와 신비주의적 이론가인 마사키 교수는 각기 다른 방식으로 '나'에게 접근하며 사건의 진실과 그의 잃어버린 정체성에 대한 단서를 던진다. 하지만 이 작품을 전통적인 추리소설로 읽으려는 시도는 초반부터 좌절될 수밖에 없다. 범인을 찾는 과정은 서사의 중심이 아니라 독자를 더 깊은 혼란으로 이끌기 위한 미끼에 불과하기 때문이다. 작품의 진정한 질문은 '누가 범인인가?'가 아니라 주인공이 끊임없이 되뇌는 "나는 과연 누구인가?"라는 물음이다. 소설은 이 질문에 대한 답을 제공하는 대신, '나'라는 존재의 기반 자체를 해체한다. 주인공의 기억, 정체성, 심지어 그가 겪는 현실마저도 모두 불확실한 가설과 왜곡된 기록 위에 세워진 사상누각임이 드러나면서, 독자는 주인공과 함께 발밑이 꺼지는 듯한 지적 현기증을 체험한다. 결국 이 소설의 줄거리는 사건의 해결 과정이 아니라, 한 인간의 자아가 붕괴되고 해체되는 과정에 대한 처절한 기록이라고 할 수 있다.

이 같은 혼란은 작가가 창조한 독창적이고 방대한 유사 과학 이론들에서 비롯된다. 이 이론들은 정신분석학, 유전학, 진화론 같은 실제 과학을 교묘하게 비틀어 허구임에도 불구하고 독자를 압도하는 지적 권위를 내뿜는다. 핵심은 '태아의 꿈'이다. 마사키 교수가 주창하는 이 가설에 따르면, 태아는 어머니의 뱃속에서 10개월 동안 단세포 생물에서 인간에 이르기까지 수억 년의 진화 과정을 '꿈'으로 압축해 체험한다. 이 원시적이고 폭력적인 기억은 무의식 속에 잠재해 있다가 정신적 충격을 계기로 현실에서 재현되며, 개인은 자신의 의지와는 무관하게 선조가 저질렀던 살인이나 근친상간 같은 행위를 반복하게 된다. 이 이론은 인간의 자유의지를 부정하고, 인간을 혈통의 업보에 매여 있는 꼭두각시로 만들어 버린다. 이어서 '심리유전학'은 '태아의 꿈'이 대물림되는 메커니즘을 설명한다. 정신적 특성이나 광기가 혈액을 통해 유전된다는 가설로, 20세기 초반 우생학적 담론을 기괴하게 반영한다. 주인공의 가문이 대대로 광기에 시달려 왔으며, 그 저주가 주인공에게 이어졌다는 설정은 그를 운명론적 절망에 빠뜨린다. 한편 와카바야시 교수는 '뇌수론'을 내세운다. 그는 인간의 정신 활동을 뇌라는 물질의 작용으로 설명하며 유물론적 관점을 대표한다. 그러나 마사키 교수는 태아의 꿈 같은 형이상학적 원인을 내세우며 맞서고, 작가는 끝내 어느 쪽에도 손을 들어주지 않는다. 독자는 무엇 하나 확신할 수 없는 지적 공황 속으로 빠져든다.

유메노 규사쿠는 독자가 안전한 관찰자로 남는 것을 허락하지 않는다. 그는 다양한 문학적 장치를 통해 독자의 인식 체계를 공격하며 텍스트의 미궁 속에 가둔다. 우선 '미장아빔'이라 불리는 끝없는 액자식 구성이 있다. 이야기 속에 또 다른 이야기가, 그 이야기 속에 또 다른 기록이 반복 삽입되며, 현실과 허구, 현재와 과거, 관찰자와 대상의 경계가 허물어진다. 주인공 '나'는 마사키 교수의 논문 『도구라 마구라』를 읽고, 그 논문은 쿠레 이치로의 수기를 담고 있으며, 그 수기 속 인물은 또 다른 문서를 해독한다. 이런 구조 속에서 독자는 지금 누구의 시점에서 무엇을 읽고 있는지조차 헷갈리게 되며, 텍스트 전체가 하나의 환각처럼 느껴진다. 또한 주인공은 기억상실 상태의 불안정한 화자이기에 처음부터 신뢰할 수 없으며, 두 교수 역시 각자의 이론을 뒷받침하기 위해 정보를 왜곡했을 가능성이 있다. 이로써 모든 증언, 기록, 이론은 의심할 수밖에 없는 것이 되며, 독자는 주인공이 느끼는 편집증적 불안감을 함께 체험한다. 여기에 순환 구조까지 더해진다. 주인공은 모든 혼란의 끝에서 자신이 바로 이 모든 비극을 기록한 원고, 즉 『도구라 마구라』의 저자일지도 모른다는 암시에 맞닥뜨리고 다시 혼돈에 빠진다. 소설의 시작과 끝이 맞물려 영원히 반복되는 뫼비우스의 띠를 형성하는 것이다. 이는 독자에게 해답이나 카타르시스를 주지 않고, 광기의 미궁에서 영원히 탈출할 수 없다는 절망을 남긴다.

이처럼 난해한 작품 앞에서 좌절감을 느끼는 것은 당연하다. 『도구라 마구라』를 완독하기 위해서는 이해하려는 욕구를 내려놓고 체험하는 데 집중해야 한다. 흩어진 퍼즐을 하나의 그림으로 맞추려는 시도는 무의미하다. 작가는 의도적으로 모순된 단서를 흩뿌려 논리적 추론을 불가능하게 만들기 때문이다. 사건의 진실을 파헤치기보다, 각각의 이론과 이야기가 자아내는 기괴하고 매혹적인 분위기 자체를 즐겨야 한다. 또한 독자가 느끼는 혼란, 현기증, 불안감은 잘못된 것이 아니라 작가가 의도한 핵심 독서 경험이다. 주인공의 감정선을 따라가며 그의 정신적 붕괴를 간접 체험하는 것이 가장 올바른 방법이다. 나아가 이 작품을 정신분석학, 유전학, 철학, 민속학을 넘나드는 거대한 지적 유희로 즐긴다면, 이성과 광기, 현실과 꿈의 경계가 무너지는 아찔한 쾌감을 맛볼 수 있다.

『도구라 마구라』의 문학적 가치는 단순한 기괴함을 넘어선다. 이 작품은 소설의 가능성을 극한까지 밀어붙인 전위적 실험의 산물이다. 명확한 기승전결, 신뢰할 수 있는 서술, 명쾌한 결말 같은 전통적 소설 문법을 파괴함으로써 '이야기란 무엇인가', '진실이란 무엇인가'라는 근원적 질문을 던진다. 또한 이 작품의 목적은 이야기를 전달하는 것이 아니라 독자에게 '광기'라는 심리 상태를 직접 유도하고 체험시키는 데 있다. 독자를 서사 밖의 관찰자가 아닌 텍스트 속 공범으로 끌어들이는 방식은 문학사에서 유례를 찾기 힘들다. 더불어 '나는 누구인가'라는 정체성의 문제, 자유의지와 결정론의 대립, 이성과 광기의 경계 등은 시대를 초월해 여전히 유효한 철학적 울림을 준다.

결론적으로 『도구라 마구라』는 독서라는 행위를 통해 얻을 수 있는 가장 극단적이고 강렬한 경험 중 하나다. 이 거대한 미궁을 빠져나왔을 때, 독자의 손에는 명쾌한 해답 대신 더 많은 질문과 깊은 현기증이 남을지라도, 그것이야말로 이 위대한 작품이 선사하는 가장 값진 지적 훈장일 것이다.

도구라 마구라 2

초판 1쇄 발행 2025년 9월 15일

지 은 이	유메노 규사쿠
옮 긴 이	마이너스

펴 낸 이	송누리
편 집	강영은
디 자 인	강영은
마 케 팅	김경래, 최승윤

펴 낸 곳	해밀누리
등록번호	제2024-000196호
등록일자	2024년 8월 16일

주 소	서울, 마포구 성지길 25-11, 지층 1190호 (합정동)
메 일	haemilnuli@gmail.com

ISBN	979-11-7505-173-7 (04830)

* 이 책에 대한 출판·판매 등의 모든 권한은 해밀누리에 있습니다.
  간단한 서평을 제외하고는 해밀누리의 서면 허락 없이 이 책의 내용을
  복사·인용·촬영·녹음·재편집하거나 전자문서 등으로 변환할 수 없습니다.
* 책값은 뒤표지에 있습니다.
* 잘못된 책은 구입처에서 교환해 드립니다.